Il est temps d'aimer

Du même auteur

Toutes les dernières fois, éditions du 123, 2020
Demain, peut-être, De Borée, 2019
Quand le temps s'arrêtera, De Borée, 2018
À l'ombre du bonheur, Incartade(s), 2017
Quatre Auteurs à la plage, collectif, département de Seine-Maritime, 2015
Place des Tilleuls, Pygmalion, 2015
Le Silence d'Amarine, Pygmalion, 2014
Trois Dames de cœur et Atout pique, Pygmalion, 2013
Marre de compter pour des prunes, Pygmalion, 2012
Ce mec et moi ? Tu rêves !, Pygmalion, 2011
Fleur et Lola, Pygmalion, 2010
L'Orchidée, éditions Bénévent, 2009

www.caroleduplessy-rousee.com

Carole Duplessy-Rousée

Il est temps d'aimer

Si vous souhaitez être tenu au courant de nos publications,
vous pouvez consulter notre site Internet :
www.editionsdu123.com

ISBN : 978-2-37610-108-6

À Geneviève Perrin,
mon éditrice, mon amie.

1

— Prêts pour une répétition ? demanda Kurt Feldberg.

La grosse voix de l'assistant réalisateur, originaire d'outre-Rhin, fit taire tout le monde. La maquilleuse rangea pinceau et poudre et s'éloigna des comédiens. Kurt s'approcha de Constance Trianon et attendit son feu vert. La jeune femme semblait préoccupée. Ils avaient pris du retard et elle devrait en rendre compte à la production.

Réalisatrice pour la télévision, Constance Trianon transformait en images ce qui avait été créé sur le papier. Un métier captivant dans lequel il était impossible de s'ennuyer. Choisir les acteurs, les décors n'était jamais une routine. D'autant qu'il fallait travailler vite. À la télévision, la pression était intense. La chaîne apportait le scénario mais une grosse partie du budget était assurée par une, voire plusieurs boîtes de production extérieures. La durée du tournage était calée au jour près. La chaîne surveillait également le casting. Le réalisateur était à la fois soumis à des contraintes mais également protégé, car assuré d'avoir un salaire régulier. Constance s'accommodait de ce contrôle. Son esprit vif et pratique, sa personnalité créative et sa persévérance lui permettaient de mener à bien les projets dans les conditions fixées par la chaîne.

— Constance ? murmura Kurt. On y va ?

Elle jeta un coup d'œil rapide autour d'elle et répondit d'un hochement de tête affirmatif, puis leva son pouce vers un technicien. La lumière était parfaite, cette fois filtrée par les volets entrouverts du décor. Un faisceau doré pailleté de minuscules grains de poussière mettait en valeur une carte dépliée sur la table. Autour, une ombre plus fraîche, un peu mystérieuse, occultait les autres éléments de la pièce. Après de nombreux réglages de l'éclairage, on percevait enfin cette luminosité intense et chaude qui caractérise les journées ensoleillées du sud de la France. Avec le chant des cigales en bruit de fond, on captera vraiment l'ambiance d'un vieux mas provençal à l'heure de la sieste, songea Constance. Durant quelques secondes, elle fut transportée ailleurs et un sentiment jubilatoire la saisit. C'était magique et elle était heureuse de pouvoir encore s'émerveiller après toutes ces années de métier. Rien n'aurait pu laisser penser qu'elle était enfermée dans un studio en plein mois de février, sous la grisaille du ciel parisien.

— Silence plateau ! claironna Kurt. On se met en position, s'il vous plaît.

Les deux acteurs se postèrent sur leurs marques tandis que l'équipe reculait derrière les caméras. Le costumier, l'habilleuse et la maquilleuse se placèrent sur le côté, rejoignant ceux qui n'avaient plus rien à faire de particulier.

— Action, répétition ! lança Constance.

La caméra balaya la carte dépliée sur la table. Les comédiens sortirent de l'ombre et jouèrent la scène pendant que le cadreur faisait les dernières mises au point.

— C'est bon, déclara-t-elle. Si tout le monde est prêt, on tourne.

— Bon pour le son, fit le chef opérateur.

— OK pour l'image, enchaîna le cadreur.

Un jeune technicien s'empara du clap et passa devant l'une des trois caméras :

— Scène 3, plan 1, prise 1 !

— Action !

À côté de Constance, Séverine Marie, la scripte, prenait des notes. Grâce à ses rapports image, le monteur pourrait sélectionner et organiser les plans, faire le tri parmi la montagne de rushes puis synchroniser avec le son enregistré séparément.

— Coupez ! commanda enfin Constance. Je la garde.

Un murmure de soulagement parcourut l'équipe. Depuis le matin, chaque scène avait nécessité plusieurs prises et il y avait eu quelques tensions et des désaccords. Les uns et les autres s'étaient rejeté la faute et le ton était monté.

— À demain ! ajouta-t-elle après avoir consulté sa montre. Vous avez bien travaillé !

Elle frotta ses paupières. Elle était fatiguée, mais satisfaite d'avoir bouclé sans trop de heurts cette journée.

— Contente ? demanda Franck Vallée en lui posant une main sur l'épaule.

Elle se recula et le toisa. Ce mec avait la fâcheuse manie de la toucher et elle avait déjà dû le remettre à sa place. Chef de projet ou pas, elle n'avait pas peur de lui.

— Oui, dit-elle les traits figés.

Il la fixait, espérant la faire vaciller. Constance Trianon était à son goût, avec sa silhouette juvénile, ses cheveux châtain clair qui tombaient aux épaules et ses longs cils. Ses taches de rousseur sur les pommettes lui rappelaient Marlène Jobert dans sa jeunesse. On ne pouvait que la désirer. Mais elle était mariée, et fidèle… Ceux qui lui avaient fait la cour s'étaient cassé les dents. Cependant, il ne renonçait pas. La ténacité finirait bien par payer…

— Bravo ! s'exclama une voix derrière Constance. Je n'ai pas tout vu, mais bravo. C'est un bonheur de bosser avec une réalisatrice comme toi !

Elle fit volte-face et sourit. Franck s'écarta, contrarié d'avoir été interrompu dans son numéro de séduction.

— Azzedine ! Je ne savais pas que tu étais là !

— Je suis arrivé il y a vingt minutes.

— J'ai pensé à toi tout à l'heure. À cause du chant des

cigales au début de la scène. Mais pour les suivantes, attention ! Quand le vent se lève, elles se taisent !

— Pas de souci. Je partirai dix jours en Provence pour te mitonner tout ça. Voyage offert par la production, bien sûr !

Elle éclata de rire. Serrés, surveillés, les budgets étaient sujets à plaisanterie sur les chaînes publiques. Quand la météo était mauvaise, par exemple, un tournage pouvait se prolonger de deux ou trois jours et c'était un vrai casse-tête pour obtenir des fonds supplémentaires. Mais Azzedine Meknès, le bruiteur, qui officiait aussi au montage son, bossait en studio…

— Tu n'as pas oublié le restau pour l'anniversaire de Franck ? reprit Azzedine.

— Non, bien sûr que non, murmura-t-elle en songeant qu'elle se serait volontiers passée de cette soirée en l'honneur de ce mufle. *Bistrot de Paris*, 20 h 30, récita-t-elle. Si tu y es avant moi, garde deux places à tes côtés pour Michèle et moi.

— OK ! Tu oublies Fatou. On sera bien tous les quatre.

— Fatoumata sera là ? Je ne le savais pas. C'est sympa !

— Elle a confirmé ce matin.

Fatoumata Bouaké était assistante de direction, l'indispensable secrétaire du grand manitou de France Télévisions, une collègue appréciée pour sa gentillesse et sa bonne humeur.

— On sera nombreux ? demanda Constance.

— Une quinzaine, je crois. Je te laisse, je vois que tu n'as pas fini.

Elle acquiesça, aussitôt happée par François Clécy, le costumier.

— La prochaine fois que tu organises un casting, chuchota-t-il en serrant les dents, choisis un type dont les mensurations sont dans la norme. J'ai eu un mal fou à trouver un scaphandre pour ton bonhomme. J'ai bien cru que j'allais devoir tailler des morceaux de tôle et de caoutchouc pour en confectionner un moi-même !

— Je l'ai sélectionné parce que c'est un excellent acteur.

— Mouais, je préfère les mecs qui jouent moins bien mais répondent aux standards !

Elle haussa les épaules, préférant ne rien rétorquer. Heureusement que la production ne se fiait pas aux caprices du costumier !

— C'est pour quelle fiction ce costume de plongée ? demanda encore François. Je suis perdu, moi, avec toutes ces commandes particulières ! On dirait que vous vous êtes donné le mot, les réalisateurs, pour exiger des trucs impossibles.

— C'est pour la seconde partie du téléfilm ! Mon Dieu, je te l'ai dit dix fois ! Le scénario, tu l'as lu ou quoi ?

Elle sentit que l'exaspération la gagnait et reprit un ton plus bas :

— Il y a deux époques dans ce téléfilm. La contemporaine occupe tout le premier épisode. Dans le second, on a quelques flashbacks qui se déroulent à la fin du XIXe siècle à Marseille. Les personnages chassent le trésor dans une calanque. D'où le matériel de plongée ancien. C'est pour ça que je t'ai envoyé la référence du scaphandre Rouquayrol-Denayrouze, les plongeurs du *Nautilus* de *Vingt mille lieues sous les mers*. Le roman date de 1870. On est donc raccord avec l'époque qui nous intéresse.

— T'en rajoutes pour m'impressionner ?

— Qu'est-ce que tu racontes ?

— Tu connais toujours tout sur tout !

— Non ! Quand je ne sais pas, je cherche !

François grogna. Nul doute que Constance était modeste. Tous s'accordaient à dire qu'elle était un puits de science. Elle était très cultivée, curieuse, s'intéressait à tout. C'était une fille intelligente. Têtue comme une mule, aussi ! Et exigeante. Mais professionnelle à l'extrême.

— Bon, râle pas. J'ai ton matos à la noix.

Il lui fit un clin d'œil malicieux et tourna les talons. Elle eut envie de lui sauter au visage. Pas facile de supporter les humeurs changeantes du bonhomme. Il avait beau être un bon costumier, il l'agaçait. Certes, il était doué pour la confection de modèles et il disposait d'un réseau sûr d'agences de location pour dégoter des tenues particulières, mais pas un tournage ne se déroulait sans qu'il fasse des commentaires désagréables. Elle attrapa une bouteille d'eau et but à longues gorgées pour avaler sa colère, puis elle se retourna vers la scripte qui l'attendait.

— Je ne te retiens pas longtemps, dit-elle. On reprend tes commentaires rapidement pour tout mettre au clair et je te libère. Tu es des nôtres ce soir, je crois ?

La jeune femme acquiesça et tendit son bloc-notes à Constance. Elles terminaient leur travail quand Michèle Rosières, l'ingénieur du son et amie de Constance, arriva.

— Tu es au courant pour Éric Manche ? demanda-t-elle. Il est gravement malade.

— Gravement ?

— Je n'en sais pas plus. Fatoumata nous expliquera. J'ai entendu dire que tu allais récupérer une partie de son travail. Ça ne va pas alléger ton emploi du temps, tout ça, et ça me tracasse car il y a des jours où tu as une tête à faire peur.

— Merci du compliment ! plaisanta Constance. L'essentiel est qu'Éric se soigne.

— Apparemment, tu reprendrais une étude de projet. Un scénario dont il faut suivre l'écriture.

— Pas vraiment dans mes cordes. Moi, je réalise quand tout est bouclé sur le papier. Le texte est signé par qui ?

— Rebecca Beauvoir.

— Connais pas.

— C'est une jeune dialoguiste. Elle a proposé une histoire qui a retenu l'attention de France Télévisions.

— OK, j'attends qu'on m'en parle. Inutile que je me prenne le chou maintenant.

— Tu as raison. Tu l'as dit, l'essentiel est qu'Éric se soigne. Faut y aller, on va être en retard !

— Les gars, laissez tomber ! dit Constance aux techniciens qui mettaient en place un nouveau décor. Vous terminerez demain, pendant qu'on répétera les textes.

— J'ai commandé un taxi, reprit Michèle. Pas envie de galoper dans le métro. La voiture nous attend.

Constance attrapa son sac et la petite valise dans laquelle elle avait mis quelques affaires. Ce soir, elle dormirait chez Michèle. Elle pensa à Thibault, son mari, et un frisson d'angoisse la parcourut. Que faisait-il à cette heure ? Il ne l'avait pas appelée. Elle n'avait pas non plus cherché à le joindre. Comme elle était loin, cette époque où ils échangeaient des dizaines de messages quand elle ne rentrait pas à la maison…

— Ça ne va pas ? s'inquiéta Michèle. Tu n'es pas bavarde. C'est à cause de ce projet qui te tombe dessus ? À cause d'Éric ?

— Pas du tout. Je regardais les lumières sur la Seine, répondit Constance tandis que le taxi filait sur les quais. Je suis un peu fatiguée.

Pourquoi ne se confiait-elle pas à Michèle ? C'était une amie sûre. Elle pouvait avoir confiance en elle. Pourtant, elle ne parvenait pas à vider son sac. À plusieurs reprises elle avait voulu lui avouer ce qui la rongeait, mais les mots étaient restés en travers de sa gorge. Il aurait suffi d'une phrase et Michèle l'aurait incitée à poursuivre. Elle aurait pu alors déverser le flot d'interrogations qui l'oppressait depuis des semaines.

— Ça se passe bien ce tournage ? demanda Michèle.

— Quelques petits hics à gérer, comme toujours. Mais ça va. Dans deux semaines, on file à Marseille pour les extérieurs. L'équipe sera plus détendue que dans les studios. J'espère qu'il y aura du soleil…

— Je l'espère aussi. En mars, il n'y a pas foule en Provence. Vous serez tranquilles. Profites-en pour t'accorder quelques heures de pause. Tu pourras te promener, évacuer la tension…

Constance acquiesça d'un hochement de tête. Ce voyage allait l'éloigner de Thibault. Elle en éprouvait à la fois un énorme soulagement et une terreur sourde. Dix jours pour respirer et reprendre des forces malgré le boulot, mais dix jours durant lesquels son mari serait seul. N'allait-il pas sombrer un peu plus en son absence ? Elle frissonna de nouveau. À moins qu'il ne prenne conscience de la situation. Peut-être lui manquerait-elle… Peut-être aurait-il envie de sauver ce qui pouvait encore l'être…

— Et le projet Mirano ? reprit Michèle. Il paraît que tu es pressentie pour réaliser une série qu'il va produire.

— Ne t'emballe pas. Rien n'est fait.

— Certes ! Mais y rêver c'est déjà formidable. Ça ne te fait pas vibrer d'imaginer que tu vas bosser de nouveau à ses côtés ?

— Je ne veux pas être déçue, alors j'attends que la décision soit prise.

Michèle fronça les sourcils. Producteur et réalisateur de longs métrages pour le cinéma, Stellio Mirano offrait rarement ses talents à la télévision. Constance avait eu l'occasion de travailler avec lui. Elle aurait dû sauter au plafond, même si rien n'était signé… Ce manque d'enthousiasme ne lui ressemblait pas. Quelque chose clochait. Était-elle souffrante ?

— Tu as froid ! remarqua Michèle. Et tu as vraiment une petite mine.

— C'est la fatigue.

— Ça m'étonnerait !

— Le manque de nicotine, alors, dit Constance en agitant

son paquet de Marlboro. Je n'ai même pas eu le temps de fumer cet après-midi. Je ne suis pas sortie une seule fois !

— Il a bon dos, le manque de nicotine !

Le taxi s'arrêta rue de Lille, devant le restaurant où elles étaient attendues, ce qui dispensa Constance d'une nouvelle explication. Sitôt sur le trottoir, elle glissa une cigarette entre ses lèvres et l'alluma. Au même instant, son portable vibra. Elle lut rapidement le SMS, grimaça et rangea le téléphone dans sa poche. Elle n'avait aucune envie de répondre à son père maintenant. Elle aspira plusieurs bouffées de tabac. Michèle l'attendait sur le pas de la porte, toujours avec son air inquisiteur. Elle s'efforça de sourire. Elle n'allait pas gâcher cette soirée. Elle avait trop besoin de bavardages et de rires qui lui permettaient d'oublier Thibault, leurs soucis de couple et le despotisme de son père.

2

Zachari Montrouge releva la tête de son écran et fit pivoter son fauteuil vers la fenêtre. Dieu comme cette cour était laide ! Le portail en PVC n'était plus blanc mais vert de mousse, sans parler de ces trois misérables narcisses qui se battaient en duel sur un semblant de pelouse. Il se retourna face à ce séjour qu'il exécrait. Le beige des murs et cet affreux carrelage brun lui sortaient par les yeux ! Il détestait cette baraque qu'il louait à Louviers. Il ferma les paupières et repensa à la propriété qu'il venait de visiter aux Andelys, un bijou lové sur les berges de la Seine, dominé par les ruines de Château-Gaillard. C'était exactement la maison dans laquelle il voulait vivre ! Il s'y imaginait déjà. Il organiserait des réceptions. En été, les invités se presseraient autour du buffet installé sur la terrasse. L'hiver, les cocktails seraient donnés dans la grande pièce du rez-de-chaussée, réchauffée par un bon feu de bois. Il serait enfin chez lui… Avec Rebecca, évidemment.

Il reprit des calculs faits cent fois. Même en investissant la totalité de ses économies, même en demandant à Rebecca de vider ses livrets et en obtenant du banquier une petite rallonge à sa capacité d'emprunt, il ne parvenait pas à atteindre la somme nécessaire à une telle acquisition. Si seulement il décrochait un contrat à la mesure de son talent ! Il ne gagnait pas mal sa vie, mais pas assez pour le train qu'il voulait mener. Depuis vingt ans, Zachari adaptait des romans pour le petit écran. Parallèlement, il écrivait ses propres scénarios en espérant qu'ils feraient un jour l'objet de téléfilms, voire de longs métrages pour le septième art. Il se pencha de nouveau sur son bureau pour se remettre au travail mais ne parvint pas à se concentrer. La demeure des Andelys avait du cachet. Il devait convaincre Rebecca qu'elle y serait bien. Elle n'aurait qu'à solliciter ses parents afin qu'ils anticipent sur l'héritage qu'ils lui laisseraient ! Le père Beauvoir ne résisterait pas à la prière de sa fille chérie.

Villa Montrouge, griffonna-t-il sur son bloc-notes. Ou *Villa de Montrouge*. Il hésitait. Sur sa carte de visite, il avait ajouté une particule à son nom, jugeant que ça sonnait mieux. Il voyait déjà les lettres d'or inscrites sur une plaque émaillée au fond bleu, posée sur l'un des piliers du portail. Il les admirerait à chaque fois qu'il franchirait les grilles et roulerait au pas sur les graviers blancs de l'allée... Il fronça les sourcils. Il se débarrasserait de sa vieille carcasse et la remplacerait par un véhicule plus élégant. Son esprit s'égara encore et il se projeta dans son futur bureau. La table de travail serait face à la porte-fenêtre donnant sur le jardin. Rebecca pourrait aménager une des chambres à l'étage pour y travailler. Elle était employée à la télévision comme dialoguiste. Ils s'étaient connus en collaborant sur un scénario. Zachari avait trouvé la jeune femme jolie comme un cœur et talentueuse dans son métier, sans excès toutefois. Rebecca était tombée sous le charme de cet homme d'âge mûr qui se comportait en parfait gentleman.

Il se fit violence et reprit son texte, amusé d'être aussi distrait. Il était plutôt du genre bourreau de travail que rien ne déconcentre. Il relut à haute voix la dernière page qu'il avait rédigée et sourit, content de lui. Le roman qu'il adaptait pour le petit écran l'inspirait et il était certain de satisfaire la production. C'était une de ces histoires où la terre se mêlait au sang et aux larmes. Lui-même s'était déjà essayé à écrire des fictions du même genre. Peut-être qu'un jour, d'ailleurs... Le crissement de pneus dans la cour interrompit sa réflexion. Rebecca était de retour. Il s'empressa de l'accueillir sur les marches du perron.

— Les Gefosse nous invitent à dîner samedi, s'écria-t-elle en l'embrassant. Qu'en dis-tu ? Je dois rappeler Lucie sans tarder et lui donner notre réponse.

— Il n'y aura que nous ?

— Je pense que Lucie a convié d'autres amis, comme d'habitude…

Zachari referma la porte derrière sa femme avant de l'enlacer. Elle posa ses doigts sur sa nuque et lui donna un baiser. Il avait beaucoup de travail et serait volontiers resté enfermé tout le week-end, mais un dîner chez les Gefosse n'était jamais dénué d'intérêt. Hervé Gefosse était un ancien gymnaste, médaillé olympique, devenu cascadeur pour la télévision. C'était là qu'il avait rencontré Zachari. Son talent à réaliser d'abracadabrantes pirouettes lui avait permis d'être remarqué et il bossait de plus en plus pour le cinéma où il côtoyait des réalisateurs. Bref, Gefosse fréquentait les plateaux de télé et ceux du septième art, il était important de conserver avec lui des liens de bonne amitié. Et puis il y avait fort à parier qu'il y aurait des gens intéressants parmi les invités.

— Oui, allons-y, répondit-il. Je sais que ça te fait plaisir.

Il sourit, s'étonnant de sa capacité à laisser croire à Rebecca que son bonheur comptait plus que tout. Il sentit les lèvres de sa femme frôler les siennes et les attrapa avec gourmandise.

— Tu es la plus jolie des brunettes, chuchota-t-il avant de la repousser doucement.

— Je t'aime… Je t'aime chaque jour davantage. Tu vas encore bosser ?

Il prit un air contrit et soupira. Son cerveau moulinait comme un hamster dans sa roue. Il mettait en place la stratégie à utiliser pour mener son épouse là où il le voulait.

— Pour ce soir, laisse tomber le boulot, s'il te plaît,

pria-t-elle. Et si tu nous servais un verre de blanc ? C'est bientôt l'heure de dîner !

Il acquiesça, fila vers la cuisine tandis qu'elle appelait Lucie Gefosse. Il revint avec un plateau au moment où elle reposait son téléphone.

— À la nôtre ! s'exclama-t-il.

Rebecca attrapa le verre qu'il lui tendait. Elle avait une chance folle de l'avoir rencontré. Il était de ces hommes que la cinquantaine rend encore plus séduisants. Ses cheveux blonds légèrement cendrés encadraient un visage bien dessiné sur lequel quelques rides apportaient un soupçon de volonté. Elle adorait ses yeux bleus, tantôt rieurs ou coquins, tantôt sombres quand il avait un souci.

— À nous !

— Nous pourrions aller nous balader à Rouen, demain, tu en profiterais pour acheter une jolie robe pour la soirée chez les Gefosse. Qu'en penses-tu ?

— Oh, oui ! Ça fait longtemps qu'on n'a pas fait les boutiques ensemble.

Il réprima une grimace. Il détestait courir les magasins.

— Je t'offre la robe ! lança-t-il dans un élan de générosité calculée.

Elle cria un « merci mon amour » et disparut dans la cuisine. Il entendit un bruit de casseroles, sans doute préparait-elle le repas. Il devait continuer son œuvre sans tarder. Il décida de la rejoindre aux fourneaux.

— À quelle heure les Gefosse nous attendent-ils, samedi ?

— Vers 20 heures, sans doute.

— Parfait. S'il fait aussi bon que ce soir, on prendra peut-être l'apéritif dans le jardin d'hiver. C'est un bel endroit, bien agréable.

Il adorait cette propriété, une superbe maison de maître à Heudreville-sur-Eure.

— Plus de deux cents mètres carrés habitables, rêva-t-il à haute voix. Des moulures aux plafonds, des parquets anciens, un vestibule et un escalier à couper le souffle… Tout ce que j'aime. Et un parc qui se termine sur un petit bois, près d'un plan d'eau où les biches viennent se désaltérer… Que demander de plus ?

— Je ne sais pas si j'aimerais vivre dans une maison aussi immense et aussi splendide. C'est compliqué d'apporter sa touche personnelle dans un lieu où on doit préserver ce qui est ancien, où on rénove ce qui vieillit pour le conserver… Bref, dans un lieu qui ressemble à un musée que tu ne peux pas décorer comme tu veux.

Zachari dévisagea sa femme. Elle était sotte ou quoi ? Où voulait-elle habiter ? Dans une HLM ? Il s'efforça de poursuivre la conversation sans marquer son mécontentement, ni son impatience.

— Puisqu'on parle de maison… Tu as déjeuné avec ton père, ce midi ? Lui as-tu demandé s'il t'aiderait dans le cas où nous investirions dans la pierre ? On perd beaucoup d'argent avec cette location.

Rebecca tendait la main pour attraper le sel et suspendit son geste. Elle avait oublié d'évoquer cette question avec son paternel. Sûrement un acte manqué, car elle n'avait guère envie de solliciter ses parents. Mais si elle avouait à Zachari qu'elle avait omis ce qu'il attendait d'elle, il serait contrarié.

— Je lui en ai touché un mot mais nous avons été dérangés. On en reparlera.

Elle rougit d'avoir menti et alla jusqu'à l'évier passer ses mains sous l'eau pour ne pas croiser le regard de son mari.

— Tu sais, reprit-il en venant se coller derrière elle, j'ai visité une maison aux Andelys. Elle est faite pour nous. Un coup de pouce de ton père serait génial. Il faut faire vite car elle risque de nous passer sous le nez. Ce serait dommage.

— Les Andelys… J'aurais préféré une campagne plus proche de Paris, du côté de Versailles par exemple. Voire un appartement dans une banlieue chic.

Il masqua son irritation. Quelle bécasse quand elle réagissait en petite fille gâtée !

— N'en parlons plus, murmura-t-il d'un air triste. Je vais préparer la salade.

Il essora la laitue sans dire un mot. Attitude calculée. Rebecca devait être peinée de le voir affligé et revenir sur ce qu'elle avait dit. Souvent, le stratagème fonctionnait et il emportait la partie comme il l'avait prévu. La jeune femme l'observa un instant tandis qu'il préparait la vinaigrette pour la salade. Ce n'était pas la première fois que son mari avait émis le désir d'acquérir une belle demeure en bordure de Seine ou de l'Eure, car il aimait la région. Elle-même appréciait cette campagne, mais Paris lui manquait. Ses amis aussi. Elle les avait perdus de vue. L'éloignement, même relatif, rendait les relations plus difficiles. Elle avait suivi Zachari en Normandie en pensant que ce n'était qu'une étape dans leur vie… Pour son métier, elle aurait été mieux près de la capitale. Certes, elle pourrait requérir une aide de son père pour financer une acquisition immobilière, mais aux Andelys ? Elle résolut de retarder le moment où elle reviendrait à la charge. Si, comme elle l'espérait secrètement, sa carrière évoluait, son revenu augmenterait et elle aurait alors son mot à dire sur l'endroit où elle désirait vivre. Zachari ne pourrait pas décider seul. Elle insisterait sur la nécessité de se rapprocher de Paris. Elle pensa à son rendez-vous à France Télévisions. Elle avait été déçue de ne pas voir Éric Manche, l'homme qui l'avait si aimablement reçue après avoir lu son synopsis. Il était absent pour un certain temps, lui avait-on expliqué. Elle avait eu affaire à une réalisatrice, Constance Trianon. Distante, pas vraiment ravie de s'occuper du projet…

— Un verre de vin ? demanda Zachari qui s'inquiétait du silence de son épouse.

— Non merci. Plus tard, avec le fromage.

Elle lui tendit le plat de tagliatelles. Il la fixa un instant avant de baisser les yeux sur son assiette. Ça le minait de ne pas saisir ce qui se tramait dans sa tête. Sa première tactique avait été un échec. Il était temps d'employer les grands moyens, sans toutefois dévoiler toutes les cartes en même temps. Il se recomposa une mine avenante et saisit la main de Rebecca à travers la table.

— J'ai une chance énorme de t'avoir, murmura-t-il. Je me réjouis qu'on s'accorde une journée à flâner en amoureux. Paris te manque, alors demain, c'est à Paris et non à Rouen que nous irons courir les boutiques. On déjeunera dans ce restau du 6e que tu adores.

Elle sourit, surprise et soulagée qu'il ait oublié le sujet de la maison mais se maudissant intérieurement de lui faire des cachotteries. Elle aurait dû lui parler de son projet professionnel. Elle n'avait pas osé parce qu'elle n'y avait pas cru… Devait-elle se confesser maintenant ? Elle hésita, et différa encore.

— Si tu veux, demain, en rentrant de Paris, on s'arrêtera aux Andelys. J'aimerais voir cette maison qui te plaît tant.

***

— Alors, ton impression ? demanda Zachari une fois rentrés dans leur pavillon de Louviers.

— C'est un bel endroit, répondit Rebecca. Le jardin est joli. La maison semble vaste, mais il faudrait que je la visite.

Comme prévu, ils avaient fait un détour par Les Andelys à leur retour de Paris. Zachari avait tenu ses promesses et offert à son épouse le restau, la robe, et même une paire de chaussures. Il espérait un rapide retour sur investissement.

— Je vais contacter l'agent immobilier. Pense à relancer ton père.

— Attendons au moins que j'ai vu l'intérieur. L'extérieur est plaisant, mais c'est tout de même très isolé, très campagne…

— Tu exagères ! Les Andelys, ce n'est pas la campagne ! Le cadre est un peu rural parce que nous sommes sur les bords de Seine, mais la ville n'est qu'à quelques centaines de mètres de la maison, et on y trouve tout ce qu'il faut.

— Il y a peut-être tous les commerces et les services de proximité, mais je rêve de prendre un verre en terrasse après une journée de boulot, d'aller au théâtre, au cinéma… Bref, d'avoir une vie culturelle et sociale plus diversifiée qu'ici. À Paris, on peut tout faire, tout voir.

Zachari se renfrogna. Paris… Paris… Rebecca n'avait que ce mot-là à la bouche ! Il n'avait pas pensé qu'elle serait aussi difficile à convaincre. Il allait devoir sortir sa dernière carte, celle qu'il gardait planquée dans sa manche.

— Laissons tomber, marmonna-t-il. Je pensais seulement que ce serait un bel endroit pour fonder une famille, élever un enfant…

Rebecca s'appuya sur le dossier d'une chaise, estourbie par ce qu'elle venait d'entendre. Zachari parlait d'avoir un enfant ? Il lui avait toujours dit qu'il ne voulait pas être père et elle avait renoncé à être mère.

— Élever un enfant ? répéta-t-elle enfin. Un bébé ? Mais je croyais que tu…

Quand elle se retourna, Zachari avait disparu. Elle le retrouva dans le séjour. Il était assis à son bureau et avait allumé son ordinateur. Pourquoi n'était-il pas allé plus loin ? Il avait lâché quelques mots, qui avaient fait l'effet d'une bombe, puis s'était fermé sur lui-même. Elle l'observa en silence, perdue dans le passé. Elle se souvint de leur rencontre sur un plateau de télé six ans plus tôt, de leur premier déjeuner en tête à tête, de cette cour à la fois élégante et pressante qu'il lui avait faite pendant plusieurs semaines. Il lui écrivait des mails et des SMS enflammés, lui faisait des déclarations délicates. Au début, elle avait trouvé la tactique désuète. Ringarde même. Et peu à peu, elle s'était laissé prendre au jeu. Ils avaient échangé un premier baiser, suivi de plein d'autres, ils avaient passé des jours à flirter comme des adolescents, avant qu'il ne l'invite dans un superbe château en Sologne pour un week-end. C'était là qu'ils avaient fait l'amour pour la première fois. Ensuite, Zachari avait parlé d'avenir et lui avait avoué qu'il ne voulait pas d'enfant. Il ne voulait pas partager celle qui serait sa femme. Il avait besoin d'être aimé exclusivement. Ce dernier argument avait touché Rebecca. Elle avait Zachari dans la peau, elle n'aimerait que lui et il n'aimerait qu'elle. Ils seraient les plus forts, les plus heureux. Jamais, en cinq ans de mariage, elle n'avait parlé d'enfant… Elle sortit de sa léthargie et s'éclipsa pour réfléchir encore. Elle rangea ses achats dans le dressing puis s'enferma dans la salle de bains. Quand elle se sentit moins chamboulée, elle revint dans le séjour. Zachari redressa la tête et lui sourit, affichant cet air adorable qui la faisait fondre.

— Je n'ai pas rêvé, n'est-ce pas ? Tu as parlé d'un enfant ?

— Je sais que j'aurais dû formuler les choses autrement. Pardonne-moi.

— Non, c'est moi. Tu n'as rien à te faire pardonner.

Il soupira, l'air affligé mais intérieurement satisfait. Comme toujours, il réussissait à retourner la situation à son avantage.

— Quand on s'est connus, j'avais des priorités professionnelles et je ne voulais pas d'enfant. J'ai changé d'avis. Mais je comprendrai si tu n'en veux pas.

Elle le dévisagea, bouleversée de lire autant d'émotion dans ses yeux.

— La cinquantaine, ça rend sage, ajouta-t-il. On est plus réfléchi et on prend les bonnes décisions. Évidemment, pour un bébé, il faut que tu sois d'accord.

Troublée, Rebecca chercha ses lèvres.

— C'est merveilleux ! Mais j'ai 35 ans, ne tardons pas trop.

— Tu peux compter sur moi ! répondit-il en la prenant dans ses bras.

— Il faut que j'arrête la pilule, que la machine se remette en marche.

Il rit et la porta jusqu'à leur chambre où il la déposa doucement sur le lit. Il lui fit l'amour avec tendresse, puis après le plaisir la garda serrée contre lui.

— J'espère que nous aurons une fille et qu'elle te ressemblera.

— Ah, non ! Un garçon ! Aussi beau que son père ! Il perpétuera ton nom.

— Je veux le meilleur pour ce petit. Nous lui donnerons amour, confiance et sécurité.

Elle l'embrassa, ne sachant que répondre à ses paroles qui la touchaient. Elle était secouée, ravagée par un raz-de-marée intérieur qui avait fait sauter tous les verrous qu'elle avait posés. Elle allait être mère. Les sensations se télescopaient dans son esprit et son imagination galopait, ajoutant à la confusion qui chahutait son esprit.

— Confiance et sécurité, répéta Zachari. Pas facile aujourd'hui, pour un jeune.

— On s'y emploiera !

— Tu vois, la jolie maison des Andelys, c'était pour notre enfant que je la voulais. Pour qu'il grandisse au bon air et se construise de façon équilibrée. Je me disais qu'on pourrait installer des jeux dans le jardin, une façon de l'éloigner de la tentation des écrans et des jeux vidéo… Avoir de l'espace quand on est môme est plus sympa que d'être enfermé entre les quatre murs d'un appart.

— On sortira, on ira se promener. Tous les parents font ça, emmener les enfants au parc après la crèche ou après l'école, le mercredi…

— Pour s'amuser dans des bacs à sable où les chats du quartier viennent se soulager ? À la campagne, je pourrais ouvrir la fenêtre de mon bureau et regarder mon fils s'amuser dans notre jardin. J'aimerais que notre enfant grandisse à l'abri de la violence des grandes villes, à l'abri du harcèlement, des insultes et de la peur.

Rebecca pinça ses lèvres. Envisager que son enfant puisse être victime d'une quelconque maltraitance la déchirait. Évidemment, loin du milieu urbain, les dangers étaient moindres. Mais en ville, un enfant n'était pas forcément en péril !

— À Paris ou en banlieue, on peut choisir le quartier. Il existe des écoles privées dans lesquelles les enfants sont mieux protégés.

— Ça n'empêche pas les mauvaises fréquentations. À l'adolescence, c'est terrible. Milieux aisés ou pas, les parents sont parfois pris au dépourvu.

Rebecca ne répondit pas. Zachari avait raison. L'environnement était déterminant pour élever un enfant dans de bonnes conditions. S'installer en milieu rural, laisser le petit grandir en toute quiétude, pourquoi pas ? Quand viendraient les études, il serait temps de déménager à Paris ou dans n'importe quelle grande métropole, pourvu qu'on y trouve les meilleures universités ou grandes écoles.

— Je vais appeler mon père, murmura-t-elle à l'oreille de Zachari, lui parler de nos projets, lui demander de nous aider. Téléphone à ton agent immobilier pour convenir d'un rendez-vous afin que je visite la maison avec toi. Il faut tout de même qu'elle me plaise… Mais comme tu as bon goût, ça ne me tracasse pas.

Zachari enfouit sa tête dans le cou de Rebecca pour cacher l'énorme sourire de triomphe qui écartelait son visage. La partie était presque gagnée. Les fantômes du passé resurgirent : celui de son père qui lui répétait sans cesse : « Qu'est-ce qu'on va faire de toi ? », de sa mère qui ne disait mot mais le regardait avec un air désespéré car il ne suivait pas le chemin de ses aînés. De toute la fratrie, il avait été le moins brillant. Ses deux frères et sa sœur étaient devenus respectivement médecin, avocat et notaire. Lui, le vilain petit canard de la famille, n'était pas allé au-delà de la licence. Mais il avait appris à ruser, à manipuler, à se servir de ceux qui l'entouraient. Il voulait être admiré et respecté. L'achat de la demeure des Andelys faisait partie de ce vaste plan. Ne resterait plus qu'à voir l'un de ses scénarios adapté pour la télévision, ou mieux, en salles… Alors, il tiendrait sa revanche.

Toujours blotti au creux des seins de son épouse, il s'assoupit quelques instants. Émue, Rebecca n'osait plus bouger. Zachari était si attendrissant quand il se laissait aller. Si fragile. Jamais elle n'aurait pensé qu'il puisse un jour désirer un enfant. Jamais elle n'avait été aussi heureuse.

3

Constance déposa son sac de voyage dans l'entrée et suspendit son imperméable sur un cintre. Prise d'un étourdissement, elle s'appuya contre le mur pour éviter de tomber. Les allers-retours entre Paris et Rouen l'épuisaient mais elle n'avait pas d'autre solution, à part dormir de temps en temps chez son amie Michèle sans abuser de sa gentillesse.

Travailler à Paris et vivre à Rouen devenait compliqué. Pourtant, elle l'avait fait pendant des années avec une facilité déconcertante. Se rendre chaque jour à Paris ou partir en province quand les tournages l'exigeaient ne lui avait jamais posé de problème. Elle aimait Rouen et n'imaginait pas habiter ailleurs. Quant à son métier, c'était une passion plus qu'un boulot. Pour devenir réalisatrice, elle n'avait pas ménagé ses efforts. Il y avait eu les longues études, beaucoup de stages, quelques années à vivoter en ayant tout juste de quoi se nourrir et s'offrir une chambre sous les toits à Paris. Puis elle avait décroché un premier contrat avec France Télévisions, où elle avait pu déployer son savoir-faire. Savoir-faire qu'elle n'avait pas cessé d'enrichir au fur et à mesure des tournages, gagnant la confiance de ses supérieurs et de ses équipes. Aujourd'hui, à 35 ans, une belle carrière s'ouvrait devant elle. Elle en aurait sauté de joie si son existence personnelle n'était devenue aussi pesante.

Toujours appuyée contre le mur, elle se força à respirer calmement. Le malaise s'effaçait. Elle n'aurait pas dû aller chez son père sitôt après être sortie de la gare... Elle avait pensé lui faire plaisir. C'était manqué, comme souvent. Jean-Frédéric Trianon avait été odieux. À peine avait-elle franchi la porte qu'il l'accablait de reproches. Il ne l'avait pas vue depuis quinze jours, elle répondait à ses SMS une fois sur dix et elle ne lui téléphonait jamais. Constance avait alors tenté de se défendre. Elle s'était absentée pour un tournage, elle ne pouvait pas systématiquement lui répondre. Surtout quand il lui envoyait une dizaine de messages en moins d'une heure. Elle avait essayé de le joindre plusieurs fois mais il n'avait pas répondu. « Évidemment, avait-il grogné, tu m'as appelé à l'heure du dîner, au moment où je préparais le repas ! » Elle n'avait rien rétorqué. Il lui avait tourné le dos et avait filé à la cuisine. Quand Constance était venue l'embrasser avant de prendre congé, il avait continué à éplucher des carottes.

Elle soupira. Il n'y avait pas un bruit dans la maison. Thibault n'était sans doute pas rentré. Elle ne savait pas si elle était soulagée d'être seule, heureuse de se retrouver chez elle, ou anxieuse à l'idée de revoir son mari. Elle consulta son téléphone portable. Pas un message. L'inquiétude s'empara d'elle et elle sentit que son estomac se nouait. Dans quel état Thibault allait-il revenir ? À quelle heure ? Pour chasser son angoisse, elle se rendit dans la lingerie et vida son sac de voyage. Le panier à linge était archi plein, Thibault ayant omis une fois de plus de faire une lessive pendant la semaine. Après avoir trié les chemises, les pantalons et les pulls, elle lança une première machine. Dans la cuisine, le réfrigérateur était vide. À moins que Thibault ne soit parti faire les courses, ils devraient se contenter d'une assiette de coquillettes pour le dîner. Convaincue qu'il reviendrait les mains vides, elle remplit une casserole d'eau et y jeta une poignée de gros sel. S'il tardait à pointer son nez, elle mangerait seule et irait au lit de bonne heure.

« Avec un somnifère qui va bien m'assommer », pensa-t-elle en sortant les couverts.

Elle emplissait la carafe d'eau quand Thibault apparut sur le seuil de la cuisine.

— Ah, chérie ! Content de te revoir. Tu m'as manqué.

La voix trop guillerette de Thibault alerta Constance, mais elle le laissa s'approcher. Elle réprima une grimace lorsqu'il l'embrassa. Il empestait l'alcool. Elle s'empêcha de lui faire le moindre reproche, espérant trouver un peu plus tard les mots qui lui feraient prendre conscience de ce qu'il détruisait, de ce qu'elle endurait. Il lui posa quelques questions sur son tournage à Marseille puis quitta la cuisine et se rendit au salon pour allumer la télé. Alors qu'elle surveillait la cuisson des pâtes, Constance entendit un léger grincement de la porte donnant sur le garage. Elle hésita un instant, puis fonça. Thibault était accroupi près d'une caisse remplie de chiffons. Il ne fut pas assez rapide pour boucher et ranger la bouteille de whisky.

— Tu es encore en train de boire ! hurla-t-elle, incapable de contenir sa colère.

Elle se rua sur son mari, lui arracha la bouteille des mains et courut vider l'alcool dans l'évier.

— Tu n'aurais pas dû faire ça ! grogna-t-il, l'air mauvais. Si tu ne m'empêchais pas de prendre un apéritif quand je rentre du boulot, je ne serais pas obligé de me cacher pour le faire.

— Tu l'as déjà pris avant de rentrer, l'apéritif. Et pas qu'un seul, à mon avis.

— C'est faux ! Je n'ai pas bu une goutte.

— Tu me prends vraiment pour une…

Constance se tut avant de lâcher une grossièreté, recula et ferma les yeux. Elle n'en pouvait plus de le voir s'enivrer. Elle n'en pouvait plus de ses excuses qui ne trompaient personne. Qu'était-il devenu, l'homme gentil et tendre qu'elle avait épousé ? Comment en était-il arrivé là ? Elle songea une fois de plus qu'elle n'aurait pas dû s'entêter à garder son job. Si elle avait été près de son mari, jamais il n'en serait arrivé à ce point. Il n'était pas encore réduit à l'état de loque, mais ça viendrait. Jusqu'alors, il avait réussi à continuer à travailler dans l'entreprise qui l'employait depuis plus de quinze ans. Mais l'alcool, qui rongeait déjà son couple, avait commencé à attaquer son métier. Il avait d'ailleurs reçu un avertissement de son patron pour s'être présenté ivre chez un client. Il n'y en aurait pas d'autre. Un faux pas de plus et ce serait le licenciement.

— Viens dîner ! rugit-elle.

Il s'installa à table et vida son assiette avec l'air malheureux d'un gosse pris en faute. Elle ne savait pas si elle était fâchée ou si elle avait mal pour lui. Elle grignota à peine, elle avait l'appétit coupé. Elle débarrassa la table tandis qu'il repartait vers le salon et rallumait la télé. Elle ne savait plus à quoi Thibault ressemblait avant son naufrage. Il s'était détruit. Il avait détruit leur couple, broyé leur amour, abîmé la confiance qu'elle avait en lui. Pourquoi ? Elle n'entrevoyait que deux explications : il ne supportait pas de ne pas avoir eu d'enfant et elle était trop absente. Il ne s'était jamais remis de ne pouvoir être père et il avait refusé toutes les solutions proposées. Il ne voulait pas adopter. Il ne voulait pas non plus que sa femme reçoive la semence d'un autre. L'affaire était close. Constance n'avait plus abordé le sujet et s'était rendue à la raison : elle ne serait pas mère. À défaut, elle se donnait corps et âme à son métier et à son mari. À son mari... Sans doute pas assez. Elle était souvent loin de leur maison et il ne supportait plus la solitude. Elle ne savait pas quand tout s'était effondré. La dégringolade avait commencé bien avant l'alcool, quand Thibault avait montré les premiers signes d'une dépression. Constance l'avait alors encouragé à consulter le médecin. Ce qu'il avait fait. Le généraliste l'avait envoyé vers un psychiatre avec lequel il n'avait jamais entamé de véritable thérapie puisqu'il ne lui confiait rien. En revanche, il ressortait des rendez-vous avec une impressionnante ordonnance d'anxiolytiques et d'antidépresseurs. Puis les petites pilules et les comprimés s'étaient faits moins nombreux et Thibault avait commencé à prendre un verre, puis deux, puis trois…

Constance avait mis du temps à admettre qu'il buvait en cachette. Une nuit, elle avait été réveillée par un bruit de verre cassé. Elle avait retrouvé son mari bafouillant et titubant dans le salon. L'incident s'était répété. Thibault était alcoolique, il avait perdu la tendresse qu'elle adorait chez lui, mais pire que tout, il était devenu menteur. Sa dépendance à l'alcool lui faisait imaginer toutes sortes de stratagèmes pour boire. N'importe quand. N'importe comment. Il planquait le whisky dans le garage, dans sa voiture, ou dans la maison depuis que Constance jetait toutes les bouteilles qu'elle trouvait. Ce qui ne servait à rien. Sauf à être très mal à l'aise quand un ami venait à l'heure de l'apéritif et qu'elle n'avait rien à lui offrir… Thibault l'assassinait de reproches. Elle lui faisait vivre un enfer, prétendait-il. Et elle redoutait de s'opposer à lui de peur de le voir devenir violent. Dans les familles qui vivent ce drame de l'addiction, on parle souvent de cris, de coups…

Elle secoua la tête et sortit sur la terrasse pour fumer une cigarette. Elle contempla la glycine qui grimpait le long d'un mur et les tulipes qui parsemaient la pelouse de rose et de mauve. Il était temps de ressortir la table en teck et les chaises pour profiter du soleil. Au printemps, elle appréciait encore plus son cadre de vie. Quand ils avaient acheté cette maison rue Saint-Maur, à Rouen, elle avait été séduite par le jardin. Un petit écrin de verdure en centre-ville, non loin du cœur historique de la cité.

Après quelques travaux et aménagements, l'habitation était devenue très confortable. Pas grande, mais suffisante pour vivre à deux… Elle écrasa son mégot dans un pot rempli de sable et décida de rejoindre Thibault dans le salon. Elle s'installa dans un fauteuil, incapable de s'asseoir à côté de lui sur le canapé tant elle était contrariée. Et ce soir encore, bien qu'elle n'ait pas vu son mari depuis trois jours, elle n'aurait pas envie de faire l'amour avec lui. S'il en manifestait le désir, elle se laisserait faire. À moins qu'elle ne fasse semblant de dormir. Parfois, elle était incapable de sentir ses mains sur son corps, pas plus de répondre à ses baisers qui empestaient l'alcool… Leur vie de couple s'éparpillait.

Elle jeta un œil vers la télévision. Thibault regardait une série policière française. Elle tenta de s'accrocher à l'histoire un peu comme à une bouée. Mais son esprit revenait à Thibault. C'était à elle de le sortir de là. Toute seule. Il n'était pas question d'évoquer ce problème à son entourage. Elle ne l'avait jamais fait, pas même devant Michèle. La honte l'étouffait, l'empêchait de se confier. Une honte qui la taraudait dès qu'ils devaient se montrer en public. Elle refusait de plus en plus les invitations des copains. Physiquement, Thibault commençait à être marqué par la boisson. Son visage était bouffi, son teint brouillé, son ventre s'arrondissait comme une bonbonne et son corps entier devenait flasque…

Dix fois, vingt fois peut-être, Constance avait supplié Thibault de se faire soigner. Elle lui avait proposé de l'accompagner au CHU dans un service spécialisé dans l'addictologie. Il n'était pas malade, rétorquait-il. Et quand elle insistait, il jurait qu'il ne boirait plus. Des promesses jamais tenues. Au mieux il se tenait à carreau une journée, mais dès qu'elle avait le dos tourné, il s'enfilait une rasade de whisky. Lorsqu'elle était à bout, qu'elle se fâchait, qu'elle menaçait de le quitter, il se mettait à pleurer, perdu. Jamais il ne pourrait vivre sans elle. Si elle partait, il mettrait fin à ses jours. Elle était tout, pour lui. Une fois, elle l'avait retrouvé inconscient et elle avait appelé le SAMU. Elle n'avait pas oublié comment son cœur s'était mis à cogner comme un dingue dans sa poitrine lorsqu'elle l'avait découvert inanimé. Elle n'avait pas oublié l'arrivée des secours, la sirène du véhicule, la course à côté du brancard dans les couloirs de l'hôpital… Puis il y avait eu l'attente, et cette déferlante de sentiments qui l'avaient étranglée. La peur de perdre celui qu'elle aimait et la culpabilité, puissante, écrasante. Elle était responsable de cette descente aux enfers contre laquelle elle n'avait pas lutté avec assez d'énergie. Elle avait vu son mari couler et ne l'avait pas sauvé. Il avait fallu toute la gentillesse d'un interne et d'une infirmière pour la réconforter, la rassurer. Quand Thibault était sorti de l'hôpital, elle avait cru qu'ils allaient repartir de zéro. Deux jours plus tard, elle avait dû retourner à Paris et le soir même il était ivre. Une fois de plus, il avait su lui dire qu'il l'aimait et ne pouvait pas vivre sans elle, et une fois de plus, elle s'était sentie coupable de l'avoir abandonné pour sa carrière…

Mais ce soir, pourquoi avait-il bu ? Il aurait dû être heureux à l'idée de la revoir. Et pourquoi s'était-il caché dans le salon alors qu'elle était dans la cuisine ? Quel avait été le prétexte pour s'enivrer ? Elle se tourna vers lui et réprima l'envie de lui poser la question. Tout comme elle dut réprimer la tentation de le secouer pour qu'il réagisse, de lui hurler au visage qu'elle en avait assez. Épuisée, elle refoula sa colère. Elle n'avait pas l'énergie d'une nouvelle dispute. Elle le regarda un instant. Il était affalé contre les coussins, l'air hébété. Elle ferma les yeux. Le dégoût faisait chavirer son cœur.

— Je vais me coucher, dit-elle en passant devant lui sans l'embrasser.

Thibault leva un sourcil, incapable de répondre. Elle

en fut presque soulagée. Au moins, il ne la suivrait pas. Il allait s'écrouler, là. Il se réveillerait sans doute d'ici une heure ou deux. S'il avait encore une bouteille planquée, il avalerait une nouvelle rasade d'alcool, et quand il viendrait la rejoindre dans la chambre, elle dormirait. Pour en être sûre, elle avala un somnifère. Dormir et oublier. Et pourquoi ne pas prendre deux comprimés pour être sûre de passer la nuit ? Elle eut un sourire triste devant le miroir de la salle de bains. Finalement, elle n'était pas très différente de Thibault. Il picolait, elle prenait des somnifères… À chacun ses béquilles pour s'évader et échapper à la réalité. Elle redressa la tête et se regarda encore dans la glace. Elle avait vraiment une triste mine. Michèle ne cessait de le lui répéter. Depuis des semaines, entre les humeurs de son père et ses soucis conjugaux, elle était moins coquette. Elle négligeait de se maquiller, tardait à se rendre chez le coiffeur, ne songeait plus à porter des boucles d'oreilles. Elle avait également l'impression d'être moins patiente. À plusieurs reprises, elle s'était accrochée avec François Clécy, le costumier, et avait méchamment éconduit Franck Vallée qui la draguait sans cesse. La veille encore, elle s'était emportée contre une actrice qui ne maîtrisait pas son texte. Jamais elle n'utilisait un ton aussi cassant. Et puis, elle croulait sous le boulot. L'absence d'Éric Manche se prolongeait et elle avait écopé d'une partie de son job. Ce en quoi il n'était pour rien, le pauvre. Il souffrait d'un cancer du poumon et avait dû subir deux interventions consécutives. Des complications avaient retardé le début de la chimiothérapie. On ne le reverrait pas à France Télévisions avant longtemps… Penser à Éric rappela à Constance qu'elle avait omis de recontacter la jeune femme qu'elle suivait dans l'écriture de son scénario. Comment s'appelait-elle, déjà ? Elle ne parvenait pas à se souvenir. « Rebecca Beauvoir ! » s'écria-t-elle après de longues minutes de réflexion. Décidément, elle n'était bonne à rien. Même sa mémoire flanchait. Elle était à bout. Elle lorgna la boîte de somnifères. « Pas question de tomber là-dedans », murmura-t-elle en la rangeant. Si Thibault voulait se noyer dans l'alcool, qu'il le fasse tout seul. Il ne l'entraînerait pas dans sa chute.

4

Zachari sortit de la douche et s'enveloppa dans un peignoir. Il fila dans le séjour, s'arrêta devant la bibliothèque et augmenta le volume de la radio. France Musique rediffusait un concert donné à Lyon. L'artiste interprétait au piano l'*Adagio en ré mineur* de Jean-Sébastien Bach. Il esquissa trois pas de danse vers la fenêtre. Encore un jour pluvieux... Il alla se préparer un café et ronchonna en constatant que Rebecca avait oublié de racheter du sucre. Il ne le lui reprocherait pas car il avait besoin de maintenir le doux climat qui régnait entre eux depuis qu'il lui avait fait part de son désir d'être père. Il coupa une tranche de pain, y étala de la confiture en se demandant comment il allait se sortir de cette situation. Un marmot ? Même pas en rêve ! « On trouvera une solution », grogna-t-il en croquant dans sa tartine. Il était satisfait de voir les choses avancer comme il l'avait souhaité. Rebecca s'était absentée quelques jours à Paris pour son job. Elle profiterait de son séjour là-bas pour demander à son père une aide pour le financement de leur maison. Elle lui en avait déjà touché un mot par téléphone après avoir visité la demeure des Andelys, ils en discuteraient de vive voix. « Pourvu que la villa Montrouge ne soit pas vendue », murmura Zachari en rangeant sa tasse dans le lave-vaisselle. C'était sa plus grande angoisse. Une peur bien plus importante que sa promesse de donner à Rebecca un bébé. Chaque jour, il appelait l'agence immobilière pour vérifier que le bien était toujours disponible.

Pour le moment, aucune offre n'avait été faite. Son prix élevé n'attirait pas la clientèle.

Son petit déjeuner avalé, Zachari retourna à la salle de bains. Planté devant le miroir, il détailla sa silhouette. Il se trouvait séduisant malgré les années qui défilaient. Cependant, il avait pris un peu de ventre. Il se redressa, fronça les sourcils et suspendit sa respiration en contractant ses abdominaux. Ce n'était pas dramatique, mais il ne fallait pas qu'il grossisse davantage. Il se rapprocha un peu plus du miroir et observa son visage. Il était plutôt pas mal. Il replaça deux ou trois mèches de cheveux et sourit. Sa bonne étoile avait préservé sa jolie tignasse blonde bien fournie. On y devinait à peine quelques petits fils d'argent. Rien à voir avec ces quinquas au crâne dénudé ! « Mouais, encore appétissant, le mec ! » s'exclama-t-il en reculant.

Il attrapa sa chemise posée sur un cintre et l'enfila. Il se savait attirant et le regard des femmes le lui confirmait régulièrement. Une moue un tantinet boudeuse, un sourire en coin, une légère inclinaison de la tête ou un clignement de paupières, une attention ou un mot gentil et il faisait chavirer un cœur. L'âge n'avait rien ôté à son charme. Bien au contraire. Il lui avait donné des armes et il avait appris à jouer de ses fragilités et de ses imperfections. Il passa son jean et revint dans la chambre pour choisir une veste. Chemise blanche, jean… donc veste noire ! décida-t-il. Il s'arrêta devant la psyché pour se contempler une fois encore. Il était de ceux qui ont la chance d'être nés beaux et de voir le temps glisser sur eux… Il le savait mais n'ignorait pas que la beauté ne se suffisait pas à elle-même. Il fallait la cultiver et surtout y ajouter l'élégance, le raffinement et la finesse. Il saisit son flacon d'eau de toilette posé sur une console et vaporisa avec soin le creux de ses oreilles, sa nuque et ses poignets. À coup sûr, la belle Angie ne serait pas insensible à cette note masculine mais fraîche, subtilement boisée. Il l'avait rencontrée au dîner des Gefosse. Le couple avait reçu une douzaine d'invités parmi lesquels Angie Norfolk, une jolie jeune femme qui se disait comédienne, d'origine américaine et installée en France. Ce qui était totalement faux. Mais ça sonnait mieux que de s'appeler Élisa Boucher, née à Dunkerque… Zachari s'était empressé de s'intéresser à elle, à son métier. Tout naturellement, Lucie Gefosse les avait placés côte à côte à table et Zachari avait poursuivi la conversation durant tout le dîner. Il lui avait parlé des scénarios qu'il avait écrits et qui dormaient dans un tiroir de son bureau, n'attendant que le moment d'être confiés à un bon réalisateur.

— J'adorerais vous voir interpréter une de mes héroïnes, avait-il ajouté, penché vers Angie.

— Laquelle ?

— Diane !

— Racontez-moi tout d'elle.

— Diane est une femme belle et intelligente. Elle est grand reporter et revient à Paris après plusieurs années passées au Moyen-Orient. Elle découvre que ses parents, dont elle croyait qu'ils étaient morts dans un accident de voiture, ont été assassinés. Son enquête pour retrouver les meurtriers la conduit à une autre révélation : elle n'est pas enfant unique. Sa mère a eu une autre fille hors mariage. J'ai campé l'histoire entre Paris et la Normandie. Diane est parisienne mais toute son enfance s'est déroulée dans une petite commune située sur les bords de Seine. J'aime ces cadres un peu champêtres, particulièrement ce village, où tout le monde se connaît… Un cadre dans lequel on peut imaginer des secrets, des rancunes… Idéal pour une intrigue.

— Hum… Votre description me met l'eau à la bouche. J'aimerais bien lire votre scénario et en discuter avec vous.

Il n'en avait pas fallu plus pour que Zachari et Angie échangent leurs numéros de téléphone. Trois jours après le dîner, Angie proposait à Zachari de venir la rencontrer à

Paris. Ils avaient prévu de se retrouver dans un restaurant de la rue de Castiglione.

Zachari attrapa son sac, une élégante gibecière de cuir noir dans laquelle il avait glissé son texte. Il rangea son téléphone portable dans sa poche et accrocha sa montre à son poignet. Il avait largement le temps de se rendre à la gare. Quand il sortit, il constata qu'il ne pleuvait plus et que le ciel s'éclaircissait. Un bon présage, songea-t-il en montant dans sa voiture.

***

— Tu es contrariée, ma chérie ? murmura Hélène Beauvoir en caressant la main de sa fille.

Rebecca tourna les yeux, admira les jolis rideaux de velours pourpre qui tranchaient avec le gris pâle des murs. La décoration du séjour venait d'être refaite, donnant un nouveau cachet à ce bel appartement du 16e arrondissement dans lequel elle avait passé les plus belles années de sa vie de jeune fille. Par la fenêtre entrebâillée, on percevait en bruit de fond les voitures circulant dans la rue Géricault. Rien de dérangeant. Juste le bruit de la ville. Rebecca fixa de nouveau sa mère.

— Contrariée, non, mais un peu déçue. Je pensais que papa serait plus… comment dire… réceptif à ma demande. Vous m'avez toujours gâtée. J'ai pris de mauvaises habitudes. Mais ce n'est pas grave, je ne lui en veux pas.

Hélène soupira. Rebecca disait n'importe quoi. Elle avait été une enfant désirée et aimée, ni gâtée ni capricieuse. Elle n'avait manqué de rien. Lorsqu'elle avait quitté le foyer de ses parents pour voler de ses propres ailes, elle avait tenu à se débrouiller seule et avait trouvé des petits boulots pour s'en sortir.

— Je n'ai pas le sentiment de t'avoir donné plus qu'il ne fallait, lâcha Hélène. Quand tu es partie d'ici, tu as refusé notre aide et tu as tout assumé seule. J'en suis très fière, même si, je peux te l'avouer aujourd'hui, ça me tracassait. Je me demandais si tu avais de quoi payer ton loyer, te nourrir convenablement... Alors, t'entendre dire que nous t'avons donné de mauvaises habitudes... Où as-tu pêché cette bêtise ?

Rebecca se força à sourire et fit le tour de la table pour embrasser sa mère. Elle ne voulait pas d'un quelconque désaccord avec ses parents pour une histoire d'argent. Mais elle redoutait d'annoncer à Zachari que son père refusait de les aider à acquérir la maison des Andelys.

— Tu veux encore un peu de thé, maman ? reprit-elle sur un ton qu'elle voulait léger.

— Oui, s'il te plaît. Bon, et ce projet dont tu nous as glissé un mot hier sans vraiment nous expliquer, tu peux m'en dire un peu plus ? Tu semblais très excitée.

— Je le suis ! Depuis des années, Zachari m'exhorte à ne pas me contenter de mon job de dialoguiste. Il m'a maintes fois répété que je devais me lancer dans l'écriture d'un scénario. Je l'ai fait. Des mois de réflexion et de travail autour d'une histoire que j'ai imaginée de toutes pièces. Il y a quelques semaines, j'ai déposé mon synopsis sur le bureau de mon patron, ainsi que le texte intégral de la première partie.

— Première partie ? Parce qu'il y en a plusieurs ?

— Au début, je me disais que mon script tiendrait en une heure trente. Puis les idées ont fusé. J'ai pensé que ça pourrait donner un long métrage découpé en deux parties. Mais plus j'avance, plus je me dis que ça peut faire une série de six épisodes. Enfin, je crois... Je m'emballe peut-être pour rien.

— Mais non ! C'est super ! Je suis fière de toi. Il faut persévérer.

— J'écris la suite. Évidemment, je ne peux pas y consacrer tout mon temps. Mon gagne-pain reste la construction des dialogues qu'on me confie. Mais ça prend forme. Aujourd'hui, j'ai rendez-vous avec la réalisatrice qui me coache. Elle me conseille, j'apprends des tas de choses !

— C'est merveilleux, ma chérie ! J'espère qu'on va vite te signer un contrat.

— Ah, non ! Pas tout de suite, maman. Tout est encore en chantier. Ce matin, on va bosser sur la partie du texte que j'ai déjà rendue et réfléchir à la suite de l'histoire. J'ai encore bien des étapes à franchir avant de signer un contrat. Mais si je parviens au bout de l'aventure, ce sera une belle réussite, et accessoirement une rentrée d'argent non négligeable ! Insuffisante cependant pour nous permettre d'acheter la maison des Andelys. C'est pourquoi j'avais compté sur vous.

Sa mère hocha la tête sans savoir que répondre. Elle avait discuté avec son époux après que leur fille ait formulé sa requête. Jean Beauvoir n'était pas opposé à faire à sa fille une donation de son vivant. En revanche, il ne voulait pas que ce cadeau puisse atterrir d'une manière ou d'une autre dans les poches de Zachari.

— Ton père n'a pas refusé, dit Hélène en espérant consoler sa fille. Il a besoin de temps. Je suppose qu'il réfléchit pour savoir lequel de ses placements il touchera. Je le laisse faire. Tu sais bien que je ne me suis jamais occupée de tout ça. Par ailleurs…

Hélène suspendit sa phrase. Comment avouer que Zachari n'inspirait pas confiance à son mari ? Elle se souvenait de sa réticence la première fois qu'ils avaient rencontré celui qui deviendrait le fiancé de leur fille… Jean avait été immédiatement sur ses gardes. Zachari était attiré par tout ce qui brillait. Il venait d'un milieu moins aisé que le leur. On sentait qu'il voulait toujours plus, toujours mieux. Il était ambitieux, ce qui n'est pas un défaut en soi quand il ne s'agit que du désir de réussir sa vie. Mais il y avait de la prétention dans les envies de Zachari, de la convoitise et de l'arrivisme. Jean s'était toujours demandé jusqu'où il était prêt à aller pour parvenir à ses fins. Hélène ne s'inquiétait pas vraiment. Elle essayait d'arrondir les angles, de trouver à son gendre des excuses. Il avait un appétit pour les belles choses et fantasmait beaucoup. N'était-ce pas normal dans ce monde où la société de consommation proposait mille tentations ? La veille au soir, quand Rebecca avait rejoint sa chambre de jeune fille et qu'Hélène s'était retrouvée en tête à tête avec son époux, elle avait encore voulu défendre Zachari. Il aimait Rebecca… et Rebecca l'aimait. N'était-ce pas l'essentiel ? Jean l'avait tout de suite arrêtée. Son gendre était bien trop poli pour être honnête et bien trop cupide pour être sincère. Tôt ou tard, Rebecca en ferait les frais. Fallait-il qu'elle soit aveugle pour ne rien voir de ses manœuvres grossières ? Il ne voulait pas donner d'argent à leur fille. Du moins rien qui puisse finir sur le compte en banque de Zachari.

— Par ailleurs ? reprit Rebecca en grignotant un croissant. Que voulais-tu ajouter ?

— Ton père va prendre conseil auprès de son notaire… C'est important que tu ne sois pas lésée.

— Lésée ?

— Ton père n'est pas contre une donation, mais cette part d'héritage, c'est à toi seule qu'elle doit revenir. À toi seule. Tu comprends ?

— Mais je vis avec Zachari. On partage tout.

— Justement. Vous n'avez pas signé de contrat de mariage, et…

— Et quoi ? Que veux-tu insinuer, maman ?

Hélène soupira et se décida à lâcher le morceau et à lui expliquer clairement les craintes de son père. Si jamais Zachari quittait leur fille, si jamais le couple devait divorcer, leurs biens seraient partagés en deux.

— Ton père cherche à te protéger, c'est tout.

Rebecca passa la main dans ses cheveux. Elle n'en croyait

pas ses oreilles. Elle annonçait à ses parents qu'elle souhaitait acheter une maison avec Zachari et qu'ils allaient faire un enfant, et sa mère lui parlait de séparation et de fric… Des larmes piquèrent ses yeux et elle essuya ses paupières du bout des doigts.

— Maman, tu bousilles tout ! Tu écrabouilles mon bonheur. J'aime Zachari. On va avoir un bébé. Et toi, au lieu de te réjouir, tu…

Elle ne parvint pas à se contenir et éclata en sanglots. Hélène la regarda, au bord des larmes elle aussi. Elle maudit son mari qui la laissait gérer le plus délicat : les sentiments de leur fille.

— Calme-toi, Rebecca, et écoute-moi. Ce que veut ton père, c'est te mettre à l'abri ainsi que ton enfant. Nous souhaitons de tout cœur que Zachari et toi soyez heureux, mais au cas où il adviendrait un problème, tu serais préservée.

— Au cas où ! rugit Rebecca. Ainsi vous l'espérez, cette rupture ? Moi qui croyais que vous seriez ravis à l'idée d'être grands-parents !

— Parlons-en, de ce bébé. Je pensais que Zachari ne voulait pas d'enfants. N'est-ce pas ce que tu nous as dit quand tu nous as annoncé ton mariage ?

— Il a changé. Il a mûri… Il est prêt, maintenant.

Hélène pinça ses lèvres. Son gendre était prêt à être père au moment où il avait trouvé la maison de ses rêves et Rebecca, comme par hasard, changeait d'avis, oubliant son désir de revenir un jour habiter sur Paris… Plus Hélène y songeait, plus elle avait l'impression que Jean ne se trompait pas. Il avait vu clair en Zachari, au contraire de leur fille, trop éprise pour ouvrir les yeux. Elle s'ébroua. Non, impossible. Zachari avait des défauts, mais il n'était pas calculateur au point de manipuler Rebecca pour arriver à ses fins. Vraiment, je déraille, pensa Hélène.

— Ne pleure pas, ma chérie. Je me réjouis que tu puisses

enfin goûter au bonheur d'être mère. Et je serai la plus heureuse des grands-mères.

— Tu n'en as pas l'air.

— Vous précipitez tout, vous nous bousculez ! Je te le répète, ton père fera ce qu'il y a de mieux pour toi. Donne-lui le temps de s'organiser. Et toi, donne-toi le temps de tomber enceinte. Déménager n'est pas une priorité, il me semble. Vous êtes bien à Louviers. Le pavillon est certes petit, mais confortable. Vous pourrez y élever un enfant dans de bonnes conditions. En attendant de trouver mieux, bien sûr.

— La maison des Andelys risque de nous échapper.

— Elle te plaît tant que ça ?

— C'est un bel endroit pour fonder une famille.

— C'est vraiment ton vœu ? Vivre aux Andelys ?

— Oui, maman.

— Bien, soupira Hélène, loin d'en être convaincue. File te préparer. Ne sois pas en retard à ton rendez-vous de travail. Pour l'heure, c'est le plus important, non ?

— J'y vais.

Hélène s'efforça de sourire et embrassa sa fille. Si Jean avait vu juste, il n'y avait plus qu'à prier pour qu'il trouve une solution avec le notaire afin de garantir à Rebecca sa sécurité financière, et surtout que Zachari ne puisse jamais la dépouiller de ses biens propres.

5

Rebecca consulta sa montre et réprima une grimace. Il y avait près de trente minutes qu'elle patientait… La réalisatrice avait-elle oublié son rendez-vous ? Ou l'avait-elle annulé sans l'avertir ? Elle pensa à son téléphone qu'elle avait placé en mode silencieux afin de ne pas être dérangée pendant l'entretien. Elle le sortit de son sac, jeta un coup d'œil rapide à l'écran. Il n'y avait aucun message. Une sueur froide lui glaça le dos. Les pires hypothèses lui vinrent à l'esprit. Constance Trianon avait changé d'avis, tout était tombé à l'eau et personne n'avait songé à la prévenir qu'il n'était pas nécessaire qu'elle se présente à France Télévisions… Elle fit quelques pas pour chasser ces idées négatives. Devait-elle encore attendre ? Oui, lui conseillait la petite voix de la raison. Elle tenta de s'absorber dans la contemplation des clichés qui tapissaient un pan de la pièce dans laquelle on lui avait demandé de patienter. Des portraits de journalistes et d'animateurs de jeux télé, des photos de tournage sur lesquelles elle reconnut quelques comédiens figurant régulièrement dans des téléfilms des chaînes publiques. Des fictions contemporaines ou historiques de grande qualité qui séduisaient un audimat toujours plus nombreux.

— Madame Beauvoir ?

Rebecca sursauta et reconnut Constance Trianon qui s'approchait la main tendue.

— Je suis désolée d'être en retard, s'excusa cette dernière

en la saluant. La réunion a été plus longue que prévue. Vous me suivez ?

Elles entrèrent dans son bureau. Constance s'installa, ouvrit son ordinateur, sortit un dossier d'un tiroir. Elle le feuilleta rapidement, le reposa, s'empara d'une autre pochette. Que diable avait-elle fait de ces feuilles sur lesquelles elle avait gribouillé ses remarques lorsqu'elle avait travaillé sur le texte de Rebecca Beauvoir ? Cinq pleines pages de commentaires, d'observations et de questions. Le résultat d'un travail de plusieurs heures durant son dernier week-end à Rouen. Elle aurait mieux fait de tout enregistrer sur sa tablette. Elle avait préparé cet entretien avec soin car ce n'était pas son job habituel. En principe, quand on lui confiait un scénario, il était déjà ficelé. Cette fois, on lui demandait d'accompagner une scénariste débutante dans son travail d'écriture ! Elle attrapa une chemise cartonnée et l'ouvrit en réprimant un juron. Pas de trace de ces pages A4 sur lesquelles elle avait relevé l'indispensable. Elle souffla doucement, tentant de contrôler sa respiration. Elle avait encore passé une fin de semaine épouvantable à Rouen. Tiraillée entre une nouvelle crise de son père qui l'avait assommée de reproches, la traitant de fille indigne, et une beuverie de son mari qui s'était terminée par des éclats de voix et des larmes. Résultat, quand elle avait préparé ses affaires le dimanche soir, elle était à bout de nerfs, usée, liquéfiée… Elle avait jeté ses vêtements dans un sac avant d'enfermer son PC portable dans un cartable qu'elle emportait partout. Qu'avait-elle fait de ces malheureuses feuilles ? Elle se revit dans son bureau sous les combles… Impossible de se rappeler ce qu'elle avait fait de ses notes. Les avait-elle glissées dans un bouquin ? Ou dans le magazine *Pays de la Loire* qu'elle avait acheté pour s'imprégner de quelques paysages ? Elle ne savait plus… Elle serra les dents, sentant la colère qui montait en elle. Son père et son mari la feraient devenir chèvre…

Rebecca l'observait. La réalisatrice avait le visage fermé, fronçait les sourcils et paraissait soucieuse. Allait-elle lui annoncer quelque chose de désagréable ? La jeune dialoguiste eut un nouvel instant de doute. Elle ne put réprimer son émotion et battit des paupières pour chasser les larmes qui lui montaient aux yeux. Elle avait mis un peu de crayon au-dessus de ses cils et du mascara. Si elle se laissait aller, son joli maquillage allait couler et de vilaines traces noires marqueraient ses yeux. Cette pensée futile lui rappela qu'elle n'était plus une gamine et qu'elle devait faire front. Si son scénario était nul, si Constance Trianon refusait d'aller plus loin, elle le lui signalerait gentiment. Sans doute lui dirait-elle, selon la formule consacrée, que son texte était très intéressant mais qu'il ne correspondait pas aux attentes des chaînes publiques et qu'à ce titre il ne pouvait pas figurer dans les programmes de France Télévisions. L'aventure serait close. Mon Dieu, comme elle avait bien fait de tout cacher à Zachari ! La seule personne au courant était sa mère. Il lui suffirait de lui demander de garder le secret et personne ne saurait jamais qu'elle avait rêvé de devenir scénariste. Hélène serait évidemment déçue pour sa fille mais elle se tairait. Et elle-même n'aurait qu'à oublier ses rêves de grandeur. Au diable les châteaux en Espagne ! Elle continuerait à écrire des dialogues et elle élèverait dans la jolie maison des Andelys le fils qu'elle donnerait à Zachari. Cette pensée regonfla son cœur et son moral et l'envie de pleurer s'éloigna.

— Pardonnez-moi, dit Constance en renonçant à mettre la main sur ses notes. Reprenons votre synopsis. Le cadre spatial, d'abord. Les vignobles du pays nantais… Rive gauche ou rive droite de la Loire ?

— Je… euh… je ne sais pas, bafouilla Rebecca.

— Bon, pour le moment, on va dire rive gauche, entre Loire et Sèvre nantaise, non loin de Nantes. Je me souviens qu'un de vos personnages s'y rend souvent. De toute façon, j'irai sur place pour faire un repérage et on modulera si ça ne colle pas. Du côté des marais de Goulaine, par exemple, ça serait un joli cadre pour votre histoire…

Rebecca sentit une onde de soulagement parcourir son dos et elle sourit. Son scénario n'était pas rejeté ! Elle aurait voulu dire quelque chose, mais Constance Trianon avait de nouveau le nez baissé sur ses feuilles et parlait toute seule, réfléchissant à voix haute.

— Ah, oui, deux familles et deux époques. Pour la période contemporaine, ça ne devrait pas poser de problème. Pour l'autre, les années quarante, la Seconde Guerre mondiale… Ça suppose pas mal de matériel et un changement de décor côté habitation et chais… Il faudra aussi prévoir pour les vêtements. C'est un peu plus compliqué à mettre en place, mais j'aime les challenges.

Elle se recula dans son fauteuil et pencha sa tête en arrière comme pour se détendre. Elle fixa un instant le plafond et revint poser ses yeux sur Rebecca.

— Excusez-moi. Je suis incorrigible, je pense déjà à la réalisation alors que nous devons d'abord parler du texte ! s'exclama-t-elle. J'ai contacté Éric Manche qui m'a dit avoir été séduit par votre histoire et comment il avait imaginé les choses après avoir lu votre synopsis. Il a raison, il y a vraiment de bonnes choses dans votre scénario. Et une touche originale que j'apprécie beaucoup !

Rebecca soupira discrètement, encore un peu plus rassurée. Mais Constance Trianon l'impressionnait toujours autant. Cependant, son visage était un peu plus ouvert qu'à son arrivée, moins froid. D'énormes cernes marquaient ses paupières, qui la rendaient plus humaine. Fragile même, songea Rebecca. La réalisatrice avait l'air épuisé. Était-elle souffrante ?

— Le synopsis est complet, reprit Constance. À mon avis, l'écriture va vous emmener au-delà de deux ou trois épisodes. Vous ne croyez pas ?

— Justement, je me disais qu'on pouvait peut-être arriver à six épisodes.

— Six épisodes ? Mais alors, nous aurons une saga ! Le pilote est entièrement écrit. Quand pensez-vous avoir terminé la totalité du scénario ? Dans six mois, ou huit mois ? C'est possible pour vous ?

— J'ai bien avancé. J'ai écrit presque la moitié du texte. Six mois, oui, c'est possible. Mais…

— Ce serait bien… On aurait du temps pour le revoir ensemble.

— D'accord.

— Dans ce cas, je programmerai le tournage au printemps prochain, en mai et juin. Montage durant l'été, et votre série pourrait être sur le petit écran pour la rentrée suivante. Qu'en dites-vous ?

Rebecca sentit ses joues s'empourprer et se retint de battre des mains. Une onde de fierté, mélangée à un sentiment de joie, la traversa. Une seconde, elle imagina les étincelles dans les yeux de Zachari et de ses parents. Ils seraient si heureux pour elle !

— Pour le moment, reprit Constance, si vous le voulez bien, nous allons discuter de deux ou trois points qui ne vont pas dans l'épisode pilote. Pas d'inquiétude, ce ne sont que des détails. Si vous pouviez revoir tout ça rapidement et me renvoyer le texte par mail, ça m'arrangerait. Ensuite, je voudrais qu'on reprenne le synopsis et qu'on travaille les épisodes suivants. Il faut qu'on redécoupe l'intrigue. Nous ne sommes plus sur un téléfilm en deux parties mais sur une saga ! Ça vous convient ?

Rebecca acquiesça en souriant.

— Pour la partie contractuelle, ce n'est pas moi qui gère, ajouta Constance. Je vous conduirai tout à l'heure chez l'assistante de direction qui vous expliquera. En principe, la signature du contrat ne deviendra définitive qu'à partir du moment où vous m'aurez remis un texte complet.

Rebecca hocha de nouveau la tête. Un contrat ? Elle était aux anges. Mais il fallait revenir sur terre. Constance était de nouveau penchée sur le scénario, il n'était plus question de rêvasser.

6

Jean-Frédéric commençait à perdre patience. Depuis un quart d'heure il faisait les cent pas dans son appartement entre la cuisine et le salon, s'arrêtant devant la fenêtre pour guetter sa fille. Il consulta sa montre pour la dixième fois et saisit son portable, excédé.

— C'est pour aujourd'hui ou pour demain, Constance ? hurla-t-il lorsqu'elle lui répondit.

— Je suis coincée sur le boulevard du 11-Novembre. Il n'y a qu'une file au lieu de deux à cause des travaux. J'aurai du retard. Un gros quart d'heure, peut-être.

Il raccrocha sans dire un mot et retira ses chaussures. Quelque temps plus tard, il entendit un petit coup de klaxon. Constance, enfin ! Il se pencha au balcon.

— Monte ! cria-t-il.

Constance obtempéra d'un signe de la tête. Elle le trouva assis dans la cuisine en train de lire son journal. Il ne prit pas la peine de relever le visage tandis qu'elle se penchait pour l'embrasser. Elle sut tout de suite que les heures à venir seraient longues.

— Tu n'es pas prêt ? murmura-t-elle. Tu ne veux plus aller à Tourville ?

— Non, c'est trop tard.

Elle soupira doucement et décida de préparer un café. La veille, dès son retour de Paris, elle avait appelé son père car il lui avait laissé plusieurs messages insistants, auxquels elle n'avait pas répondu. Il avait besoin d'elle pour aller faire des courses et acheter des vêtements afin de renouveler sa garde-robe pour le printemps. Elle était fatiguée et aurait préféré profiter de son week-end chez elle, mais elle n'avait rien dit. Elle l'accompagnerait et passerait la journée avec lui. Il serait content et, elle, heureuse de lui faire plaisir. Jean-Frédéric conduisait encore et possédait une voiture, mais il ne s'éloignait guère de chez lui. Lorsqu'il voulait se rendre dans un hypermarché ou dans des boutiques de la zone commerciale, il comptait sur sa fille. Pendant longtemps, son gendre lui avait rendu ce service, mais à force de multiplier les caprices, Thibault avait capitulé.

— Je croyais que tu avais besoin de nouvelles chemises et de pantalons, avança Constance.

— On ira samedi prochain.

— Ah, non, ça ne sera pas possible.

— T'es jamais disponible pour moi.

— Mais ce matin je suis là. J'ai réservé toute ma journée pour toi.

— À contrecœur, sûrement ! Tu n'as pas pu t'empêcher d'être en retard…

Constance se tut, les larmes aux yeux. Réexpliquer les travaux sur le boulevard et les ralentissements qu'ils occasionnaient aurait été inutile. Elle servit deux cafés et déposa une tasse devant lui. Son père avait toujours eu un caractère difficile, excessif, mais avec l'âge il devenait insupportable. Où était passé le père aimant de son enfance ? Mille fois, elle s'était posé la question. Lorsqu'elle était petite, elle était tout pour lui et il était tout pour elle… C'est lui qui venait la chercher à l'école, qui cuisinait, préparait les plats qu'elle aimait. Il la gâtait de câlins et d'attention. Il jouait avec elle et lui racontait des histoires. Il lui avait appris à lire et s'émerveillait de la voir dévorer quantité de bouquins. Mais, petit à petit, il était devenu plus dur avec elle, l'astreignant à être la meilleure. Il ne fallait pas avoir 18 sur 20 si un autre élève avait eu mieux… Il fallait être la première en classe, exceller dans toutes les matières. Plus d'une fois, Constance était rentrée la peur au ventre parce qu'elle ne rapportait qu'un 15 ou un 16. Des résultats qui suscitaient chez son père une mine légèrement dégoûtée. Puis, à l'adolescence, les brimades, les reproches et les interrogatoires avaient commencé. Pourquoi était-elle arrivée à 17 h 30 et non pas à 17 heures ? Qu'avait-elle fait ? Où était-elle allée ? Avec qui ? Jean-Frédéric ne supportait pas de voir sa fille grandir. Bientôt, il allait la perdre, alors il devenait de plus en plus suspicieux et méchant.

Constance avait alors compris le calvaire que vivait sa mère depuis des années. Les larmes qu'elle cachait. Ses yeux rouges et épuisés. Sa frayeur lorsqu'elle rentrait tard le soir parce que son patron l'avait retenue. Elle devait franchir la porte à 18 heures, pas à 18 h 10. Sauf si elle avait une bonne excuse. Elle n'était ni timide ni effacée, mais écrasée par son mari. Elle se pliait à tous ses caprices. Il n'avait qu'à donner un ordre, elle l'exécutait sans broncher, redoutant de le mettre en colère. Malgré cela, Jean-Frédéric était capable de se fâcher pour un rien. Parce qu'il était d'un naturel belliqueux, parce qu'il aimait voir sa femme affolée. Plus il criait, plus elle perdait ses moyens et plus elle faisait n'importe quoi. Un verre lui échappait alors qu'elle l'essuyait, il avait enfin le prétexte d'entrer dans une rage folle. « Tu n'es vraiment bonne à rien ! aboyait-il. Et ne chiale pas ! » Effrayée, Constance allait dans sa chambre et mettait de la musique. Puis elle se couchait, la tête sous la couette pour ne plus l'entendre vociférer, pour ne plus entendre les coups de poing dans les portes... Elle n'oublierait jamais le soir où sa mère était venue se réfugier dans sa chambre. Elle s'était glissée à côté d'elle dans le lit et elles avaient dormi ensemble. « Ne t'inquiète pas, avait-elle dit à sa fille le lendemain. Ça n'arrivera plus. C'est ma faute. Je suis maladroite et ça le contrarie, c'est tout. » Constance avait fait semblant d'y croire. Puis elle avait commencé à s'opposer à son père et à défendre sa mère. Alors, il était devenu encore plus tyrannique. Plus pervers aussi, capable d'attendre que Constance s'absente pour terroriser son épouse. Une femme qui ne se plaignait jamais et qu'il avait usée…

— Alors, tu te décides ? demanda Constance après avoir déposé sa tasse vide dans l'évier.

Jean-Frédéric la foudroya du regard. N'avait-elle pas compris ? Il ne bougerait pas de sa chaise. Il la détestait quand elle osait l'affronter et restait plantée devant lui telle une gosse mal élevée. Ne pouvait-elle pas baisser les yeux ? Où était la gamine tendre et docile qu'il avait choyée ? Les enfants ne devraient jamais grandir ! Constance aurait dû demeurer *sa* petite fille. Et n'appartenir à personne d'autre. Il avait réussi à la dompter durant un temps en la focalisant sur sa réussite scolaire. Elle avait peu d'amis. Elle sortait rarement. Il avait lâché sur le mercredi après-midi pour ne pas trop serrer la bride. Puis il y avait eu le bac, les études supérieures, et il n'avait plus rien maîtrisé. Elle était devenue autre, presque étrangère. Maintenant qu'il vieillissait, il avait besoin d'elle. Mais il comptait bien la faire plier à ses ordres.

— Au lieu de rester plantée là, rends-toi utile. Décroche les rideaux du séjour. Tu n'auras qu'à les porter au nettoyage. Tu ne seras pas venue pour rien.

— Je t'emmène faire tes achats. La dame que tu emploies s'occupera de ça.

— Elle a déjà assez à faire.

Constance fit deux pas pour aller vers le cagibi où était entreposé l'escabeau, puis se ravisa et fit demi-tour. Pourquoi obéissait-elle ? Elle était venue le chercher pour sortir et passer un moment avec lui, pas pour être son larbin.

— Ta femme de ménage vient tous les matins, tu n'auras qu'à lui parler des rideaux lundi, décida-t-elle.

— Non, le lundi, elle fait les sols.

— Bah, mardi alors !

— Mardi, c'est la salle de bains.

— Elle ne passe pas deux heures dans la salle de bains, tout de même !

— Si tu t'occupais mieux de moi, je n'aurais pas besoin de cette dame.

— Mais je bosse ! J'ai déjà du mal à gérer ma propre maison.

— Foutaise ! Autrefois, les enfants ne laissaient pas tomber les parents. Je suis malade et tu ne t'en aperçois pas. Je pourrais crever, tu ne le verrais même pas ! Tu n'es qu'une ingrate.

Constance recula. Cette complainte, elle l'avait maintes fois entendue. Son père ne rajeunissait pas mais il était en parfaite santé. Physique, du moins, parce que dans sa tête, c'était moins sûr. Il déprimait depuis des années et refusait de consulter un spécialiste. Le médecin traitant s'était décidé à lui prescrire des antidépresseurs mais le traitement aurait dû être plus approfondi, et surtout complété d'un suivi avec un thérapeute.

— Oui, autrefois, les enfants ne laissaient pas tomber leurs parents, répéta son père. Ils les prenaient chez eux.

Alors voilà où il veut en venir ! songea Constance avec effroi. Il était hors de question qu'il vienne habiter chez elle. D'abord parce qu'il était autonome, ensuite parce qu'elle deviendrait folle ! Elle recula vers le séjour. La pièce était impeccable. Propre, rangée. À se demander s'il y mettait parfois les pieds… Il passait ses journées assis devant la table de la cuisine, non loin de la fenêtre pour voir qui entrait ou sortait de l'immeuble. Son occupation favorite depuis qu'il était à la retraite. Dans la bibliothèque du salon, les livres d'histoire étaient bien classés, parfaitement alignés. Constance reconnut la reliure de cuir des *Mémoires* de Charles de Gaulle, plusieurs ouvrages d'Alain Decaux, des romans de Robert Merle et les fantastiques *Rois maudits* de Maurice Druon. Pourquoi son père ne lisait-il plus ? Pourquoi se laissait-il aller à l'oisiveté ? Il s'ennuyait et déprimait. D'où ses accès de méchanceté.

— Tu vas bien, papa. Tu n'es pas malade et je m'en réjouis. Tu vois tout en noir parce que tu ne sais plus faire ce que tu aimes. Lire, par exemple… Le temps est long parce que tu n'as pas d'occupations. Je ne te prendrai pas chez moi. J'ai ma vie et un mari. Par ailleurs, je n'ai pas la place pour te loger et tu le sais. Et puis, que ferais-tu seul chez moi toute la semaine quand moi je n'y suis pas ?

— Évidemment… Je ne suis bon qu'à te donner du fric. Pour ça, tu sais me trouver !

— Du fric ? Mais je ne te demande jamais rien. Quand j'ai quitté la maison, rappelle-toi ce que tu m'as dit : « Tu pars, tu te démerdes ! » C'est ce que j'ai toujours fait. Jamais je n'ai attendu un geste de ta part. Et jamais tu ne m'as donné quoi que ce soit. Pas même quand j'ai perdu mon premier job. À l'époque, j'ai mangé des pâtes pendant des semaines, avec la peur de me faire virer de mon appart, de devoir abandonner mes études. Heureusement que ma propriétaire était gentille et qu'elle a bien voulu m'accorder un délai pour le loyer. Vraiment, tu exagères.

Son père venait une fois de plus de dépasser les bornes et elle risquait de ne pas pouvoir se contenir. Elle attrapa son sac, prête à partir. C'était mieux que de prononcer des paroles qu'elle regretterait ensuite.

— Ne pars pas sans que je t'y autorise ! hurla-t-il en tapant du poing sur la table.

— Tu crois m'impressionner ? Je ne te crains pas. Je ne suis pas maman.

— Laisse ta mère où elle est !

Constance le dévisagea. Il était vraiment malade. Elle fit un effort pour se calmer et s'assit de nouveau, espérant parvenir à nouer un dialogue constructif.

— Papa, murmura-t-elle, te rends-tu compte de ce que tu me balances ? À quel point tu me fais mal ?

— Et moi ? Tu ne crois pas que j'ai mal ? Qui sait que je suis seul ? Même toi, tu m'abandonnes. Tu viens me voir juste pour que je ne te déshérite pas.

Constance se leva. Cette fois, elle en avait assez entendu. Quoi qu'elle dise, il ne voulait rien comprendre et était incapable de discuter sans crier. Persuadé d'avoir raison, il attendait qu'elle plie devant lui. Elle ne capitulerait pas. Elle lui donna deux bises auxquelles il ne répondit pas.

« Il est en souffrance, murmura-t-elle en démarrant sa voiture. Il est en souffrance et il en veut à la terre entière... » Elle ne l'excusait pas, c'était seulement un constat. La situation s'aggravait. Depuis qu'il était à la retraite, les choses s'étaient accélérées. Sans doute parce qu'il se sentait inutile, parce qu'il avait perdu une partie de son prestige et qu'il ne pouvait plus mener personne à la baguette, comme il le faisait avec les ouvriers de l'industrie automobile où il travaillait quand il était chef d'équipe... Désormais, il n'avait plus personne sur qui exercer son pouvoir. Plus personne pour obéir à ses ordres. Ça le rendait hargneux. « Je dois me protéger, murmura-t-elle encore en rétrogradant devant un feu. Entre mon père et Thibault, je vais finir par craquer. »

C'était une évidence, mais en le disant elle avait le sentiment qu'elle pourrait conjurer le mauvais sort.

7

— À ta place, je reverrais les dernières répliques, conseilla Zachari. Le début est très bien mais la fin manque de peps !

Rebecca attrapa ses feuilles et son crayon. Les remarques de Zachari étaient souvent pertinentes et elle y prêtait la plus grande attention.

— Tu as raison, admit-elle en biffant deux phrases. Je vais modifier le dernier dialogue.

Zachari sursauta. Son téléphone vibrait dans sa poche.

— Un message maintenant ? s'étonna Rebecca dont la montre indiquait 23 heures.

— Un truc urgent à rectifier sur un script, marmonna-t-il après lecture du SMS.

Il quitta le canapé pour s'asseoir à son bureau et pianota sur le clavier de son ordinateur pour se donner une contenance. Le téléphone posé près de sa main, il relut le SMS envoyé par Angie. Elle le conviait à passer le week-end à Paris. Il effaça le texto. Il n'avait pas prévu que les choses prendraient une telle tournure. Pour leur premier rendez-vous, ils avaient déjeuné au restaurant puis elle l'avait entraîné chez elle. Ils avaient fait l'amour sur le divan. Une partie de jambes en l'air que Zachari avait à peine regrettée lorsqu'il avait pensé à Rebecca. Ce n'était pas la première fois qu'il la trompait, il considérait que ce n'était pas dramatique. Angie n'était qu'une aventure et elle avait sûrement l'habitude de traiter ainsi ses rendez-vous de travail. Mais il n'avait pas pensé qu'elle le relancerait aussi vite. Encore moins pour lui proposer un week-end en amoureux… Il titillait la souris, ne regardait aucune des pages qu'il ouvrait sur son écran. Trouver une échappatoire à l'invitation d'Angie était une priorité absolue.

— Je vais me coucher, murmura Rebecca en réprimant un bâillement. Tu me rejoins ?

— J'arrive dans cinq minutes.

Elle passa dans la cuisine, se servit un verre d'eau puis, discrètement, sortit la bouteille de champagne qu'elle avait mise au réfrigérateur et prit deux coupes. Elle emporta le tout dans la chambre. Elle avait imaginé cette surprise pour annoncer à Zachari qu'elle faisait ses premiers pas de scénariste. Elle jubilait en repensant à sa séance de travail avec Constance Trianon, puis à la signature de son contrat dans un bureau de la direction de France Télévisions. Après l'angoisse et l'incertitude, Rebecca respirait. Sa joie, c'était avec Zachari qu'elle voulait la partager. S'enivrer légèrement de quelques bulles, puis faire l'amour…

Toujours penché sur son PC, Zachari n'avait rien entendu des préparatifs de sa femme. Le SMS d'Angie le perturbait. Que croyait-elle ? Qu'il était à sa disposition ? Pas question de lui céder. Pas question de la contrarier non plus. Il avait besoin d'elle. « *Impossible ce week-end*, répondit-il. *Je m'absente pour le travail. Tu ne peux pas savoir à quel point ça me désole de ne pouvoir te rejoindre… Je t'appelle dès que possible. À très vite.* » Satisfait de cette promesse qui ne lui coûtait rien, il récupéra son texte, le relut et grogna de plaisir. Il avait bien bossé. Il regarda l'heure. Minuit. Avec un peu de chance, Rebecca dormait. Elle était dans les jours favorables à la conception d'un bébé, lui avait-elle dit. L'idée même lui coupait l'envie de faire l'amour !

Il passa dans la salle de bains et cogita en se brossant les dents. Dès qu'ils auraient acheté la maison des Andelys, il lui avouerait qu'il s'était trompé en se croyant capable d'être père. Rebecca serait contrariée, fâchée pendant quelques jours, mais elle reviendrait vers lui. Et le mioche serait vite oublié ! Satisfait, il entra sans faire de bruit dans la chambre plongée dans l'obscurité. La lumière s'alluma aussitôt.

— Surprise ! s'exclama Rebecca en lui tendant la bouteille de champagne.

— Jolie surprise, en effet, articula-t-il en découvrant sa femme dans une superbe nuisette bleu nuit en soie et dentelle. Tu es très en beauté.

Il songea qu'il n'échapperait pas à un câlin. Il fit sauter le bouchon puis servit deux coupes et en offrit une à Rebecca.

— J'ai quelque chose d'important à te dire, Zachari.

Il ferma les yeux quelques secondes, savourant l'instant. Elle allait lui annoncer que son père leur apportait les fonds nécessaires à l'acquisition de la villa Montrouge. Si les papiers étaient rapidement signés, ils pourraient s'y installer très vite et passer la fin de l'été au bord de l'eau.

— Tu te rappelles... reprit Rebecca en levant son verre. Tu m'as souvent dit que je devais écrire mes propres histoires, n'est-ce pas ?

— C'est vrai. Il faut toujours aller de l'avant. Rêver à plus, à mieux.

— Eh bien, je t'ai écouté. J'ai bâti un scénario, je l'ai proposé à France Télévisions et il a été accepté. Scénariste ! Me voilà scénariste ! N'est-ce pas formidable ?

Zachari tourna la tête pour se donner le temps d'analyser ce qu'il venait d'entendre. Il entrevit le rideau de satin bleu turquoise et le trouva très laid. Laide aussi, cette console en chêne blanchi sur laquelle Rebecca rangeait ses coffrets à bijoux et son parfum. Moche, la petite bibliothèque qui trônait dans l'angle de la pièce. Cette chambre était abominable. Comme toute cette maison. Il revint vers Rebecca. Ce qu'elle pouvait être énervante quand elle prenait son air énamouré ! Ainsi, elle avait mis ses conseils en pratique... Il aurait dû en être flatté, et heureux pour elle. Il n'y parvenait pas. Il avala une gorgée de champagne en réprimant une grimace. Cette boisson n'avait de champagne que le nom.

— Bravo ! dit-il enfin.

Elle le dévisagea. Son « bravo » sonnait faux. Il paraissait préoccupé et ne manifestait aucune joie. Avait-il un souci ? Peut-être que, tout à son excitation, elle n'avait pas remarqué qu'il avait des ennuis…

— Ça ne va pas ? murmura-t-elle en tendant la main.

— Si, si. Juste quelques problèmes à régler sur mon texte. Parle-moi de ton projet.

Elle raconta comment elle avait eu l'idée de ce drame familial, son travail de documentation, les fiches qu'elle avait bâties pour chaque personnage, puis l'écriture du script aujourd'hui bien amorcée.

— La secrétaire du grand patron de France Télévisions a bien voulu déposer mon manuscrit sur son bureau. Je n'y croyais pas, mais j'ai été contactée assez rapidement. J'ai eu plusieurs rendez-vous et mon projet a été retenu. Une réalisatrice me coache dans l'écriture. Pour le moment, je ne vais toucher qu'une petite avance, rien de folichon. Mais quand je remettrai l'intégralité du texte, la somme sera plus rondelette ! Ensuite, il y aura les droits !

— Et tu ne m'as rien dit de tout cela ? lâcha Zachari, vexé. Je croyais qu'on n'avait pas de secret l'un pour l'autre.

Rebecca se mordit les lèvres, gênée. Cent fois, elle avait hésité à se confier. Elle avait eu si peur d'être déçue et encore plus de le décevoir.

— Je pensais que ça ne marcherait pas. J'attendais d'avoir le contrat. Si j'avais échoué, j'aurais tout enterré et *basta* ! Je ne voulais pas que tu te moques de moi…

— Suis-je donc aussi… méchant ?

— Pas du tout. Tu réussis tout ce que tu fais. Moi, je ne suis pas grand-chose à côté de toi.

Il se renfrogna. Pour le moment, c'était elle qui réussissait. Jamais il n'aurait soupçonné qu'elle soit capable d'écrire un scénario. Encore moins qu'il soit retenu par une chaîne. Pourvu qu'Angie lui fasse une place dans le monde du cinéma ! D'ailleurs, n'avait-il pas commis une erreur en refusant son invitation ?

— Ce n'est pas tout ! ajouta Rebecca. Je suis censée rendre un texte complet d'ici six à huit mois, ensuite on retravaille les détails et on tourne à la fin du printemps prochain. Mai-juin serait l'idéal, *dixit* la production. Dans un peu plus d'un an, ma série sera sur le petit écran ! La saga de la rentrée, tu te rends compte ?

— Une saga ?

Il avait l'impression qu'on venait de lui asséner un uppercut et qu'il allait perdre connaissance. Malgré tout, la curiosité l'emporta.

— Tu m'en dis un peu plus ? Raconte !

— L'action se situe au cœur du vignoble du pays nantais, avec deux familles qui se font la guerre pour des terres.

— Un peu cliché, non ?

— Peut-être, mais ça marche toujours. Deux enfants échangés dans le passé, un grand-père qu'on a cru mort accidentellement mais qui en réalité a été assassiné par ceux du camp opposé. Une vieille femme un peu sorcière, un peu médecin, un de ces personnages qu'on craint et qu'on admire à la fois…

— Mouais, enfin, d'ici à réaliser une saga…

— C'est parce que tu n'as pas lu le synopsis ni le pilote. Tu verras, c'est étoffé !

— Étoffé… Étoffé… Je ne sais pas si tu as le sens des réalités.

— Je m'attendais à plus d'enthousiasme de ta part.

Elle reposa son verre, déçue par l'accueil que Zachari faisait à cette formidable nouvelle. Ainsi, il ne la croyait pas capable de relever le défi. Il devina à son visage chagriné qu'il était allé trop loin.

— Ce que je veux t'expliquer, c'est qu'il va falloir que

tu tiennes la route sur six épisodes. Tu vois, c'est un peu comme l'écrivain qui se lance dans un roman. Les premiers chapitres coulent tout seuls. Puis vient l'angoisse de la page blanche, celle sur laquelle on cale pendant des jours. Pour avoir écrit des textes bien avant toi, je sais de quoi je parle. Tu comprends pourquoi je t'exhorte à la prudence ? Il faut de la matière pour monter un tel scénario, et six mois pour l'écrire, c'est peu. Tu vas devoir te consacrer exclusivement à ça.

— Non, impossible. J'ai des commandes à assurer par ailleurs. Ce projet, c'est sur mes loisirs que je le construis.

— Ça promet…

— Que veux-tu dire ?

— Et nous, alors ? Quel temps va-t-il nous rester pour nous aimer ?

Elle fronça les sourcils, chagrinée. Elle était si heureuse qu'elle n'avait pas pensé une minute que ce travail allait grignoter leur vie de couple. Fallait-il qu'elle renonce à cette formidable opportunité ? D'instinct, elle sut qu'il n'en était pas question. Mais elle devait rassurer Zachari.

— Je n'aurai pas l'angoisse de la page blanche parce que j'ai cette histoire en tête depuis des mois et que je vis avec, même quand je ne suis pas en train de l'écrire. Quand je m'installe devant l'ordinateur pour reprendre le fil de mon script, ça vient tout seul. Il me restera toujours du temps pour toi, pour nous.

— Bien, dit-il, pressé de clore le sujet. Tu réserveras du temps, j'espère, pour notre installation dans notre nouvelle maison. À ce sujet, tu as vu ton père ?

— Oui, il s'en occupe.

— C'est-à-dire ?

L'air tendu de Zachari fit frémir Rebecca. Ce qu'il pouvait avoir la mine sévère, parfois !

— Il doit voir son notaire pour étudier avec lui ce qu'il peut revendre. Il n'a pas de liquidités.

— Ça m'étonnerait…

— C'est pourtant le cas. Tout son argent est placé.

— Bon, ce ne sera pas long, alors. Il suffit d'un clic pour bazarder des actions, non ?

— Je viens de te le dire, il souhaite étudier la question avec son notaire.

— On n'y est pas, alors… Bon, je suis fatigué. Belle nuit à toi.

Il l'embrassa d'un baiser sur le front et se tourna sur le côté. Il n'avait pas besoin de chercher un prétexte pour ne pas lui faire l'amour. Il ferma les yeux, l'entendit se relever, aller dans la cuisine, déposer les coupes dans l'évier. Le bruit caractéristique du verre dans la poubelle lui indiqua qu'elle avait jeté la bouteille de champagne. Tant mieux. Il était infect et il n'y avait rien à fêter.

Le matin suivant fut encore plus noir pour Zachari. Comme chaque jour, il consulta le site de l'agence immobilière. Il crut que son cœur allait s'arrêter quand, sur les photos de la villa Montrouge, il découvrit le mot « VENDU ». Incapable de contenir sa déception, vite transformée en rage, il fonça dans la cuisine où Rebecca achevait de déjeuner. Il l'assomma de reproches, puis attrapa une veste et sortit sans rien dire de plus. Dès qu'il eut quitté la maison, Rebecca appela sa mère pour l'informer que la maison des Andelys avait été vendue, omettant de préciser la colère de Zachari.

— C'était notre rêve, maman, murmura-t-elle en reniflant. Après la signature de mon contrat, acheter cette demeure coulait de source. Il ne me manquait plus que le petit coup de pouce de papa…

Un long silence avait suivi sa dernière phrase. Un long silence pendant lequel elle avait jeté un œil par la fenêtre. Une superbe journée s'annonçait, un 1er juillet ensoleillé et chaud mais qui, à Louviers, serait triste. Triste parce que la maison convoitée leur avait échappé. Et c'était sa faute. Elle aurait dû insister, harceler son père.

— Je suis certaine que vous trouverez rapidement un autre bien à vendre, répondit enfin Hélène Beauvoir. Ne sois pas découragée. Faites le tour des agences immobilières de la région. Prospectez sans vous enflammer.

— Oui, maman. Tu as raison.

— Et… toi ?

— Moi ?

— Le bébé ?

— J'ai du retard, mentit Rebecca. J'attends encore un peu avant de faire le test. Je t'embrasse, maman. J'ai un coup de fil à passer pour mon travail.

Elle raccrocha et mit la tête entre ses mains. Son monde s'effondrait. Depuis qu'elle avait cessé de prendre la pilule, elle avait compté les jours et noté les périodes de fertilité sur un petit calendrier. Hélas, Zachari se montrait peu empressé. Quand elle avait mentionné l'importance de faire l'amour à des dates précises, il l'avait rembarrée. On ne programmait pas un enfant. La nature déciderait du moment propice… Une pointe de chagrin piqua ses yeux. Elle pensa à leurs premiers rendez-vous en amoureux, à ces journées ensoleillées où ils étaient si heureux de se tenir la main, de s'embrasser et de bavarder… Comme tout ceci lui semblait loin ! Elle secoua la tête et essuya une larme. On ne pouvait pas rester épris comme aux premiers jours. Les soucis, les difficultés de la vie, la gestion du quotidien égratignent les couples… Le leur n'échappait pas à cette règle. Ils étaient dans une phase un peu compliquée. Peut-être avaient-ils voulu trop et trop vite. Elle saisit son ordinateur portable et ouvrit le fichier du scénario. Elle relut les dernières pages. Tout s'emboitaît à merveille. L'intrigue était semée de petits cailloux qui orienteraient le téléspectateur là où elle le désirait. Y compris sur de fausses pistes, pour plus de suspens. Une fois encore, elle s'étonna de la facilité avec laquelle elle construisait son histoire. Certes, elle devinait qu'on lui imposerait des modifications, mais dans l'ensemble, elle était sûre de son coup. Elle avançait plus vite qu'elle n'avait osé l'espérer. Ce qui lui laisserait du temps pour retoucher, finaliser, s'adapter à toutes les exigences de la réalisatrice…

***

— Tu vas me faire la gueule toute la journée ? demanda Jean.

— Arrête tes bêtises, murmura Hélène. Je ne boude pas. Je suis triste pour notre fille.

— Et moi, je suis consterné ! Atterré qu'elle vive avec un homme aussi…

Il retint l'insulte qui lui brûlait les lèvres et soupira.

— La maison des Andelys est vendue ? J'ai presque envie de dire que c'est tant mieux, reprit-il. Mais je connais Zachari et j'imagine aisément sa rancune. Et puis, ce contrat que Rebecca a signé, ça va le rendre méchant.

— Tu dramatises. Il n'y a rien de méchant chez lui.

— Non, je ne dramatise pas. En revanche, toi, tu minimises. C'est un furieux, un jaloux !

— Mais non. Il n'a pas de quoi l'être. Il a un bon job. Un job qu'il aime.

— Tu verras, il fera payer Rebecca pour cette opportunité. C'est un envieux, incapable de supporter le succès des autres, y compris celui de sa femme.

— Tu te trompes. C'est lui qui a insisté pour qu'elle se lance dans l'écriture d'un scénario. Elle n'a fait que suivre ses conseils.

— Il l'a encouragée en pensant que ça ne marcherait pas. Maintenant, il va enrager de la voir décoller.

— Arrête, Jean. Je ne dis pas que notre gendre n'a que des qualités, mais tu noircis la situation. Pour le moment, l'important est de les aider. S'ils trouvent une autre maison qui leur plaît, débloque l'argent nécessaire afin qu'elle ne leur passe pas encore sous le nez.

Jean secoua la tête sans répondre. Sa femme était-elle donc aussi aveugle que leur fille ? Zachari était-il à ce point séduisant pour que l'une et l'autre ne discernent pas ses défauts ? Passe encore pour Rebecca qui était jeune, éprise de son mari, et qui n'avait pas vraiment connu d'autres hommes avant sa rencontre avec Zachari. Mais Hélène…

— Je ne nie pas les défauts de Zachari, reprit Hélène en allant entrebâiller la fenêtre. Mais je crois que tu en rajoutes. Ne le prends pas mal. Tu es comme tous les pères vis-à-vis de leur fille. Protecteur, inquiet. Tu veux lui assurer la sécurité maximum et je ne peux pas te le reprocher. Cependant, on ne peut pas intervenir dans son mariage. Si nous voulons continuer à voir Rebecca, nous sommes bien obligés de supporter son mari. Même s'il n'est pas celui que nous attendions.

— À t'écouter, j'ai l'impression que je l'emprisonne.

— Non, mais elle reste ta fille. Au fond de toi, tu as du mal à la lâcher.

— N'importe quoi ! hurla Jean en se redressant.

Exaspéré, il fonça dans la cuisine et se servit une boisson fraîche. Il n'avait jamais cherché à retenir Rebecca auprès de lui. Il n'était jamais intervenu dans aucune de ses relations. Lors de la période un peu difficile de l'adolescence, il avait surveillé ses mots, ses attitudes, afin de ne pas la braquer. La jeunesse, c'étaient les plus belles années de la vie. Pour rien au monde il n'aurait voulu les lui gâcher. Sans doute n'avait-il pas été le père parfait. Mais en existait-il seulement un ? Il avait commis des erreurs, il les avait rattrapées autant que faire se peut. Avec Zachari, Rebecca allait droit dans le mur. Ainsi, il devrait se taire et regarder le navire sombrer ? Hélène se trompait et il devait lui ouvrir les yeux. Il revint vers le séjour. Elle était assise sur le canapé, la mine décomposée. Il prit ses mains dans les siennes.

— Pardonne-moi. Je ne voulais pas te peiner et je ne veux pas qu'on se dispute. Je vais t'avouer un truc que j'aurais préféré garder pour moi, mais tu me parais tellement éblouie par ce type que je ne peux plus me taire. La vérité, c'est qu'il me fait peur. Pas pour moi, mais pour le mal qu'il pourrait causer à Rebecca…

8

Constance regarda l'amoncellement de courrier sur son bureau et décida d'y mettre un peu d'ordre. Une grosse heure en tête à tête avec cette paperasse et elle serait tranquille, du moins l'espérait-elle. Son regard s'envola vers la fenêtre et elle soupira. C'était une magnifique journée de juillet, un temps à paresser sur la terrasse avec un bon bouquin.

— Allez ! Je m'y colle une fois pour toutes et j'irai profiter du jardin, murmura-t-elle pour se donner du courage.

Elle consulta sa montre. Thibault était parti faire du vélo avec Paul, un collègue de travail et ami. Une des rares personnes qui acceptaient encore de le fréquenter. Il ne reviendrait pas avant le dîner. Elle avait le temps de se débarrasser des corvées administratives, puis elle irait préparer une salade avant de se détendre. Ce soir, ils mangeraient sur la terrasse. Elle ouvrit les enveloppes qui lui étaient destinées, mettant de côté celles adressées à Thibault. Elle souffla de découragement en constatant qu'il ne s'occupait plus de son courrier. Il n'avait même pas rangé la nouvelle carte d'assurance de la voiture dans son portefeuille. De quoi être verbalisé en cas de contrôle. Il ne faisait plus attention à rien. Elle rangea les échéanciers des factures dont le montant était automatiquement prélevé sur leur compte en banque, jeta à la poubelle les informations qu'elle ne lirait jamais. Une lettre recommandée de la banque destinée à Thibault l'arrêta un instant, puis elle la mit de côté comme les autres. Prise d'un mauvais pressentiment, elle y jeta de nouveau un œil. Elle déchira fébrilement l'enveloppe. Une mise en garde ! Elle relut plusieurs fois le contenu du courrier, n'en croyant pas ses yeux. Un étourdissement la saisit et elle mit la tête entre ses mains. Le compte de Thibault était à découvert depuis plus de deux mois et les précédents salaires n'avaient pas comblé ce qu'il manquait. Constance n'avait pas besoin de demander à son mari des explications sur la nature de ses dépenses. Elle savait où partait son argent qui s'envolait en litres de whisky et en notes de bar. Les bars… C'était une habitude récente. Quand Constance était absente, il faisait la tournée des pubs de Rouen. Elle l'avait appris par un jeune voisin qui avait croisé Thibault dans un troquet. Elle lut encore la lettre. Il fallait combler ce découvert pour éviter de voir grimper les agios… Son mari avait deux livrets. Dès qu'il serait de retour, elle l'attraperait entre quat'z-yeux et l'obligerait à effectuer un virement pour renflouer son compte courant. Comment pouvait-il être aussi inconscient ? De nouveau, elle sentit la colère gronder en elle. Elle n'en pouvait plus de réparer ses bêtises, de veiller sur lui comme sur un gosse. Qu'allait-il devenir ? Un jour, il lui arriverait un pépin. Elle était terrorisée à l'idée qu'il prenne la voiture lorsqu'il était ivre, effrayée qu'il puisse avoir un accident ou qu'il mette en danger la vie des autres. Elle redoutait aussi que des problèmes surgissent dans son travail. Thibault finirait par être licencié. « Il faut que je le protège. Que je me protège moi aussi… » Elle parlait à voix basse comme pour mieux réfléchir, en espérant qu'une réponse miracle allait jaillir. Comment l'aider ? Elle soupira. Elle avait dû se poser cette question cent fois. Mais que faire pour quelqu'un qui n'était pas décidé à s'en sortir ? Thibault continuait à marteler qu'il n'était pas alcoolique. Ne voyait-il pas qu'il se faisait du mal ? Ne voyait-il pas qu'il bousillait leur couple ? Boire était devenu plus important que tout le reste. Elle ne parvenait même plus à communiquer avec lui… Quand ils se retrouvaient à table, ils n'avaient plus rien à se dire. Et aujourd'hui, au déjeuner, quand il lui avait annoncé qu'il allait faire une promenade à vélo en forêt de Roumare avec Paul, elle n'avait pas répondu, muette d'étonnement. Paul était un vrai sportif. Pas un amateur de bouteilles. Si seulement il parvenait à accrocher Thibault, à lui donner l'envie de cesser le gâchis… Devait-elle lui parler de ses soucis ? Les avait-il devinés ? Accepterait-il de lui donner un coup de main et d'entraîner plus souvent Thibault dans ses sorties à vélo ? Pédaler, requérir un effort de son corps, aller plus loin… Si cela pouvait permettre à Thibault de retrouver le goût des choses… Et de s'éloigner de l'alcool.

À chaque fois qu'elle tentait d'évoquer le problème avec son mari, elle se heurtait à un mur. Il n'était pas accro à l'alcool, elle disait n'importe quoi… Et il claquait la porte et la discussion était close. Elle ne reconnaissait plus celui qu'elle avait épousé. Quand elle le regardait, elle avait l'impression d'être en face d'un étranger. Elle n'avait plus aucun plaisir à passer du temps avec lui et elle s'en voulait. Elle n'allait tout de même pas le laisser tomber… Il était faible et fragilisé. À deux, il serait plus facile de sortir de ce mauvais pas. Elle essaya de s'en convaincre alors que le désarroi la gagnait. Elle se replongea dans le tri de la paperasse pour écarter la détresse qui la menaçait. Quand elle releva le nez, il était plus de 18 heures. Elle descendit à la cuisine et ouvrit la baie qui donnait sur le jardin. Elle rinça les tomates, les coupa en rondelles avant de les arroser d'un filet d'huile d'olive. Elle prépara ensuite des petits cubes de mozzarella et disposa des tranches de jambon de montagne dans une assiette. Puis elle sortit et s'installa dans un transat, alluma une cigarette et la fuma en écoutant le bruit des oiseaux et des insectes. Un SMS de son père interrompit sa rêverie. Comme à chaque fois quand elle découvrait ses messages, elle sentit les battements de son cœur résonner dans sa poitrine. « *Constance, passe me voir immédiatement.* » Estomaquée par le ton, elle décida de ne pas répondre et alluma une nouvelle cigarette. Après avoir écrasé son mégot, elle se dit qu'il était mieux de ne pas différer et appela son père. La conversation fut courte. Elle devait lui rapporter dans les plus brefs délais le jeu de clés qu'elle possédait. Il n'avait plus confiance en elle et refusait qu'elle puisse entrer chez lui comme elle le voulait. Elle raccrocha après avoir expliqué qu'elle ne ressortirait pas et qu'elle lui remettrait le trousseau dès qu'elle le pourrait. Elle se rallongea, incrédule. Son père lui réclamait les clés de son appartement parce qu'il avait peur qu'elle s'introduise chez lui quand il n'était pas là. Rêvait-elle ? Jamais elle ne se le permettait… Elle sonnait toujours, et s'il était absent, elle faisait demi-tour. Elle n'en revenait pas qu'il puisse penser d'elle des choses aussi terribles. Il était vraiment malade…

À 19 heures, Thibault et Paul n'étaient pas revenus. Sans doute prolongeaient-ils la balade. Elle se répéta cette phrase dix fois, mais à 20 heures, elle n'y croyait plus. Rongée par l'angoisse, elle appela Thibault mais n'obtint pas de réponse. Elle patienta encore, faisant les cent pas dans le salon. À 21 heures, n'y tenant plus, elle composa le numéro de Paul qui fut loin de la rassurer. Ils étaient rentrés de la forêt peu après 18 heures et s'étaient séparés en arrivant sur la place Cauchoise. Elle coupa court aux questions de Paul et lui promit de le rappeler plus tard. De la place Cauchoise à leur maison rue Saint-Maur, il n'y avait guère plus de trois cents mètres… Thibault avait-il eu un accident ? Au fond d'elle-même, elle savait déjà ce qu'il en était et elle se demanda si elle n'aurait pas préféré une mauvaise chute à vélo. Elle secoua la tête, furieuse d'avoir eu une telle pensée.

Avec quel argent Thibault pouvait-il aller consommer dans un bar ? Il était parti sans rien d'autre qu'une casquette et une bouteille d'eau glissée dans un petit sac thermos. À moins que… Elle s'empressa de fouiller dans son blouson. Elle y trouva son portefeuille et l'ouvrit. Il avait emporté sa carte bleue. Elle resta longtemps prostrée, assise sur la première marche de l'escalier, imaginant son mari affalé sur le comptoir d'un café, consternée qu'il ait prévu son coup. La promenade à vélo avec Paul n'avait été qu'un prétexte. Plus rien ne le retenait. Soudain, le téléphone sonna. Le numéro de Thibault s'afficha sur l'écran. D'une voix engluée par l'alcool, il raconta un mensonge qu'elle ne chercha même pas à comprendre.

— Où es-tu ? cria-t-elle. Dis-moi, que je vienne te chercher.

Il répondit qu'il était malheureux, qu'il ne pouvait pas rentrer parce qu'elle serait contrariée. Elle le supplia, hurlant et pleurant à la fois, promit de ne pas se fâcher. Il mit fin à la conversation, la laissant inquiète et désespérée. Quand elle entendit la porte s'ouvrir, il était 1 heure du matin. Sur la table basse du salon, le cendrier débordait de mégots. Elle avait fumé cigarette sur cigarette. Dans l'entrée, sale et puant, Thibault se débattait avec les lacets de ses baskets. Sans hausser le ton, elle l'aida à se débarrasser de ses chaussures, le força à grimper à l'étage et à passer sous la douche. Puis elle le mit au lit. Il essaya de l'agripper pour l'embrasser, elle le repoussa. Elle attendit qu'il s'endorme et redescendit s'allonger sur le canapé. Elle savait qu'elle ne fermerait pas l'œil malgré son extrême lassitude. Où était la solution ? Longtemps, elle avait espéré qu'elle aurait assez de ressources pour aider Thibault à s'en sortir. Mais c'était impossible. Elle ne se sentait plus assez forte pour supporter d'éternels affrontements. « En voulant l'aider, je l'enfonce. Et je m'enfonce moi aussi », pensa-t-elle. C'était devenu une évidence. Elle allait laisser des plumes dans ce combat contre l'alcool. Elle regarda l'heure. 2 h 22. Dans quelques heures, elle prendrait le train pour Lyon. Elle se souvint qu'elle n'avait pas fait son sac et remonta dans la chambre. Thibault ronflait. Dans la pièce, il se dégageait une odeur atroce de sueur et d'alcool qui lui souleva le cœur. Il transpirait ce qu'il avait bu. Elle redescendit, déposa ses bagages à l'entrée et fila à la cuisine pour se préparer un café. Elle était à la fois soulagée et torturée de partir, de laisser Thibault seul face à ses démons. Elle emportait des vêtements pour la semaine, un tournage était prévu à Charbonnières-les-Bains. En préparant ses affaires, elle avait décidé qu'elle ne rentrerait pas le week-end suivant. Elle demanderait asile à son amie Michèle. Peut-être que Thibault prendrait enfin conscience du danger qui menaçait leur couple… Quant à son père, il attendrait quinze jours pour récupérer ses clés !

Elle se servit une grande tasse de café et le dégusta lentement, l'esprit tourné vers le passé. Elle avait été heureuse dans cette maison. Elle se souvenait des premiers mois dans les cartons et la poussière. Ils avaient fait changer les fenêtres et poser une verrière pour éclairer le séjour. La cuisine et la salle de bains avaient été refaites à neuf. Ils avaient achevé les travaux eux-mêmes, le ponçage de l'escalier et des parquets, la peinture et la déco… Ils y avaient passé des week-ends entiers. C'était une belle période de leur vie. Le soir, lorsqu'ils se couchaient, parfois brisés d'avoir œuvré comme des forcenés, ils faisaient l'amour avec douceur et s'endormaient dans les bras l'un de l'autre. Il ne restait rien de cette époque. Tout était en miettes. Écrabouillé par le rouleau compresseur de l'alcool. Constance sentit les larmes brûler ses paupières et ne chercha pas à les retenir. Elle pleura longtemps, rongée par l'impuissance. Son couple sombrait et elle ne savait que faire pour éviter le naufrage.

Vers 4 heures, elle monta se doucher. Thibault n'avait pas bougé. Elle empoigna ses sacs et sortit. La ville s'éveillait à peine et le spectacle de l'aube se levant sur les vieilles maisons lui fit un bien fou. Il fallait qu'elle sorte Thibault de sa tête pour se concentrer sur la semaine à venir. Ça ne pourrait que lui faire du bien. Demeurer à ses côtés et le pister ne servait à rien. Tous les subterfuges étaient bons pour qu'il picole ! Quand se rendrait-il compte de la gravité de la situation ? Le fait qu'elle ne revienne pas à Rouen le week-end prochain provoquerait-il l'électrochoc attendu ? Sa décision de ne pas rentrer n'était pas ce qu'elle souhaitait au fond d'elle-même, mais c'était un leurre suffisant pour qu'elle monte dans le train à destination de Lyon sans être rongée par le remords.

9

De grosses gouttes de pluie ruisselaient sur les vitres, le ciel était sombre, indigne de l'été. Zachari alluma une cigarette et soupira. Cette maison lui sortait par les yeux. La quitter était devenu obsessionnel. Il écrasa son mégot d'un geste rageur, fit bouger la souris. L'écran de son ordinateur se ralluma sur un ravissant portrait de Rebecca. Il haussa les épaules. Elle était à Paris. Elle devait remettre un travail qu'elle venait de terminer et faire le point sur son scénario avec la réalisatrice qui la suivait. Comme d'habitude, elle logeait chez ses parents…

Ces derniers temps, il avait fait des efforts pour se montrer gentil avec Rebecca et la tactique avait fonctionné. Ils filaient de nouveau le parfait amour, comme deux tourtereaux. Elle était souriante et épanouie, heureuse d'avoir retrouvé le Zachari qu'elle aimait. Il se montrait radieux, bavard et débordait de compliments à l'égard de sa jeune épouse, fidèle à l'objectif qu'il s'était fixé. Il y mettait tout son cœur, comme un bon comédien lorsqu'il entre sur scène et se glisse dans la peau de son personnage. Il ne restait plus aucune trace de sa mauvaise humeur lorsqu'il avait perdu – « perdu » était le mot qui lui venait aux lèvres quand il y pensait – la jolie demeure des Andelys achetée par un autre que lui. Il avait appris qu'Édouard Saint-Martin mettrait bientôt en vente sa propriété située dans la vallée de l'Eure. Cette fois, il ne laisserait pas la chance s'envoler. Il avait plus que jamais besoin de son épouse pour piocher dans le portefeuille bien garni de Jean Beauvoir…

Son regard fit le tour de la pièce et s'arrêta sur le PC de Rebecca. Il alluma une autre cigarette, contempla la fumée qui s'évadait par la fenêtre entrebâillée. La pluie avait cessé et le ciel semblait s'éclaircir. Soudain, il se décida à faire ce qu'il tramait depuis un moment et bondit de sa chaise. Il alluma le PC de Rebecca, ouvrit plusieurs fichiers, trouva celui qui l'intéressait et le copia sur une clé USB avant de revenir à son bureau et d'enregistrer le contenu du document dans son ordinateur. Il fit défiler le texte. Rebecca avait bien avancé… Bien plus qu'elle ne le lui avait dit. Bien plus qu'il ne l'avait imaginé. Trois épisodes sur six étaient écrits, le quatrième était en chantier. Comme le synopsis était complet, il pouvait se faire une idée de l'histoire du début à la fin. Il grimaça. Ce n'était pas mal du tout. Plutôt bien même, s'avoua-t-il en fronçant les sourcils.

Il bouda quelques instants puis ouvrit un cahier dans lequel il crayonna quelques pistes. La structure était bonne, il fallait la conserver. Il suffisait de changer le lieu et l'époque. Il laissa son esprit galoper et une idée jaillit. La Provence, les champs de lavande, les oliveraies, deux familles ennemies… Pour le retour en arrière, les années soixante n'étaient pas mal du tout. Il tenait son histoire. Il allait l'écrire. Il y consacrerait le reste de l'été et proposerait un scénario dès l'automne. Pourquoi pas à cette grande chaîne privée qui a le vent en poupe actuellement ? Une autre question s'imposa. Qui, dans ses contacts, pourrait servir de passe-droit ? À qui pourrait-il confier la délicate mission d'intervenir auprès des décideurs ? Angie… Il lui envoya aussitôt un SMS. Juste pour lui dire qu'elle lui manquait, qu'il aurait voulu être dans ses bras. Il avait remarqué combien ces mots avaient un pouvoir magique sur les femmes. Quand on veut obtenir beaucoup, rien de tel que les jolies déclarations… Et ça ne coûte rien ! Angie avait un carnet d'adresses bien rempli. Il se félicita d'avoir préservé leur relation, même si ça n'était pas toujours simple. Mademoiselle était capricieuse, exigeant de lui qu'il la rejoigne une fois par semaine à Paris. Son job lui fournissait les prétextes dont il avait besoin pour passer quelques heures avec sa maîtresse et il avait fini par s'habituer à cette double vie. Il y avait même pris goût. Ils allaient au restaurant, puis chez Angie… Quand ils marchaient dans la rue, il se méfiait toujours de crainte de croiser une connaissance, veillant à ne pas être trop proche d'elle. Parfois, elle lui volait un baiser, ou glissait son bras sous le sien. Il redoutait ces démonstrations publiques. Si jamais on l'apercevait avec elle, il serait obligé de bricoler une explication et il n'en avait nullement envie. Une fois, il l'avait accompagnée à un casting et ils avaient déjeuné avec le producteur. Une autre fois, ils s'étaient rendus ensemble à une première de film. Il en avait profité pour discuter avec quelques personnalités du cinéma durant le cocktail qui avait suivi la projection. Ça pouvait toujours servir. En attendant, il fallait faire bouillir la marmite. Un contrat avec la télévision serait le bienvenu.

Il bascula la tête en arrière pour se délasser, faire passer cette raideur de la nuque qui le faisait souffrir lorsqu'il restait trop longtemps assis à son bureau. Il se pencha sur son cahier et reprit son crayon. Il était temps de construire le résumé parfait. En utilisant celui de Rebecca, l'exercice ne serait pas difficile. Il la coifferait au poteau car son texte serait meilleur. Elle pouvait toujours mener à bien son projet avec une chaîne publique, lui aurait mieux. Ce serait *la* saga de l'été. Pas un téléfilm parmi d'autres.

***

— Rebecca ! Rebecca !

La jeune dialoguiste se retourna et il lui fallut quelques secondes pour repérer celui qui l'interpelait au milieu de la foule qui se pressait dans le hall de France Télévisions.

— Azzedine ! s'écria-t-elle en ouvrant les bras.

Il se jeta contre elle, ravi de son accueil. Ils restèrent l'un contre l'autre comme pour savourer l'étreinte de ces retrouvailles imprévues. Rebecca souriait, se demandant depuis combien de temps elle n'avait pas vu Azzedine Meknès.

— Pas loin de dix ans, dit-il en devinant son interrogation silencieuse.

— C'est fou ! T'as pas changé !

— Toi non plus. Tu es même plus jolie qu'à l'époque où nous campions dans les antichambres des producteurs à espérer un contrat.

Elle fit la moue, un peu sceptique, et rougit. Il avait l'air si sincère.

— Toujours dans la musique ? l'interrogea-t-elle.

— Jusqu'alors ce n'était qu'une passion. Mais les choses commencent à bouger !

— Explique-moi tout.

Azzedine travaillait pour le cinéma et la télévision, dans la production audiovisuelle et l'animation. Bruiteur, il devait reproduire des sons, le bruit d'une porte qui grince, le claquement d'un coup de feu, les feuilles mortes qui craquent sous les pas… Il s'était résolu à suivre cette formation lorsqu'il avait compris qu'il ne parviendrait pas à réaliser son rêve de compositeur. Du moins qu'il ne pourrait pas en vivre.

— Bientôt cinq ans que je suis monsieur effets sonores ! Entre le murmure de l'eau et des chips qui croustillent, je fais du montage son chez France Télévisions. Mais je ne suis pas salarié. Je bosse au contrat.

— Un véritable intermittent du spectacle !

— Malgré les aléas du statut, j'aime cette liberté. Elle me laisse du temps pour composer. Mais parle-moi de toi. Mieux, même, dit-il en jetant un œil autour de lui. On ne va pas rester plantés au milieu de ce hall. Suis-moi, je t'emmène prendre un verre et tu me racontes ce que tu deviens. Je veux tout savoir.

Rebecca faillit refuser mais ne s'en sentit pas le courage alors qu'il lui saisissait doucement le bras pour l'attirer vers la sortie. Sur l'esplanade, face à la Seine, les badauds profitaient du retour du soleil. Après deux jours de pluie, Paris était de nouveau à l'heure d'été. Un homme passa près d'eux et fit demi-tour, apostrophant Azzedine.

— Stellio ! s'exclama Azzedine. Décidément, c'est la journée des belles rencontres.

Il embrassa son ami et fit les présentations. Rebecca connaissait Stellio Mirano de nom, producteur réputé dans le monde du cinéma et de la télévision.

— Je n'ai pas le temps de bavarder, s'excusa Stellio en donnant une tape sur l'épaule d'Azzedine. On m'attend. On se voit ce soir chez moi comme prévu ? J'ai invité quelques personnes sympathiques, des gens liés à notre projet, précisa-t-il en décochant un clin d'œil à Azzedine. Je t'en dirai plus tout à l'heure. Faites-moi le plaisir de vous joindre à nous, dit-il en se tournant vers Rebecca. Je serai ravi d'accueillir une amie d'Azzedine. 20 h 30 ! ajouta-t-il en s'éloignant.

— Super ! Ça nous laisse deux petites heures pour discuter avant d'aller chez Stellio, lança Azzedine en souriant à Rebecca.

— Mais je ne vais pas aller chez ce monsieur !

— Il t'a invitée !

— Parce qu'il est poli et qu'il ne pouvait pas faire autrement.

— Ah, non ! Tu te trompes. Il n'est pas comme ça.

— De toute façon, je ne peux pas. Mes parents m'attendent.

Azzedine éclata de rire. À 35 ans, Rebecca était encore une gamine. Ne pouvait-elle pas appeler sa mère et se décommander ? Il insista et elle finit par capituler. Elle le suivit jusqu'à la terrasse d'un café. Elle dut faire face à un flot de questions, lui parla de son travail de dialoguiste à la télévision, puis de l'orientation récente de sa vie professionnelle avec son scénario qui serait bientôt adapté pour le petit écran.

— C'est merveilleux ! s'extasia Azzedine. Ta carrière s'envole. Ça doit te combler de joie. Et pour le reste ? Un amoureux ? Des enfants ?

Il connaissait une partie de la réponse, ayant remarqué qu'elle portait une alliance.

— Je suis mariée depuis plus de cinq ans à Zachari Montrouge. On vit en Normandie. On est heureux. Pour les enfants, c'est à l'étude !

Elle ne vit pas la grimace qu'Azzedine n'avait pu réprimer lorsqu'elle avait prononcé le nom de Zachari Montrouge. Il fit un effort pour poursuivre la conversation sur un ton normal, mais cette révélation l'avait profondément contrarié. Si Montrouge avait une excellente réputation dans son travail, on le disait arrogant, faux, retournant sa veste comme personne. Surtout, les rumeurs couraient qu'il était un sacré coureur de jupons… Azzedine avait croisé le bonhomme à plusieurs reprises, dont une fois dernièrement, dans une réception. Zachari y accompagnait une comédienne. Ils étaient bras dessus, bras dessous et semblaient manifestement être plus que des *amis*. Mais lui-même n'avait-il pas pris Rebecca dans ses bras lorsqu'ils s'étaient retrouvés dans le hall de France Télévisions quelques instants plus tôt ? Il préféra se taire. Peut-être se trompait-il. Après tout, il ne le connaissait pas. Si ce Montrouge aimait Rebecca, s'il la rendait heureuse…

— J'aurais voulu me changer, dit-elle en avalant la dernière goutte de sa limonade.

— Tu es parfaite ainsi !

Il ne mentait pas. Il la trouvait jolie. Comme elle l'avait toujours été. Son visage avait gardé un air juvénile. Sa silhouette aussi. Il avait toujours été amoureux d'elle… En secret. Quand il était parti aux États-Unis pour tenter sa chance dans la musique, il avait échangé des mails avec Rebecca. Et puis, un jour, il avait coupé les ponts. Pour ne plus penser à elle. Jamais il n'aurait cru la retrouver. Jamais il n'aurait cru qu'en l'espace de quelques secondes l'étincelle pouvait se rallumer. Ses sentiments pour elle n'avaient pas changé. Il se demanda même si ça ne redémarrait pas plus fort. Il retrouvait tout ce qui lui avait plu chez elle, comme ces petites fossettes qui creusaient ses joues quand elle souriait. Combien de fois avait-il eu envie d'y poser ses lèvres ? Rebecca était comme avant… Comme dans ses rêves les plus fous.

— Je ne suis pas habillée pour une soirée, répéta Rebecca.

— Et moi, je te dis que tu es parfaite ! Je ne profiterai de toi que quelques heures, alors je ne veux pas en perdre une miette ! Je t'ai, je te garde. Au moins pour ce soir.

Elle éclata de rire, Azzedine aussi. Il devait freiner ses émotions. Elle était mariée. Elle ne lui offrirait rien d'autre que son amitié et il n'en exigerait pas davantage. Mais Dieu, qu'elle était jolie ! Il soupira et but une gorgée de coca, espérant calmer ses ardeurs. Un court instant, il regretta cette rencontre qui ne faisait que remuer le couteau dans la plaie. Il aurait eu moins mal s'il ne l'avait pas revue. Pourquoi la forcer à l'accompagner chez Stellio ? Ne serait-ce pas une torture d'être auprès d'elle sans pouvoir la toucher ? La prendre dans ses bras ? Non… tant pis. Il saurait garder ses distances. Malgré la douleur des sentiments non partagés, il était bien à côté d'elle. Il percevait l'air qui gonflait ses poumons et sentait battre son cœur…

— On y va ? dit-il après un long silence. Stellio habite dans le Marais. Métro ?

— Métro ! Comme au bon vieux temps ! Tu te souviens quand on fraudait car on n'avait pas un sou ?

— Je me souviens de tout.

Elle sourit et il s'autorisa à lui donner un baiser sur la tempe. Il n'avait rien oublié. Leurs fous rires, leurs discussions, leurs soirées passées à refaire le monde. Et cette jolie robe rouge qu'elle portait dix ans plus tôt, la dernière fois qu'il l'avait vue avant de prendre l'avion pour New York…

***

Constance arriva chez Stellio l'estomac noué et elle respira un grand coup avant de sonner. La fin de journée avait été terrible. Pas à cause du travail, mais de son père. Il l'avait appelée à maintes reprises, engorgeant le répondeur de messages. Constance n'avait pu en prendre connaissance qu'en sortant de son bureau. Avait-elle bien entendu ce que son paternel disait ? Assise sur une des marches de l'esplanade, elle avait contemplé la Seine avant de se décider à le joindre. La conversation n'avait pas duré longtemps. Jean-Frédéric avait déposé plainte contre une de ses voisines qui logeait deux étages au-dessus de lui, l'accusant de commander à son chat de se soulager sur le rebord du balcon de façon à ce que l'urine dégringole sur le sien. Constance avait expliqué à son père qu'il était peu probable que la voisine soit parvenue à dresser son chat et elle lui avait conseillé de retirer sa plainte afin de ne pas créer de souci avec son voisinage. Peut-être le chat s'était-il oublié… Jean-Frédéric avait rugi. Sa propre fille ne le croyait pas ! Elle ne le soutenait pas ! Il finirait par déposer une plainte contre elle pour maltraitance. Et il avait raccroché, laissant Constance sidérée.

— Content de vous revoir, Constance ! s'exclama Stellio en lui ouvrant la porte. Entrez ! Kurt est déjà là. Ainsi que d'autres amis. Prenez un verre !

Il l'accompagna dans le séjour et repartit aussitôt vers le vestibule pour accueillir de nouveaux invités.

— Ça va ? demanda Kurt en s'approchant de Constance. Tu m'as l'air épuisée.

— Ça va, répondit-elle.

Elle n'avait pas envie de raconter ses soucis. Kurt souriait, comme toujours. Elle le suivit jusqu'à une table et se servit un jus de fruits.

— Tu es sûre que ça va ? insista Kurt en la dévisageant.

— Sûre. Tiens, regarde. Voilà Azzedine ! Et Rebecca Beauvoir. C'est son projet que j'ai récupéré. Un de ceux dont Éric devait s'occuper…

— Tu ne vas pas la saluer ?

— Je termine mon verre d'abord.

Kurt pinça les lèvres. Quoi qu'en dise Constance, elle n'allait pas bien. Mais il préféra ne pas insister.

En découvrant l'appartement de Stellio Mirano, rue de Picardie, Rebecca songea qu'elle aurait adoré vivre là, au cœur de Paris, à deux pas du métro, à quelques minutes des cafés et des terrasses, des restaurants, des cinémas, des théâtres… À deux pas de la Seine aussi, des quais, de Notre-Dame. Bref, à proximité de tout ce qui lui manquait dans sa campagne normande. Le séjour se composait de deux pièces d'un beau volume. Des rayonnages de livres occupaient tout un pan de mur. Des photographies, des tableaux et des lithographies complétaient la décoration. Deux canapés, des fauteuils, une bergère, une méridienne, quelques poufs se répartissaient sans ordre apparent autour de deux tables basses et d'une console d'acajou. Le parquet était recouvert de tapis aux tons vifs qui rendaient la pièce encore plus chaleureuse. Rebecca se sentit tout de suite à l'aise. Stellio n'avait réuni que quelques amis, tous venus en tenue décontractée. Certains étaient debout devant les fenêtres ouvertes, profitant de la douceur de la fin de journée. D'autres étaient assis et bavardaient. Sur les tables basses, des plateaux proposaient des toasts, des petits fours salés, des tomates cerises, des rondelles de saucisson et des morceaux de fromage. Stellio happa Azzedine et l'entraîna un peu à l'écart. Ils s'accoudèrent à la croisée ouverte. Rebecca en profita pour détailler Azzedine. Il était resté le même, bien qu'il ait perdu les traits enfantins qui se dessinaient encore sur son visage avant son départ pour New York. Il était plus mûr, toujours joli garçon. Il avait conservé son sourire et son regard n'avait rien perdu de sa douceur. Elle repensa avec émotion à cette bonne époque quand tous les deux étaient à la recherche d'un emploi stable et où ils se contentaient de peu. Son cœur s'emplit de nostalgie et elle secoua la tête. Peut-être enjolivait-elle les images du passé… Il est des souvenirs qu'on embellit parce qu'ils sont très lointains. N'était-elle pas encore plus heureuse aujourd'hui, avec Zachari ? Ils avaient des projets professionnels, ils envisageaient d'acheter une maison et d'avoir un enfant. Son bonheur était là. Elle se détourna d'Azzedine pour se concentrer sur Stellio Mirano. Il portait un jean et une chemise blanche en lin dont il avait relevé les manches jusqu'aux coudes. Il avait la peau légèrement hâlée et son bronzage faisait ressortir ses yeux bleus et ses cheveux poivre et sel. Il devait avoir la cinquantaine, comme Zachari. Les pensées de Rebecca s'envolèrent vers son mari. Quand il apprendrait qu'elle était allée à une soirée chez Stellio Mirano, il n'en reviendrait pas ! Elle se rembrunit et décida qu'elle ne lui parlerait pas de cette soirée, ni dans quelles circonstances elle s'était retrouvée invitée chez le producteur. Elle n'avait pas envie d'évoquer ses retrouvailles avec Azzedine. Zachari en serait contrarié.

— Champagne ? proposa une invitée à Rebecca en lui tendant une coupe.

Rebecca écarquilla les yeux en reconnaissant Constance Trianon.

— Pardon, je ne m'attendais pas à vous rencontrer ici.

— Vous paraissez… isolée.

— Je ne connais personne, sauf Azzedine ! Et vous ! sourit Rebecca. Merci pour le champagne.

— Azzedine est un de vos amis ?

Rebecca n'eut pas le temps de répondre. Une petite fille de 4 ou 5 ans venait de débouler dans le salon, un lapin en peluche dans les bras.

— Papa ! Papa !

Stellio se retourna, sourit et tendit les bras vers la fillette.

— Que fais-tu là, mon amour ? Tu devrais être au dodo.

— J'ai pas envie de dormir.

— À cette heure les enfants sont au lit, murmura Stellio. Pardonnez-moi, je vais la recoucher.

Tandis qu'il quittait la pièce avec sa fille pendue à son cou, Azzedine rejoignit Constance et Rebecca.

— Stellio est marié ? s'étonna son amie. Je croyais que c'était un célibataire endurci !

— Il a été marié, chuchota Azzedine. Sa femme est décédée dans un accident de voiture peu de temps après la naissance de la petite. Je crois qu'il a encore beaucoup de chagrin. Elle était tout, pour lui. Elle lui a donné Alessia sur laquelle il veille avec attention. C'est un vrai papa poule. Quand il doit partir sur un tournage, s'il ne peut pas l'emmener, c'est sa sœur Elvire qui s'en occupe.

— Il n'évoque jamais ce drame, ajouta Constance.

— Vous le connaissez bien tous les deux ? demanda Rebecca.

— J'ai rencontré Stellio aux États-Unis, répondit Azzedine. Puis je l'ai revu à Paris. J'ai eu la chance de bosser trois fois pour lui au montage son ou comme bruiteur, et on a sympathisé.

— J'ai également eu l'occasion de travailler à ses côtés, ajouta Constance, mais je suis davantage une connaissance qu'une amie.

Stellio réapparut quelques minutes plus tard et ouvrit une nouvelle bouteille de champagne. Rebecca se sentait comme une enfant, émerveillée de découvrir un monde où tout était nouveau pour elle, un monde où l'on parlait de films, d'acteurs, de décors. Des discussions de passionnés. Pas de celles qu'elle entendait chez les Gefosse où il n'était question que de gros cachets, de célébrité et des paillettes qui vont avec.

— Pardonnez-moi, dit Constance. Un appel.

Elle s'éloigna, le téléphone collé à l'oreille, mais Rebecca eut le temps de distinguer sa mine assombrie. Azzedine se rapprocha de son amie. Elle était si désirable qu'il avait envie de la prendre par la taille. Il se retint et reposa son verre. Un peu trop d'alcool et il ne pourrait plus se maîtriser davantage.

— Tu vois que tu passes une bonne soirée !

— Oui, je ne regrette pas d'être venue. Alors, comme ça, tu connais Constance Trianon ? C'est avec elle que je travaille pour mon scénario.

— C'est une chance. Elle est très professionnelle.

— Mais un peu… distante.

— Non, pas du tout. Tous les gens présents, ce soir, sont sympas. Stellio ne s'entoure que de personnes qui lui ressemblent.

— Avec sa notoriété, je l'imaginais… comment dire… menant une vie plus luxueuse. Son appartement est chaleureux, rien de tape-à-l'œil.

— À l'image de Stellio ! Tout dans la discrétion.

Rebecca approuva. C'était ainsi qu'elle aurait aimé vivre. Dans un logement confortable, joliment meublé, avec un salon assez grand pour recevoir une dizaine d'amis et passer une soirée agréable. Elle songea encore aux réceptions des Gefosse, où tout était organisé selon un protocole bien défini, où les femmes portaient des tenues de cocktail… Elle avait oublié comme la simplicité était bonne.

— Tu me trouveras trop curieuse si je te demande de quoi vous avez parlé, Stellio et toi ? chuchota Rebecca en se penchant vers son ami.

Azzedine la fixa et crut qu'il allait perdre les pédales en voyant son petit minois se pencher vers lui, la bouche entrouverte. Il avait une furieuse envie de l'embrasser et se mordit les lèvres. L'avoir à deux pas de lui et ne pas pouvoir la serrer dans ses bras était une torture. Penser qu'ils se sépareraient bientôt, qu'elle poursuivrait son existence et lui la sienne lui déchirait le cœur.

— Ne me réponds pas si ma question t'embarrasse, reprit Rebecca en se méprenant sur le mutisme de son ami. Il y a parfois des projets sur lesquels on préfère rester discret.

Elle posa la main sur son bras pour le rassurer et il sentit une décharge électrique le traverser de la tête aux pieds. La douceur de ses doigts sur sa peau faillit avoir raison de lui.

— À toi je peux tout dire, murmura-t-il d'une voix rauque. Stellio va produire une série pour la télé. C'était l'objet de sa visite d'aujourd'hui à France Télévisions. Il adapte une histoire écrite par un auteur de polars suédois. Six épisodes de cinquante-deux minutes. Suspens, énigme... Dans le bouquin, le récit se situe dans un village de pêcheurs au sud de Stockholm. Stellio l'a transposé à Yport, en Normandie. La mer occupe une place importante dans le scénario. Stellio apporte les capitaux et choisit son équipe. Constance coréalisera avec lui. Quant à moi, je serai sur le générique comme auteur-compositeur !

— C'est génial !

— Carrément ! Stellio m'avait fait part de ce projet il y a plusieurs mois. J'ai commencé à composer un thème musical. Maintenant que les contrats vont être signés, je peux me mettre au travail sérieusement.

— Le tournage est pour bientôt ? La diffusion est déjà prévue ?

— La première partie du tournage aura lieu en janvier, l'autre de la mi-août à la fin octobre. La diffusion, je n'en sais rien.

— Je suis heureuse pour toi ! s'écria-t-elle en se dressant sur la pointe des pieds pour lui donner un baiser sur la joue.

Mille fois, elle l'avait embrassé ainsi lorsqu'ils étaient jeunes. Mille fois, il avait été secoué par cette tendresse. Il ferma les yeux. Se plonger dans la composition de la musique allait l'occuper un bout de temps et l'éloigner des pensées qui le taraudaient depuis quelques heures. Des pensées ? Une obsession nommée Rebecca. Il eut une nouvelle fois la tentation de la serrer contre lui, de l'embrasser à pleine bouche. Une violente douleur embrasa ses tripes.

— Tout va bien, Azzedine ? demanda-t-elle, inquiète.

Il était blanc comme un linge et des perles de sueur coulaient sur son front.

— Ça va, articula-t-il. Juste un étourdissement.

Il se força à sourire. C'était comme dans la chanson : « *Tu me fais tourner la tête… Mon manège à moi, c'est toi…* »

10

Constance s'appuya sur le lavabo et releva la tête. Elle eut du mal à reconnaître son reflet dans le miroir. Ses yeux étaient rouges et gonflés, ses traits n'avaient plus d'autre expression que celle du chagrin. De la fatigue aussi. Quelques jours de congé à Rouen et elle était dans un état encore plus lamentable qu'après les plus folles journées de travail. Elle fit couler de l'eau et se pencha pour rafraîchir ses joues et sa bouche. Elle n'en pouvait plus. Elle avait présumé de ses forces. Elle s'était dit qu'en se noyant dans le boulot et qu'en ne rentrant à la maison que le week-end elle tiendrait bon. Mais les deux hommes auxquels elle tenait le plus l'abîmaient, l'épuisaient. Bientôt, elle jetterait l'éponge. Elle avalerait une boîte entière de somnifères et s'endormirait pour toujours. Fini la peur, fini la souffrance, fini les faux-semblants. La paix. Pour l'éternité.

Elle ferma les paupières et essuya son visage. La veille, elle avait passé la journée avec son père, se bouchant les oreilles pour ne pas entendre les piques qu'il lui lançait. Elle avait essayé de conserver le sourire et de bavarder comme si de rien n'était. Elle lui avait rendu ses clés sans poser de question. Il les avait rangées sans un mot. Ensuite, elle l'avait interrogé à propos du chat qui urinait sur son balcon et de la plainte qu'il avait déposée… « La plainte ? Quelle plainte ? avait-il rétorqué. Qu'est-ce que tu me chantes ? » Elle l'avait dévisagé sans répondre. Avait-elle imaginé tout ça ? La folie la guettait. Pourtant, elle avait bien lu les nombreux messages qu'il lui avait laissés à ce sujet. Il suffisait qu'elle écoute son répondeur pour lui fournir la preuve de ce qu'il lui avait dit. Mais elle s'était tue. Quand elle l'avait quitté, en fin d'après-midi, elle avait rencontré une voisine dans le hall de l'immeuble. Elles avaient bavardé quelques minutes. Sandra Louvet s'était extasiée sur la gentillesse de Jean-Frédéric, un homme si agréable ! Constance avait écouté sans moufeter, elles ne devaient pas parler du même homme… « Vous avez beaucoup de chance, avait conclu la voisine. Avoir un père aussi généreux ! Vous savez, il est peiné de ne pas vous voir davantage. Oh, ce n'est pas qu'il se plaigne, mais je sens qu'il aimerait que vous vous occupiez un peu plus de lui. Hier encore, il me disait qu'il vous avait donné 15 000 euros afin de vous aider à achever les travaux dans votre maison. C'est formidable ! » Le cœur de Constance avait bondi dans sa poitrine et elle avait coupé court à la conversation. Ainsi, son père ne se contentait pas de la traiter d'ingrate mais la faisait passer pour une profiteuse aux yeux des autres… Quels autres bobards pouvait-il colporter ? Son amour-propre en souffrait. Et elle n'avait aucun soutien. Même plus celui de Thibault… Longtemps, son mari avait été l'épaule sur laquelle elle avait pu se reposer et pleurer lorsque son père la malmenait. Maintenant, elle était seule. Thibault se moquait de tout et buvait plus que jamais. La veille, il était rentré ivre. Il n'avait même pas pu monter l'escalier et s'était affalé dans le canapé. Ce soir encore, il traînait dehors, sûrement dans un bar en train de boire, lui infligeant un nouveau moment de solitude, d'attente et d'angoisse, à se demander quand il serait de retour et dans quel état. Constance était à bout de nerfs. Elle regarda encore une fois la boîte de somnifères et la rangea avant de redescendre.

Au rez-de-chaussée, elle eut un pincement au cœur en contemplant les meubles qu'ils avaient choisis ensemble, les bibelots, la déco… Des souvenirs qui avaient fait de cet endroit une pièce agréable où elle aimait se poser, retrouver Thibault, bavarder avec lui, se blottir dans ses bras. Ce confort était devenu dérisoire et l'atmosphère douillette du séjour ne parvenait plus à l'apaiser. « On aurait pu être heureux », murmura-t-elle. Ce bonheur, elle en avait rêvé. Elle pensa à sa mère qui, bien que vivant aux côtés d'un tyran, avait toujours conservé l'espoir que les choses s'arrangeraient. Et puis un jour, quand elle avait compris qu'elle se trompait, que tout espoir était vain, elle avait sombré. Constance avait vu sa mère s'enfoncer dans la dépression. Elle s'était juré qu'elle l'aiderait à s'en sortir, qu'elle la sauverait, qu'elle l'éloignerait du despote ! Elle n'en avait pas eu le temps. Sa mère, rongée par des années passées à l'ombre de ce pervers narcissique, était partie durant son sommeil. Les brimades et la peur, les phrases assassines ou les silences prolongés avaient eu raison de son cœur qui s'était arrêté de battre. Elle n'avait pas 40 ans. Quelques mois plus tard, Constance, enfin majeure, se sauvait et coupait les ponts avec son géniteur. Elle s'était débrouillée pour financer ses études, multipliant les petits jobs. Et elle avait rencontré Thibault qui n'était que gentillesse, douceur et tendresse. Au même moment, elle signait son contrat avec France Télévisions. L'avenir était alors plein de promesses. Elle avait mis ses ressentiments au placard et était retournée vers son père. Elle avait espéré tous les possibles : il ne serait plus cet homme autoritaire et dominateur, il redeviendrait ce papa aimant qui l'avait choyée lorsqu'elle était haute comme trois pommes. Ses illusions avaient été vite balayées, tout comme toutes ces belles années passées auprès de Thibault, que l'alcool avait effacées. Depuis combien de temps le cauchemar durait-il ? Quand Thibault avait-il basculé ? Constance l'ignorait et, de toute façon, le savoir n'aurait rien changé. Elle avait bien alerté ses beaux-parents, les priant de lui venir en aide. Une bouteille jetée à la mer pour rien car ils avaient minimisé le problème. Leur fils était un bon vivant, pas un alcoolique. Au pire, c'était un souci passager dont il se sortirait très vite… Bref, ils n'avaient pas eu envie de gérer la situation. Ils coulaient des jours paisibles dans le sud de la France et rien ne devait troubler leur tranquillité. « Personne, murmura Constance, il n'y a personne pour m'épauler. »

Sa dernière carte, elle l'avait jouée en appelant Paul, le collègue et l'ami de Thibault. Était-il prêt à lui donner un coup de main pour sortir son mari du piège dans lequel il était tombé ? Paul avait été honnête. Il avait tenté d'entraîner son pote dans ses sorties à vélo. Thibault avait dit oui, puis il avait écourté les balades, avant de les refuser. Paul avait une femme, des enfants, ses propres soucis. Le vélo était un moyen d'évacuer la gestion d'un quotidien bien rempli. Il n'avait pas envie de tendre la main à quelqu'un qui mentait et s'enivrait à la première occasion. Et surtout de créer des problèmes dans son couple. Constance n'avait pas insisté. Elle le comprenait. Même le rendez-vous qu'elle avait pris à l'hôpital la semaine précédente ne lui avait rien apporté. Elle y était allée seule pour savoir comment elle pouvait sortir son mari de son addiction. « Allez vers la vie pour lui donner le désir de vous suivre, avait préconisé le médecin. Travaillez et vivez comme d'habitude pour qu'il vous rejoigne. Cessez de penser à l'alcool et sortez tous les deux. À l'hôpital, nous pouvons accompagner le patient dans le sevrage. La psychothérapie proposée est là pour aider le malade à comprendre le rôle de l'alcool dans sa problématique, pour le soutenir dans sa reconstruction. Il doit retrouver une image de lui-même qui le valorise. Les thérapies de groupe permettent de se sentir moins isolé. L'abstinent doit bénéficier d'un soutien important. Mais comprenez bien que ça ne peut marcher que si le patient est volontaire. » Désabusée, Constance était ressortie du cabinet plus paumée que lorsqu'elle y était entrée. La médecine n'avait aucun remède si Thibault ne se lançait pas lui-même dans le sevrage… Elle avait imaginé que si elle appelait au secours, si elle disait que son mari se mettait en danger, on pourrait lui apporter une solution. Il n'en était rien.

Ce matin, au petit déjeuner, dans une tentative désespérée elle avait fait part de son mal-être et de son découragement à Thibault. Sans prononcer une seule fois le mot alcool. Sans crier. Elle avait évoqué leur amour et tout ce qu'ils avaient construit ensemble. Elle avait été à deux doigts de lui proposer de changer de vie, d'abandonner son travail, de renoncer à sa carrière à la télévision pour rester à Rouen auprès de lui. C'était l'ultime sacrifice qu'elle pouvait lui offrir s'il cessait de boire. Il avait caressé sa main en lui recommandant de ne pas se tracasser. Puis il lui avait proposé de l'accompagner faire les courses, ce qui n'était pas arrivé depuis des mois. Ils étaient descendus jusqu'à la place du Vieux-Marché. Ils s'étaient extasiés devant les étals de la halle, avaient acheté des fruits, des légumes, du poisson et des fromages. Ils s'étaient arrêtés à la terrasse d'un café et, comme elle, il avait commandé un jus de pomme bien frais. « Que dirais-tu de partir au soleil pour les fêtes de fin d'année ? lui avait-il proposé. Ça nous ferait du bien. Maroc ? Égypte ? N'importe quelle destination pourvu qu'on y trouve le beau temps. Ce serait notre cadeau de Noël ! » Elle était restée muette avant d'approuver. Elle avait senti son cœur s'emballer. Avait-elle trouvé les mots justes ? Avait-il enfin mesuré ce qu'il gâchait ? Avait-il enfin décidé de sauver ce qui pouvait l'être ? Elle avait de nouveau songé à son job qui les éloignait. Devaient-ils repartir de zéro l'un et l'autre ? Ailleurs, avec d'autres projets. Elle s'était promis d'y réfléchir. Si Thibault faisait un pas pour s'en sortir, elle était prête à faire des concessions.

Dans l'après-midi, il était parti en laissant un mot sur la table de la cuisine. *« Je vais à la Fnac, j'ai repéré deux ou trois CD qui me plaisent. »* Il était plus de 22 heures et il n'était toujours pas rentré… C'était la fin du rêve. Elle attrapa son portable, puis se ravisa. Elle ne l'appellerait pas. Pour quoi faire ? Pour le supplier de rentrer ? C'était inutile. Elle débarrassa la table et rangea la vaisselle propre. Les lasagnes avaient refroidi dans le four qu'elle avait éteint depuis longtemps. Elle recouvrit le plat d'un film et le rangea au réfrigérateur. Plus rien n'avait de sens. Pas même de cuisiner. Elle ferma la fenêtre. L'air était très frais, septembre touchait à sa fin et elle n'avait pas profité de l'été. Une grande lassitude l'envahit. Elle éteignit la lumière de la cuisine et se rendit au salon. Elle ouvrit son ordinateur portable et reprit le scénario de Rebecca Beauvoir. La jeune femme avait bien avancé. Les personnages étaient campés avec subtilité, les dialogues étaient soignés, chaque mot sonnait juste. « C'est bien, excellent boulot, murmura Constance. Je lui enverrai un mail demain. » Elle fit encore défiler le texte, entama la lecture du troisième épisode, mais son esprit s'égarait, revenant sans cesse à Thibault. Lasse, elle referma le fichier et s'allongea sur le canapé, enroulée dans un plaid. Elle n'avait pas le courage de regarder la télévision. Elle était vidée. Pourtant, elle savait qu'elle ne fermerait pas l'œil tant que Thibault ne serait pas de retour… Penser à autre chose était impossible. Des images de son père humiliant sa mère revenaient en boucle. Elle serra les poings.

Vers 23 h 15, son portable sonna. Comme elle s'y attendait, c'était Thibault. Elle répondit calmement. Il sanglotait, prononçait des phrases sans queue ni tête. Dans son délire, il réussit enfin à bafouiller quelques mots, l'informant qu'il ne rentrerait pas. « Je sais que je te fais du mal. Pardon. Je t'aime », lâcha-t-il dans un hoquet. Combien de fois avait-elle entendu ce discours ? Combien de fois avait-elle éclaté en larmes en le priant de rentrer ? Faudrait-il que, comme sa mère, son cœur finisse par lâcher pour qu'il comprenne ? Elle resta silencieuse, incapable de le consoler, incapable de le supplier de rentrer, incapable de lui demander où il était pour aller le chercher. D'une voix atone, elle se contenta de lui dire de faire comme il voulait et elle raccrocha. L'appel de Thibault eut l'effet d'un électrochoc. Elle ne revivrait plus un moment comme celui-ci. Elle monta au premier, sortit valises et sacs de voyage du placard. Elle vida sa penderie, sa commode, emballa ses affaires de toilette, passa dans le bureau pour récupérer ses documents de travail, des papiers personnels, y compris le livret de famille. Elle descendit un par un ses bagages et les déposa dans l'entrée. Elle appela une société de taxis et commanda un véhicule pour la conduire sur-le-champ à Paris. Peu importait le tarif. Elle trouverait un hôtel, au moins pour quelques jours. Son amie Michèle accepterait peut-être de la dépanner ensuite, le temps de louer un appartement. Une chambre. Un meublé. N'importe quoi pourvu qu'elle soit loin d'ici. Elle était étrangement calme et lucide. Il n'y avait plus de questions à se poser. Thibault avait fait son choix, elle le sien. Elle ne reviendrait pas en arrière. Abandonner Thibault le mettait en danger, mais elle, qui lui viendrait en aide ? Il était temps qu'elle prenne les choses en main si elle voulait sauver sa peau. Elle n'était pas sa mère. S'il voulait s'en sortir, il le ferait seul. Et s'il y parvenait, il reconstruirait une autre vie, mais sans elle. Elle ne voulait plus crier, ni pleurer, et encore moins se faire violence pour ne pas le gifler, comme c'était arrivé une fois. Elle ne l'aimait plus. Il pouvait s'enivrer, rentrer, ou pas, dès que le taxi serait là, elle partirait sans un regret. Sans doute serait-elle critiquée, jugée. Elle serait celle qui avait abandonné un mari en pleine détresse. Mais que savait-on de son désarroi à elle ? De ses nuits sans sommeil ? De son estomac qui se nouait dès qu'elle pensait à lui ? De nouveau, elle repensa à son père, pervers narcissique, manipulateur, excellent comédien qui donnait l'image de l'homme idéal. L'homme aux deux visages. Celui de l'humiliation pour sa mère et elle. Celui du type charmant pour les autres. Lui aussi, elle l'abandonnait. Étrangement, l'histoire de sa mère et son histoire à elle se confondaient. Mais la sienne ne connaîtrait pas la même issue. Elle n'attendrait pas que Thibault la détruise comme son père l'avait fait avec sa mère. Elle avait encore assez de forces pour fuir avant de se laisser anéantir.

11

— Oh, qu'il est coquin !

— Ah, c'est un bonheur de l'écouter ! Ce cher Zachari, il a toujours le mot pour rire.

Rebecca se retourna. Son mari amusait ces dames... Elle avala une gorgée d'Americano et s'avança vers le petit groupe d'admiratrices.

— On ne s'ennuie jamais avec vous ! minauda une petite blonde.

— Quelle chance pour une femme de vivre auprès d'un homme tel que vous ! s'exclama une autre.

Rebecca haussa les épaules et se détourna, n'ayant aucune envie de se joindre à cette conversation. La chance ? Elle aurait pu rétorquer qu'elle n'était pas heureuse tous les jours ! Zachari jouait à l'homme détendu lorsqu'il était en société, mais dans la vie quotidienne, il avait ses humeurs. Elle en avait assez de cette comédie. Assez de le voir se pavaner au beau milieu de ces courtisanes. « Des chiennes en chaleur », marmonna-t-elle. Elle repartit vers l'autre pièce, faillit bousculer un serveur avec son plateau et bredouilla des excuses confuses. Elle devait se calmer. Cet excès de colère ne rimait à rien. Elle était injuste. Zachari était un bon mari et elle n'était qu'une vilaine jalouse. Certes, il plaisait aux femmes et elle devrait en être flattée. Ne l'avait-il pas choisie elle plutôt qu'une autre ? Au lieu de cela, elle boudait seule dans son coin.

Chaque année, le premier samedi d'octobre, Hervé et Lucie Gefosse organisaient une grande fête à laquelle elle participait volontiers d'habitude. Cette fois, elle vivait mal cet événement. Un rien l'agaçait. Elle se sentait isolée. Lucie Gefosse, pour laquelle elle avait du reste beaucoup d'affection, n'était guère disponible. Elle recevait une soixantaine de convives et ne pouvait consacrer que quelques minutes à chacun. Affairée, elle allait et venait entre la bibliothèque, le salon, la salle à manger et la salle de billard. Zachari était toujours dans le jardin d'hiver, entouré d'une cour qui ne le lâchait pas. Les groupies fondaient sur lui comme des fourmis sur le miel ! Il flattait l'une quand il n'encensait pas l'autre, souriait à tout. Et moi ? songea Rebecca dont la colère avait bien du mal à s'apaiser, je compte pour du beurre ? Il n'a même pas vu ma jolie robe ! D'ailleurs, il ne me voit plus, comme si j'étais devenue transparente. Ils n'avaient pas fait l'amour depuis huit jours ; Zachari était *épuisé*. Comment tomberait-elle enceinte à ce rythme ? Une fois de plus, la bonne période était passée. À quoi bon avoir surligné en rose fluo ses jours de fertilité sur son agenda ? Le mois prochain, Zachari n'y couperait pas, fatigué ou pas. Elle dévisagea les femmes qui entouraient son époux. Elle devait se calmer, inutile de ruminer sa colère. Elle décida de rejoindre le petit groupe. N'en déplaise à ces dames, Zachari était son mari. Il lui tournait le dos et ne la vit pas arriver. Elle s'arrêta à quelques pas de lui, n'en croyant pas ses oreilles.

— … une merveilleuse demeure dans la vallée de l'Eure ! J'ai beaucoup travaillé pour en arriver là. Mais j'y suis ! La propriété des Saint-Martin m'appartiendra sous peu.

Rebecca resta figée quelques secondes. Ainsi, il avait durement travaillé pour en arriver là ! La propriété des Saint-Martin lui appartiendrait sous peu ! Quel culot ! Et elle, dans cette histoire ? Et ses parents ? L'achat avait été possible grâce à Jean Beauvoir qui avait créé une Société civile immobilière. Une façon de transmettre son patrimoine à Rebecca tout en restant maître de son argent. Rebecca s'était peu intéressée à la paperasse. Zachari avait grogné, ce n'était pas ce qu'il avait escompté, d'autant plus qu'il n'avait guère les moyens d'entrer dans cette SCI, n'ayant qu'une somme symbolique à mettre dans le panier. Résultat, il ne serait pas propriétaire, même s'il clamait le contraire.

— Vous avez mérité d'avoir votre coin de paradis, susurra la blonde à lunettes que Rebecca avait repérée un peu plus tôt.

— Ah, ma chère Judith, vous me comprenez si bien !

— Je connais cette demeure, un endroit de rêve. Si jamais vous vous y sentez seul…

Bouche bée, Rebecca écoutait la blonde faire son numéro de drague devant son mari qui semblait apprécier. Elle reprit son souffle, s'approcha du groupe et, la tête haute, passa son bras sous celui de Zachari.

— Ma chère Judith, intervint-elle en imitant le ton mielleux de Zachari, ne soyez pas inquiète. Je veillerai à ce que mon mari ne se sente jamais seul dans cette grande maison. Nous allons la peupler d'enfants !

Zachari éclata de rire. Mieux valait faire bonne figure. Mais si elle croyait qu'il lui ferait un enfant, elle pouvait attendre. Il avait lorgné son agenda et repéré les dates entourées de rose. Il s'était promis la plus pure des chastetés ces jours-là. Rebecca pouvait faire les calculs qu'elle voulait, jamais il ne serait père. Pourquoi venait-elle se coller à lui et gâcher ce moment de détente ? Bien que contrarié, il sourit pour donner le change, fit quelques pas vers le buffet, Rebecca accrochée à son bras. Il la contraignit à lui lâcher le bras pour qu'elle prenne la coupe de champagne qu'il lui tendait. Profitant de l'arrivée de Lucie Gefosse, il s'éclipsa. Quand Rebecca se retourna, il avait disparu. Décidément, il la fuyait. Elle se retrouvait de nouveau perdue au milieu des invités et n'avait aucune envie de faire un effort de courtoisie. Personne ne l'intéressait. Ni le maire et sa smala d'élus, ni ces gens de la télé ou du cinéma qui n'aimaient que la gloire et l'argent. Rien à voir avec la soirée chez Stellio Mirano. Elle y avait rencontré des gens charmants qui ne cherchaient pas à se faire mousser. Elle s'était sentie dans son élément ce soir-là, plaisantant de bon cœur avec les invités. Ici, tout n'était qu'apparence et hypocrisie. À quoi bon tout ce faste ? pensa-t-elle en regardant les femmes vêtues de belles robes, les tables recouvertes de nappes blanches impeccablement repassées, les plateaux d'argent qui débordaient de canapés, sans parler du petit personnel embauché pour l'occasion qui se pressait pour faire le service… Un tralala dont Zachari raffolait. Il ne se privait pas, d'ailleurs, d'évoquer les réceptions qu'ils organiseraient lorsqu'ils habiteraient leur nouvelle maison. Mais Rebecca avait accepté de déménager pour le contenter parce qu'il appréciait de vivre à la campagne, pas pour organiser des soirées mondaines. Elle avait bien l'intention d'inviter ses amis de Paris, des gens simples, aux antipodes de tous ces snobs sans intérêt. Des gens comme Azzedine, par exemple. Après la soirée chez Stellio, il l'avait raccompagnée et ils avaient échangé leurs numéros de téléphone. Ils avaient eu du mal à se quitter et avaient bavardé sur le trottoir, évoquant leurs souvenirs communs. Mon Dieu, comme elle était heureuse alors ! C'était le temps de l'insouciance, quand ils partageaient les galères et les fous rires. « La bonne époque », comme ils se l'étaient rappelé. Mais ce joli passé était révolu. D'ailleurs, Azzedine ne l'avait même pas rappelée. Elle non plus, et elle avait bien fait. Elle tournoya sur elle-même, chassant ses regrets et cette dangereuse mélancolie qui venait de l'envahir. Elle regagna le rez-de-chaussée, en quête de son mari. Elle s'arrêta net, sidérée, alors qu'elle l'avait repéré un peu à l'écart du buffet, à côté d'une blonde décolorée en robe rouge, une main posée sur le bas de son dos, juste à la naissance des fesses ! Sans réfléchir, elle fonça sur eux, attrapa Zachari par la manche et l'entraîna vers le hall.

— Qu'est-ce que tu faisais avec cette *pétasse* ?

C'était le seul mot qui lui était venu aux lèvres pour qualifier cette actrice de pacotille. Elle l'avait tout de suite reconnue pour l'avoir croisée une fois chez les Gefosse.

— Nous discutions boulot.

— Vous discutiez boulot ? répéta Rebecca en dévisageant son mari. Et pour ça tu as besoin de poser une main sur son cul ?

Choquée, elle fit un pas en arrière. Zachari ne courtisait pas les femmes par simple jeu. Il venait de lui en faire la démonstration en draguant ouvertement cette femme, et sans doute que ça ne s'arrêtait pas là…

— C'est ta maîtresse ? hurla-t-elle.

— Mais, non ! Qu'est-ce que tu imagines, ma chérie ? On parlait travail.

— Tu te fous de moi ? Quel travail ?

— C'est un secret, il m'est difficile de t'en parler maintenant.

— Un secret ? Tu me prends pour qui, Zachari ? Tu te comportes avec cette fille comme un mâle en rut et tu voudrais me faire gober que vous bossez ensemble ?

— Calme-toi, Rebecca ! Non, je ne travaille pas avec elle, mais on a un projet ensemble. Je te jure que c'est vrai.

— Je veux savoir. Tout de suite.

Zachari recula. Que pouvait-il inventer de crédible ? Dieu qu'il avait été stupide ! D'habitude, il était beaucoup plus prudent… La jolie croupe d'Angie lui avait fait perdre la tête. Il saisit la main de Rebecca qui recula aussitôt.

— Ne me touche pas ! Maintenant, explique-moi !

— Pas ici, murmura-t-il pour gagner du temps. Tu sais

bien, mon petit cœur, que rien ni personne ne compte plus que toi…

— Je le croyais, maintenant j'en doute. D'habitude, à cette heure-ci tu tombes de fatigue et tu vas te coucher. Mais là, quelle énergie tu déploies tout à coup ! Je t'ai vu parader toute la soirée, faire ton petit numéro devant ces dames et peloter le cul de cette femme. Pathétique ! La soirée est terminée ! Je pars.

— Tu ne peux pas m'abandonner, mon amour…

— Remballe tes mots doux ! Et rien ne t'empêche de rentrer avec moi. Tu pourrais me parler de ton fameux « secret ».

Il ignora le sarcasme et afficha une moue attristée.

— Ne fais pas l'enfant gâtée, je t'en prie. Reste. Nos hôtes vont se demander ce qui arrive et les commentaires vont aller bon train.

— Rien à foutre !

— Qu'est-ce qui se passe, ma chérie ? Pourquoi te mets-tu dans un état pareil ?

Elle ne répondit pas et marcha jusqu'au vestiaire où elle récupéra les clés de la voiture dans le manteau de Zachari. Il ne chercha même pas à la retenir. Il trouverait bien quelqu'un pour le raccompagner. Et puis ça lui laisserait le temps d'échafauder un bobard à propos d'Angie. Angie qu'il avait d'ailleurs plaquée un peu trop brusquement avec le départ prématuré de Rebecca…

***

Le portable de Rebecca sonnait pour la dixième fois et pour la dixième fois elle rejeta l'appel. Elle n'avait aucune envie de parler à son mari. Elle s'étendit sur son lit et regarda le plafond. La peinture avait été refaite et la vieille fissure qu'elle avait longtemps vue au-dessus de sa tête n'était plus là. Les murs avaient également été rafraîchis. Ses parents avaient fait rénover sa chambre de jeune fille en veillant à tout remettre en place. Les livres sur les étagères, les boîtes à bijoux sur un coin de son bureau, les affiches de films, les photos là où elle les avait punaisées vingt ans plus tôt… Elle avait bien fait de venir se réfugier ici. Elle avait quitté la réception des Gefosse furieuse et déterminée à attendre le retour de Zachari pour lui demander des comptes. Arrivée à Louviers, elle avait changé d'avis. Elle avait jeté ses vêtements dans un sac de voyage, embarqué son ordinateur portable puis avait filé sur Paris. Lorsqu'elle était arrivée chez ses parents, ceux-ci rentraient d'un dîner chez des amis. Ils avaient été surpris de la voir, mais elle avait préparé une bonne excuse.

— Il y a un souci sur un tournage, des dialogues à revoir. On m'a demandé de venir au studio assez tôt demain matin. J'ai préféré passer la nuit ici plutôt que de me lever à l'aube.

— On t'appelle un samedi soir pour le dimanche ? s'était étonné son père.

— Tu sais, en période de tournage, il n'y a pas de dimanche. Je vais rester ici quelques jours. J'ai plusieurs rendez-vous de boulot cette semaine.

Heureux d'accueillir leur fille, ils ne l'avaient pas interrogée davantage mais n'étaient pas dupes. Lorsque Rebecca venait à Paris, elle restait rarement plus d'une nuit chez eux, toujours pressée de retrouver Zachari… Rebecca avait bien senti leur étonnement. Sur le moment, elle n'avait trouvé rien d'autre à leur dire que cette histoire d'emploi du temps surchargé.

Retrouver l'appartement de la rue Géricault lui faisait plaisir. Chaque matin, elle partait de bonne heure pour se rendre sur les plateaux ou à des rendez-vous, mais en réalité elle allait se promener et revenait pour le dîner après s'être baladée toute la journée. Flâner dans ce quartier du 16e qu'elle connaissait comme sa poche vidait son crâne… S'installer dans un café, déguster un grand noir et un croissant la ramenait quinze ans en arrière, voire davantage. Elle avait gardé tant de bons souvenirs de ses années de lycée ! Elle rêvassait, puis s'engouffrait dans le métro pour changer d'arrondissement. À l'heure du déjeuner, elle choisissait une brasserie, prenait sa table, y installait son ordinateur et travaillait sur les dialogues confiés par la chaîne de télé. Il était hors de question qu'elle délaisse son gagne-pain habituel. Quand elle estimait avoir bien avancé, elle poursuivait l'écriture du scénario de sa saga. Le soir, elle trouvait toujours mille choses à raconter à ses parents. Elle n'avait pas l'impression de leur mentir, plutôt de les préserver en ne leur avouant pas la vérité. Elle ne voulait pas qu'ils se fassent du souci pour elle. Ce break lui permettait de reprendre pied. Et puis ce n'était pas plus mal de laisser Zachari mariner dans son coin. Lorsqu'elle reviendrait à Louviers, il serait doux comme un agneau. À bien y réfléchir, il n'y avait sûrement rien entre cette Angie et son mari. Comment aurait-il pu s'amouracher d'une fille aussi vulgaire ? Mais pourquoi ne lui avait-il pas parlé de ses projets ? Il était casse-pieds avec ses secrets et ses manies de conspirateur. Il avait toujours peur qu'on lui vole ses idées. Quand la situation serait apaisée, elle exigerait pour preuve d'amour la conception du bébé espéré.

Son portable sonna une nouvelle fois, la tirant de sa rêverie. C'était Azzedine, auquel elle avait laissé un message lui disant qu'elle serait heureuse de prendre un verre avec lui. Il la convia à dîner dans une brasserie de la place Victor-Hugo. Elle avait tout juste le temps de se changer.

— Encore un rendez-vous de boulot imprévu, cria-t-elle en embrassant son père qu'elle croisa sur le pas de la porte.

Il sourit. Elle s'était parfumée et il la trouvait bien gaie. Être appelée pour le travail à une heure aussi tardive aurait dû la contrarier… Elle renonça à prendre le métro. Marcher lui ferait du bien. L'air vif et sec de l'automne lui fouetta le visage quand elle sortit. Son ami l'attendait devant le restau. Dès qu'il l'aperçut, il songea qu'il allait être une fois de plus au supplice. Elle était délicieuse avec ses cheveux décoiffés par le vent, ses pommettes et son nez rosis. Elle le laissa commander les apéritifs, le menu et le vin. Il se souvenait de ce qu'elle aimait et elle en fut touchée. Ils discutèrent de leurs emplois respectifs, de leurs projets. Azzedine passait ses journées dans un studio, un casque sur les oreilles, à créer des bruits divers et variés. Le soir, il se consacrait à la composition du thème pour la série que devait produire Stellio Mirano.

— La première partie du tournage approche, dit-il en picorant une frite. Stellio attend l'hiver, avec les jours sombres et les tempêtes qui collent à l'intrigue ! Il embarquera l'équipe technique et les acteurs sur la côte normande dès que la météo sera favorable.

— Une tempête ? Tu parles d'une météo favorable ! Tu seras du voyage ?

— J'essaierai de me libérer pour aller me plonger dans l'ambiance.

— Tu as lu le scénario ? C'est bien ? demanda-t-elle avec curiosité.

— Le scénario, non, je ne l'ai pas lu. Juste un synopsis que m'a confié Stellio. C'est une belle histoire, intense, profonde, avec un suspens à faire froid dans le dos. Je ne dis pas ça parce que Stellio est mon ami, ni parce que je vais participer à l'aventure, je le pense sincèrement. Stellio met son talent au service de la télé. Je suis certain que l'audimat va exploser. Avec Stellio Mirano comme producteur et réalisateur, tous les médias vont en parler.

— Oui, j'imagine… Tant mieux pour la télé publique ! Mais ça va leur coûter une blinde !

— Sans doute ! L'investissement est énorme en comparaison des feuilletons habituellement produits. Tout sera tourné à Yport, avec beaucoup d'extérieurs, ce qui veut dire locations de bateaux, de maisons, de villas… C'est toujours plus long à mettre en place et plus aléatoire qu'en studio à cause de la météo. Mais c'est plus vrai, aussi ! Stellio a mis beaucoup de sa poche dans ce projet, il a trouvé la majorité des partenaires pour le financement. La télé ne va pas y laisser son budget, rassure-toi. Chacun va tirer ses marrons du feu !

— Quelle chance pour toi !

— Oui ! Une chance aussi pour tous ceux du groupe France Télévisions qui vont bosser avec Stellio, dont Constance Trianon. C'est une vraie pro. Stellio a exigé de l'avoir dans son équipe dès qu'il a entamé les pourparlers avec la chaîne.

— Cette femme est bizarre, je trouve. J'ai du mal à la cerner. Je ne sais jamais sur quel pied danser avec elle. Mais elle est très pro, tu as raison.

Son esprit s'égara. Travailler avec Constance Trianon était loin de la combler. Certes, la réalisatrice était sérieuse, mais elle restait distante et froide.

— Pourquoi tu ne m'as pas appelé après la soirée chez Stellio ? murmura Azzedine. Tu me l'avais promis quand je t'ai quittée. Pourquoi avoir attendu ce soir ?

Il vit ses yeux s'éloigner à nouveau. Pourquoi n'était-elle pas honnête avec lui ? Pourquoi ne pas lui dire tout simplement qu'elle n'avait pas eu le temps de songer à lui ? Lui n'avait pas vécu un seul jour sans penser à elle. Il ne s'était pas endormi une seule fois sans avoir rêvé qu'il la tenait dans ses bras… Il la fixa. Cherchait-elle une excuse à son silence ? Gênée, Rebecca était incapable de lui répondre. Comment lui avouer que leurs retrouvailles l'avaient profondément déstabilisée ? Les quelques heures passées chez Stellio lui avaient permis de renouer avec des plaisirs simples qu'elle avait presque oubliés. Et puis c'était dur d'avoir le sentiment de ne plus être à sa place dans la vie qu'elle menait auprès de Zachari. Pourtant, elle était certaine de l'aimer. Elle avait choisi de l'épouser. Que faisait-elle loin de lui, d'ailleurs ? Elle finirait par le perdre si elle s'enfuyait au moindre pépin. En quelques instants, sa colère s'évanouit et elle culpabilisa de ne pas être auprès de son mari. Elle s'était comportée comme une gamine capricieuse en se sauvant quelques jours à Paris. Elle devait cesser de bouder, rentrer à Louviers, avoir une discussion avec Zachari et laisser faire les choses.

— Tu es heureuse ? lâcha Azzedine après l'avoir longuement contemplée.

— Heureuse ?

Il la dévisagea encore. Elle avait répété le mot comme si elle n'en comprenait pas le sens. C'est qu'elle ne devait pas l'être. Il insista.

— Oui, je veux savoir si tu es heureuse avec ton mari. Ma question est simple, non ?

— Bien sûr que je le suis ! s'écria-t-elle un peu trop vivement. Zachari est un homme délicat et agréable.

Azzedine fit la moue. Quelque chose en elle disait le contraire de ce qu'elle affirmait haut et fort. Il ne pouvait s'empêcher de penser aux rumeurs qui circulaient sur le scénariste. Et il y avait eu cette première de film où il l'avait croisé avec cette actrice blonde. Il n'avait pas aimé l'air hautain du bonhomme. Ce type transpirait l'orgueil et l'arrogance. Rien, chez lui, ne trouvait grâce à ses yeux. Peut-être la jalousie commandait-elle son jugement. Mais que faisait Rebecca avec un type comme lui ? Elle était si douce, si fragile, si vulnérable. Il faillit lui balancer ce qu'il savait sur son mari mais se ravisa pour ne pas la torturer davantage.

— Si tu es heureuse, je suis content, murmura-t-il en attrapant sa main sur la table. Mais si un jour tu as le moindre problème, ou si tu as envie de me parler, je serai toujours là. Tu ne l'oublieras pas, hein ?

Elle lui fit un clin d'œil et sourit. Doucement, elle retira sa main qu'il avait gardée peut-être un peu trop longuement dans la sienne. Il resservit deux verres de vin pour oublier ce sourire qui sonnait faux.

12

— Écoute, Constance, ne te précipite pas. Tu peux rester chez moi encore un mois ou deux. Tu ne vas tout de même pas emménager dans un appartement aussi rikiki !

— T'es adorable, Michèle, mais ça fait déjà plusieurs semaines que je campe chez toi. C'est peut-être « rikiki », comme tu dis, mais l'endroit est sympa. Qu'est-ce que je ferais dans un appartement plus grand ? Et puis regarde cette vue !

Elle colla son nez au carreau et embrassa le paysage. Elle voyait tout Paris, ou presque. Situé rue de la Roquette, au sixième étage d'un immeuble récent et à deux pas du métro, ce T2 était idéal.

— Je le prends ! dit-elle en se retournant vers l'agent immobilier.

Il lui fit signer des papiers, récupéra les photocopies des justificatifs requis puis empocha le chèque de caution et celui du premier loyer. Enfin, il lui donna les clés. Dès qu'il fut parti, Constance tournoya sur elle-même.

— C'est parfait.

— Si tu en es sûre… marmonna Michèle.

Constance déposa une bise sur la joue de son amie.

— Merci pour tout. Pour m'avoir hébergée et pour ton soutien.

Elle se posta de nouveau devant la fenêtre et soupira. Jamais elle n'aurait pensé en arriver là. Jamais elle n'aurait imaginé refaire sa vie seule. L'évidence s'était imposée doucement. La nuit où elle avait quitté Rouen et sa maison en emportant ce qu'elle pouvait, elle n'avait pas l'intention de revenir. Pendant des jours, Thibault lui avait laissé quantité de messages auxquels elle n'avait pas répondu. Un midi, elle avait pris son appel. Il n'était pas ivre, elle l'avait écouté. Il n'avait pas bu une goutte d'alcool depuis quinze jours. Il suivait un traitement à l'hôpital et se faisait aider d'un psychiatre. Il avait compris, il ne boirait plus. Elle pouvait revenir quand elle le désirait. Il l'attendait. Plus jamais elle ne serait malheureuse à cause de lui. « Je ne reviendrai pas, Thibault, s'était-elle entendue dire. Que tu boives ou pas n'y changera rien. Mais je souhaite de tout cœur que tu continues dans la voie de l'abstinence et que tu te reconstruises. » Il avait pleuré, crié, et elle avait raccroché. Dans la foulée, elle avait reçu un appel menaçant de son père. Il la sommait d'en finir avec ses caprices de sale gosse et de revenir à Rouen. Thibault et son père s'étaient-ils ligués contre elle ? Elle avait pris peur, ils allaient l'enchaîner, et comme sa mère, elle en mourrait. Un jour, à force d'angoisses, son cœur s'arrêterait de battre. Le lendemain, elle était chez un avocat et mettait la procédure de divorce en route. Elle n'avait ni remords ni regrets, estimant qu'elle avait donné tout ce qu'elle pouvait. Cette séparation s'était imposée d'elle-même et elle était sereine face à sa décision. La seule issue possible pour survivre.

— On va fêter ça ? demanda Michèle.

— *Yes* ! Je t'invite.

Constance ferma l'appartement à clé et la glissa dans son sac.

— C'est petit, mais j'y serai très bien, assura-t-elle lorsqu'elles se retrouvèrent dans la rue. La cuisine est minuscule, mais bien équipée. Il y a un grand placard dans la chambre, je pourrai y installer une penderie et quelques étagères. Je vais acheter un lit, une commode. Pour le séjour, un canapé, une table basse, deux tréteaux et un plateau de verre en guise de bureau suffiront amplement. Pour le moment, je ne peux pas payer un loyer trop élevé. Ni acheter un bien, évidemment. Quand la maison de Rouen sera vendue, j'aviserai.

Elle évoquait la vente de cette maison sans aucune tristesse. C'était une des dernières pages du livre à tourner.

— Si tu as besoin d'aide…

— Tu as déjà beaucoup fait, Michèle.

Elles contournèrent la place de la Bastille et marchèrent jusqu'au *Café français*, une élégante brasserie où on les installa dans l'angle de la grande salle, au calme. Durant quelques minutes, elles ne parlèrent plus, le temps de consulter le menu. Quand le serveur eut pris la commande, Michèle posa la question qui lui brûlait les lèvres.

— Tu vas rester à Paris, alors ? Définitivement ?

— Je ne sais pas, avoua Constance. Pour le moment, oui, même si j'aimais ma vie en province et que Rouen me manque. Je ne sais pas si Thibault tient bon ou s'il a replongé. Ce dont je suis sûre, c'est que je ne l'aime plus. J'espère qu'il n'a pas retouché à l'alcool. Et s'il l'a fait… Eh bien, il peut continuer à se suicider à petit feu, mais ce sera sans moi. Quant à mon père, ça me fait du bien d'être éloignée de lui, même si je dois supporter ses accès de rage au téléphone ! Cela faisait des années que je ne m'étais pas sentie aussi légère, comme une femme libérée de son corset ! Je ne me projette pas trop loin, je suis dans une bulle. Une sorte de sas entre l'existence d'avant et celle qui viendra après. Je récupère…

Michèle acquiesça. Son amie avait repris un peu de poids, elle avait meilleure mine que le jour où elle avait débarqué avec ses bagages, fuyant un quotidien qu'elle ne supportait plus.

— Je vais m'ennuyer maintenant que tu ne seras plus là pour partager mon petit déjeuner, plaisanta Michèle.

— Non, tu ne vas pas t'ennuyer. Tu vas retrouver ton

chez-toi, sans une incruste pour te piquer la salle de bains chaque matin ! Je te rends ta vie privée. Il était grand temps. Virginie a été patiente, mais je crois qu'elle en a marre que je squatte chez toi.

Michèle sourit. Virginie, la femme qu'elle aimait depuis des années, commençait effectivement à montrer quelques signes d'impatience. Elles n'avaient jamais souhaité habiter ensemble et allaient au gré de leurs envies chez l'une ou chez l'autre. Mais depuis que Constance s'était installée chez Michèle, Virginie s'invitait moins souvent.

— Tu vas tout de même me manquer, répéta Michèle. Toi et ton humour, tes fous rires... Je m'y étais habituée !

— Je t'inviterai ! Et on se verra au boulot comme presque chaque jour depuis dix ans.

Les deux amies s'étaient connues à France Télévisions où Michèle était ingénieure du son. La plupart du temps, elle travaillait sur les enregistrements d'émissions spéciales ou des magazines, mais il lui arrivait de participer au tournage de téléfilms.

— Côté boulot, justement, comment t'en sors-tu ? demanda-t-elle. Pas trop compliqué d'avoir récupéré les projets d'Éric Manche ?

— En fait, je n'en ai qu'un. Celui de Rebecca Beauvoir. Un bon scénario, mais elle est novice dans l'écriture alors je la suis de près. Il y a quelques bricoles à rectifier. Son histoire fera une belle saga. L'autre projet est entre les mains de Kurt et le troisième, nous l'avons écarté. Trop tordu, pas assez d'action. Ça ferait un bon roman, pas un téléfilm. J'en ai discuté avec Éric avant d'abandonner, il était d'accord.

— Comment va-t-il ?

— C'est dur. Il commence une seconde chimio...

— On parle beaucoup de la série de Mirano, dit Michèle qui préféra changer de sujet car elle avait vu les yeux de Constance s'embuer de larmes. Ça devrait être bien.

— Ça le sera. Seul bémol, je n'ai toujours pas le scénario

complet et Mirano ne me le donnera pas ! Cerise sur le gâteau, on commence à tourner les extérieurs dès janvier.

— Ça t'ennuie ?

— Un peu, car je suis submergée de boulot et j'ai pris du retard. Il va falloir que je revoie mon calendrier de fin d'année. Je pensais prendre une dizaine de jours de congé, c'est fichu. J'ai des bouclages à assurer sur d'autres tournages avant de suivre Stellio Mirano à Yport.

— Yport ? C'est où ?

— Une petite commune de Seine-Maritime à une heure de Rouen, en bord de mer. J'y suis allée plusieurs fois avec Thibault. C'était une autre époque.

— Ça te plaît d'y retourner ? En plein hiver qui plus est ! Tu n'as pas peur des souvenirs ?

— Non, pas du tout. J'adore ce coin de Normandie. Quant à l'hiver, ça ne me dérange pas. La luminosité est différente, l'atmosphère est plus sombre, c'est exactement ce qu'il nous faut pour certaines scènes. Le seul problème qui se pose pour moi, c'est la réorganisation de mon agenda de janvier. Mais ça va le faire !

Michèle approuva. Elle connaissait la capacité de Constance à s'adapter et son caractère de fonceuse. Elle l'avait prouvé dans sa vie personnelle lorsqu'elle avait quitté son mari et son tyran de père. Plus encore dans les mois qui avaient précédé la séparation, durant lesquels elle avait enduré le calvaire toute seule, puisant dans ses ressources jusqu'à la limite du raisonnable. Elle n'avait rien dit de ce qu'elle traversait. Michèle avait tout appris quand Constance avait débarqué avec ses bagages… *« Ce qui ne me fait pas mourir me rend plus fort »*, avait écrit Nietzsche. Ça semblait valable pour Constance.

— Pourquoi est-ce que je vois tes yeux briller ? demanda Michèle. À quoi penses-tu ? Je jurerais que tu mijotes un truc…

— Pas du tout !

Elle éclata de rire devant la mine sceptique de Michèle. Elle ne préparait rien, expliqua-t-elle. Du moins rien de secret. Elle envisageait d'aller à Yport le week-end précédant Noël afin de se promener, de se faire une idée des paysages en hiver, de déambuler dans les rues pour prendre un peu d'avance. Stellio Mirano était exigeant. Elle voulait être certaine d'être au niveau.

— Tu comprends, ajouta-t-elle, je connais Yport pour y être allée plusieurs fois, mais c'était toujours en été, et par beau temps. Je voudrais prendre quelques photos, avoir un aperçu avant l'arrivée de l'équipe, quand je ne saurai plus où donner de la tête.

— On n'a envoyé personne pour le repérage ?

— Si, bien sûr, mais j'ai besoin de voir les lieux moi-même.

— Ne stresse pas ! Tu vas t'en sortir à merveille.

— Je l'espère. C'est un vrai challenge. On adapte une histoire originale écrite par un auteur de polars suédois. Ça va me changer des scénarios à la française…

— Ah, ça, c'est clair ! Tu as raison d'aller là-bas avant le coup d'envoi. Si ça peut te permettre de respirer…

Constance sourit et dégusta une gorgée de vin rouge que le garçon venait de servir en apportant le plateau de fromages. Elle ferma les yeux. C'était un délicieux bourgogne… Michèle l'observa un instant, heureuse de voir son amie reprendre vie. Elle espérait que tout se passerait bien pour elle, tant sur le plan professionnel que dans sa vie privée. Elle aimait beaucoup Constance. Il n'y avait aucune ambiguïté dans leur amitié. Michèle n'avait jamais ressenti d'attirance physique pour la jeune réalisatrice, bien qu'elle soit intelligente et jolie. Une femme pleine de charme qui avait oublié qu'elle était séduisante et ne prenait jamais garde aux coups d'œil que les hommes lui lançaient. Quand elles étaient rentrées au restaurant, plusieurs têtes s'étaient tournées vers elle… Il n'y avait plus qu'à croiser les doigts pour qu'elle se reconstruise, puis qu'elle rencontre un homme qui la mériterait.

— Je nous offre une coupe de champagne pour clore ce délicieux déjeuner ! dit-elle en faisant signe au serveur.

— Oups ! Je suis déjà un peu ivre.

— Pas grave. On ne conduit pas, on ne bosse pas… On va faire quelques pas dans la rue, ça va nous réveiller.

— Et un peu de shopping ! J'ai envie d'une nouvelle paire de bottes.

— Va pour les bottes ! Achète-toi aussi un rouge à lèvres pour ensoleiller ta mine.

— Va pour le rouge à lèvres !

— Mon après-midi est pour toi, lança Michèle.

Cette perspective la réjouissait. Elle aimait ces moments futiles, de ceux qui apportent de la légèreté à la vie, donnent un goût de miel à l'existence et parfument les souvenirs. Légèrement grisées par l'alcool, elles sortirent de la brasserie en se tenant par le bras. Constance noua son écharpe autour de son cou. Elle était ravissante avec sa silhouette juvénile, ses cheveux châtain clair qui tombaient aux épaules, ses longs cils et ses taches de rousseur sur les pommettes.

13

Zachari laissa tomber les feuilles sur la table et soupira. Le dialogue imaginé par Rebecca était vraiment bien et il ferait un effort pour la complimenter. Il ne comprenait toujours pas pourquoi elle cachait le texte de sa saga. Elle le lui livrait par bribes et avançait dans son écriture plus qu'elle ne l'avouait. Il la suivait pas à pas, ouvrait son ordinateur dès qu'elle s'absentait pour copier ses fichiers. Pourquoi cachait-elle tout ? Le soupçonnait-elle de quelque chose ? Il se redressa, prit une cigarette et entrebâilla la fenêtre pour laisser la fumée s'échapper. L'air glacial du mois de novembre le fit reculer. Il referma les battants afin de préserver la chaleur du séjour et alluma la lumière. 17 heures, et il faisait pratiquement nuit…

— Alors ? fit Rebecca en revenant de la cuisine une tasse de thé entre les mains.

— Ça tient la route. Tu as bien bossé.

Elle rougit de plaisir et posa sa tasse avant de se précipiter vers son mari pour se pendre à son cou. Il passa ses doigts sous le pull de mohair et parcourut sa peau. Elle se nicha contre lui, heureuse. Leur courte séparation n'était qu'un mauvais souvenir dont ils ne parlaient plus. Tout s'était déroulé comme elle l'avait espéré quand elle était rentrée de Paris. Zachari lui avait expliqué qu'il avait besoin d'Angie pour établir des contacts auprès de cinéastes. Une relation de travail susceptible de lui ouvrir des portes, sans plus… Il avait été peiné que Rebecca puisse imaginer qu'il la trompait, plus encore dans les bras d'une femme qui manquait terriblement de classe. Il avait promis qu'il ne dissimulerait plus ses projets. Rassurée, Rebecca avait présenté ses excuses pour lui avoir fait une scène aussi stupide avant de fuir chez ses parents. Elle avait agi sous le coup de la colère. Plus jamais elle ne le délaisserait…

Chacun ayant fait amende honorable, la vie avait repris son cours. Rebecca sentait son couple plus solide. L'incident les avait rapprochés. Zachari l'informait de ses démarches, de son emploi du temps, surtout quand il allait à Paris. Il se montrait bavard, plaisantait et la câlinait comme aux premiers jours. Il s'intéressait à son travail et veillait à tenir compte de ses goûts, de ses avis. Il avait refusé une invitation chez un notable d'Évreux pour être agréable à Rebecca qui n'appréciait pas le couple. Après les fêtes, leur bonheur serait presque complet puisqu'ils emménageraient dans la propriété de la vallée de l'Eure où ils fonderaient une famille. Zachari avait raison, Paris n'était pas une ville pour élever des enfants. Le bruit, la pollution, la promiscuité dans les couloirs du métro… Rien de tel que le bon air de la campagne pour voir grandir ses petits !

— C'est bon de te sentir contre moi, murmura-t-il à l'oreille de son épouse.

Elle se lova contre lui et tendit ses lèvres. Il l'embrassa avant de la repousser doucement.

— On a encore du boulot, n'est-ce pas ?

Elle acquiesça, avala sa tasse de thé et reprit ses feuilles avant de s'installer devant son ordinateur portable. Zachari était retourné s'asseoir à son bureau. De temps en temps, Rebecca levait les yeux sur lui et rêvassait. Peu après 19 heures, il s'étira et se rendit à la cuisine. Il en revint avec deux verres de kir.

— À nous !

— Je n'ai pas tout à fait terminé…

— Prends ton temps. Rien ne presse.

— Je finis et j'imprime.

Elle se hâta d'achever un dialogue. Elle le relirait et l'améliorerait plus tard. Son mari aimait se détendre avant le repas et elle tenait à partager ce moment avec lui. Elle emporta son ordinateur et le posa sur le bureau de Zachari avant de le raccorder à l'imprimante, ne cherchant pas à utiliser le wifi qui ne fonctionnait jamais. Elle lança l'impression et s'assit dans le fauteuil de cuir pour regarder les pages sortir. L'une d'elles tomba et elle se pencha pour la rattraper. Ses yeux accrochèrent un papier froissé dans la corbeille. Deux mots avaient attiré son attention : le nom et le prénom d'un des personnages de sa saga. Qu'est-ce que cette feuille faisait là ?

— Je mets le four à chauffer ? demanda Zachari.

Elle sursauta et se redressa.

— Oui… Merci.

Elle attendit qu'il soit à la cuisine pour attraper la feuille dans la corbeille. Elle la défroissa et son cœur se serra. Comment cette scène, qu'elle n'avait pas encore imprimée, pouvait-elle se trouver là ? Elle ramassa d'autres pages chiffonnées et les cacha dans sa poche. L'esprit chamboulé, elle se sauva aux toilettes pour examiner sa découverte. Aucun doute, c'était un extrait du script de sa saga. Un extrait qu'elle n'avait pas dévoilé à Zachari, à côté duquel il y avait des annotations. L'écriture de son mari. Il avait ouvert son ordinateur en son absence ! Fouillé dans ses fichiers ! Imprimé son travail ! Pourquoi ? Elle vacilla et une sueur froide dégoulina le long de son dos. Elle sortit des toilettes et s'enferma dans la salle de bains.

— Tu viens, ma chérie ?

— J'arrive, articula-t-elle.

Elle passa de l'eau fraîche sur son visage et s'observa dans le miroir. Elle ne savait plus qui elle était, avec qui elle vivait. Que mijotait Zachari ? Que fabriquait-il avec *son* scénario ? La rage la gagnait et une envie de tout ficher en l'air la traversa. Elle ne devait pas s'emporter comme chez les Gefosse. Elle devait exiger une explication sans crier ni se fâcher. Se taire. Ne rien demander. Cacher ces bribes de texte trouvées dans la poubelle et attendre. Si elle se trompait encore une fois, il serait furieux… Mais comment aurait-elle pu se tromper puisqu'elle n'avait pas imprimé ces feuilles ? Elle prit encore deux minutes pour se recomposer une mine avenante et revint au salon.

— Ça va ? l'interrogea Zachari. Tu es toute pâle.

— Un coup de fatigue, répondit-elle.

— Viens t'asseoir.

Elle prit place à côté de lui sur le canapé en ayant l'air le plus naturel possible. Elle percevait l'œil aigu de Zachari qui la scrutait. Elle n'était pas bonne comédienne et il lui était difficile de masquer ses émotions. Elle fit un effort pour attraper son verre de kir, en but une gorgée puis se colla contre l'épaule de son mari. Le bras de Zachari l'enveloppa et ce geste la répugna. Le ressentiment grondait en elle. Combien de temps allait-elle tenir ses dents serrées, empêcher les mots de franchir ses lèvres ?

— Tu as bien avancé ? Tu bosses toujours sur ta saga ? demanda-t-il négligemment.

— Oui, répondit-elle après avoir respiré profondément. Je m'y mets à chaque fois que j'ai un peu de temps.

Elle but une nouvelle gorgée de kir, attendant la suite. De la patience, c'était tout ce dont elle avait besoin. Zachari ne tarderait pas à se dévoiler et elle comprendrait peut-être ce qu'il faisait avec un texte qui ne lui appartenait pas. Si elle l'attaquait de front, il se braquerait et trouverait le moyen de l'embobiner.

— Tu penses que tu tiendras les délais ?

— Je l'espère. C'est difficile d'en être sûre. Je n'ai pas, comme toi, l'expérience de ce job.

Elle sourit, heureuse de sa répartie qui le valorisait et devait l'amadouer. Elle ne se trompait pas. Il se méprit et se rengorgea silencieusement. Sans doute lui cachait-elle l'avancée de son travail car elle manquait d'assurance. Il réfléchit, cherchant à mettre à profit cette faiblesse. Il avait renoncé à plagier son texte comme il l'avait imaginé au départ. Une idée plus intéressante lui était venue. S'emparer du scénario. Ni plus ni moins. L'histoire qu'elle avait bâtie était merveilleusement orchestrée. La transplanter ailleurs et à une autre époque l'aurait dénaturée. Il avait essayé. Le résultat n'était pas concluant. Il devait s'approprier l'original.

— Ne bouge pas, commanda-t-il avec gentillesse. Je vais mettre la quiche au four et préparer une salade. J'apporterai le plateau ici. Dînette au salon, ça change, hein ? Il faut que tu te reposes.

Elle le regarda s'éloigner, parvenant presque à lire ce qui se tramait dans son esprit. Il allait agir comme s'il ne pensait déjà plus à leur conversation, l'entourer d'attentions, puis il reviendrait à la charge. Mais où voulait-il en venir ? Elle l'écouta s'activer dans la cuisine et l'entendit ronchonner parce que le sel n'était pas rangé à sa place. Peut-être voyait-elle le mal où il n'était pas. Peut-être avait-il imprimé son texte pour veiller sur son travail. Il était un peu paternaliste, parfois, et elle s'en agaçait. Elle se promit de lui en toucher un mot. Il réapparut avec le plateau sur lequel il avait posé les couverts, alla chercher le second avec le dîner. Content de lui, il ordonna à Rebecca de rester assise. Elle se laissa attendrir. Elle ne pouvait pas lui reprocher de ne pas s'occuper d'elle.

— Pour en revenir à ton scénario, dit-il en servant deux parts de quiche, le peu que j'en ai lu m'a convaincu. Il faut poursuivre et t'y atteler régulièrement si tu veux le rendre dans les délais. C'est important. Tu sais bien que la télé n'attend pas après nous… Si quelqu'un se présente avec une histoire intéressante et bien ficelée, on n'aura pas d'états d'âme à t'éjecter et on t'oubliera vite. Ne le prends pas mal, mais tu n'as pas encore de nom dans le métier.

Elle acquiesça d'un mouvement de tête. Elle aurait pu lui parler de Constance Trianon, de leur collaboration, lui expliquer qu'elle envoyait régulièrement son texte à la réalisatrice qui corrigeait, améliorait ce qui devait l'être, et parfois la complimentait. Pourquoi ne le lui disait-elle pas ? Parce qu'il se moquerait d'elle.

— Tu as raison, je suis la parfaite inconnue à laquelle on donne sa chance.

— Je me demandais si…

— Si quoi ? insista-t-elle.

Elle aspira une profonde gorgée d'air, attendant que son mari lâche son idée et se démasque. Il concoctait quelque chose. Il tirait des ficelles et elle était sa marionnette, son pantin qu'il faisait bouger et parler à son gré. Elle avala une bouchée de quiche tout en l'observant manger. Il avait l'air soucieux, comme en proie à une intense réflexion alors que son plan était sûrement étudié de A à Z. Elle se raidit soudain, pensant avoir trouvé ce qu'il manigançait. Il allait évoquer le bébé, lui dire que le moment était mal choisi pour concevoir un enfant, qu'elle devait d'abord se concentrer sur son avenir professionnel. Depuis des semaines, il ne faisait que reporter la conception de ce petit. Elle commençait à le soupçonner de ne jamais avoir désiré être père…

— Je me disais que pour assurer ton succès, il serait peut-être sage que je te prête mon nom. Rebecca Beauvoir, c'est très joli, et je sais que tu as gardé ton nom de jeune fille pour faire plaisir à tes parents. Mais, hélas, Rebecca Beauvoir n'est pas encore célèbre. Même si elle le mérite !

Il s'esclaffa, heureux de son compliment. Rebecca restait sur la défensive, ne sachant toujours pas où il voulait en venir.

— Pour revenir à cette histoire de patronyme, poursuivit-il, il y aurait bien une solution…

Il se resservit un peu de salade. Son numéro était bien rôdé. Tergiverser afin qu'elle l'encourage. Il l'amena peu à peu là où il le souhaitait mais ne parlait pas du bébé et elle ne comprenait pas ce qu'il tramait.

— Explique-moi tout, murmura-t-elle.

— Ce serait mieux pour toi que je cosigne ton scénario. Vois-tu, je crois qu'une histoire de Zachari Montrouge et Rebecca Beauvoir aurait plus de chances de faire parler d'elle. Tu gravirais les échelons plus vite.

Elle demeura bouche bée, puis hocha la tête comme si elle approuvait. Son mari voulait apposer son nom sur son scénario ! Ses fichiers consultés en secret, ses pages imprimées dans son dos, tout s'expliquait. Il la jalousait et voulait récolter une partie des lauriers. Elle le fixa et le vit sourire. Elle eut l'impression que la brume s'effaçait devant elle et qu'elle distinguait enfin le vrai visage de son mari. Comme si elle le découvrait pour la première fois. Comme si sa part d'ombre se retrouvait soudain sous le feu des projecteurs. Depuis combien de temps la baratinait-il ? Un rapide défilé de souvenirs désagréables lui fournit la réponse. Il avait toujours été ainsi, calculateur, manipulateur. En mode séduction dès qu'il désirait obtenir quelque chose…

— Tu peux y réfléchir ? continua-t-il, certain d'avoir atteint son but. Mon offre est valable ce soir et elle le sera encore demain et après-demain, ma chérie.

Elle était toujours à l'arrêt. Bien sûr, elle avait noté depuis longtemps l'égoïsme dont il était capable, un comportement qu'elle mettait sur le compte d'une enfance et d'une adolescence difficiles, d'une vie de jeune adulte durant laquelle il avait dû se battre seul pour s'en sortir. Ce soir, elle était frappée de plein fouet par d'autres défauts. Zachari était un manipulateur. Avait-il été au moins une fois sincère avec elle ? L'aimait-il ? Des larmes lui montèrent aux yeux. De chagrin. De déception. Et de colère contre elle-même. Comment avait-elle pu être aussi aveugle ? Il ne l'aimait pas. C'était une évidence. Spontanée, confiante, naïve aussi, elle était tombée amoureuse d'un Narcisse en chair et en os…

14

— Pour le moment, nous faisons des examens, madame Trianon, expliqua le médecin. Je pourrai vous en dire un peu plus en fin de journée.

— Je vais attendre, répondit Constance. Je veux savoir ce qui s'est passé.

— Il y a un distributeur de boissons face aux ascenseurs et la cafétéria est au rez-de-chaussée. On ne tardera pas à monter votre père dans sa chambre.

Constance remercia le médecin. Elle préféra sortir un peu. Malgré le froid qui piquait son visage, elle était contente d'abandonner l'atmosphère confinée et aseptisée de l'hôpital. Elle fit quelques pas pour rassembler ses idées. Dans la matinée, elle avait été appelée par le CHU de Rouen où son père avait été admis en urgence. Elle avait quitté Paris avec une voiture de la production et avait foncé à Rouen. Elle savait peu de choses. Jean-Frédéric avait été retrouvé inanimé par la femme de ménage. Les pompiers l'avaient transporté au CHU où il avait été pris en charge. Il avait repris connaissance peu de temps après son arrivée à l'hôpital. Que lui était-il arrivé ? Un malaise cardiaque ? Une attaque cérébrale ? Elle décida d'appeler Maryse Puy. Comme elle venait chaque matin chez Jean-Frédéric, elle pourrait peut-être lui en apprendre un peu plus.

— Votre père n'a pas répondu quand j'ai sonné à l'interphone, expliqua la femme de ménage. Un voisin m'a permis d'entrer dans l'immeuble. Par chance, votre père avait oublié de fermer sa porte à clé ! Je l'ai trouvé dans le séjour, à terre, sans connaissance. Il y avait une boîte de médicaments sur la table de la cuisine, je l'ai donnée au médecin-urgentiste. J'ai pensé que ça pouvait être important.

— Vous avez très bien fait, madame Puy. Je vous remercie. Je vous rappellerai.

Constance rangea son téléphone dans sa poche et s'appuya sur la rambarde du petit pont qui enjambe le Robec. Elle alluma une cigarette en contemplant le ruisseau. Puis elle fit de nouveau quelques pas, observa le travail des grues qui dominaient le chantier, les camions, les engins et les ouvriers du bâtiment qui se frayaient un passage entre les ambulances et les piétons. On agrandissait l'hôpital... Elle regagna le service dans lequel on avait admis son père, s'arrêta au distributeur pour prendre un café et se dirigea vers le bureau des infirmières. Jean-Frédéric venait d'être installé dans sa chambre.

Elle lui trouva les traits tirés et le teint blafard. Elle l'embrassa, puis le questionna gentiment. Comment se sentait-il ? Savait-il ce qui lui était arrivé ? Avait-il ressenti une douleur avant le malaise ? Comment allait-il la veille au soir ?

— J'ai répondu à l'interrogatoire des médecins. Tu ne vas pas t'y mettre ! Je suis fatigué.

— Je vais te laisser te reposer, dit-elle en s'asseyant dans le fauteuil, décidée à se taire mais à rester malgré tout.

— Tu t'obstines à ne pas revenir habiter Rouen ?

— Oui, j'ai un petit appart sympa et bien situé dans Paris. Mais tu vois, je suis là, aujourd'hui.

— Aujourd'hui. Pas demain.

— J'ai quitté le travail ce matin dès que j'ai appris que tu n'étais pas bien.

— J'aurais pu mourir et tu n'aurais pas été là.

— Même si je revenais vivre à Rouen, j'irais bosser chaque jour et je ne serais pas en permanence avec toi.

— Ça t'aurait bien arrangée que je casse ma pipe !

Elle ne répondit pas. Il ferma les yeux et ne bougea plus. Constance était certaine qu'il ne dormait pas. Il n'avait pas envie de parler, c'est tout. Elle aurait pu partir mais quelque chose la retenait. La porte s'ouvrit et elle se redressa, s'attendant à voir un médecin. Elle reconnut Sandra Louvet, la voisine qui lui avait brossé un si joli portrait de son père... Jean-Frédéric se redressa. Visiblement, il n'avait plus sommeil et semblait ravi de cette visite. Il répondit aimablement aux questions de Sandra, se plaignit de ne pas avoir été traité avec gentillesse par les médecins et les infirmières. S'en suivit une conversation virulente sur le personnel hospitalier qui manquait d'empathie et s'occupait des malades à la chaîne. Constance écoutait, atterrée. Elle comprenait pourquoi son père s'entendait si bien avec cette Sandra. Elle était aussi déplaisante et méchante que lui. Elle se garda d'ajouter son grain de sel dans la discussion. Il aurait été vain d'expliquer que les équipes médicales étaient débordées et qu'elles ne pouvaient pas se plier aux exigences de chacun ni faire la causette avec les patients. L'essentiel était le soin et le traitement de la douleur. Même submergés de boulot, et toujours pressés par le temps, infirmières et médecins étaient loin d'être des monstres. Ils souriaient en faisant un pansement, apportaient une explication ou un mot de réconfort. Elle supporta leur déballage pendant une heure, espérant que Sandra ne tarderait pas à s'en aller, mais celle-ci avait manifestement décidé de camper là. Constance capitula la première.

— Je t'appellerai demain, dit-elle à son père en l'embrassant. Et je reviendrai samedi.

— Ne te donne pas cette peine. Dans quarante-huit

heures je serai sorti. À moins qu'il n'y ait quelque chose de grave.

— Je veillerai sur lui, ajouta Sandra. Ne vous dérangez pas.

Bien qu'excédée, Constance ne rétorqua rien. Son père préférait la compagnie de sa voisine à celle de sa fille, elle s'inclinait. Fallait-il qu'elle soit assez stupide pour imaginer qu'il pourrait changer ! Dans le couloir, elle croisa une infirmière à laquelle elle demanda si elle pouvait revoir le médecin rencontré le matin.

— Je l'avertis. Si vous voulez bien patienter un peu.

Le médecin ne la fit pas attendre longtemps et la pria de le suivre dans son bureau.

— Les examens ne montrent rien de grave, madame Trianon. Il y a juste une petite anomalie dans l'examen sanguin. Votre père semble avoir pris deux ou trois médicaments en trop. Ça arrive chez les gens âgés. Ils ne se souviennent pas avoir pris leur traitement et l'avalent une seconde fois.

Constance fit une moue étonnée. Son père ne perdait pas la boule. Il n'oubliait rien. Sauf si ça l'arrangeait, évidemment. Le médecin l'observa un instant avant de poursuivre. Lorsqu'il s'adressait à une personne sensée, il n'hésitait jamais à dévoiler ses cartes.

— Demain matin, par précaution, nous ferons quelques tests supplémentaires.

— Alzheimer ?

— Oui, entre autres.

Elle s'ébroua. Ce mal terrible lui faisait peur mais elle n'avait jamais constaté chez son père la moindre perte de mémoire. Son cerveau fonctionnait bien. Surtout quand il était décidé à faire le mal…

— Docteur, je n'imagine pas mon père prendre des médicaments par erreur.

Elle se tut et fixa un petit éléphant en verre de Murano posé sur un coin du bureau. Le médecin la dévisagea. Il hésitait sur la conduite à tenir.

— Vous voulez dire que votre père l'aurait fait sciemment, lança-t-il.

— Sciemment ?

— Votre père est sous Loprazolam, une molécule prescrite dans les troubles sévères du sommeil. Il est censé prendre un comprimé le soir, pas trois ou quatre le matin.

— Comment ça ?

— Le résultat de la prise de sang montre que le médicament n'a pas été ingéré hier soir mais ce matin. La dose a été triplée… Voire plus.

— Pourquoi aurait-il fait ça ? Il attendait la femme de ménage. Ça n'a aucun sens.

— Si, justement. Il a ingurgité une dose précise, de quoi avoir un malaise et sombrer dans un profond sommeil, mais pas une dose qui aurait pu mettre ses jours en danger. Il a pris juste ce qu'il fallait pour effrayer son entourage. Et puisque la femme de ménage devait venir ce matin, il était sûr qu'on le trouverait et qu'il serait pris en charge.

Constance hocha la tête. Le médecin avait raison. Son père était capable d'une telle mise en scène. La porte n'était pas verrouillée quand Maryse était arrivée et la boîte de comprimés était en évidence sur la table de la cuisine…

— Vous allez me trouver dure, docteur, mais mon père est un calculateur. Il m'attend au tournant, comme il l'a fait pendant des années avec ma mère.

— J'allais vous parler de votre mère, justement.

— Elle est décédée il y a longtemps.

— Et votre père est resté seul ?

— Il n'a jamais cherché à refaire sa vie. Enfin, je ne crois pas. Parfois, j'ai le sentiment de mal le connaître.

— Pouvez-vous m'en dire un peu plus sur vos rapports avec votre père ?

— Je vous l'ai dit, c'est compliqué. C'est un chef dans l'âme. Il aime être écouté.

— Effectivement, il n'a pas l'air facile. Il a été désagréable avec une infirmière à son réveil. Grossier même…

— Je suis désolée. Il a des humeurs assez terribles. Et moi, je n'en peux plus.

— C'est-à-dire ?

— Depuis quelques semaines, j'ai quitté mon mari et Rouen. Je me suis installée à Paris où j'ai mon travail.

— Donc vous êtes moins présente pour votre père.

— Quand j'étais sur Rouen, j'allais le voir à reculons. Il est tellement excessif. Méchant parfois. Je reconnais que je fais de moins en moins d'efforts.

— Il vous le fait payer. Ça s'appelle du chantage. Certaines personnes vieillissent mal. Elles sont aigries et se vengent sur leurs enfants. Vous n'êtes pas responsable de son âge. Ni de sa vie de solitaire. Il semble tout à fait autonome et ne pas avoir de soucis financiers, n'est-ce pas ?

— Aucun.

— Vous n'avez pas à vous sacrifier. Dans certains cas, je tiens d'autres discours. Parfois, la présence d'un enfant auprès d'un parent âgé est vitale… Nous allons garder votre père quelques jours. Deux tout au plus. Je lui conseillerai un suivi psychiatrique. Je vais prendre contact avec son médecin traitant pour l'avertir.

— Je dois être là pour la sortie ?

— Non, ne changez rien à vos habitudes, d'autant plus que vous travaillez. Il sera raccompagné en ambulance. Si vous mettez un pied dans l'engrenage du chantage, c'est fichu.

Il n'avait pas l'habitude d'être aussi direct, mais l'honnêteté de Constance l'avait ému. Elle n'avait pas caché la vérité en avouant qu'elle fuyait un père qui se comportait en despote. Lui-même avait pu mesurer que ce patient n'était pas facile... Il la raccompagna jusqu'à la porte et elle le remercia. Elle paraissait désabusée et perdue. Il la rattrapa avant qu'elle n'entre dans l'ascenseur.

— Ne vous croyez pas isolée, madame Trianon. Avoir des parents vieillissants n'est pas toujours simple à gérer dans certaines familles. Avec l'âge, le caractère peut changer. Rigidité, aigreur, dépression et gestes violents ne sont pas rares. Parfois, une personne âgée peut avoir peur de l'abandon, de la maladie, de la mort, et perdre toute empathie. Ce peut être aussi d'anciennes rancœurs qui réapparaissent. Y a-t-il un contentieux avec votre père ? Quelque chose que vous n'auriez pas réglé tous les deux ?

— Le décès de ma mère. Je lui en ai toujours voulu. Il l'a détruite à petit feu.

— Je pourrais vous suggérer de faire preuve de patience, d'essayer de communiquer, mais je crois que vous avez déjà tout tenté.

— Oui, jusqu'à l'épuisement.

— J'avais bien compris cela. Les tests prévus demain vous éclaireront. Si votre père est atteint d'une maladie dégénérescente de type Alzheimer, vous aurez une explication à ses sautes d'humeur et à sa méchanceté et on vous aiguillera sur la conduite à tenir. S'il n'a rien de tout cela...

— ... je n'aurai plus qu'à me faire à l'idée que c'est dans sa nature, le coupa-t-elle, et que je ne le changerai jamais.

— Vous avez bien résumé la situation, c'est tout à fait ça, sourit-il.

Elle le remercia pour sa franchise. Elle faillit ajouter que, entre un mari alcoolique et les caprices de son père, elle n'avait pas eu d'autre choix que de s'enfuir. Elle ne rêvait que de tranquillité et voulait qu'on lui fiche la paix. Elle retint ses mots, culpabilisant de se montrer aussi égoïste. Elle était monstrueuse de ne penser qu'à elle…

15

Zachari glissa une capsule dans la machine, appuya sur l'interrupteur et regarda le café couler. Il alluma une cigarette, la coinça entre ses lèvres et emporta sa tasse brûlante dans le salon. Le vide de la pièce le frappa. Même la radio ne comblait pas cette solitude avec laquelle Rebecca l'obligeait à composer depuis des jours.

L'heure était au bilan et il savait que le compte était loin d'être bon. Il aurait pu regretter l'ignoble manière dont il s'était comporté avec son épouse. Ou du moins se poser quelques questions sur la façon dont il l'avait traitée. Mais il avait préféré retourner la situation : la coupable, c'était Rebecca, elle l'avait abandonné. On était à quelques jours de Noël et elle ne revenait pas malgré les prières qu'il lui avait adressées. Il lui avait laissé plusieurs messages sur son répondeur, envoyé des SMS, et même fait livrer un magnifique bouquet de fleurs au domicile des Beauvoir à Paris. Elle n'avait répondu à rien. La veille, en désespoir de cause, il s'était permis de téléphoner chez ses beaux-parents. Jean Beauvoir lui avait raccroché au nez. Persuadé d'être dans son bon droit, Zachari envisageait d'appeler de nouveau. Si, par bonheur, il tombait sur Hélène, il lui expliquerait cet horrible malentendu qui avait déclenché la colère de Rebecca. Sa tirade était prête et elle n'avait plus qu'à être débitée. Il jouerait sur la corde sensible de belle-maman. Rebecca était l'amour de sa vie et il n'imaginait pas son quotidien sans elle. Quand il lui avait proposé de cosigner le scénario qu'elle écrivait, c'était dans le seul but de l'aider. Il avait de l'expérience, elle débutait. Il avait une petite notoriété dans le monde de la télévision et il souhaitait l'en faire profiter... Le problème, c'est que Rebecca ne l'avait pas entendu de cette oreille. Au bord de l'hystérie, elle lui avait asséné une multitude de reproches, l'accusant de profiter de toutes les situations pour se mettre en avant, de ne pas l'aimer et de constamment lui mentir. Il était le plus malheureux des hommes depuis qu'elle avait quitté le domicile conjugal. Il attendait son retour. Il n'attendait qu'elle. Il ne lui en voulait pas, lui pardonnerait tout. Si Jean Beauvoir était un rustre qui ne comprenait rien à rien, Hélène était beaucoup plus sensée. Elle prêterait attention aux éclaircissements de son gendre. Elle entendrait qu'il était follement amoureux de Rebecca. Et elle raisonnerait sa fille avant de la renvoyer en Normandie avec armes et bagages.

« Rebecca doit revenir ici ! » ragea Zachari en reposant sa tasse trop brusquement. Quelques gouttes de café se répandirent sur la table. Il lâcha un juron, furieux de ne pas être capable de contenir sa colère. Il fila dans la cuisine chercher une éponge. Il s'arrêta devant la fenêtre. Judith Gerberoy garait sa voiture devant le portail. « Il ne manquait plus que cette vieille bique ! marmonna-t-il, contrarié par cette visite imprévue. Que vient-elle faire ici ? Elle ne peut pas me ficher la paix ? » Il fit quelques pas vers l'entrée et se figea devant le miroir suspendu entre deux patères sur lesquelles étaient accrochés manteaux et écharpes. Il replaça deux mèches de cheveux et passa la main sur son menton. Il n'était guère présentable avec sa barbe de trois jours. Il avait même une sale tête. Au lieu d'en être affligé, il jugea qu'il pourrait tirer parti de sa mauvaise mine. Lorsqu'il entendit sonner, il compta jusqu'à dix avant d'ouvrir la porte.

— Vous ici ! murmura-t-il d'une petite voix.

Il se composa un sourire timide et s'empara de la main de

Judith Gerberoy avant de la porter à ses lèvres avec toute la distinction dont il était capable.

— Entrez, je vous en prie, ma chère Judith.

— Je ne veux pas vous déranger. J'ai appris par notre ami commun ce qui vous était arrivé. Je ne pouvais pas vous laisser seul face à votre chagrin.

Il la débarrassa de sa cape, l'invita à s'asseoir au salon et lui proposa un café.

— Hervé vous a donc dit pour Rebecca, chuchota-t-il en revenant avec un plateau.

— Oui. Je suis sincèrement désolée pour vous.

Elle n'était pas navrée le moins du monde. Zachari lui avait tapé dans l'œil et elle comptait bien tenter sa chance, maintenant qu'il était seul, même s'il avait une réputation de séducteur. Elle n'était pas née de la dernière pluie et serait méfiante. Si jamais elle parvenait à ses fins, elle garderait un œil sur lui et ne lui laisserait pas le loisir d'aller flirter ailleurs.

— Je ne vous demande pas comment vous allez, susurra-t-elle. Votre visage parle pour vous. Je suis venue vous apporter un peu de compagnie.

Il ne répondit pas tout de suite. Puisque Judith était venue de son propre chef lui rendre visite, autant s'attirer ses bonnes grâces.

— Je n'étais pas préparé à cela, lâcha-t-il enfin, la voix chevrotante. Je pensais que notre mariage était… solide. Éternel.

— On ne peut pas tout prévoir, hélas.

— C'est vrai, mais la chute est rude.

— Vous n'êtes peut-être pas tombé sur la bonne personne, minauda Judith. Vous êtes-vous demandé si elle vous méritait ?

Zachari détailla Judith en cachant son agacement. Qui était-elle pour juger Rebecca ? Elle le contemplait avec des yeux doux derrière ses lunettes à monture d'argent. Il estima qu'il était plus sage de ne pas la contrarier. Judith était une femme dont il pouvait avoir besoin. La compter parmi ses admiratrices et alliées n'était pas négligeable si jamais Rebecca ne revenait pas. Si jamais il se retrouvait seul pour de bon. Si jamais il avait besoin d'argent… Il songea à la demeure des Saint-Martin. Il n'avait pu acheter qu'un pour cent des parts dans la société créée par son beau-père. S'il perdait sa femme, il serait dépouillé de tout ! Il devait préserver l'amitié de Judith. Pour lui être agréable, dénigrer Rebecca était sa meilleure arme. Et il était prêt à charger la mule !

— Ma femme m'a quitté, bafouilla-t-il au bord des larmes, mais ce n'est pas tout.

Judith posa sa main sur le genou de Zachari et l'encouragea à poursuivre.

— Je suis anéanti par son départ et par ce que j'ai découvert.

Il se replia derrière un silence étudié, suscitant la curiosité de la visiteuse.

— Qu'avez-vous découvert ? Que vous a-t-elle fait ?

— J'ai écrit un beau scénario, une saga prometteuse pour le petit écran, et elle s'est approprié mon texte !

L'idée lui était venue d'un seul coup. En quelques mots il transformait Rebecca en voleuse. Ça ne lui coûtait même pas. Puisqu'elle n'avait pas plié devant lui et qu'il commençait à douter qu'elle revienne. S'il n'avait plus Rebecca, il devait assurer ses arrières. Se poser en victime face à cette godiche de Judith lui convenait. Elle le lorgnait d'un air à la fois triste et énamouré. Elle lui mangerait dans la main si jamais il tentait de la séduire. Il décida de repousser la conquête. Il était prudent de continuer à jouer les martyrs, de la laisser venir à lui. Lorsqu'elle serait désarmée, si Rebecca n'était pas réapparue, alors il abattrait ses cartes.

— Je suis laminé, murmura-t-il en réprimant un sanglot.

Jamais je n'aurais pensé mon épouse capable de voler mon travail.

— Vous avez certainement un moyen de prouver que ce texte est le vôtre, non ?

— Hélas, ça sera compliqué. J'ai écrit dans le plus grand secret. Personne ne connaissait l'existence de ce projet, hormis Rebecca. Elle a profité d'une de mes absences pour copier le fichier depuis mon ordinateur. Elle n'a plus qu'à le présenter à une chaîne de télé. Nul doute qu'on lui fera un pont d'or.

— Enfin, Zachari, vous n'allez pas vous laisser faire ? Racontez ce qui vous arrive. Il faut empêcher cette voleuse de récolter des lauriers qu'elle n'a pas mérités ! Il faut la traîner en justice ! Je vous aiderai, si vous voulez. Je connais un excellent avocat.

— Non, Judith, je n'en ferai rien. C'est ma femme.

— Zachari, vous pouvez compter sur moi. Si jamais vous vous décidez à poursuivre votre épouse, je serai à vos côtés. D'ailleurs, je suis déjà à vos côtés.

Pour la seconde fois, elle tapota le genou de Zachari. Le seul contact du jean l'électrisait et elle aurait pu laisser galoper ses doigts sur sa jambe ou se pendre à son cou pour le consoler. Elle se reprit. Il fallait laisser du temps au temps… Surtout qu'il était encore amoureux de son épouse.

— Vous pourriez lui pardonner ? demanda-t-elle.

Il déglutit, conscient qu'il devait faire attention à ce qu'il allait dire pour ne pas griller ses chances.

— Ma nature m'incline au pardon, surtout à l'égard de la personne aimée, soupira-t-il. Mais je ne suis plus très sûr de mes sentiments pour Rebecca. Elle m'a fait souffrir.

Judith peina à dissimuler sa satisfaction. Zachari lui plaisait et elle en avait assez de jouer les veuves éplorées. Ces dernières années, elle avait éconduit tous les hommes qui lui avaient fait la cour. Des « vieux » qui avaient dix, quinze, voire vingt ans de plus qu'elle. Zachari devait avoir à peu près son âge. À la cinquantaine, il était encore très séduisant et possédait un charme fou qui faisait frémir les femmes… Rien à voir avec son défunt mari, un homme de bonne famille, riche, mais quelconque, presque fade. Rien n'avait été amusant à ses côtés. Avec Zachari, la vie devait être drôle…

— Je ne vous laisserai pas tomber, assura Judith. S'enhardissant, elle ajouta : N'hésitez pas à m'appeler quand vous aurez éclairci vos sentiments.

Il retint un sourire. Elle était mordue, et bien plus qu'il ne l'avait pensé. Mais savait-elle qu'il n'avait pas un sou ? Lorsqu'elle l'apprendrait, elle serait peut-être moins pressée de lui mettre la main au collet.

— Vous êtes adorable. L'amour est une chose, mais j'ai d'autres soucis à régler.

— Toujours en rapport avec Rebecca ?

— Hélas, oui ! Mon épouse ne m'a pas spolié qu'un scénario. Elle a laissé des dettes et elle n'y est pas allée de main morte…

Il se tut, restant suffisamment vague pour que Judith comprenne qu'il n'était pas sur la paille, mais presque. Une bérézina dont Rebecca portait le chapeau.

— Je vais devoir renoncer à la propriété des Saint-Martin, ajouta-t-il. Dire que tout était calé, signé…

— Oh, mon Dieu ! Vous étiez si heureux de vous installer dans cette merveilleuse demeure !

Elle jeta un œil autour d'elle. Le pavillon de Louviers était modeste. Petit, commun, sans charme ni aucune classe. Jamais elle n'aurait pu y vivre. Elle possédait une maison un cran au-dessus. Zachari s'y plairait… Elle freina son imagination qui s'emballait. Pour le moment, il était préférable de ne pas tirer de plans sur la comète. Zachari était toujours marié et sans doute encore attaché à son épouse. Il ne fallait pas le brusquer. Juste l'amener à faire des choix en le laissant penser qu'il décidait seul ce qu'il y avait de mieux pour lui. Et lorsqu'il aurait sorti Rebecca de sa vie et de son cœur, la voie serait libre…

— Je songeais… reprit Judith, hésitant à dessein, je songeais que Rebecca manquait sans doute de maturité pour comprendre la chance qu'elle avait d'être votre épouse.

Zachari hocha la tête. Elle préférait parler d'un manque de maturité plutôt que d'évoquer la jeunesse de Rebecca. Il ne devait pas y avoir loin de quinze ans d'écart entre les deux femmes. Judith était encore jolie, mais elle portait ses 50 ans. Elle n'avait plus la peau ferme et ses rides n'étaient pas seulement celles de l'expression. Quant à son corps, il n'avait rien de juvénile. Sa taille était un peu épaisse et elle avait la fesse plate… Et ses seins ? Il se demanda s'il parviendrait à la caresser, à coucher avec elle. Il grimaça et se leva brusquement.

— Pardonnez-moi, j'ai mal à la tête. Je vais prendre de l'aspirine.

— Je vous laisse vous reposer. J'ai déjà trop abusé de votre temps.

— Revenez me voir, murmura-t-il. Ne m'abandonnez pas.

Il la raccompagna à la porte et lui baisa de nouveau la main. Affichant son air d'écorché vif, il resta quelques instants sur le seuil et la regarda monter dans sa voiture. Il lui fit un signe discret lorsqu'elle démarra. Il était assez satisfait de ses derniers mots, sûr d'avoir touché Judith en plein cœur. Lorsqu'il regagna son bureau, il avait le sourire jusqu'aux oreilles.

16

— Un croissant avec le café ?

Constance sursauta et sourit au patron du bar.

— Avec plaisir !

Son petit déjeuner avalé à l'aube était oublié depuis longtemps. Elle avait quitté Paris dans une voiture de location et venait d'arriver à Yport après une courte pause à Rouen où elle avait fait une visite à son père. Elle avait amené des pains au chocolat qu'elle avait achetés chez le boulanger du coin avant de frapper à sa porte. Il lui avait offert un café. Puis les questions et les reproches avaient fusé. Toujours les mêmes. Quand reviendrait-elle vivre à Rouen ? N'avait-elle pas honte d'abandonner son pauvre père ? Fallait-il qu'il soit hospitalisé pour la voir ? Il était seul à longueur de temps… Elle ne songeait qu'à elle et à son satané travail. Constance avait veillé à ne pas s'emporter. Le médecin traitant de son père lui avait transmis le compte-rendu des examens réalisés à l'hôpital. Il ne souffrait ni d'Alzheimer ni d'aucune autre pathologie de ce genre. Noël approchait, elle n'avait pas envie de venir à Rouen pour les fêtes et elle avait compris que son père ne ferait pas l'effort de se rendre à Paris. Elle avait longuement réfléchi à une solution qui pourrait leur faire plaisir à tous les deux.

— Pour le réveillon, je pourrais réserver une bonne table et deux chambres d'hôtel sur la côte normande. J'ai un peu navigué sur Internet. À Deauville, Trouville ou Cabourg, tout n'est pas complet. Noël en bord de mer, qu'en dis-tu ? J'ai ma tablette, veux-tu qu'on choisisse ensemble ?

— C'est inutile. Je suis invité chez Sandra.

— La voisine ? Explique-lui que tu passes Noël avec ta fille. Elle ne t'en voudra pas.

— C'est non. Et puis je m'en voudrais de manquer ce moment chez Sandra ! Tu as quitté ton mari et j'ai cru que tu allais venir vivre ici avec moi. Quelle blague ! Tout ce qui compte pour toi, c'est ta petite personne.

— Mais enfin, papa, mon job est à Paris. Et à 35 ans, je n'ai pas envie de vivre chez mon père.

— Et moi pas envie de m'emmerder avec toi au réveillon !

Constance avait dégluti. Il lui semblait qu'on avait noué un foulard autour de son cou et qu'on resserrait l'étreinte. Elle étouffait de chagrin et de colère. Son père aurait voulu qu'elle s'installe chez lui mais il ne voulait pas fêter Noël avec elle…

— Ne sois pas méchant, avait-elle dit doucement pour l'amadouer.

— Je ne suis pas méchant, je suis réaliste. Tu n'es qu'une sale égoïste uniquement intéressée par mon fric.

— Je ne te demande jamais rien !

Jean-Frédéric avait levé un regard haineux sur sa fille. Elle avait alors compris que tout le problème venait de là : elle se débrouillait et ne quémandait pas. D'un geste brusque, il avait écarté le sachet de viennoiseries pour étaler son journal sur la table.

— Je serai très bien avec Sandra. Allez ! Tu as sûrement du travail à Paris ou ailleurs. Fallait même pas te déplacer. Laisse-moi lire mon canard !

— Mais, papa, je…

— Fous-moi la paix !

— Papa !

— Comment faut-il te le dire ? Dégage ! Et si tu viens ici pour me réclamer de l'argent, tu perds ton temps ! Ta proposition de venir passer Noël avec moi, c'est pour avoir du pognon, hein ? Tu me crois fou ? Tu penses faire ce que tu veux de moi ? Vider mes comptes ? Te débarrasser de moi ?

— De quoi tu parles, papa ? Je ne comprends rien.

— C'est toi qui as demandé qu'on me fasse passer des tests à l'hôpital ! Ça t'aurait arrangée que j'aie Alzheimer, hein ? Que je sois déclaré dingue et mis sous tutelle ? Tu ne trompes personne. T'es pas bête, moi non plus. Fous-moi l'camp !

Il avait levé le bras comme s'il allait la frapper. Effrayée, atterrée, Constance avait ramassé son sac et était partie sans se retourner. Elle avait repris la route d'Yport en se demandant quand elle allait craquer et pleurer. La scène qu'elle venait de vivre repassait en boucle dans son esprit. Mais elle ne s'était pas effondrée. Son père lui faisait finalement un cadeau. Elle ne subirait plus ses récriminations, ses sermons, sa mauvaise humeur et son injustice, elle passerait Noël sans lui et ce n'était pas plus mal. Parvenue à Yport, elle avait rangé ce terrible incident dans un coin de sa mémoire en s'interdisant d'y revenir. Elle s'était garée dans la rue principale et avait allumé une cigarette. Autour d'elle, les maisons de brique aux toits d'ardoise s'ouvraient sur de petits balcons de bois. Plus loin se détachait l'église, construite en brique et silex, flanquée de ses deux tourelles. Elle était entrée dans le premier troquet qu'elle avait aperçu.

Elle dégustait maintenant son croissant tout en écoutant les conversations. Il n'y avait que des hommes accoudés au vieux comptoir. Ils portaient des bonnets, de gros cabans et des bottes. Des marins, sans doute. Ou des pêcheurs à pied. La conversation était uniquement centrée sur la météo. Un temps désastreux était annoncé pour l'après-midi et la soirée. Elle s'en félicita. Elle était là pour découvrir Yport au cœur de l'hiver. Si une tempête se préparait, elle serait plongée dans le vif du sujet. L'atmosphère n'aurait rien à voir avec les dimanches ensoleillés d'été dans la jolie station balnéaire. Elle songea aux moments heureux auprès de Thibault, quand ils quittaient Rouen le matin pour aller se balader en bord de mer. Souvent, ils s'installaient à la terrasse d'un restau pour déjeuner. L'après-midi, ils allaient à la plage et s'allongeaient sur les galets, trempaient parfois leurs pieds dans l'eau... Elle n'en ressentait aucune nostalgie. Elle ne refoulait pas non plus ce bon souvenir, comme d'autres qu'elle accueillait comme ils se présentaient. Elle appréciait sa nouvelle existence. Surtout de ne plus vivre dans la peur... La solitude lui allait bien. Michèle l'invitait souvent et elle refusait une fois sur deux pour ne pas froisser Virginie. Elle ne voulait pas semer la zizanie dans le couple. Virginie était un peu possessive mais Constance ne lui en voulait pas. Sa jalousie était à la mesure de son amour pour Michèle.

Quand elle régla son addition, les consommateurs prenaient l'apéritif. Elle consulta sa montre. Il était plus de midi. Elle reprit sa voiture et se rendit sur le front de mer où elle avait réservé une chambre dans un hôtel. Cette fois, en ouvrant sa portière, elle sentit l'air marin. Le vent s'était levé et les embruns chatouillaient ses narines. Elle huma l'odeur des algues et cacha sa tête sous sa capuche. Le sentier de promenade qui longeait la plage de galets était quasi désert. Deux pêcheurs ôtaient l'amarre d'une barque en bois bleue et blanche qu'ils hissèrent sur un châssis doté d'essieux tiré par un tracteur. L'hiver, par gros temps, quand les rouleaux de la Manche déferlaient sur les galets et risquaient de tout emporter, on mettait les bateaux à l'abri. Un peu plus loin, le casino semblait vide. Serait-il plus animé dans la soirée ? Il ne devait pas y avoir beaucoup de distractions dans ce bout du monde... Constance prit quelques photos avant de faire demi-tour. La falaise avait les pieds dans l'eau. La mer était haute.

— Je dois me procurer un horaire des marées.

Ce fut la première chose qu'elle demanda quand on lui remit sa clé à l'hôtel. Elle empocha le dépliant ainsi qu'un plan d'Yport qu'elle saisit sur le comptoir.

— Souhaitez-vous déjeuner ? s'enquit le patron avant de la laisser monter. On sert jusqu'à 14 h 30. Il y a des coquilles Saint-Jacques et du poisson au menu. Sinon, une blanquette de veau.

— Hum, des coquilles Saint-Jacques, c'est très bien.

— Le restaurant est au premier étage. Au rez-de-chaussée, c'est le pub. Ce soir, venez donc prendre un verre. L'ambiance est sympa.

— Je n'y manquerai pas ! s'exclama-t-elle en empoignant son sac de voyage.

Elle ne traîna pas dans sa chambre. Une pièce claire, simple, avec vue sur la mer. Il n'y avait que deux couples dans la salle de restaurant. Elle dégusta sa fricassée de Saint-Jacques aux pleurotes en gribouillant quelques notes sur un carnet. Elle n'oubliait pas qu'elle était venue à Yport pour préparer un tournage, découvrir le cadre dans lequel les personnages allaient évoluer. Il était important de présenter des plans que le téléspectateur pourrait identifier. À Yport, le front de mer était incontournable. Par la fenêtre du restaurant, elle pouvait observer la Manche grise comme le ciel, les vagues qui léchaient les galets, déposant des paquets d'écume. Les cabines de bain blanches et bleues étaient fermées. L'été, les peintres posaient leur chevalet sur la promenade pour attraper toutes les nuances de ce beau paysage maritime.

— On ne démonte pas les cabines pendant l'hiver ? demanda-t-elle à la jeune femme qui lui apporta le dessert.

— Partout sur la côte, elles sont enlevées avant l'hiver, en conformité avec la loi littorale, puis remontées fin mars. Mais ici, on a une dérogation.

— Et en cas de tempête la dérogation marche toujours ?

— Les cabines en ont vu de bonnes, vous savez, et elles sont toujours là !

Constance hocha la tête et avala une cuillerée de mousse au chocolat. Sur son calepin, elle indiqua cette particularité à propos des cabines. Était-ce un détail important ? Elle l'ignorait... Le déjeuner fini, elle sortit de l'hôtel, ne regrettant pas d'avoir emporté un bonnet et une écharpe. Elle remonta la fermeture de sa doudoune et enfila ses gants. Au nord, on apercevait Fécamp dans un écrin de brume. Dans le centre du village, elle fit un repérage des maisons les plus caractéristiques, souvent des demeures modestes qui avaient appartenu à des marins. Elle lista aussi les différents commerces dans la rue principale, nota l'emplacement de la pharmacie. Le synopsis remis par Stellio indiquait que quelques scènes seraient tournées à proximité de ce quartier commerçant. Elle quitta la rue principale, s'éloigna du centre puis bifurqua dans une ruelle. Le village nichait au cœur d'une valleuse boisée dont les pentes grimpaient doucement pour atteindre le sommet de la falaise. De belles villas bourgeoises s'accrochaient au coteau. L'architecture était variée. De la brique, des silex mêlés aux colombages et aux pans de bois, de jolis portails soigneusement bouclés. La majorité des habitations avait les volets fermés. Des résidences secondaires, sans doute. Peut-être s'animeraient-elles à l'approche de Noël. À la sortie d'Yport, elle fit une halte devant la Villa Mauresque signalée dans tous les dépliants touristiques. Une demeure toute blanche, avec un toit-terrasse comme les maisons orientales. La bâtisse datait de l'exposition coloniale de 1867 à Paris. La Tunisie avait bâti un joli pavillon pour l'occasion, copie d'une *kouba*, petite chapelle du belvédère de Tunis. Le bâtiment avait été démonté et acheminé à Yport. Après la guerre de 1870, un architecte avait construit un manoir autour du pavillon d'origine. Constance fit quelques photos de l'endroit. On disait que Guy de Maupassant y avait séjourné...

Une violente bourrasque la décida à faire demi-tour. Le jour déclinait. Une masse de nuages noirs arrivait par l'ouest, accentuant la baisse de la luminosité. Sur le front de mer, les éléments se déchaînaient. Un souffle puissant la fit vaciller et elle s'accrocha au dossier d'un banc. Les rares promeneurs couraient pour se mettre à l'abri. Le ciel s'était assombri et la mer, d'un gris presque anthracite, était parsemée de taches blanches formées par l'écume. Les vagues déferlaient sur la plage, avant de se retirer en emportant les galets dans un fracas assourdissant. Soudain, un grain venu du large s'abattit sans prévenir. D'énormes gouttes de pluie se mêlèrent aux embruns. Constance regretta de ne pouvoir sortir son téléphone pour prendre quelques clichés. L'appareil ne supporterait pas autant d'eau. Bientôt, ce furent des trombes qui se déversèrent et elle n'eut pas d'autre choix que de battre en retraite.

Quand elle parvint à l'hôtel, elle était trempée jusqu'aux os. Trempée mais heureuse. Son père n'avait pas réussi à lui gâcher sa journée. Elle s'arrêta dans le hall de la réception, frotta ses pieds sur le tapis-brosse, hésitant à monter alors que sa doudoune et ses bottes dégoulinaient d'eau. Elle secoua légèrement ses bras et sourit. Malgré tout ce qu'elle avait enduré, elle se sentait étonnamment bien.

17

La porte s'ouvrit derrière Constance et elle dut s'avancer pour libérer le passage. Elle se retourna et reconnut Stellio Mirano.

— Eh bien ! Vous êtes dans un bel état ! sourit-il. Vous êtes allée prendre un bain ? L'eau était bonne ?

Elle éclata de rire et tendit la main pour le saluer.

— Très bonne, répondit-elle sur le même ton amusé. C'est dommage, j'ai oublié mon maillot de bain.

— La tenue aurait été plus appropriée ! Mais vous devez avoir froid. Allez donc vous sécher et vous changer, et si vous voulez, on se retrouve dans une vingtaine de minutes au bar pour prendre un verre. Un grog, peut-être ?

— D'accord pour une boisson bien chaude !

Il la regarda partir. Elle n'était peut-être pas seule. Il aurait dû avoir la politesse de s'en assurer avant de l'inviter.

Il venait à peine de s'installer à une table quand elle le rejoignit dans le pub presque désert. À part deux types qui buvaient une bière au comptoir, il n'y avait pas un chat.

— Je ne m'attendais pas à vous rencontrer ici, dit-il après avoir commandé des chocolats chauds. En week-end à Yport ?

— Oui. Plus exactement en repérage pour votre série puisque je vais travailler avec vous, dit-elle en choisissant de ne pas lui mentir.

— Moi aussi, je suis venu en repérage.

— Je connais bien Yport mais je n'y avais jamais séjourné à cette saison, avoua-t-elle. Je voulais me faire une idée de l'ambiance avant le tournage.

— Vous êtes très professionnelle, la complimenta-t-il.

Il le savait. Il avait déjà bossé avec elle, assez pour mesurer son sérieux et insister auprès de la chaîne pour qu'elle coréalise cette série avec lui.

— Je veux être sûre d'être au top.

— Vous le serez. Alors, dites-moi, à part goûter à la pluie et aux embruns, avez-vous fait quelques découvertes intéressantes aujourd'hui ?

— Je le crois, oui.

Elle fouilla dans son sac à la recherche de son calepin et de son téléphone. Elle lui montra les photos qu'elle avait prises, lui parla du front de mer, des cabines de bain, des maisons de pêcheurs, de la villa mauresque et des jolies demeures qu'elle avait aperçues lors de sa promenade sur les hauteurs de la cité balnéaire…

— Nous sommes en pourparlers avec un propriétaire pour la location d'une de ces villas, sourit Stellio. Il n'y aura aucune prise dans les studios parisiens.

— Je l'avais compris. Et pour le plan général, nous aurons un drone ? Vous hésitiez quand on a évoqué le sujet.

— Deux ! J'ai rencontré hier un type qui fait des merveilles. On aura une vue croisée de la falaise nord à la falaise sud. Avec plongée sur la valleuse. On fera un premier essai début janvier. Je vous enverrai les rushes, évidemment. Ensuite, vous serez là pour assister à tout !

— Demain, si le temps le permet, j'irai marcher sur la falaise pour me rendre compte de la vue.

— Ne prenez pas de risque ! s'écria-t-il. Avec le vent, il faut être prudent. Comme on le dit parfois, sans mesurer la profondeur des mots, la vie ne tient qu'à un fil.

Il perdit son sourire, baissa les yeux sur la tasse que le serveur venait de déposer devant lui. Constance fut certaine qu'il songeait à son épouse disparue. Soucieuse de ne pas le brusquer, elle préféra ne pas répondre et avala quelques gorgées de chocolat brûlant.

— Je suis désolé, murmura-t-il au bout de quelques minutes. J'ai encore du mal avec certains épisodes du passé.

Elle hocha la tête pour lui signifier qu'elle comprenait.

— Vous restez ici plusieurs jours ? demanda-t-il après un nouveau silence.

— Je rentre à Paris demain soir.

— Moi aussi. Ma sœur a emmené ma fille à Eurodisney pour le week-end. Je n'aime pas ces parcs d'attractions, mais la petite était heureuse de découvrir le royaume de Mickey. Et j'en ai profité pour faire un saut en Normandie.

Il regarda par la fenêtre, mais à part les lampadaires qui éclairaient le front de mer, il n'y avait pas grand-chose à voir. Le ciel et la mer se confondaient, aussi noirs l'un que l'autre. Son esprit semblait être ailleurs et Constance pensa qu'il serait mieux seul. Elle termina son chocolat et le remercia. Il se leva pour la saluer. Elle le trouva élégant avec son pull à col roulé noir et son jean.

— C'est un réel plaisir de vous avoir croisée ici, dit-il comme s'il avait deviné qu'elle s'éclipsait pour ne pas le déranger.

Elle gravit l'escalier, pressée d'ôter ses chaussures et de s'allonger sur le lit. Stellio Mirano à Yport ! Quelle étrange rencontre ! Elle avait bien fait de jouer cartes sur table avec lui et de lui avouer que c'était un challenge de travailler à ses côtés. Il était exigeant mais capable de comprendre son stress. Elle rêvassa, songeant aux plans à déterminer pour que le téléspectateur puisse avoir dès le départ une bonne idée d'Yport. Les images filmées par le drone seraient les bienvenues. Quand elle se redressa, alertée par les gargouillis dans son estomac, elle constata avec surprise qu'il était 20 heures passées. Elle attrapa son bonnet, son écharpe et sa doudoune. Tout était sec, fort heureusement. Elle dînerait à l'auberge de l'hôtel avant d'aller se balader sur le front de mer pour s'imprégner de l'atmosphère de la nuit. Peut-être ferait-elle ensuite un tour au casino pour juger de sa fréquentation un samedi soir d'hiver. Dans l'escalier, elle s'arrêta brusquement. Si elle tombait sur Stellio dans la salle de restaurant, comment ferait-elle ? Elle ferait mieux d'aller dîner ailleurs… À moins de demander en cuisine si on pouvait lui apporter un plateau dans sa chambre. L'hôtel était loin d'être complet, on céderait peut-être au caprice d'une cliente. Au premier étage, elle chercha à attraper un serveur.

— Vous êtes seule ? entendit-elle derrière elle.

Elle reconnut la voix de Stellio et rougit bêtement, sans savoir pourquoi.

— Oui, murmura-t-elle.

Il jeta un coup d'œil rapide sur sa main gauche et nota qu'elle ne portait pas d'alliance. Il aurait juré qu'elle était mariée. Dans son souvenir, elle l'était. Mais sans doute se trompait-il.

— Je vais grignoter quelque chose, dit-il. Enfin, façon de parler car je meurs de faim. Et vous ? Ça vous tente ? On poursuivrait notre discussion.

Elle eut l'impression de rougir de nouveau lorsqu'il tira une chaise pour l'inviter à prendre place. Elle se sentait embarrassée. Certes, elle avait travaillé avec Stellio et il l'avait conviée une fois chez lui, mais il y avait d'autres personnes. Ils ne s'étaient jamais retrouvés en tête à tête. La situation lui paraissait incongrue. Ils se plongèrent dans l'étude du menu et se décidèrent pour un plateau de fruits de mer accompagné d'un excellent vin blanc.

— J'ai beaucoup d'idées pour le pilote de la série, dit-il en décortiquant une langoustine. Et vous ?

Il l'écouta avec attention sans la quitter des yeux tandis qu'elle lui livrait la façon dont elle imaginait le premier épisode. Elle avait déjà acquis une bonne expérience malgré son jeune âge, et en même temps elle avait encore des choses à apprendre. Elle attendait de lui qu'il la coache doucement afin de la conduire là où il le voulait. Il pouvait compter sur elle pour diriger les acteurs et elle accompagnerait volontiers le montage car elle en avait le potentiel, mais elle souhaitait avant tout que le résultat soit conforme à son désir. Quand elle se tut, son regard brillait et elle était de nouveau rouge d'excitation.

— Je peux vous poser une question ? reprit-elle en beurrant une tartine de pain de seigle.

— Je vous en prie.

— Quand aurons-nous la totalité du scénario ? Vous savez, c'est perturbant de ne pas avoir connaissance de l'ensemble de l'histoire !

Il éclata de rire. Il s'attendait à ce qu'elle lui fasse cette remarque. C'était une de ses spécialités, livrer le scénario morceau par morceau, demander à son équipe de bosser à l'aveugle sans vraiment savoir ce qui était prévu pour la suite. En procédant ainsi, il obtenait des comédiens un jeu plus spontané, plus juste, et des émotions que personne ne pouvait retranscrire sur une feuille de papier.

— Une histoire, pour qu'elle sonne vrai, doit être comme la vie. Vous ne savez jamais de quoi demain sera fait !

— On parle d'une fiction ! C'est compliqué de démarrer un tournage sans savoir où l'histoire nous mène... Je n'imaginais pas que la télé serait d'accord pour un tel challenge.

— Votre directeur n'a pas eu le choix ! Quand je lui ai proposé mon projet, c'était à prendre ou à laisser. Ne faites pas cette moue, vous êtes privilégiée par rapport à l'équipe ; vous avez eu un synopsis et le scénario du pilote. Les autres ne connaissent que le point de départ : deux cadavres découverts, une mère et sa fille. Disparues et assassinées à dix ans d'écart. Ici, à Yport. J'ai besoin d'improvisation dès la première scène. Quand on est face à un meurtre et qu'on mène une enquête, qu'on va fouiller dans les secrets de famille, on ne sait jamais ce qu'on va trouver. Il faut que notre personnage principal hésite et que le téléspectateur sente ce doute. Je vais utiliser l'effet de surprise, confronter les acteurs à l'inconnu.

Il avala une huître et ferma les paupières, savourant son repas et l'étonnement qu'il devinait chez Constance. Elle but une gorgée de vin tout en réfléchissant. Cette aventure serait inoubliable mais elle risquait de patauger. Combien de fois recommencerait-on les prises avant de parvenir au bon résultat ?

— Vous savez qu'à la télé, on travaille dans un temps limité, lui fit-elle remarquer avec un petit sourire en coin. Si on nous accorde huit semaines pour un tournage, c'est huit semaines, pas dix ou douze. À moins d'un imprévu comme une épidémie de grippe ou une catastrophe naturelle ! Tempête, tremblement de terre, éruption volcanique…

Stellio éclata de rire.

— J'espère qu'on aura une grosse tempête, alors. Ne vous tracassez pas pour les délais. C'est moi qui porte la responsabilité du tournage, je négocierai avec votre employeur. Dans tous les cas, rien de fâcheux ne vous retombera dessus. Ça vous rassure ?

Elle acquiesça, soulagée de le sentir à la fois sûr de lui et soucieux des autres.

— Si je vous donnais la totalité du scénario maintenant,

reprit-il, je vous priverais de mille émotions. Laissez-vous plonger dans l'inconnu. Vous ne le regretterez pas.

Il leva son verre et elle approcha le sien. Ils burent en silence, les yeux dans les yeux. Constance eut l'impression que quelque chose avait changé chez le producteur.

— À mon tour de vous poser une question, dit-il en la fixant toujours. Qu'est-ce qu'une jeune femme comme vous vient faire ici toute seule un week-end ? Personne ne vous attend ailleurs ?

— Je vous l'ai dit, je suis venue à Yport pour faire des repérages avant le tournage. Pour le reste... Je suis en instance de divorce.

Pourquoi lui avait-il posé cette question si personnelle ? Serait-ce parce qu'il s'intéressait à elle autrement que dans le cadre du boulot ? songea-t-elle avec ironie.

— Vous voilà bien rêveuse. Un dessert ?

— La même chose que vous.

Il fit signe au serveur et commanda deux crèmes brûlées.

— Vous êtes fatiguée, je crois, dit-il en reposant sa cuillère. Peut-être souhaitez-vous vous reposer ?

— Pas du tout. En fait, je voulais aller sur la plage pour contempler la tempête de nuit.

— Vous entendez ce vent ? C'est trop dangereux. Descendons prendre un café au pub et ensuite vous irez dormir.

Elle le suivit, à la fois amusée par son comportement familier et un peu contrariée de ne pouvoir sortir fumer une cigarette. Le pub était bondé. Constance n'en revenait pas. Est-ce que tout Yport avait l'habitude de venir y boire un verre le samedi soir ? Stellio joua des coudes et parvint à s'approcher du comptoir.

— Deux cafés, demanda-t-il. Et deux bénédictines. Sur un plateau, s'il vous plaît.

Il rejoignit Constance qui l'attendait deux tables plus loin, les mains chargées du plateau avec les consommations.

— Venez, dit-il. Nous boirons au calme dans ma chambre.

Elle le suivit sans protester. Il ne lui avait même pas demandé son avis. Mais avait-elle envie de le contredire ? Que ferait-elle si jamais il la touchait ou l'embrassait ? Elle haussa les épaules. À force de vivre dans un monde de fictions, elle se fabriquait une histoire. Elle n'était plus une petite fille depuis longtemps et Stellio la conviait simplement à partager un verre avec lui…

Il occupait une chambre identique à la sienne. Elle ne put s'empêcher de jeter un œil sur les papiers qui traînaient sur une petite table qu'il avait transformée en bureau.

— Si c'est le scénario que vous cherchez, vous ne le trouverez pas ! s'écria-t-il en riant. Tenez, votre café.

Elle s'approcha de la fenêtre. La mer était là, tout près, à leurs pieds, mais à part la pluie éclairée par le halo des réverbères, on ne distinguait rien.

— Vous connaissez le palais Bénédictine ? demanda-t-il. J'ai découvert cet endroit en feuilletant un ouvrage sur la Côte d'Albâtre. J'ignorais qu'on fabriquait cet alcool ici. Avez-vous visité la distillerie ?

— Jamais.

Il lui reprit doucement sa tasse vide et lui tendit un verre. Leurs doigts se frôlèrent. Un frisson parcourut Constance. Stellio était bel homme. Intelligent. Charismatique. Désirable. Il devait faire tourner bien des têtes et faire vibrer les cœurs. Constance n'échappait pas à la règle. Il lui sembla qu'elle ne contrôlait plus son corps, comme ravagée par un appétit sensuel qu'il lui fallait assouvir. Il y avait trop longtemps qu'elle n'avait pas fait l'amour. Stellio la fixait comme s'il pouvait lire en elle. Elle déglutit et secoua la tête. À quoi songeait-elle ? Elle allait travailler sous la direction de Stellio, c'est tout. Ce n'était pas le moment de perdre pied. Elle avala une gorgée d'alcool et reposa son verre.

— J'ai déjà trop bu, avoua-t-elle en reculant vers la porte. Je vous remercie. J'ai passé une excellente soirée.

— Vous ne voulez pas rester ? murmura-t-il. Reste, s'il te plaît.

Il s'approcha, saisit ses doigts pour l'attirer vers lui puis se pencha pour l'embrasser. Doucement d'abord, tendrement, lui laissant encore la possibilité de s'enfuir. Lorsqu'il comprit qu'elle ne partirait pas, il l'enlaça. Il commença à la déshabiller tout en la conduisant vers le lit, puis se débarrassa de son pull pour coller son torse à ses seins. Nue, elle était aussi belle qu'il l'avait imaginé. Il eut quelques secondes de doute, quelques secondes durant lesquelles il faillit se raviser, lui demander de partir. Serait-il un bon amant ? Il y avait des années qu'il n'avait pas tenu une femme dans ses bras et c'était la première fois qu'il en éprouvait le désir depuis qu'il avait perdu l'amour de sa vie. Pourtant, les occasions n'avaient pas manqué, mais aucune femme ne l'avait fait faillir jusqu'à présent. Pourquoi Constance ? Pourquoi maintenant ? Peut-être parce que c'était *elle*, justement, et qu'elle ne ressemblait pas à celle qu'il avait tant aimée. Et s'il faisait une énorme bêtise ? Elle avait raison, ils avaient trop bu l'un et l'autre. Ou pas assez… Pas assez pour s'effondrer et dormir, ou juste assez pour lever les tabous, être grisé et avoir envie de l'autre. Elle tendit les mains vers lui et caressa son cou, sa poitrine, puis laissa ses doigts courir sur son ventre. Il ferma les paupières ; la vie le parcourait de nouveau. Il retrouvait des sensations oubliées. Elles se mélangeaient et lui faisaient perdre la tête. Constance s'abandonnait et il était bien. Il dévora sa bouche, goûta sa peau. Il se promit de lui donner autant de plaisir qu'il le pourrait. Afin qu'elle conserve un joli souvenir de cette nuit qu'elle lui offrait généreusement…

Quand Stellio la pénétra, Constance vibra jusqu'à la pointe des pieds. Elle ne savait pas comment ils avaient pu en arriver là et elle ne chercha pas à le comprendre. Seul le présent comptait. La délicatesse de Stellio, sa tendresse. Et l'énorme bonheur de se sentir désirée.

18

— T'es adorable, Michèle, mais je ne veux pas. Ça ne m'a pas dérangée d'être seule à Noël, ça ne me dérangera pas le moins du monde d'être seule ce soir.

Alors que Paris était en ébullition, à quelques heures de célébrer la nouvelle année, Constance avait invité Michèle à déjeuner dans son petit appartement de la rue de la Roquette. Elle avait profité de cette occasion pour offrir à son amie une édition rare d'un roman d'Alexandre Dumas père dont Michèle était une grande admiratrice. Elle avait ajouté à ce cadeau deux places pour un concert à l'opéra Bastille, une jolie soirée en perspective, que Michèle partagerait avec Virginie.

— Ça m'arrache le cœur de te savoir seule un 31 décembre, marmonna Michèle. Tu pourrais te joindre à nous, tout de même !

— Non ! Tu as tort de te faire du mal avec ça ! Je te répète que ça ne m'ennuie pas. C'est peut-être difficile à comprendre, mais comment t'expliquer ? Je vais bien. Mon père m'a rendu un grand service en me virant de chez lui alors que je lui proposais de passer Noël avec moi dans un endroit sympa. Quand je pense que je culpabilisais de m'être éloignée de lui…

— Justement ! Je ne veux pas que tu sois seule ce soir !

— Je m'installe dans ma nouvelle vie et je ne souffre pas de la solitude. Au contraire, j'en profite. Je me retrouve.

Dîner seule devant la télé me va très bien. L'année prochaine, c'est promis, je ne refuserai pas ton invitation.

Michèle dégusta une gorgée de médoc, résignée. Elle n'avait plus qu'à capituler. Mais c'est vrai, Constance a l'air bien, songea-t-elle en la voyant saisir son verre et lui faire un clin d'œil. Elle était bavarde, souriante, pétillante... Bien mieux dans sa peau et dans sa tête qu'il y a quelques mois.

— Est-ce qu'il y a quelque chose que j'ignore ? murmura-t-elle soudain. Je veux dire en dehors de ce que j'appelle ton « double divorce », que j'approuve par ailleurs, car tu t'es enfin débarrassée des deux mecs qui te pourrissaient la vie. Je suis un peu directe, mais c'est vraiment ce que je pense. Alors, il y a un autre homme ? Tu as rencontré quelqu'un ?

— Non, fit Constance en éclatant de rire. Ne va pas te faire un film.

— Je n'oserais pas. La réalisatrice, c'est toi !

Constance rit de plus belle. Elle n'avait pas raconté à Michèle sa soirée à Yport avec Stellio Mirano, une douce parenthèse qui s'était refermée aussi vite qu'elle s'était ouverte. Après avoir fait l'amour, elle était restée un moment dans ses bras sans bouger ni parler. Lui-même ne dormait pas et gardait le silence. Elle avait saisi qu'il ne fallait pas le brusquer, ne rien lui demander. Elle l'avait quitté après avoir déposé un baiser dans son cou et avait regagné sa chambre. Le lendemain, elle ne l'avait pas croisé dans les couloirs de l'hôtel, ni dans la salle de restaurant au petit déjeuner. Quand elle avait rendu sa clé à la réception, le patron lui avait tendu une enveloppe. Elle l'avait ouverte une fois engouffrée dans sa voiture, à l'abri du vent. Quelques lignes d'une écriture haute, un peu nerveuse.

« Hier soir, nous avons plongé dans l'inconnu vous et moi, Constance. N'était-ce pas déboussolant, enivrant ? Rien n'était calculé et nous avons laissé parler nos émotions, nos sensations. Nous avons oscillé entre doutes et certitudes. Seul l'instinct nous guidait. Cet instinct qui rapproche deux êtres

qui se connaissent sans se connaître vraiment, soudain attirés l'un par l'autre. Si nous avions su d'avance ce qui allait se passer, tout aurait été pesé, arrangé, préparé. Nous y aurions perdu notre sincérité, notre spontanéité. Faites confiance à votre instinct, Constance. Je suis sûr qu'il ne vous trompera pas et que nous réaliserons ensemble un merveilleux travail. À très vite. »

Elle l'avait compris, cette lettre rédigée avec un retour au vouvoiement et qui ramenait poliment les choses au travail n'était rien d'autre qu'une façon élégante de lui dire : « OK, il s'est passé un truc entre nous, mais on n'en parle plus. » Elle aurait pu en être chagrinée, et pourtant, ce n'était pas le cas. Elle avait accueilli ces heures d'amour comme un moment de plénitude, un fruit que l'on savoure et dont le goût lui avait rappelé qu'elle était une femme désirable et qu'elle-même avait encore des désirs. Surtout, qu'elle avait la vie devant elle...

— Côté boulot, tu t'en sors ? demanda Michèle en repoussant son assiette. Toujours débordée ?

— Un peu. Moins que je le craignais. Rebecca Beauvoir devait m'envoyer la suite de son scénario mais je n'ai rien reçu. Je ne sais pas ce qu'elle fiche. Elle ne doit pas se rendre compte de la chance qu'elle a. Un texte retenu par France Télévisions, ça n'est pas rien.

— Tu ne la relances pas ?

— Pas pour le moment. J'estime qu'elle doit prendre ses responsabilités et avant tout tenir les délais. Elle s'y est engagée. Si elle a un souci avec son manuscrit, c'est à elle de m'avertir, et le cas échéant de solliciter un report. Ce n'est tout de même pas à moi de faire la démarche.

— Tu as raison.

— J'espère qu'elle va se réveiller, et vite. J'avais pensé l'embarquer avec moi pour trois jours de repérage en pays nantais. Mais si elle tarde à se manifester...

— Et pour le reste ?

— La semaine prochaine, j'aurai bouclé les deux réalisations en cours. Quand Stellio Mirano annoncera le départ pour Yport, je serai prête. Et toi, bientôt les vacances ?

Constance écouta la réponse de Michèle d'une oreille distraite. Michèle et Virginie partiraient bientôt sous le soleil des Bahamas. Constance avait des congés à prendre mais elle ne voyait pas quand elle pourrait s'évader. Bientôt, elle devrait aller à Rouen. Elle avait déposé une requête de divorce et la conciliation ne tarderait pas. Il faudrait aussi régler la séparation des biens, en l'occurrence la vente de la maison. Retourner là-bas, dans cette maison où elle avait vécu des jours heureux avec Thibault, mettre dans des cartons le reste de ses affaires, tout ça serait une épreuve pour tous les deux. Pour Thibault, qui continuait à la supplier de revenir à ses côtés. Pour elle, qui ne souhaitait pas le voir souffrir tout en sachant qu'elle ne changerait pas d'avis.

— Si jamais la conciliation a lieu après ton retour de vacances, m'accompagnerais-tu à Rouen ? demanda-t-elle soudain.

— Bien sûr. J'y pensais, figure-toi. S'il n'y avait que moi, jamais je n'aurais programmé un voyage maintenant, mais…

— … Virginie veille sur toi. Elle sait que tu as besoin de te reposer et de faire le plein d'énergie toi aussi.

Michèle sourit. Tout était si facile avec Constance. Elle appréciait la simplicité de leur relation et la bienveillance de son amie. Jamais un jugement, beaucoup de compréhension… Auprès d'elle on se sentait toujours bien, y compris au travail. Elle était d'ailleurs très appréciée à France Télévisions. Elle n'y avait pas que des amis, bien sûr, parce qu'elle n'accordait pas son amitié à tout le monde et que son joli parcours faisait des envieux. Mais elle restait toujours très cordiale. Elle avait de plus un physique agréable et avenant. Elle était charismatique sans le savoir. Là était sa force. Elle séduisait les autres par des mots qui sonnaient justes, des attitudes non calculées, et elle était toujours de bonne humeur. On l'aimait ou on la détestait, mais elle ne laissait personne indifférent.

***

— Papa, elle arrive quand, Tata ?

— Ce soir.

— À quelle heure ?

Stellio ôta ses lunettes et rabattit l'écran de son ordinateur. Il se pencha vers sa fille et lui donna un baiser sur le front.

— Vers 19 heures, 20 heures au plus tard. Un peu avant le dîner, précisa-t-il, car la petite avait encore du mal à lire l'heure.

— C'est la fête, ce soir ?

— Oui, mon amour. On célèbre le passage de la nouvelle année à minuit et on échange des bons vœux.

— C'est quoi, des bons vœux ?

— Tout ce qu'on peut souhaiter de mieux à ceux que l'on aime. Être en bonne santé, heureux, avoir des projets... et de bons résultats à l'école !

Alessia se tourna vers le sapin qui trônait entre les deux fenêtres du séjour et demeura pensive. Elle l'avait décoré avec son père quelques jours avant Noël. Elle adorait les minuscules personnages accrochés au bout des branches. Son préféré était la princesse dont la robe étincelait comme la neige au soleil.

— Il y aura des cadeaux ? demanda-t-elle en s'accrochant au cou de son père.

— Tu n'as donc pas été assez gâtée à Noël, Alessia ? Quelle coquine tu fais !

Stellio la regarda partir en riant vers sa chambre. Il lui réservait une petite surprise pour le réveillon. Il la gâtait bien trop ! Mais il n'avait plus qu'elle. Il aurait fait n'importe quoi pour être sûr qu'elle soit heureuse. Voir sa mine réjouie devant le monticule de cadeaux sous le sapin la semaine précédente avait été un bonheur. Il ouvrit son PC et reprit le document sur lequel il travaillait. Une fiche qu'il distribuerait aux acteurs avant les premières prises. Une seule page, avec quelques renseignements indispensables sur les liens entre les personnages. Rien d'autre. Il relut ce qu'il avait noté et sourit devant son écran en ajoutant une dernière phrase : « *Soyez confiants, laissez-vous porter par l'histoire et suivez votre instinct.* » Il se redressa, le dos un peu cassé par ces heures passées à fignoler son projet. Il ferma les yeux et massa sa nuque douloureuse.

— Papa, tu peux me faire une tresse, s'il te plaît ?

Alessia était plantée devant lui avec une brosse, un peigne et un ruban qu'elle tenait dans ses adorables petites mains potelées. Elle se retourna et se laissa coiffer. Son père veilla à ne pas tirer sur ses cheveux, ôta délicatement les nœuds.

— Voilà, mademoiselle, sourit-il en attachant le ruban au bout de la tresse. Vous êtes la plus jolie princesse de mon royaume.

— Attends, c'est le miroir qui doit me le dire !

Elle partit en courant et revint aussi vite.

— Pas mal, fit-elle avec une moue qui n'appartenait qu'à elle. Mais avec Tata, c'est mieux.

— Ah ! soupira-t-il, Tata…

Heureusement qu'il avait sa sœur pour l'épauler. Une présence féminine indispensable et qui le serait plus encore quand la petite grandirait et qu'il faudrait aborder certains sujets que les pères n'aiment pas évoquer avec leurs filles. Elvire était toujours là pour lui. Surtout depuis qu'il était veuf. Il s'en voulait car elle avait mis sa vie de côté pour l'aider. Elle sortait moins, elle n'avait pas d'homme auprès d'elle… Il aurait dû l'inciter à s'éloigner, à bâtir sa propre existence. Mais Alessia était tellement attachée à sa tante qu'il lui arrivait de se montrer égoïste. Pour garder Elvire près de lui, il l'avait même encouragée à acheter un appartement à deux pas du sien ! Ce soir, il l'avait invitée à venir dîner pour le réveillon de la Saint-Sylvestre alors qu'à 35 ans, elle aurait dû faire la fête avec des amis. Il se promit de moins l'accaparer. Il n'avait pas le droit de lui gâcher son avenir. Il lui en parlerait après le dîner, quand Alessia serait couchée. Elvire devait sortir, voir du monde, se donner une chance de rencontrer un type bien, et peut-être de fonder une famille, ou du moins goûter aux plaisirs de la vie.

Les plaisirs de la vie, Constance... Il n'avait guère pensé à elle depuis son retour d'Yport une dizaine de jours plus tôt, s'efforçant de considérer cette douce parenthèse comme une aventure d'un soir. Elle s'était offerte à lui simplement, elle lui avait donné quelques heures teintées de bonheur et était partie discrètement, sans exigence. De cela il lui était reconnaissant, comme il appréciait aussi qu'elle n'ait pas essayé une seule fois de le joindre depuis. Elle avait compris ses blessures. C'était peut-être ce qu'il y avait de plus redoutable chez Constance, cette aisance à saisir le désir de l'autre. Paradoxalement, il se sentait cerné alors qu'elle n'avait pas entravé sa liberté. « Elle est intelligente, murmura-t-il. Perspicace et pétillante, en plus d'être désirable. » Il s'ébroua et revint sur terre. Pourquoi se retourner sur ce souvenir ? Sans doute parce que depuis la mort de sa femme, Constance avait été *l'unique* et l'instant qu'ils avaient partagé ensemble délicieux. Dangereux aussi. Il refusait d'aimer de nouveau. Il ne voulait pas revivre la souffrance de perdre l'être aimé. Il n'y survivrait pas. Après la mort de Guiliana, il s'était effondré. Il avait voulu partir lui aussi. Les premiers jours, il n'avait même pas pu prendre dans ses bras le bébé qu'elle lui avait laissé, Alessia, une enfant qui était désormais tout pour lui. Si Elvire n'avait pas été là pour le secouer, lui hurler qu'il devait vivre pour sa petite fille, il se serait suicidé. Cette période noire était rangée au fond de sa mémoire, dans une boîte qu'il n'ouvrait pas trop souvent. Rien n'était oublié, mais il avait choisi de continuer. Voir grandir Alessia le comblait. Seules les nuits étaient difficiles. Le souvenir de Guiliana le hantait et jamais il ne parvenait à dormir paisiblement. Sauf à Yport, pensa-t-il. Apaisé par l'amour, il avait sombré dès qu'il avait entendu Constance quitter sa chambre sur la pointe des pieds. « Raison de plus pour qu'il n'y ait jamais de seconde fois », grommela-t-il.

— Papa, tu parles à qui ?

— À moi-même, mon ange.

Il tendit les bras vers Alessia qui se précipita contre lui.

19

— Il faudrait modifier une scène dans le quatrième épisode, quand le héros confie son secret à sa maîtresse, dit Constance après avoir avalé une bouchée de purée. Ça me trotte dans la tête depuis que j'ai lu votre texte. Et plus encore depuis notre balade de tout à l'heure. Il y a un truc qui cloche.

Inquiète, Rebecca pinça les lèvres et reposa sa fourchette sur le bord de son assiette. Modifier la scène ? Pourquoi ? Comment ? Elle avait particulièrement soigné ce passage, sachant que c'était une étape clé de l'histoire. Elle se souvenait de chaque mot, il n'y avait rien à retoucher. Elle ouvrit la bouche pour demander une explication mais se ravisa. Constance fronçait les sourcils, ce qui n'était pas bon signe. La jeune femme but une gorgée d'eau pour calmer la fièvre qui montait en elle. Le scénario était peut-être moins bon qu'elle ne l'avait cru. Le doute l'étrangla et elle se revit quelques mois plus tôt, tandis qu'elle patientait dans le hall d'accueil à France Télévisions, persuadée qu'on allait rejeter son projet. Elle but encore un peu, essayant de maîtriser son angoisse.

Durant quelques secondes, Rebecca regretta d'être là. Avec Constance, le courant ne passerait jamais. Quand la réalisatrice lui avait proposé de l'accompagner trois jours en pays nantais pour repérer les lieux, Rebecca s'était réjouie, imaginant que ce voyage scellerait leur collaboration. Mais il n'y avait pas de collaboration. Rebecca était auteur du scénario, Constance la réalisatrice de la saga, et à ce titre c'était elle qui décidait. Elle avait déjà imposé une transformation complète de trois pages du texte. Rebecca avait le sentiment que la coupe allait bientôt déborder. Mais elle n'avait pas d'autre choix que de dire *amen* aux caprices de la réalisatrice et se taire. Des larmes piquèrent ses paupières. Elle s'excusa, prétextant avoir entendu son téléphone vibrer, et sortit dans la cour. La bruine tombait dru et elle s'abrita sous le porche de l'auberge pour respirer. Drôle de temps pour un mois de janvier. Il ne faisait pas froid, mais brume et brouillard persistaient des matinées entières et masquaient le soleil. On aurait dit l'automne… Quand elle revint dans la salle de restaurant, elle s'était calmée, prête à écouter les changements qu'exigerait Constance.

— Souhaitez-vous un dessert ? demanda cette dernière en montrant à Rebecca la carte que le serveur avait déposée sur la table en son absence.

— Non merci, je n'ai plus faim.

— Café ?

Rebecca acquiesça et Constance fit un signe au garçon qui s'approcha.

— Je vous sens… contrariée, reprit-elle quand il se fut éloigné. C'est bien ça, n'est-ce pas ? Est-ce moi qui vous ai contrariée ?

Le mutisme de Rebecca lui apporta la réponse. Elle avait vexé la jeune femme lorsqu'elle lui avait suggéré de modifier la scène avec le héros et sa maîtresse. Elle n'avait pourtant pas voulu la froisser, seulement conseiller une amélioration. Ce n'était pas la première fois qu'elle percevait la réticence de Rebecca. Quand elle approuvait une correction, c'était par obligation, pas parce qu'elle en convenait. Constance avait le sentiment qu'un fossé s'était creusé entre elles au fil de leurs rencontres et elle le ressentait comme un échec. Elle n'était pas faite pour accompagner une scénariste dans son travail. Elle regrettait d'avoir accepté cette mission qui était d'ordinaire celle d'Éric. Mais aurait-elle pu la refuser ? La question n'était même plus d'actualité. Il lui fallait repartir sur de bonnes bases avec Rebecca Beauvoir. Aborder les choses autrement pour rétablir le dialogue… En serait-elle encore capable ? Elle avait épuisé toutes ses ressources dont la patience, qui n'était pourtant pas la moindre de ses qualités, un épuisement qu'il aurait été injuste de reprocher à Rebecca. Son père ne cessait de ruiner ses efforts en coupant court à toute discussion. À chaque fois qu'elle l'appelait, elle essayait d'être la plus diplomate possible, mais rien n'y faisait, il l'envoyait paître… Elle fixa de nouveau la jeune scénariste. Rebecca n'était pas comme son père, désagréable et revancharde, mais plutôt une charmante jeune femme. Comment nouer avec elle une relation professionnelle saine, basée sur la confiance ?

— Je suis désolée, murmura-t-elle dès que le serveur leur eut apporté les cafés. Je ne dois pas être très douée pour la communication. Il faut prendre mes remarques comme quelque chose de positif, Rebecca. Nous travaillons ensemble. Je ne suis pas contre vous et j'ai à cœur de réussir cette saga. D'en faire un beau programme. Je ne corrige pas votre texte parce qu'il est mauvais, je le refaçonne pour le rendre meilleur. J'ai conscience que pour vous c'est difficile à admettre. Ce scénario est votre premier bébé et vous y avez mis toutes vos tripes ! Vous avez du mal à accepter mes propositions un peu comme si je vous touchais personnellement. Essayez de prendre du recul. Mes propos sont constructifs. Du moins, c'est ainsi que je souhaite que vous les perceviez. Je ne veux pas vous casser, ni que vous vous sentiez sur la sellette. Faites-moi confiance et dites-vous qu'à deux nous allons faire de votre scénario une très belle saga.

Rebecca hocha la tête. Émue, elle dut encore ravaler ses larmes. Depuis que Zachari l'avait trompée et avait ravagé sa foi en l'autre, elle était sur le qui-vive, sensible, susceptible… Du bout des doigts, elle caressa la jolie nappe rose de coton damassé. Fallait-il expliquer à la réalisatrice qu'elle était devenue méfiante, jusqu'à s'en rendre malade ? Elle ne se confiait qu'à ses parents. Et encore, elle ne leur disait pas tout. Même Azzedine ne savait pas exactement ce qui s'était passé avec Zachari. Elle lui avait annoncé sa séparation sans lui donner de raison particulière. Chacun reprenait ses billes, il n'y avait rien de plus à ajouter. Elle ne souhaitait pas qu'on sache que Zachari avait voulu la rouler. Elle était la seule responsable de cette déconfiture pour lui avoir bêtement fait confiance. Assez idiote de le croire lorsqu'il lui promettait un enfant ou lorsqu'il lui jurait qu'il ne draguait pas d'autres femmes… Idiote, mais follement amoureuse. Elle avait tellement idéalisé son mari qu'elle n'avait pas voulu ouvrir les yeux… Sa mésaventure l'avait rendue fragile et suspicieuse, et peut-être s'était-elle forgé malgré elle une carapace pour se protéger de certains désagréments. Face à Constance, ce n'était sûrement pas la bonne solution. La réalisatrice avait raison, elles étaient embarquées dans le même projet et elles ne bossaient pas l'une contre l'autre… Elle n'avait aucune raison de redouter une trahison de la part de la réalisatrice. À elle de ne pas céder à la paranoïa.

— C'est moi qui suis désolée, répondit-elle. Vous avez raison, ce scénario est mon bébé et j'ai un peu trop tendance à vouloir le défendre bec et ongles, le protéger de…

— Le protéger de moi ?

— Non ! Comment dire ? Il y a quelque temps, j'ai quitté mon mari parce que j'ai découvert qu'il n'était pas celui qu'il prétendait. Il m'a utilisée en voulant me piquer ce scénario et le signer de son nom. Ça a été un choc. Une révélation. Mon monde s'est effondré brutalement. C'est pour ça que j'ai du mal à vous confier mon texte.

Constance hocha la tête sans répondre, essayant d'analyser la situation. Rebecca disait-elle la vérité ou bien l'arrangeait-elle à sa sauce ? Elle revit les atermoiements de la jeune femme, son embarras récurrent, et même son retard dans le dernier envoi du scénario. Et si c'était elle qui avait volé le travail de son mari ? La réalisatrice avait déjà entendu des histoires comme celle-ci. Il n'était pas rare, dans les couples de scénaristes, que l'un subtilise le travail de l'autre. Heureusement, d'autres savaient travailler main dans la main. Rebecca Beauvoir était-elle une femme naïve qui avait fait les frais d'un type malhonnête ? Ou bien s'était-elle emparée du texte de son époux pour le signer de sa main ? Mais pourquoi aurait-elle pris un tel risque ? S'il s'avérait que Rebecca mentait et que c'était elle la voleuse, elle en subirait de terribles conséquences. Quant à Constance, elle aurait bossé sur ce texte pour rien…

— Je vous jure que ce scénario est le mien, reprit Rebecca qui avait senti chez Constance une certaine gêne. Je suis certaine que vous en ferez une belle saga.

— Vous rendez-vous compte que s'il y a le moindre doute sur le fait que le manuscrit soit le vôtre le projet risque de tomber à l'eau ? Quant à vous, vous serez grillée dans le métier !

— Vous voyez, je commence déjà à regretter de vous avoir raconté mon histoire, répondit Rebecca en élevant la voix. Vous n'allez pas en parler à la production, j'espère ?

— Sortons d'ici, on nous écoute ! ordonna Constance en se levant.

Elle n'avait pas apprécié de voir les têtes se tourner vers leur table quand Rebecca avait haussé le ton. Elle donna sa carte de crédit au patron et empocha la note. Sur le parking, elle alluma une cigarette, tira quelques bouffées avant de s'approcher de la voiture.

— Ce scénario, c'est bien le vôtre ? demanda-t-elle dès qu'elles furent à l'intérieur du véhicule.

— Oui, je vous le jure ! Vous n'imaginez tout de même

pas que c'est moi qui ai volé le texte de mon ex-mari ? Vous n'avez pas confiance en moi !

— Vous non plus ! Je me trompe ? Alors, videz votre sac une bonne fois pour toutes ! En ce qui me concerne, l'affaire est close. Si ce texte est bien le vôtre, nous poursuivrons notre collaboration et je ne touche pas un mot de vos soucis de couple à la production.

Rebecca pinça les lèvres. Constance souffla. Elle n'avait pas l'habitude de sortir de ses gonds. Travailler dans ce climat de tension l'éprouvait. La dialoguiste n'avait sûrement aucune raison de mentir. Le scénario était le sien, elle avait seulement du mal à admettre les changements qui s'imposaient dans son texte.

— Si vous le voulez, reprit Constance, on retourne au bord de la Loire, là où nous étions ce matin, en face de l'île. Si quelqu'un a une barque et accepte de nous faire traverser le fleuve, je vous expliquerai ce qui ne va pas et vous proposerai quelques pistes pour mettre en valeur cette scène. J'ai besoin que vous acceptiez ce remaniement, que vous en compreniez la nécessité, surtout, parce que je vais vous demander ensuite de réécrire les vingt premières répliques du dialogue, quand le héros confie son secret à sa maîtresse. D'accord ? C'est parti pour une balade en barque sur la Loire ?

Constance termina sa phrase sur un sourire et Rebecca approuva d'un hochement de tête. Il fallait repartir sur des bases saines. Elle s'était peut-être trompée sur Constance. La réalisatrice était assez directive, mais pas pour le plaisir de jouer les chefs. C'était une pro et elle n'aspirait qu'à l'excellence. Elle devait prendre ça pour une chance et reconnaître que les premières impressions ne sont pas toujours les bonnes. Zachari, « le grand amour de sa vie », en était la preuve vivante !

— On y va ! lança-t-elle. Pour la traversée en barque, pourquoi ne pas demander au viticulteur que nous avons rencontré ce matin ? Il a dit qu'il aimait pêcher sur la Loire lorsqu'il en avait le temps. C'est donc qu'il possède une embarcation, non ?

— Bonne idée ! répondit Constance, soulagée de sentir que Rebecca se détendait un peu.

Elle tourna la clé dans le contact. Le travail continuait. Cependant, elle ne se faisait aucune illusion, la scénariste ne deviendrait jamais sa complice et amie.

20

Zachari pressa le pas, dépassant une cliente qui poussait un chariot bien rempli. Il parvint à la caisse le premier et se hâta d'étaler ses marchandises sur le tapis.

— Cent trois euros et cinquante-quatre centimes, annonça la caissière tandis qu'il déposait ses sacs au fond du caddie.

Il ouvrit son portefeuille et tendit trois billets avant d'empocher la monnaie. Dans la galerie marchande, les vitrines annonçaient des soldes monstrueux. Pulls, manteaux et bottes étaient bradés avant même la fin de l'hiver. Il s'arrêta devant une enseigne pour hommes et jeta un œil aux costumes. Rien ne le séduisait. Il irait faire son shopping à Paris, s'offrirait une veste, deux pantalons et quelques chemises. Il pouvait bien se faire plaisir. Son compte en banque était de nouveau garni.

Il marcha jusqu'au parking et ouvrit le coffre de sa voiture pour y ranger ses courses. Quand il s'installa au volant, il songea qu'il était grand temps qu'il s'achète une voiture digne de son rang. Il avait les moyens de concrétiser son rêve maintenant ! Il fallait bien que la perte de Rebecca soit compensée par un petit quelque chose. C'était ainsi qu'il voyait le marché que Jean Beauvoir lui avait mis en main en début d'année. Peu après le 1er de l'an, son beau-père l'avait contacté et lui avait proposé un rendez-vous à Paris. L'entrevue avait été rapide. Avec des trémolos dans la voix, Zachari avait tenté d'expliquer à son beau-père le terrible malentendu à propos du scénario. S'il avait proposé à Rebecca de le cosigner, c'était dans le seul but de l'aider. Son départ l'avait plongé dans un grand désarroi. Comment pouvait-elle ruiner les projets qu'ils avaient en commun ? Comment pouvait-elle renier leur amour ? Jean avait coupé court à ses lamentations. « On sait, vous et moi, que tout ceci est mensonge et comédie, avait-il répliqué, dégoûté par le manège de son gendre. Ravalez votre baratin et vos larmes de crocodile. » Zachari n'était pas allé plus loin dans ses jérémiades et il avait laissé Jean s'exprimer. Le deal était simple. Rebecca désirait divorcer, et vite. Jean était prêt à racheter au triple de leur valeur les quelques parts que son gendre possédait dans la SCI qu'il avait créée pour l'acquisition de la propriété des Saint-Martin. Jean revendrait le bien, puisque Rebecca n'avait aucune envie de revenir en Normandie. Zachari avait écouté, intéressé. Il avait un peu hésité, exprimé une fois encore son incompréhension et rappelé son amour pour Rebecca, histoire de ne pas capituler trop vite. « Vos parts au triple de leur valeur, plus 20 000 euros, dont 5 000 tout de suite ! avait jeté Jean, pressé d'en finir. C'est ma dernière offre. Si vous l'acceptez, vous me signez ces papiers sur-le-champ ! » Il avait brandi une épaisse enveloppe qui avait fait saliver Zachari, ainsi que des documents provenant d'un cabinet d'avocats et de son notaire. Jean avait tout prévu. Le divorce de Rebecca et le rachat des parts de la société. De quoi trancher définitivement le fil qui liait sa fille à Montrouge. « Vous signez maintenant », avait répété Jean en lui mettant un stylo sous le nez. Zachari s'était tortillé sur sa chaise, avait encore singé la tristesse et la consternation, puis il avait attrapé le stylo d'un geste rageur et avait paraphé l'ensemble des papiers avant d'empocher l'enveloppe que Jean avait glissée vers lui. Pour la première fois, il avait vu Jean Beauvoir lui adresser un sourire. Un sourire ironique, cynique même, qui le mettait encore en rage. « Il m'a bien eu, le père Beauvoir, murmura-t-il les dents serrées. Mais je n'ai pas dit mon dernier mot. Rebecca ne s'en tirera pas aussi facilement. »

Il posa les coudes sur le volant et réfléchit. Depuis quelques jours, la vengeance lui trottait dans la tête. L'idée se précisait peu à peu. Quand Rebecca était partie, elle n'avait pas encore achevé l'écriture de son scénario. Il ne disposait que d'une partie de ses fichiers, mais rien ne l'empêchait de poursuivre lui-même l'écriture du manuscrit puisqu'il en connaissait le synopsis… Il tourna la clé dans le contact. Le bruit du moteur toussotant lui arracha un froncement de sourcils. « Pour le moment, je dois me débarrasser de cette voiture ! » Il s'arrêta chez un concessionnaire automobile, mais aucune occasion ne le séduisit. Il n'allait pas engloutir son pactole dans l'achat d'un véhicule ! Il ressortit du magasin et se trouva nez à nez avec Hervé Gefosse et son épouse.

— On est venu faire une folie ? demanda Hervé en serrant la main de son ami.

— Bof, soupira Zachari. Rien ne me plaît.

— Le départ de Rebecca est récent. Ça va aller. Le temps apaise les blessures.

Zachari ne répondit pas et prit son air brisé. Aux yeux des Gefosse, il avait décidé de jouer au pauvre mari quitté par sa femme. Il était important qu'ils le voient déprimé et le décrivent comme tel à Judith Gerberoy. Zachari avait revu leur amie. Il l'avait trouvée compatissante mais un peu distante, voire méfiante. Moins attendrie ? Il avait eu tort de sous-entendre qu'il avait des soucis financiers. Il avait pensé l'amadouer en lui racontant ses problèmes, et manifestement, son attitude n'avait pas eu l'effet escompté. Par ailleurs, elle posait toujours beaucoup de questions sur Rebecca, les sentiments qu'il éprouvait encore à son égard. Il allait désormais lui présenter un autre tableau. Le couple Gefosse serait parfait pour amorcer le spectacle.

— Je me sens si seul, murmura-t-il enfin. Je perds le goût de vivre...

Lucie pâlit, touchée par ses propos. Elle attrapa discrètement son mari par le coude. On pouvait mourir d'un chagrin d'amour. Zachari ne se remettait pas du départ de Rebecca. Il avait besoin d'aide, de compagnie.

— Enfin, Zachari, ne reste pas seul ! s'exclama Hervé en souriant. Sors et je suis sûr que tu vas rencontrer l'âme sœur.

— C'est un peu tôt...

— Tu as vu ce SUV ? Une petite merveille ! Fais-toi plaisir !

Zachari se décomposa un peu plus. Hervé sentit que Lucie lui serrait encore le bras et comprit qu'il avait dit une bêtise.

— Pardonne-moi. Je voulais te distraire et c'était maladroit. Où en es-tu ?

— Rebecca demande le divorce et...

— On ne peut pas discuter d'un sujet aussi grave ici, intervint Lucie. Que dirais-tu de venir dîner à la maison ce soir ?

— Non, merci. C'est adorable, mais je ne serais pas de bonne compagnie. Je préfère rester seul.

Lucie et Hervé se regardèrent, désemparés.

— Viens à la maison, insista Lucie. Passe le week-end avec nous. On te laissera tranquille si tu ne veux pas parler, et si tu as besoin d'un peu de présence et de chaleur, on sera là.

— Non, merci. Vraiment.

— Tu étais venu ici pour t'offrir une nouvelle voiture, n'est-ce pas ? demanda Hervé.

Zachari s'efforça de prendre un air encore plus consterné.

— Oui, j'y pense. Comme si je n'avais pas assez de soucis ! Ma vieille bagnole risque de me lâcher et je dois penser à la changer. Mais je n'ai pas le cœur à ça. Je ne parviens pas à sortir Rebecca de ma tête. Je ne dors plus. Elle me hante… Elle m'a fait tant de mal. Jamais je ne l'aurais crue capable de voler un de mes scénarios. Vous imaginez ce que j'ai ressenti quand j'ai découvert qu'elle avait piqué mon texte avant de me plaquer ?

Lucie se lança dans un grand discours où il était question de chagrin d'amour, d'amitié, de la nécessité absolue de ne pas s'enfermer dans la solitude.

— Prends rendez-vous chez ton généraliste, Zachari, ordonna-t-elle gentiment. Raconte-lui ce qu'il t'arrive. Il te prescrira quelque chose pour dormir, et peut-être des antidépresseurs pour t'aider à retrouver le moral.

— Oui, je vais l'appeler.

— Fais-le sans tarder, aujourd'hui si possible. Ensuite, rejoins-nous à la maison. Apporte quelques affaires. Je te prépare la plus belle de nos chambres d'amis, celle que tu préfères, avec le balcon qui donne sur l'étang. Ça te changera les idées. Je te préviens, si je ne te vois pas ce soir pour le dîner, je viens te chercher ! Par la peau des fesses !

Elle avait prononcé les derniers mots d'un ton qui n'admettait aucun refus tout en souriant pour détendre l'atmosphère. Zachari hésita. Il échafaudait déjà un scénario, de quoi être pris pour un véritable martyr. S'il était convaincant, s'il parvenait à faire peur à Lucie et Hervé, nul doute qu'ils en causeraient à leur grande amie Judith et que celle-ci serait à son tour effrayée et attendrie, moins sur ses gardes. Zachari n'avait pas l'intention de rester seul. Un temps, il avait songé qu'Angie serait peut-être partante pour une vie à deux. La garce avait rétorqué qu'elle ne couchait qu'avec des hommes mariés pour éviter d'avoir un fil à la patte. Zachari étant célibataire, il ne l'intéressait plus ! Restait donc Judith. Et sa fortune ! Il était prêt à tout pour rafler la mise. Certes, il n'était pas amoureux, il n'avait jamais cru au grand amour. Elle n'était pas de première jeunesse et il devrait s'en accommoder. Il lui trouvait cependant quelques qualités, cela lui suffisait. Elle serait une parfaite dame de compagnie. Pour les sensations, rien ne l'empêcherait d'aller voir ailleurs. Les sentiments lui importaient peu. Avant tout, il avait besoin d'un confort matériel que Judith lui donnerait. Il était prêt à lui laisser croire qu'il vibrait pour elle. Ça ne lui faisait pas peur. Il avait endossé plus d'une fois le rôle de l'amoureux transi, et il le jouait à merveille. Passer quelques jours chez les Gefosse et faire une grande démonstration de sa détresse... Rien de bien compliqué pour atteindre le but qu'il venait de se fixer.

— D'accord, lâcha-t-il, je viendrai. Vous êtes adorables de prendre soin de moi.

Il s'éloigna, contenant le sourire qui le démangeait. Judith Gerberoy serait une femme parfaite pour lui. Elle lui assurerait la situation financière dont il rêvait depuis toujours. Avec elle, il ne prenait aucun risque. Elle n'évoluait pas dans le milieu de la télévision ou du cinéma, elle ne pourrait jamais lui faire de l'ombre.

21

— Pour les costumes, tout est OK ? demanda Franck Vallée en consultant sa tablette. J'avais noté que nous n'avions pas toutes les tailles pour les cirés. Et les bottes en caoutchouc ? Les petites pointures pour les deux enfants ?

— On a tout ! répondit François Clécy. Et on a fait les essayages. C'est parfait.

La grosse voix du costumier fit sursauter Constance qui sortit de sa torpeur. Elle ne parvenait pas à suivre les différents intervenants plus d'une minute. Sans cesse, son esprit s'égarait. Bientôt, elle se retrouverait face à Stellio. « Départ pour Yport demain matin, avait annoncé Franck Vallée, le chef de projet, en entrant dans la salle de réunion pour un débriefing. Stellio Mirano vous y attend. Le mauvais temps aussi ! » Un éclat de rire général avait répondu à ce trait d'humour. Seule Constance était restée pétrifiée. Comme si la nouvelle était une surprise ! Depuis Noël, elle avait peu pensé au réalisateur. Elle savait qu'ils seraient bientôt amenés à se revoir et cela ne lui faisait ni chaud ni froid. Peut-être parce qu'aucune date n'avait été fixée, Stellio attendant que les conditions météorologiques soient parfaites. Du moins pour lui.

Le vent n'avait guère soufflé sur la Côte d'Albâtre durant le mois de janvier, mais Météo France avait lancé un avis de tempête sur les côtes normandes et Constance venait de réaliser qu'elle allait revoir Stellio. Quand Franck avait annoncé le top du départ, son cœur s'était mis à battre plus fort et ses mains étaient devenues moites. Depuis, elle peinait à se concentrer sur ce qui se disait. Cette réunion préparatoire était pourtant de la plus haute importance et elle aurait dû ouvrir grand ses oreilles. Mais les doigts de Stellio parcouraient son corps et sa bouche mangeait ses lèvres. Tout son être ressentait encore les vagues successives de plaisir qui l'avaient submergée pendant quelques heures. Des images et des sensations qui la mettaient dans tous ses états. Elle gardait son visage baissé, craignant qu'on puisse lire ses pensées dans son regard et percevoir l'onde de sensualité qui la traversait au seul souvenir de cette fameuse nuit.

— Accessoires ?

— Tout est OK. Les gars ont chargé le camion. Ils partent demain matin avant l'aube.

— Constance, pas de question ? Aucune suggestion ?

L'interpellation du chef de projet la sidéra un instant.

— Rien pour le moment, murmura-t-elle enfin.

— T'es pas dans ton assiette ?

— Si ! Tout va bien.

— Ça te tracasse tant que ça de ne rien savoir sur ce scénario ?

— Parce que ça ne te tracasse pas, toi ? fit-elle. Je suis ravie de participer à ce tournage, mais n'empêche que ça me met la rate au court-bouillon !

Elle mentait en prétendant qu'elle s'inquiétait. Elle n'était nullement ennuyée de démarrer le travail sans rien dans les mains. Stellio l'avait rassurée en lui envoyant le contenu complet du premier épisode dont le tournage lui permettrait d'attraper des indices pour la suite. Par ailleurs, elle avait entièrement confiance en lui. Il saurait les diriger et tirer le meilleur d'eux-mêmes. Mais que pouvait-elle répondre pour expliquer son attitude ? Elle sentit le feu qui embrasait de nouveau son ventre et le rouge qui montait à ses joues.

— Tu n'as pas lu le roman original ? reprit Franck.

— Non. Et pour une bonne raison, il n'a pas été traduit en français. J'aurais pu faire l'effort de le lire en anglais, mais quand j'en ai parlé à Stellio l'été dernier, il m'a dit qu'il aimait autant que je ne le fasse pas. Il a transposé cette histoire en France en s'éloignant du texte original, il ne souhaite pas que je sois influencée par la vision de l'auteur.

Ils avaient abordé le sujet au cours d'une belle soirée d'août où elle avait dîné chez le producteur en compagnie d'amis et de connaissances. Il venait de signer le contrat et souhaitait les associer au projet. La série de six épisodes serait portée par un suspens à perdre haleine et un casting exceptionnel. Stellio avait alors demandé à toute l'équipe de ne pas lire le livre. Non pas qu'il souhaitait trahir l'auteur, mais il savait mieux que quiconque qu'un scénario ne pouvait totalement coller avec une œuvre littéraire. Les images, même les plus fidèles, n'ont pas le pouvoir des mots.

— Arrête de te faire du mauvais sang, Constance, ça va aller. Une fois dans le bain, chacun va prendre ses marques et tout ira comme sur des roulettes !

Constance opina du chef comme si elle approuvait. Elle était à des années-lumière de ce tournage qui commencerait bientôt. Sans cesse, son esprit revenait vers Stellio. Pas le producteur et réalisateur, mais l'homme sensuel et protecteur. Comment oublier leur étreinte ? Quelques heures dans ses bras, et les centaines de fois où elle avait fait l'amour avec Thibault s'étaient effacées. Il ne restait rien de son ex-mari. Pas même le souvenir de ses baisers. En revanche, celui des mains de Stellio caressant sa nuque la faisait frémir des pieds à la tête. Elle revint sur terre, on se levait pour quitter la pièce. Elle franchit la porte un peu rapidement, bouscula un membre de l'équipe et se retourna pour s'excuser.

— Azzedine, pardon ! Je ne t'avais pas vu. Je suis distraite.

— Ce n'est pas grave. À ta place, je crois que je serais aussi un peu ailleurs. Je suis certain que tout ira bien. Si Stellio t'a choisie, ce n'est pas pour rien.

Constance préféra ignorer le compliment.

— Comment vas-tu ? demanda-t-elle. Ça fait un bail que je ne t'ai pas croisé.

— On va se rattraper car je vous accompagne à Yport, histoire de me plonger dans l'ambiance. Je voudrais être sûr que le thème musical que je compose colle à l'atmosphère.

— C'est sympa que tu viennes ! On n'a jamais le temps de se voir à Paris alors qu'on bosse dans la même maison. On se verra un peu plus à Yport, alors !

— Je crois que Stellio va t'accaparer.

Constance s'empourpra et dut faire un effort pour trouver ses mots. C'était idiot, elle se comportait comme une adolescente prise en faute. Azzedine ne savait rien de ce qui s'était passé entre Stellio et elle. Ils n'évoquaient en général que le travail quand ils se voyaient. Elle devait se recentrer sur ce job et oublier le reste.

— Je ne sais pas ce qui est prévu pour les repas, articula-t-elle enfin. C'est Franck qui gère l'intendance. Sans doute un truc vite fait le midi et restaurant le soir. Demain, si on peut, on dîne côte à côte ?

— Avec plaisir !

Elle s'échappa en lui faisant au revoir d'un petit signe de la main et courut à son bureau. Elle n'avait qu'une hâte, ranger ses affaires et rentrer chez elle. Être seule pour reprendre ses esprits, se calmer. Préparer son paquetage aussi, pensa-t-elle lorsqu'elle quitta enfin le hall de France Télévisions. Elle s'empressa de gagner la station de métro la plus proche. Elle n'avait aucune envie de flâner. Le ciel était gris. Allait-il encore pleuvoir ? Il y avait des jours et des jours que le soleil n'avait pas brillé sur Paris. C'était un hiver moche, humide et sans lumière. Les couloirs du métro lui semblèrent tout aussi lugubres et froids. Quand elle arriva rue de la Roquette, les premières gouttes de pluie commençaient à tomber. Elle regretta de ne pas avoir emporté un parapluie et accéléra le pas. Alors qu'elle entrait dans l'immeuble, un véritable déluge s'abattit sur Paris. Elle ramassa son courrier et ouvrit sans attendre une enveloppe sur laquelle elle avait reconnu le cachet de son avocat. Elle soupira de soulagement. Thibault était revenu sur sa décision. Après plusieurs semaines de lutte, entre silence, prière et colère, il acceptait le divorce par consentement mutuel. La procédure serait plus rapide et moins chère. Constance se promit de lui envoyer un mail le soir même. Elle ne l'appelait jamais. Elle avait toujours peur qu'il ne soit pas en état de s'exprimer correctement. Même s'il semblait tenir bon et ne plus boire. Elle ne l'avait revu qu'une fois depuis son départ, lorsqu'elle était allée à Rouen pour reprendre ce qui lui appartenait. Il était sobre et lucide. Il avait encore tenté de la faire changer d'avis, demandé qu'elle revienne. Elle lui avait expliqué qu'il n'en était pas question et il était parti en menaçant de s'opposer au divorce et à la vente de la maison. Elle avait terminé de charger la camionnette de location avec Michèle et s'était enfuie comme une voleuse, craignant que leur dispute le fasse rechuter.

« Tout sera bientôt fini », murmura-t-elle quand elle se posa enfin dans son salon. Elle était pressée de boucler l'histoire. De regarder l'avenir autrement et de faire des projets. À commencer par acheter un logement plus grand. Michèle avait raison, son appartement était minuscule et elle commençait à s'y sentir à l'étroit. Et puis les murs blancs étaient tristes. Elle n'avait même pas songé à la déco. Elle se promit de faire un tour dans une petite galerie d'art qu'elle avait repérée en se promenant rue Bonaparte. Le galeriste vendait des toiles hors de prix mais aussi de jolies lithographies signées par de jeunes artistes peu connus, donc plus abordables. Des trombes d'eau s'abattirent sur les fenêtres. Ce mauvais temps ramena Constance à son futur séjour sur la Côte d'Albâtre. Elle devait prévoir une garde-robe adaptée à une météo désastreuse. Dans la penderie, elle décrocha des jeans et une épaisse parka à capuche. Elle sortit de gros pulls, une paire de Dr. Martens, une écharpe et un bonnet. Elle se revit soudain dans le hall de l'hôtel à Yport, trempée jusqu'aux os, dégoulinante de pluie, surprise par Stellio. Contrariée, elle jeta rageusement les vêtements qu'elle avait étalés sur le lit dans un gros sac de voyage. Puis elle passa à la salle de bains et prit une douche, avant d'enfiler un pyjama en pilou douillet et confortable. Elle se détendit en apercevant son reflet dans le miroir. Elle avait l'air d'un nounours en peluche dans ce vêtement de nuit ! « Super sexy, la fille ! Heureusement que personne ne me voit ! » Qu'aurait pensé Stellio s'il l'avait surprise dans un tel accoutrement ? Rien qui ne l'eut gêné, peut-être. Après tout, à Yport, elle ne l'avait pas séduit dans une tenue affriolante ! Elle s'ébroua. Elle ne l'avait pas séduit, d'ailleurs. Ils s'étaient lâché l'un et l'autre. Il fallait qu'elle cesse d'y revenir. Leurs retrouvailles demain seraient professionnelles…

Elle fit chauffer une casserole d'eau, la porta à ébullition avant d'y jeter une pincée de gros sel et une grosse poignée de pâtes. Lorsqu'elles furent cuites, elle emporta son assiette et la déposa sur la table du salon. Elle ouvrit son ordinateur, regarda une vidéo d'Yport en picorant ses *pipe rigate* du bout de sa fourchette. Puis elle fit défiler les photographies qu'elle avait prises en décembre. Elle sourit, satisfaite de son repérage, et but une gorgée d'eau. Elle connaissait exactement les lieux qu'elle utiliserait pour présenter les plans d'ensemble afin que le spectateur identifie dès les premières secondes le cadre où se déroulait l'action.

La phase de tournage hivernal serait vite bouclée, Stellio n'ayant prévu de rester que huit jours sur place. La suite du tournage aurait lieu après le 15 août. Elle sourit de nouveau à l'idée de cette plongée dans l'inconnu. Elle était prête pour l'aventure.

22

Constance reposa sa tasse, le café était brûlant. Elle cala ses épaules sur le dossier de sa chaise et jeta un coup d'œil sur le baromètre accroché au mur. L'aiguille campait sur « tempête », la pression atmosphérique restait basse. Pourtant, il lui semblait que le vent avait faibli. Peut-être s'habituait-elle à ce sifflement aigu, au craquement des charpentes et des toitures, au vacarme des galets emportés par les flots déchaînés. Elle se tourna vers la fenêtre. Il faisait encore nuit, on ne distinguait pas la mer. Elle était sûrement la première levée car il n'y avait pas un bruit dans l'hôtel. Le patron avait été surpris en la voyant descendre. Lui-même émergeait à peine, tout juste rasé et douché. Il avait enfilé en hâte sa parka et ses bottes pour aller chercher du pain et des croissants chez le boulanger, un peu contrarié d'être pris de court par cette cliente levée si tôt. Ces gens de la télé étaient bizarres... Mais il n'allait pas se plaindre, toutes les chambres de son établissement étaient occupées pour huit jours. Deux autres hôtels du village affichaient également complet. C'était inespéré à cette époque de l'année. À son retour, il avait préparé son petit déjeuner en même temps que celui de Constance et il l'avait servie dans la grande salle déserte avant de retourner avaler ses tartines en cuisine.

Constance consulta sa montre. Encore une heure avant le lever du jour. En ce début février, les nuits étaient longues et le ciel chargé de nuages les rendait encore plus sombres. La veille au soir, en sortant fumer une cigarette, elle avait désespérément cherché une étoile. Rien à faire, il y avait une chape au-dessus de la côte. Elle aurait aimé une accalmie. Quelques heures de lumière, un peu de clarté… Stellio, lui, était aux anges. Il était bien le seul. Avec ces conditions météorologiques déplorables, il avait l'atmosphère qu'il recherchait. Les rafales succédaient aux bourrasques. On avait enregistré des vents allant jusqu'à cent quarante kilomètres-heure et il était tombé des litres d'eau dans les rues d'Yport. Les premières prises avaient été épiques. On avait dû les recommencer dix fois et protéger le matériel de la pluie. Au bout de deux heures, les acteurs avaient le visage défiguré par la fatigue. Satisfait, Stellio s'était retourné vers Constance en souriant et lui avait chuchoté à l'oreille, comme s'il ne voulait pas être entendu par les techniciens : « Ces traits tirés, épuisés, c'est exactement ce que je désirais… » Elle avait hoché la tête. Les comédiens avaient la mine hagarde. La maquilleuse n'avait même plus besoin d'ajouter du noir sous leurs yeux. Les cernes mangeaient leurs joues et ils avaient le regard fixe de ceux qui n'en peuvent plus. Tous étaient laminés physiquement et moralement. « On est dans le vrai », avait ajouté Stellio quelques minutes plus tard.

À l'issue de la journée, alors que la nuit était tombée, que tout le monde pensait avoir droit au repos, il avait demandé qu'on se mette en place pour une nouvelle scène. L'actrice qui jouait le rôle de la sœur de la femme assassinée avait été à deux doigts de se mettre à pleurer. Elle avait froid, elle était exténuée. Stellio l'avait persuadée qu'elle pouvait tenir. « Juste quelques minutes, avait-il précisé pour l'encourager. Tu remontes la rue et tu t'arrêtes devant le portail de l'église. » Il l'avait filmée marchant dans la rue dont les caniveaux débordaient. Elle ne se forçait même pas pour tituber, elle tenait à peine debout, l'abattement et le vent rendant chaque pas difficile. Elle avait dû s'accrocher à un tronc d'arbre pour ne pas être emportée par une rafale plus violente que les autres. « Parfait ! » s'était écrié Stellio après avoir ordonné à la caméra de couper. Il avait ébroué ses cheveux trempés par la pluie. « Du bon boulot, avait-il dit à Constance. Vous êtes rassurée ? » Elle avait acquiescé. Elle ne mentait pas. Stellio dirigeait son équipe d'une main de fer dans un gant de velours. Il pouvait exiger n'importe quoi, tous répondaient présents et la peur de jouer sans connaître le texte à l'avance s'était doucement évanouie. Un climat de confiance s'était vite installé. D'un point de vue personnel, les inquiétudes de Constance avaient également disparu. Stellio l'avait accueillie avec sa gentillesse et son professionnalisme habituels, comme un producteur peut l'être en retrouvant le réalisateur qu'il a choisi. Comme si de rien n'était. Comme si de rien *n'avait été*... Ça sonne plus juste, pensa-t-elle en croquant le dernier morceau de son croissant.

Lorsqu'elle s'était retrouvée face à lui, son cœur s'était mis à battre la chamade. Stellio avait tendu sa main pour la saluer et il avait embrayé sur le boulot, ne s'adressant à elle qu'en la vouvoyant. Mais son trouble ne s'était pas dissipé tout de suite. Le revoir l'avait bouleversée. Elle s'en était voulu et puis, accaparée par le tournage, elle avait éloigné ses fantasmes pour se concentrer sur sa tâche. En était-elle vraiment satisfaite ? Elle n'avait pas de réponse. Elle termina sa tasse de café et resta à contempler son couvert tandis que la question revenait en boucle dans sa tête. Allait-elle réellement se contenter de cette relation purement professionnelle que Stellio veillait à entretenir avec elle ? L'avait-il oubliée ? Apparemment, oui, et son amour-propre prenait une claque. Elle avait espéré qu'il demeurerait un petit quelque chose entre eux. Une complicité, une attirance peut-être, des regards... Bref, un charme flou qui les aurait conduits au bord du flirt. Mais non, rien ne subsistait. Elle avait surestimé son pouvoir de séduction. Elle ricana toute seule ; elle se comportait comme une gamine. Stellio ne la désirait pas et il n'y avait rien entre eux. D'ailleurs, il n'avait pas menti, il ne lui avait rien promis. L'arrivée d'Azzedine interrompit sa réflexion. Sans faire de manières, il s'installa à sa table.

— Oh, tu as déjà déjeuné ! C'est dommage.

— Je reprendrai un café avec plaisir.

— Super ! Hier soir, au dîner, c'était tellement bruyant qu'on a pu à peine bavarder.

— C'est vrai. Alors, cette musique ? Est-ce que ce séjour à Yport t'inspire ?

— Oui ! Je vais retravailler ce que j'avais composé avant de venir ici. Je sais mieux vers quelle tonalité m'orienter.

Il expliqua qu'il avait en tête un morceau dont le rythme et le tempo seraient invariables, avec un son allant *crescendo*. Pour cela, il devait modifier l'orchestration.

— Un peu comme le *Boléro* de Ravel, ajouta-t-il devant son air ébahi.

— Ah, j'aime beaucoup. Bon choix, qui colle bien avec l'atmosphère du film !

Il détailla son projet. Il reprendrait le thème majeur comme musique en arrière-plan. Il suffirait de jouer sur le son. L'augmenter jusqu'à la pleine puissance dans les moments les plus tendus, quand le suspens serait à son comble. Comme Ravel, il souhaitait des cordes, des bois, des cuivres et des percussions.

— Pas de piano, poursuivit-il. Les compositeurs en mettent partout. Je veux quelque chose de moins commun. Cette histoire est forte et mérite une musique originale. J'avoue que je ne m'attendais pas à une série aussi… Je ne trouve pas le mot. L'intrigue, et ce cadre, c'est tellement oppressant, violent…

— C'est l'effet tempête !

— Oui, sans doute. Quand on a tourné sur la plage, au pied de la falaise, que le ciel était sombre, que le vent hurlait en poussant les nuages et qu'on était fouettés par la pluie, j'ai pensé que si j'avais été seul, j'aurais eu peur.

Constance rit avant de reprendre son sérieux et de remercier l'hôtelier qui lui apportait une nouvelle tasse de café.

— Je crois que tu n'es pas le seul. Personne ne fanfaronnait. C'est impressionnant, la mer par mauvais temps. On est petit face aux éléments déchaînés.

— C'est exactement ça. Sauf pour Stellio, qui semblait comme un coq en pâte.

— Il l'était ! s'exclama Constance avant de changer de sujet. Bon, on ne va pas parler que de boulot. Hier soir, avant qu'on ne soit interrompus par Franck, tu me disais sur le ton de la confidence que tu étais heureux. Amoureux ?

Azzedine sourit. Il était mignon quand son visage s'éclairait de bonheur.

— J'ai retrouvé quelqu'un qui compte pour moi. On s'est perdus de vue il y a des années et je l'aime comme avant. Voire plus. Pour le moment, rien de sérieux, on se voit de temps en temps. Je ne veux pas la brusquer, elle sort d'une histoire difficile et elle n'est pas prête à s'engager de nouveau. Je patiente... Tu grimaces ! Tu crois que j'ai tort ?

Il avait volontairement omis de dire à Constance qu'elle connaissait l'élue de son cœur. Il préférait se montrer discret, d'autant que rien n'était gagné avec Rebecca. Il avait même le sentiment que les deux femmes avaient du mal à s'entendre...

— Je l'ignore, répondit Constance. Je songeais à mon propre parcours. Je suis en plein divorce.

— Tu as des regrets, du chagrin ? Ça se déroule mal ?

— Non, ni regrets ni chagrin. Juste l'impression d'un énorme gâchis. Comme si je jetais à la poubelle des années d'existence. C'est moi qui ai abandonné le domicile conjugal. J'ai eu peur que mon ex-mari s'accroche, mais finalement, la procédure sera rapide. Et l'élue de ton cœur, c'est elle qui a quitté son ex ou elle a été quittée ? Souffre-t-elle de sa séparation ? Les situations sont toutes différentes.

— C'est elle qui est partie.

Il hésita encore à parler de Rebecca. Azzedine ne savait pas s'il pouvait se fier à Constance. Zachari Montrouge faisait peut-être partie de ses connaissances ou amis. Il en aurait été étonné, mais sans certitude, il demeura évasif. Constance rencontrait tellement de gens dans le milieu de la télé… La prudence était de mise. Si Zachari comptait parmi les fréquentations de Constance, les tensions entre elle et Rebecca pourraient s'envenimer. Mieux valait ne pas s'étaler sur le sujet.

— Elle est partie dans des circonstances chahutées, reprit-il. Je n'ose rien exiger d'elle pour le moment. Et toi, pardonne ma curiosité, tu as quelqu'un ?

— Non. J'apprécie ma liberté. J'ai trop donné de ma personne. Je ne respirais plus. Je suis ravie de pouvoir vivre sans angoisse, sans heurts, et je n'ai pas l'intention de refaire ma vie avec quelqu'un. Mais ma situation est différente de la tienne. Toi, tu viens de retrouver la femme dont tu as toujours été amoureux ! N'attends pas trop, tout de même, ne la laisse pas s'échapper.

— Tu as raison. Quand je suis avec elle, j'ai l'impression d'avoir 20 ans ! Il me semble que c'est comme quand on était étudiants.

— Et elle ?

— C'est… C'est comme toi. Elle divorce. Elle a des choses à régler. Quand elle sera prête, je me lancerai. Quant à toi, le jour où tu le seras, tu as un chevalier servant tout trouvé ! Franck ne te lâche pas. Il en pince pour toi, dis donc !

Il éclata de rire, imité par Constance. Depuis que Franck Vallée avait appris qu'elle avait quitté son mari, il se faisait plus pressant.

— Merci ! s'exclama Constance. C'est pas un cadeau, vois-tu. Encore une fois, je suis bien toute seule !

Elle se tut et Azzedine vit son regard vagabonder, s'éloigner vers la fenêtre où le jour perçait doucement. *Je suis bien toute seule*, se répéta-t-elle intérieurement, en détachant chaque mot. Si c'est vrai, pourquoi est-ce que je pense aussi souvent à Stellio ? Pourquoi est-ce que je sens encore sa main caressant mes seins, ses doigts frôlant mon intimité avec une expertise redoutable ? Elle revint sur terre et saisit sa tasse pour se donner une contenance. Après réflexion, elle conclut qu'elle était bêtement en manque de sexe. Ce qui n'avait rien d'anormal. À 35 ans, c'était même logique. Il y avait eu cette nuit avec Stellio. Une nuit avec un autre homme lui aurait fait le même effet. C'était une question d'hormones. Satisfaite d'avoir trouvé une explication à son trouble, elle termina son café et se leva.

— Ça ne t'ennuie pas si je t'abandonne ? dit-elle. Je sors fumer une cigarette avant d'aller chercher mon attirail dans ma chambre. On se retrouve sur le tournage ?

— Pas de problème. À tout à l'heure ! répondit-il en la regardant s'éloigner.

Elle était jolie. Et intelligente. Chanceux serait celui dont elle tomberait amoureuse, il en était certain.

23

Stellio s'allongea sur le lit, son téléphone portable à la main. Il sourit dès qu'il entendit la voix d'Alessia. Depuis qu'il était à Yport, il l'appelait chaque soir. À 20 heures, Alessia avait la permission exceptionnelle de décrocher le combiné. Un rituel qu'il avait convenu avec sa sœur Elvire qui gardait la petite. Il l'écouta raconter sa journée à l'école, l'interrompant parfois pour lui poser quelques questions. Il imaginait sa frimousse de l'autre côté du fil et cela le faisait sourire.

— Tu rentres demain soir ? demanda-t-elle.

— Oui, mon amour, mais tard. Je viendrai t'embrasser sans faire de bruit.

— Je ne peux pas t'attendre ?

— Non. Tu iras au dodo comme d'habitude après le dîner.

— Oh, non, papa ! Je peux t'attendre ? Dis, papa chéri ?

Il s'amusa de son ton câlin. Elle savait l'amadouer et il prenait garde à ne pas tomber dans le piège. Il aimait sa fille plus que tout au monde, mais consentir à ses désirs ne lui aurait pas rendu service. Trouver le juste milieu était parfois un casse-tête et il avait conscience de commettre des erreurs, mais il faisait de son mieux. Il choyait Alessia sans céder à ses caprices et ne changeait pas d'avis quand il avait énoncé une décision.

— Alessia, on se retrouve après-demain matin au petit déjeuner. Je t'embrasse, ma princesse. Tu me passes Tata ?

— Après-demain ? bougonna-t-elle. Alors tu m'emmèneras au *McDo* sur les Champs-Élysées samedi. C'est d'accord ?

Il soupira. Dieu seul savait pourquoi sa fille appréciait les fast-foods, et pire encore, sur les Champs ! Sans doute parce que ses amies y allaient et qu'à cet âge il était important de faire comme les autres pour ne pas être mis à l'écart d'un groupe.

— Nous en reparlerons, concéda-t-il. Tu me passes Tata ? Je t'embrasse, Alessia.

Il bavarda quelques minutes avec Elvire avant de raccrocher. Puis il prit une douche et descendit au restaurant. Quelques membres de l'équipe étaient déjà à table. Il s'installa entre le costumier et l'ingénieur du son. Il prenait soin de manger tantôt avec les uns, tantôt avec les autres. Presque en face de lui, légèrement sur sa droite, Constance discutait avec les deux acteurs principaux. Ils évoquaient trois scènes délicates au programme du lendemain, avec deux enfants.

— C'est toujours l'incertitude, les mômes, fit remarquer François, le costumier.

— J'aime travailler avec des gamins, répondit Constance. Ils sont naturels et ils échappent au trac. Ils se jettent dans le jeu sans trembler, ils ne bégayent pas… Il faut seulement prendre soin de leur expliquer ce qu'on attend d'eux.

— Tu as raison, ajouta un des comédiens. Les gosses foncent sans se poser de questions et ils n'ont jamais la trouille ! Et quand ils oublient leur texte, ils arrivent à se débrouiller en remplaçant un mot par un autre. Bon, c'est vrai, on a parfois des surprises quand ça ne colle pas forcément à la scène !

— Avec les enfants, il faut savoir rebondir et utiliser leur spontanéité.

— On verra ça demain, marmonna François Clécy.

— Tout se passera bien, conclut Constance.

Stellio les écoutait parler sans intervenir. Le costumier n'était guère patient avec les deux enfants. Il n'était pas le seul. Un acteur avait montré des signes d'énervement à l'égard d'un des petits. À chaque fois, Constance avait arrondi les angles. Il appréciait sa bienveillance. Dans les moments de tension, elle avait les bonnes paroles pour apaiser les humeurs et ramener le calme. Il l'avait également entendue rassurer une comédienne qui avait eu un trou de mémoire abyssal trois fois de suite, ce qui avait nécessité quatre prises pour une scène qui au départ était simple. Il dégusta sa marmite de poisson en se félicitant une fois de plus d'avoir choisi Constance pour réaliser cette série. Elle effectuait un travail formidable et l'équipe dont elle s'était entourée était sympathique et efficace. Elle s'accommodait à merveille de tout ce qu'il lui imposait, se débrouillant pour orienter les acteurs qui ignoraient en grande partie le scénario. Tourner sans cette bible était une prouesse... Elle savait également composer avec la météo. Cette tempête qu'il avait tant attendue avait obligé Constance à jongler entre l'ingénieur du son et le chef éclairagiste. Elle s'en tirait bien. À plusieurs reprises, il s'était mis en retrait pour la laisser diriger. Il l'avait regardée piloter les techniciens et les acteurs avec la certitude qu'il avait opté pour la meilleure. Avec les années, elle progresserait et deviendrait une réalisatrice incontournable. Il espérait que le cinéma lui ouvrirait ses portes et qu'elle ne serait pas cantonnée à la télévision. Il s'aperçut soudain qu'il était resté un peu trop silencieux alors que les conversations allaient bon train autour de la table.

— C'est notre dernière soirée à Yport, on se reverra à la fin de l'été, dit-il après que le serveur eut déposé devant lui une part de tarte aux pommes. Je vous invite à prendre un verre au pub après le dessert. Que ceux qui n'ont pas encore goûté la bénédictine la découvrent ! Le patron a aussi un bon calvados, si vous préférez !

Des cris de joie et un brouhaha lui répondirent. Certains parlaient de poursuivre la soirée au casino après avoir siroté l'alcool offert par Stellio.

— Pour ceux qui iront casser leur tirelire aux machines à sous, je n'ai qu'une chose à leur rappeler : demain, rendez-vous sur le sentier du Calvaire à 7 heures. Premières prises au lever du jour ! N'oubliez pas de régler vos réveils !

Il y avait eu plusieurs couacs pendant la semaine. Deux matins d'affilée, un groupe de fêtards s'était présenté en retard sur le lieu du tournage. La première fois, Stellio les avait gentiment sermonnés. La deuxième, il avait annoncé qu'il ne permettrait pas une troisième erreur. Il avala sa dernière bouchée de tarte et se leva.

— Allez ! Un bon alcool et vous dormirez comme des bébés !

Le patron du pub avait eu la gentillesse de fermer l'établissement au public et l'endroit leur était réservé. Bien qu'il y ait peu de monde à Yport à cette époque de l'année, il y avait toujours des curieux pour venir voir à quoi ressemblaient des comédiens et une équipe en tournage. Stellio commanda une bénédictine, fit tourner l'alcool dans son verre et s'approcha d'une fenêtre. La tempête s'était calmée mais le ciel était chargé de nuages. Pour leur dernière journée de tournage, la météo serait plus clémente. Il y aurait encore un peu de vent, quelques averses, mais aussi de belles éclaircies. À la lumière d'un lampadaire, il aperçut Constance qui se promenait sur le front de mer en fumant une cigarette, emmitouflée dans sa parka, la tête cachée par un bonnet. Il la vit écraser son mégot, le jeter dans une poubelle et revenir vers l'hôtel. Il s'éloigna de la fenêtre et rejoignit un des comédiens qui l'appelait pour trinquer.

— Le producteur est-il satisfait de cette première semaine de tournage ?

— Il l'est, répondit Stellio en souriant.

Instinctivement, il se tourna plusieurs fois vers la porte. Quand Constance en franchit le seuil, il se sentit heureux. Il l'observa tandis que le patron lui servait un verre. Franck Vallée s'approcha d'elle. Celui-là lui tournait autour depuis un moment… Cette façon qu'il avait de la dévorer des yeux ! Pas besoin d'une boule de cristal pour savoir qu'il était mordu. L'était-elle aussi ? Cette idée agaça Stellio qui se força à détourner son regard. Happé par les uns et les autres, il perdit Constance de vue. Quand la salle se vida, elle avait disparu. Il n'avait même pas pu porter un toast avec elle. Était-elle partie au casino avec la joyeuse troupe ou avait-elle déjà regagné sa chambre ?

Sans réfléchir, il commanda deux bénédictines et se hâta de monter l'escalier. Quand il toqua à la porte de Constance, il constata qu'il n'y avait personne dans le couloir et en fut soulagé. Elle ouvrit, recula aussitôt en le voyant, l'air presque effrayé. Il fit un pas en avant et repoussa la porte à l'aide de son coude.

— Un verre pour fêter notre bon travail ? Si vous refusez, je comprendrai.

Elle le fixait sans broncher et il eut soudain la sensation d'être ridicule. Que venait-il faire là ? Il s'était juré qu'il n'y aurait pas de seconde nuit. Mais pas une seule fois, durant ces derniers jours, il n'avait pu la croiser sans songer aux heures si douces qu'ils avaient passées dans les bras l'un de l'autre. Son envie d'elle demeurait. Cette femme lui plaisait. Elle lui plaisait lorsqu'elle réfléchissait en mordillant un crayon à papier ou lorsqu'elle collait son œil à la caméra pour vérifier un angle, un cadrage… Comme elle lui avait plu lorsqu'il était tombé sur elle trempée jusqu'aux os dans le hall de l'hôtel. Ce soir encore, malgré son gros pull, son jean délavé et ses cheveux en bataille, il la trouvait infiniment désirable.

— Merci, murmura Constance en saisissant le verre qu'il lui tendait.

Elle avait la sensation d'un film déjà vu. Que devait-elle faire ? Que devait-elle dire ? Pourquoi était-il là ? *Pour fêter notre bon travail*... Voilà qui recalait tout.

— Je suis heureuse de participer à cette belle aventure, lâcha-t-elle. Merci de m'avoir associée à votre projet.

Il ne savait pas comment interpréter son ton à la fois poli et détaché. Il but une gorgée de bénédictine et fit un pas en arrière. Il avait commis une erreur en venant frapper à sa porte. Il lui avait pourtant écrit qu'il n'y aurait rien de plus entre eux après cette nuit de tendresse qu'ils avaient partagée quelques mois plus tôt. Un heureux hasard, ce jour-là... Un frisson le parcourut.

— Je suis désolé, je n'aurais pas dû venir te voir.

Elle n'avait pas rêvé, il venait de la tutoyer. Comme le soir où ils s'étaient aimés.

— Je suis heureuse que tu sois là, articula-t-elle avec peine.

Cette réponse était archi nulle. Elle avait juste envie qu'il reste. Envie qu'il l'embrasse. Envie de faire l'amour avec lui. Et elle était morte d'angoisse. Effrayée par le souffle qui la ravageait. Si elle ne se décidait pas, dans quelques secondes il aurait disparu.

— Stellio... Ne pars pas...

Il fit demi-tour et la contempla avant de s'approcher d'elle. Il passa les doigts dans ses cheveux, frôla sa nuque puis l'attira à lui pour un baiser. Il reconnut son odeur, son goût, chaque grain de sa peau. C'était une sensation tendre et violente à la fois. Il ferma les yeux, savourant cet instant étrange, tiraillé entre sa conscience lui criant qu'il perdait les pédales et son corps qui ne demandait qu'à se laisser aller. Sous ses paumes, la poitrine de Constance se gonflait de désir et elle haletait d'impatience. Il la saisit par la taille et la déposa sur le lit. Il crut apercevoir une larme au coin de ses paupières. Était-elle aussi émue que lui ? Avait-elle comme lui espéré ce moment ? L'avait-elle attendu ?

Elle glissa les doigts sous son polo pour le caresser et tendit sa bouche pour l'embrasser. Il sentit qu'une faille s'ouvrait devant lui, se creusait. Il était au bord du gouffre. Il avait peur. Devait-il renoncer et fuir avant de tomber ? Les lèvres de Constance effleuraient son menton, suivaient la courbe de son cou et revenaient se poser près de sa tempe. Il était trop tard pour prévenir la chute. Il se redressa, la déshabilla avant d'ôter ses vêtements à son tour. À genoux sur le lit, face à face, ils s'observèrent. Nue, elle paraissait fragile. Il ouvrit ses bras et elle se blottit contre sa poitrine. Il la serra plus fort, collant son sexe sur son nombril. Elle gémit doucement, ivre de désir. Elle attrapa son visage entre ses mains pour le contempler encore, caressant ses joues, puis le contour de ses lèvres. Il eut l'impression qu'il allait devenir fou de bonheur tant ce contact le chamboulait. Faire l'amour avec Constance, c'était avoir cette sensation de ne faire qu'un, de ne pas tomber mais de se laisser submerger. Profiter des vagues qui enroulaient leurs corps et les empêchaient de s'éloigner l'un de l'autre. Elle ondulait sous lui, les yeux grands ouverts, brillants de plaisir. Parfois, ses paupières se fermaient et elle esquissait un sourire. Il se sentait désarmé devant tant de naturel, ce côté un peu animal qu'elle avait lorsqu'elle enfouissait son nez dans son cou. Elle le respirait, s'appropriait son odeur comme pour mieux le reconnaître. Lui dessinait du bout des doigts chaque parcelle de son corps pour mieux l'imprimer dans sa mémoire. Ils jouèrent longtemps sans prononcer un seul mot, avant qu'il comprenne qu'il ne pourrait plus patienter longtemps. Avec douceur, il glissa ses jambes entre les siennes, les écarta avant de disparaître en elle. Elle l'accueillit, se refermant doucement autour de lui. Il grogna, s'abandonnant enfin. Il avait fait le grand saut, partagé entre le délice et la frayeur. Une seconde fois. La dernière, se promit-il en se penchant sur Constance pour dévorer ses lèvres.

24

— Des nouvelles de ton conseiller juridique ?

Zachari releva la tête vers Judith et l'observa. Il avait presque oublié qu'elle était là. Il esquissa un sourire et attrapa sa main pour y déposer un baiser.

— Il m'a appelé ce matin. Ça ne sera pas facile de prouver que mon ex-épouse m'a volé un texte mais on ne va pas se laisser faire.

Il ferma les paupières quelques instants. Son idée de vengeance qui avait germé dans son esprit peu après sa rencontre avec Jean Beauvoir avait mûri et il avait mis à profit les longues journées d'hiver pour la peaufiner. Il détenait les trois premiers épisodes de la saga imaginée par Rebecca et le synopsis complet. Il avait écrit sans trop de difficulté les trois derniers épisodes. Puis il avait déposé le script chez un huissier, un type peu scrupuleux qui n'aimait les femmes que pour les violences qu'il pouvait leur infliger et avait accepté d'enregistrer le manuscrit en date du 2 novembre de l'année précédente. Zachari avait ainsi officiellement terminé l'écriture de son texte bien avant que Rebecca ne le quitte…

— Je ne vois pas ce qu'il y a de compliqué à prouver ! sourcilla Judith.

— En fait, on peut penser que c'est moi qui ai subtilisé le texte de mon ex-épouse. C'est parole contre parole. Peut-être que je ne gagnerai pas. Mais elle n'en sortira pas indemne. Je ne veux pas la voir récolter des lauriers qui me reviennent ! Ce serait injuste !

Il prit un air révolté. Il éprouvait un certain plaisir à affirmer que Rebecca l'avait spolié alors que c'était lui qui avait recopié son fichier, et à raconter à droite et à gauche qu'elle était malhonnête. Rebecca avait profité de la bonté de son mari avant de le larguer, comme on abandonne un animal blessé !

Judith tapota l'épaule de Zachari pour le réconforter en songeant que cette histoire de scénario dérobé était finalement un mal pour un bien. Du moins la concernant. Rebecca avait floué Zachari et il lui en tenait rancune. Lorsqu'il parlait d'elle, il utilisait désormais des mots très durs, signe qu'il ne l'aimait plus. Pour Judith, qui s'était longtemps demandé si elle parviendrait à effacer Rebecca du cœur de Zachari et à prendre sa place, c'était un soulagement.

— Tout ceci n'est pas très important puisque nous sommes heureux, ajouta-t-il. J'écrirai une nouvelle intrigue. Meilleure ! Et ce sera grâce à toi qui me redonnes goût à la vie.

Il tendit ses lèvres vers Judith. Émue, elle y déposa un baiser. Elle ne se trompait pas, Zachari l'aimait. Il lui appartenait et elle était folle de lui. Ce qu'elle essayait toutefois de ne pas trop lui montrer. La vie lui avait appris qu'avec les hommes, la prudence était de mise. Ne pas tout leur donner d'un coup, sinon ils deviennent capricieux et regardent ailleurs, comme des gosses trop gâtés. Elle devait contrôler son amant, ne pas se dévouer corps et âme. C'était à ce prix qu'elle le garderait.

— Encore un baiser, murmura-t-il en caressant ses doigts, le visage levé vers elle. Ensuite, je me remets au travail.

Il ferma les yeux et se laissa embrasser. Elle était comme toutes les autres. Un brin de romantisme, une pincée de tendresse, un soupçon d'émotion et il l'avait dans la poche.

— Tu sors ? demanda-t-il.

— Non, je reste là.

— Ah, tant mieux. J'aime quand je te sais près de moi.

Il lâcha ses doigts comme à regret et la vit rosir. Il avait bigrement bien rebondi malgré tout. Judith n'était pas la femme de ses rêves même si elle avait un physique agréable, mais elle ne pouvait cacher sa cinquantaine, surtout lorsqu'ils se retrouvaient au lit... Heureusement, elle était couche-tard et lève-tard. Lui fonctionnait à l'inverse et parvenait régulièrement à se soustraire à son devoir conjugal. Et quand il ne pouvait y échapper, il s'efforçait de lui faire l'amour avec douceur et de lui donner du plaisir. C'était une autre de ses forces, être capable de contrôler sa libido et d'offrir à Judith des moments qui la rassuraient. Elle ne pourrait rien lui refuser !

— Je te laisse bosser, dit-elle doucement.

Il lui sourit et se pencha sur l'écran de son PC. Quand il l'entendit sortir du bureau, il soupira, étira ses bras et étendit ses jambes. Ce qu'elle était envahissante ! Elle venait le voir dix fois par jour. D'un autre côté, il n'était pas fait pour vivre seul. Il avait eu le temps de le mesurer après le départ de Rebecca. Il lui fallait donc composer avec Judith et supporter sa présence. Elle se calmerait avec le temps. Il entendit de nouveau ses pas sur le parquet et la porte de la bibliothèque grincer. Comme d'habitude, elle allait s'installer dans une bergère et lire en attendant qu'il ait terminé son travail. À 19 heures, il quitterait le bureau et ils prendraient l'apéritif au salon. Leur vie de couple était déjà réglée comme du papier à musique.

Tout s'était déroulé comme il l'avait prévu, avec l'aide involontaire des Gefosse. Il avait finalement accepté leur invitation à venir passer chez eux un week-end prolongé. Il était arrivé les yeux rougis, n'ouvrant la bouche que pour ressasser le mal que Rebecca lui avait fait en lui subtilisant son scénario. Le dimanche, après le déjeuner, il avait décidé de frapper fort en disparaissant. Il s'était rendu au bord d'un vaste étang où les promeneurs étaient nombreux en cette lumineuse journée de février. Il avait soigneusement choisi l'endroit où se jeter à l'eau pour qu'on le repère facilement. Il avait supplié qu'on le laisse mourir alors qu'on le hissait sur la berge. À l'arrivée des secours, des témoins avaient assuré que ce n'était pas un accident. Cet homme désespéré avait voulu en finir… Les pompiers l'avaient interrogé. Qui devaient-ils contacter ? Zachari avait lâché le nom des Gefosse. On l'avait transporté aux urgences du CHU d'Évreux où Hervé et Lucie s'étaient précipités après le coup de fil des pompiers. À l'hôpital, le médecin avait gardé Zachari vingt-quatre heures sous surveillance avant de le laisser sortir et de donner quelques recommandations aux Gefosse. Zachari Montrouge était vulnérable, il fallait rester vigilant, ne pas le laisser seul. La tentative de suicide pouvait être suivie d'une récidive. Pour cette fois, avait conclu le médecin, monsieur Montrouge s'en tirait avec un bon rhume qui l'assommerait pendant quelques jours.

Les Gefosse avaient décidé que Zachari habiterait chez eux le temps nécessaire à sa convalescence. Ils avaient informé Rebecca de l'incident. Celle-ci les avait envoyés paître après avoir tenté de les mettre en garde. Zachari les roulait dans la farine, ne pouvaient-ils pas ouvrir les yeux ? Hervé et Lucie l'avaient jugée ingrate et n'avaient pas insisté. Ils avaient contacté leurs amis les plus proches, dont Judith. Il fallait entourer le malade, le distraire, le détourner de ses sombres projets. Le geste de Zachari avait désemparé Judith. Lors de sa première visite, il avait pleuré comme un enfant en répétant qu'on aurait dû le laisser mourir, qu'il n'avait plus de raison de vivre. La solitude était une prison qui l'oppressait. Il n'avait plus d'inspiration, ne parvenait plus à écrire et était dans l'incapacité de se concentrer pour terminer une adaptation de roman que lui avait commandée une chaîne de télévision privée. Judith était souvent venue le voir, lui tenant compagnie pendant des heures. Fallait-il qu'il soit malheureux pour souhaiter en finir ! Elle allait l'aider à retrouver goût à la vie ! Elle lui avait proposé de sortir, parfois au restaurant, ou au cinéma. À la fin du mois de mars, elle s'était jetée à l'eau et l'avait convié à Deauville. Elle avait réservé une superbe suite avec deux chambres à l'hôtel *Barrière*. Le soir, après un excellent repas, ils n'en avaient occupé qu'une. Après quelques heures occupées à faire l'amour, gavée de mots doux, Judith avait baissé la garde, oubliant sa méfiance à l'égard de Zachari. Conquise, elle ne pouvait plus se passer de lui. En moins d'un mois, Zachari rendait à son propriétaire les clés du pavillon de Louviers et s'installait chez sa maîtresse.

« Ne reste plus qu'à acheter une autre maison », marmonna-t-il devant son clavier. La demeure de Judith était jolie mais pas à son goût. Il pensait encore à la villa Montrouge. Un an déjà ! Dieu comme tout avait changé depuis ! Il s'ébroua. Sur Internet, il avait repéré un superbe corps de ferme restauré à Saint-Pierre-du-Vauvray, sur la rive gauche de la Seine. L'annonce ne comportait que trois photos mais celles-ci étaient flatteuses. Il lui restait à aborder le sujet avec Judith et à l'amadouer pour qu'elle accepte de quitter cette maison qu'elle habitait depuis des années. Il avait sa petite idée. À plusieurs reprises elle avait évoqué le mariage, auquel elle semblait tenir. Il pouvait le lui promettre en lui faisant part de son souhait de déménager. Il avait besoin d'un nid qui soit le leur et non pas celui dans lequel elle avait vécu pendant des années auprès de son défunt époux. Il se montrerait un tantinet jaloux. Elle en serait flattée… Un peu de flagornerie, assortie du serment de lui passer la bague au doigt, et le tour serait joué ! Avec Judith, l'entreprise n'était pas très compliquée, il avait la main sur tout. Sauf peut-être sur une chose, qu'il ressassait en permanence : sa vie d'homme. Il rêvait d'une aventure pour pimenter une existence trop morne. La veille, il avait fait la connaissance de la délicieuse antiquaire chez laquelle Judith aimait aller chiner. Ses cheveux bruns et bouclés, sa taille souple et fine, sa poitrine sous son chemisier de soie avaient réveillé son appétit. Il ferma les yeux. Une amourette ajouterait une touche pétillante à son quotidien et le dédommagerait de ses tristes nuits à côté de Judith. Il allait lui écrire une lettre. Il griffonna quelques mots sur une feuille et stoppa net. Et si jamais elle le prenait mal et montrait son message à Judith ? Il froissa la lettre, saisit son briquet sur le bureau et enflamma le bout de papier qu'il regarda se consumer après avoir allumé une cigarette. Ne pas laisser de preuves. Jamais.

25

— Tu vas devoir revoir ton agenda, ma belle ! s'écria Franck Vallée en faisant irruption dans le bureau de Constance.

Elle releva les yeux, le toisa, réfrénant son envie de lui rappeler que la politesse voulait qu'on frappe avant d'entrer. Mais elle n'avait pas de temps à perdre à reprendre l'éducation de ce mal élevé.

— Pourquoi devrais-je revoir mon agenda ?

— Parce que le tournage de la série Beauvoir est reporté. À moins qu'il ne soit carrément annulé !

— Qu'est-ce que tu racontes ?

— Je sors du bureau du patron. Il ne va pas tarder à te convoquer, d'ailleurs. Il y a un souci. Le scénario proposé par Rebecca Beauvoir ne lui appartiendrait pas ! Elle aurait piqué le texte à son mari.

— Ah ? Tu en sais davantage ? demanda Constance.

Prudente, elle préféra ne pas évoquer la confession de Rebecca. La jeune femme lui aurait-elle menti ?

— Je ne sais rien de plus, répondit Franck. Mais toi qui bosses avec elle, tu as peut-être remarqué quelque chose, non ?

Constance sentit une sueur froide parcourir son dos. Pourquoi avoir pris pour argent comptant les dires de Rebecca Beauvoir ? Pourquoi ne pas avoir parlé de tout ça à la direction à son retour du pays nantais ? Elle avait fini par admettre les explications de la jeune femme.

— Je n'ai rien remarqué, dit enfin Constance. Généralement, on échange par mail. Elle m'envoie son script au fur et à mesure, je lui fais des suggestions, elle retravaille de son côté et me retourne ensuite le texte avec ses corrections. En ce moment, elle remanie le dernier épisode. Je devrais bientôt le recevoir. Sans doute la semaine prochaine.

— Eh bien, elle t'a roulée dans la farine !

— Ce sera à prouver ! rétorqua Constance un peu vivement.

Elle ne voulait pas perdre la face devant Franck Vallée en avouant qu'elle avait peut-être commis une erreur d'appréciation.

— Franchement, je n'ai jamais eu le sentiment qu'elle pouvait ne pas être l'auteure du scénario, reprit-elle calmement. C'est une débutante, ce qu'Éric ne m'a pas caché quand on m'a refilé le job. Elle a encore à apprendre au niveau de la construction, mais ses dialogues sont parfaits.

— Tu verras bien ce que te dira le chef !

— Oui, c'est ça, je verrai. Comment s'appelle son mari ?

— Beauvoir, je suppose.

— Je ne vois pas qui est ce scénariste. On aurait pourtant dû se croiser à un moment ou à un autre…

— Dans tous les cas, tu peux revoir ton calendrier !

Constance haussa les épaules et Franck sortit, manquant de heurter l'assistante de direction. La jeune femme déposa une pile de lettres devant Constance dont les yeux s'écarquillèrent de stupéfaction.

— Tout ça ? marmonna-t-elle. Pardon, Fatou, j'oublie trop souvent de te remercier. Ingrate je suis quand je passe trop de temps dans cette cage. Je suis débordée…

Fatoumata sourit. Elle s'était doutée que Constance était

noyée sous une tonne de travail ; son courrier traînait depuis huit jours dans sa bannette.

— Viens prendre un café.

— Tu es adorable, mais si je fais une pause maintenant je ne pourrai pas m'y remettre ! Tu es au courant pour Rebecca Beauvoir ? Il paraît qu'il y a un souci.

— Oui. Le directeur est furieux. Il a été contacté ce matin par un homme de loi. L'avocat de l'ex-époux de Rebecca Beauvoir. C'est un scénariste. Tu connais ? Il revendique la paternité du texte sur lequel tu travailles avec Rebecca. Il propose un arrangement à l'amiable. Apparemment, le monsieur est gourmand. Bref, si la chaîne refuse de renégocier le contrat, l'affaire sera portée en justice.

Une fois de plus la sueur dégoulina entre les côtes de Constance. C'était plus grave qu'elle ne le craignait. Fatoumata la dévisagea puis s'assit sur un coin du bureau.

— Ne t'inquiète pas, murmura-t-elle. Tu n'y es pour rien.

— Le patron va me passer un savon !

— Mais non. Comment aurais-tu pu savoir qu'elle nous roulait ?

— Je vais appeler Rebecca. Et exiger des explications.

— Je te le déconseille vivement. Ne te mêle pas de ces embrouilles. Attends d'avoir rencontré le boss. Bon, tout ça n'est pas drôle, mais il y a déjà plusieurs jours que je te trouve ailleurs. Si tu vidais ton sac…

Constance n'avait aucune envie de raconter sa vie à Fatoumata, mais celle-ci avait deviné juste. Sa dernière entrevue avec son père lui était restée en travers de la gorge. Il s'était décidé à l'appeler et elle était allée passer le dimanche à Rouen en espérant que la journée amorcerait un pas vers la réconciliation. Hélas, Jean-Frédéric ne l'avait pas invitée dans cette intention. Après le déjeuner, alors que

Constance proposait une promenade au jardin des Plantes, il avait dévoilé ses véritables raisons.

— J'ai regroupé quelques bricoles qui appartenaient à ta mère. Tout est dans la chambre d'ami. Tu tries, tu prends ce que tu veux et tu repars avec.

— Mais je suis venue en train !

— Tu feras au mieux.

Quand Constance avait ouvert la porte de la chambre, son cœur avait bondi dans sa poitrine. Plusieurs cartons étaient entassés à côté d'un énorme sac-poubelle et d'une valise grande ouverte et vide. Tout ce qui restait de sa mère…

— Tu ne gardes rien ? avait-elle demandé.

— Non. J'avais déjà fait un premier tri lorsqu'elle est décédée et donné la plupart de ses vêtements et chaussures. Il est temps que je vire ces babioles et que je cesse de vivre dans son souvenir.

Virer ces babioles. Cesser de vivre dans son souvenir… Avait-il seulement un seul souvenir de son épouse ? Une image ? Il ne parlait jamais d'elle, sauf pour dire qu'elle lui avait pourri la vie avec sa dépression, qui n'en était pas une selon lui, alors qu'elle était morte par sa faute parce qu'il l'avait usée, piétinée… En l'espace de quelques secondes, Constance avait revu le calvaire enduré par sa mère. Mais elle avait serré les dents et s'était tue. Partagée entre colère et chagrin, elle avait vidé les cartons, récupéré quelques livres, des disques et des photos. Dans le sac-poubelle, elle avait retrouvé des foulards qui avaient appartenu à sa mère. Elle en avait choisi trois. Elle avait pris également un sac à main de cuir brun et quelques objets auxquels sa mère tenait. Elle avait mis ce qu'elle pouvait dans la valise qui lui était destinée. Lorsqu'elle était partie, elle avait embrassé son père et l'avait remercié. Presque sincèrement. Il aurait pu se débarrasser de tout sans même lui en parler.

D'ailleurs, pourquoi s'était-il donné cette peine ? Pour lui faire du mal ? Oui, sans doute.

— Dis-moi ce qui cloche, insista Fatoumata.

— Ne t'inquiète pas, ça va. Je croule sous le boulot, c'est tout.

— Demande au grand patron de t'offrir un assistant !

— Heu, c'est pas le moment, je crois. Mieux vaut que je fasse profil bas…

— Un jeune assistant, mignon, bien fait. Beau gosse, quoi !

— Efficace, ça serait pas mal aussi. Ou alors tu viens bosser avec moi !

— Tu sais bien que je suis indispensable au chef.

— C'est vrai. D'ailleurs, ça m'étonne qu'il ne t'ait pas déjà appelée. D'habitude, à peine tu rentres dans ce bureau que ton téléphone vibre parce qu'il te cherche.

— Il est en rendez-vous. Avec ton producteur préféré, Stellio Mirano.

Constance se troubla, fouilla dans un tiroir pour le refermer aussitôt.

— Il y a un problème avec Mirano ? demanda Fatoumata qui avait remarqué sa gêne. Tu n'es plus heureuse de bosser à ses côtés ?

— Si, bien sûr !

— Pourtant, tu sembles un peu… chamboulée.

— Non, j'ignorais qu'il venait ici aujourd'hui.

— Ce n'était pas prévu et j'ignore la raison de sa visite. On ne m'a pas mise dans la confidence. Quand il est arrivé, il m'a donné ça pour toi.

Elle montra du doigt une enveloppe plus grande que les autres, qu'elle avait déposée sur le bureau avec le reste du courrier. Constance s'empara du paquet et déchira le kraft. Elle en sortit un manuscrit relié et l'ouvrit pour le feuilleter.

26

Michèle attrapa une chips et la fit craquer sous ses dents. Durant quelques minutes elle resta silencieuse, le regard perdu dans le vague, ne parvenant pas à définir ce qu'elle ressentait. Constance l'inquiétait. Et ce n'était pas nouveau. Depuis plusieurs semaines, le moral de son amie oscillait entre hauts et bas. Regrettait-elle d'avoir quitté son mari et de s'être éloignée de son père ? Ou était-elle tracassée par la polémique qui entourait le texte de Rebecca Beauvoir et circulait dans les bureaux de France Télévisions depuis plusieurs jours, épiçant les conversations ?

— Y a-t-il du nouveau dans l'affaire Beauvoir ? demanda-t-elle à son amie en quittant le canapé pour venir s'appuyer sur le petit comptoir qui séparait le séjour de la kitchenette.

— Non, rien du tout.

— Et toi, dans tout ça ?

— Moi ? répondit Constance en soupirant. J'attends. Que veux-tu que je fasse d'autre ?

Elle coupa deux œufs durs en rondelles qu'elle disposa sur la salade puis tendit le plat à Michèle qui s'en empara avant de le poser sur la petite table.

— Tu as raison, mais ça doit tout de même te chambouler.

— Pas à ce point. Cette histoire a seulement bouleversé mon planning, ce qui n'est pas dramatique puisque j'ai pu me réorganiser. En revanche, je t'avoue que c'est perturbant psychologiquement. Dès le début, j'ai eu du mal à accrocher avec Rebecca.

Elle se tut, découpa un citron en fines lamelles avant de les incorporer dans un bol de fromage blanc parsemé de ciboulette. Les tergiversations autour du manuscrit de Rebecca Beauvoir avaient bousculé son agenda, mais aussi ses certitudes. Comme Franck le lui avait annoncé, le tournage de la série avait été mis entre parenthèses. Le patron de France Télévisions tergiversait. Fallait-il tout annuler ? Reporter ? Tourner malgré tout ? Il avait convoqué Constance et s'était entretenu avec elle. Le groupe France Télévisions avait été mis en demeure de résilier le contrat signé avec Rebecca puisqu'elle n'était pas l'auteure du scénario. En cas de refus, l'ex-mari de Rebecca déposerait plainte et un procès s'ensuivrait. L'homme de loi avait cependant proposé un arrangement amiable avant d'envisager des poursuites : déclarer le contrat de Rebecca caduque et en signer un nouveau avec le véritable auteur du scénario. Le directeur avait convoqué Rebecca qui s'était défendue bec et ongles. Son ex-mari mentait. Mais elle ne pouvait fournir aucune preuve de sa bonne foi, à part quelques carnets remplis de notes et évidemment le contenu de son ordinateur. La direction et la production étaient dans l'impasse. Beaucoup d'argent avait été investi dans cette saga. Il n'était pas question de faire les frais d'un divorce houleux… Pas plus de prendre au pied de la lettre les allégations du mari quitté. Ni celles de Rebecca, d'ailleurs.

Par prudence, le grand patron avait recueilli des témoignages au sein de la production, dont celui de Constance qui n'avait pas caché ses difficultés à communiquer avec Rebecca et leurs différends à chaque fois qu'elle préconisait une modification dans le texte. Elle avait aussi évoqué la confession que lui avait faite Rebecca lors du repérage à Nantes. « La même histoire racontée de façon différente par les deux protagonistes… avait murmuré le patron. Si ce n'était pas aussi grave, ça ferait un excellent support pour un téléfilm. Lequel des deux ment ? Et vous, Constance, pourquoi n'avoir rien dit ? Vous auriez dû m'avertir ! J'aurais eu un train d'avance au lieu de me laisser surprendre par cet avocat ! » Constance avait eu du mal à se défendre. Bien sûr, elle regrettait d'avoir gardé cette information pour elle. Mais elle avait agi en pensant être juste. Elle n'avait aucune raison de mettre en doute le travail de Rebecca puisqu'elle la suivait pas à pas. La débutante avait un potentiel qu'il aurait été dommage de ne pas exploiter. Elle l'avait accompagnée dans ce travail. « Une débutante ! avait rétorqué le patron. Plutôt une bonne comédienne qui s'est peut-être jouée de vous. Et de nous tous ! Les faits reprochés à Rebecca sont graves. Il n'est pas possible d'entamer le tournage sans certitudes, ou alors, c'est aller au-devant des ennuis. Vous saisissez, Constance ? » Elle avait baissé les yeux. Elle comprenait qu'elle était en partie responsable de la situation et que ce n'était pas la peine de se chercher des excuses. Le patron s'était brusquement radouci. Il s'était emporté de façon injuste. L'essentiel n'était-il pas de sortir de l'impasse ? Mais pour cela, il fallait découvrir le fin mot de l'histoire, savoir qui était le véritable auteur de ce scénario que le groupe France Télévisions comptait fermement exploiter pour en faire la saga de l'été. « Laissons faire nos juristes. Ils démêleront ce sac de nœuds avec les avocats de chacune des parties concernées. Je vous demande de ne plus contacter Rebecca, de laisser en suspens votre travail et de me transmettre tous les mails qu'elle pourrait vous envoyer. Et aussi de me prévenir si jamais vous aviez connaissance d'un élément nouveau. Nous sommes d'accord ? » En guise de réponse, Constance avait hoché la tête.

— Je ne fais que me demander si Rebecca ne m'a pas menti, reprit Constance en fixant de nouveau Michèle. Toutes ces fois où elle semblait mal à l'aise, et ses hésitations, ses indécisions… Et si elle avait spolié son mari ? D'un autre côté, ce scénario était une première pour elle, elle y tenait comme à un bébé. Elle me l'a assez dit ! Et puis j'ai tellement travaillé avec elle sur ce texte ! Elle revoyait ce que je lui conseillais bon gré mal gré, mais elle le faisait tout de même. C'est pour ça que j'ai envie de croire sa version.

— Éric est du même avis, ajouta Michèle.

— Oui. Durant le peu de temps qu'il a consacré à Rebecca, il a pu se forger son idée sur elle. Une scénariste débutante dont le travail n'était pas parfait mais qui a un vrai potentiel. Jamais il n'a pensé qu'elle pourrait s'approprier le boulot d'un autre.

— Tout va s'arranger, ne t'inquiète pas.

— Comme je te l'ai dit, j'attends… Rien n'est réglé. La seule chose que j'ai cru comprendre, grâce aux précisions de Fatoumata, c'est que Rebecca a un bon avocat. Il lui aurait été conseillé par son père, paraît-il. Un type droit dans ses bottes, qui ne se laisse pas faire.

— Tant mieux. Si elle est dans son bon droit, il n'y a pas de raison qu'elle n'obtienne pas gain de cause.

— Je le souhaite, évidemment. Tout ce que je t'ai dit reste entre nous, n'est-ce pas ?

— Bien sûr, ma belle.

— Il n'y a que Franck pour en parler à tort et à travers, et ça nourrit les rumeurs. Ça commence à sérieusement énerver la direction. D'ici à ce qu'on lui remonte bientôt les bretelles ! Ça va le calmer. Et François Clécy grogne parce qu'on lui a commandé des costumes qui ne serviront peut-être pas !

Constance sourit et se retourna pour couper quelques tranches de pain. Elle ne mentait pas en disant à Michèle que cette affaire ne la perturbait pas. Mais elle attendait toutefois avec une certaine impatience que la vérité éclate. Si Rebecca l'avait trompée, elle n'aurait plus aucune envie de travailler sur ce projet et elle oublierait la scénariste. Elle ne ressentait rien de particulier pour la jeune femme. Elle ne la détestait pas, mais elle ne l'aimait pas non plus…

— Pourquoi tu n'apprécies pas Rebecca ? demanda soudain Michèle.

Constance leva un sourcil étonné et sourit de nouveau. Son amie devinait tout ce qui lui trottait dans la tête.

— Je n'ai jamais eu le feeling avec elle. Je ne sais pas pourquoi. Un truc qui ne passe pas. Des ondes contraires, peut-être.

— Mais tu la défends parce que tu es juste, droite et honnête.

— Je ne la défends pas, je m'en tiens aux faits. Et si elle dit la vérité, je n'ai aucune raison de l'enfoncer. À défaut de l'apprécier, je lui accorde le bénéfice du doute…

27

Le break bleu roulait sur la départementale déserte qui menait à Provins, un ruban gris qui traversait une campagne verdoyante, ensoleillée et paisible. Les champs s'étendaient à perte de vue, parfois entrecoupés par un bosquet d'arbres ou une ferme. Un 4×4 noir arriva à vive allure et rattrapa le break. Le conducteur pensa certainement qu'on voulait le dépasser, car il ralentit et se serra sur la droite. Au lieu de doubler, le second véhicule se rapprocha. Énervé, le conducteur leva le pied et sortit son bras gauche par la vitre afin d'inciter son poursuivant à franchir les pointillés pour aller de l'avant. Derrière lui, le 4×4 freina, puis accéléra, heurtant violemment l'arrière du break. Il recommença trois fois la manœuvre, faisant exploser la vitre du hayon arrière. Le break fit quelques embardées, mordit le bas-côté. La quatrième fois, juste avant un virage, on entendit le moteur du 4×4 rugir, suivi d'un énorme bruit de tôle froissée. Le conducteur du break perdit le contrôle de son véhicule qui valsa sur le côté, fit trois tonneaux avant de s'immobiliser sur le toit. Dans le 4×4, le chauffard fit vrombir son moteur et repartit en flèche.

— Coupez ! cria Constance.

Elle descendit de la grue sur laquelle elle était perchée et courut vers la voiture accidentée. Le cascadeur se débarrassait de son casque alors qu'elle s'approchait du véhicule.

— C'était parfait, Hervé ! le complimenta-t-elle en

retirant sa casquette pour essuyer les gouttes de sueur qui perlaient sur son front.

Le tournage de cette scène l'avait mise en nage. Il faisait chaud en plein soleil sur cette route de campagne où il n'y avait pas la moindre zone d'ombre. Et elle était toujours un peu angoissée lors des scènes avec des cascades. Un accident était vite arrivé, même avec des professionnels chevronnés.

— Merci, dit Hervé Gefosse tout en ôtant sa combinaison de protection. On ne la refait pas, alors ?

— Non, on ne la refait pas. Je garde cette prise.

— Dommage ! Ça m'amuse toujours !

Médusée, elle le fixa sans répondre, se demandant comment on pouvait trouver drôle de gagner sa vie en prenant autant de risques.

— Je vous taquine, Constance, dit-il en replaçant ses cheveux. Je sais que ça vous fiche la trouille, ces cascades ! Ce n'est pas la première fois qu'on travaille ensemble, hein ?

Elle rit de bon cœur et l'invita à la suivre pour partager une boisson fraîche. Derrière eux, les techniciens préparaient la prise suivante. Le comédien qu'Hervé avait remplacé se glissa dans la voiture accidentée tandis qu'on lui indiquait la position exacte à prendre.

— Merci, dit Hervé en saisissant la cannette de soda que lui tendait Constance. Il transpirait à grosses gouttes lui aussi. Il leva les yeux au ciel. Le temps est magnifique ! Vous vouliez du soleil, on ne pouvait pas espérer mieux. Allez, on va remballer le matériel et vous laisser continuer.

— Un autre tournage vous attend ?

— Pas avant huit jours. Je retourne dans ma campagne normande !

— Vous habitez la Normandie ? J'ai vécu pendant des années à Rouen. J'aime Paris, mais la province me manque.

— Nous vivons, ma femme et moi, près d'Heudreville-sur-Eure.

— Je connais !

— Si le cœur vous en dit, dimanche prochain nous fêtons le début de l'été…

Il n'eut pas le temps de terminer sa phrase, interrompu par un « merde » tonitruant. Alertée par des éclats de voix, Constance s'excusa et s'éloigna à grands pas pour rejoindre un petit groupe au milieu duquel deux hommes n'allaient pas tarder à en venir aux mains.

— Tu répètes ça une fois et je te démolis ! hurla Franck.

— Ton neveu n'a pas sa place sur ce tournage ! cria Kurt, l'assistant réalisateur.

— Taisez-vous ! aboya Constance en s'interposant entre les deux hommes.

Deux techniciens s'approchèrent, également prêts à intervenir.

— Jérémy est acteur comme je suis pâtissier ! reprit Kurt. J'en ai rien à foutre que ça plaise ou pas à monsieur Franck Vallée.

— Ferme ta gueule ! se déchaîna Franck.

— C'est pas une halte-garderie ici. On a autre chose à faire que d'apprendre le métier de comédien à un mec inexpérimenté !

— Ça suffit ! rugit Constance. Encore un mot et je vous éjecte tous les deux.

Kurt fit un pas en arrière. Constance se fâchait rarement, mais il avait compris qu'elle était capable de mettre sa menace à exécution. Si elle les virait du tournage, elle serait obligée de faire un rapport sur l'incident. Ni la production ni la direction de France Télévisions ne verraient cette altercation d'un bon œil.

— Une heure de pause pour tout le monde ! décida la réalisatrice. Et à la reprise, je veux le calme. On n'est pas dans une cour de récré, ici !

Kurt et Franck s'éloignèrent chacun de leur côté. Constance revint vers Hervé.

— Désolée, soupira-t-elle.

— Les esprits s'échauffent, parfois. Une bonne idée, cette pause ! Et vous, que diriez-vous d'une pause normande le week-end prochain ? J'allais vous le proposer avant cette interruption ! Ma femme et moi réunissons quelques amis. Des gens de la télé et du cinéma, mais pas que ! La météo annonce du beau temps, ce sera grillades dans le jardin ! Je vous invite.

— Non merci, c'est gentil, mais je ne veux pas...

— Vous ne voulez pas quoi ?

— M'imposer !

— Mais vous ne vous imposez pas puisque c'est moi qui vous convie ! Ma femme Lucie sera ravie de vous accueillir. Elle aime rencontrer les personnes avec lesquelles je travaille et pour lesquelles j'ai de l'estime. Ce qui est votre cas. Une journée à la campagne en Normandie, ça ne se refuse pas ! Évidemment, vous pouvez venir accompagnée.

Constance dansa d'un pied sur l'autre, indécise, à la fois tentée et intimidée. Une bonne distraction lui ferait oublier les tensions. L'altercation entre Franck et Kurt n'avait pas été la seule... Ce tournage boitillait depuis le début. Il avait été avancé et les équipes, un peu prises au dépourvu, avaient dû faire preuve d'improvisation. Tout ça à cause de l'affaire Beauvoir, songea Constance avec une pointe de colère. La situation n'était toujours pas éclaircie. Les avocats du groupe France Télévisions et ceux des deux plaignants tentaient de démêler les fils d'un vaste règlement de compte au sein d'un couple déchiré par un divorce. Constance n'avait pas revu Rebecca. Elle respectait la volonté de son supérieur, maudissant ces histoires qui l'avaient obligée à avancer un tournage initialement prévu en novembre et décembre prochains. Dès les premiers jours, elle s'était accrochée avec le scénariste auquel on imposait quelques modifications puisqu'on tournait en juin et non plus en début d'hiver. Puis il y avait eu des heurts avec François Clécy qui avait dû changer tous les costumes pour les mêmes raisons. Après cette minitornade, Constance espérait enfin un retour au calme.

— Alors, c'est oui ? insista Hervé Gefosse.

— C'est oui, merci. Mais je viendrai seule.

Elle empocha la carte qu'il lui tendait.

— On vous attend dimanche vers midi.

— D'accord. Je vous abandonne pour aller voir mes deux cocos et m'assurer que nous pourrons poursuivre dans une atmosphère un peu plus sereine.

Elle chercha Franck des yeux en songeant déjà à ce dimanche à la campagne. Ce barbecue lui changerait les idées. Elle avait entamé ce qu'elle appelait une « anti-Stellio thérapie ». Après avoir analysé leur relation, elle en avait conclu qu'il ne s'était agi que d'une parenthèse purement sexuelle. Stellio n'avait rien souhaité de plus. Elle non plus au départ. Seulement, son cerveau avait inventé des sentiments. Elle s'était piégée toute seule, et bêtement. Depuis qu'elle avait décortiqué ce qu'il lui était arrivé, elle était plus sereine. Avec le temps, Stellio sortirait de sa tête. Elle l'avait revu lors d'une journée de travail dans les locaux de France Télévisions et elle avait gardé ses distances. Ils avaient travaillé côte à côte plusieurs heures, examinant les plans larges qu'ils avaient tournés à Yport pour planter les lieux et l'atmosphère. Ils avaient choisi des images qui plongeaient d'emblée le téléspectateur dans l'ambiance sombre et mouvementée du premier épisode et dont l'acteur principal était la tempête. Stellio avait invité Constance à déjeuner dans une brasserie. Ils n'avaient discuté que de télévision et de cinéma. L'après-midi, ils avaient sélectionné le plan général qui serait au générique. La caméra partait de la mer et se rapprochait de la côte. Dans une valleuse, entre deux falaises, se dessinait Yport. Encore un zoom et on apercevait les cabines de bain, les doris amarrés sur les galets et les vagues qui déferlaient en rouleaux sur la plage. Enfin, on apercevait les protagonistes de l'histoire, deux enfants habillés de cirés et de bottes rouges, une femme aux longs cheveux blonds qui tombaient sur son manteau noir, un flic, un bonnet de laine vissé sur le crâne, les pêcheurs... Ils étaient tous là. Minuscules, mais présents. Comme ces petits personnages *Lego* ou *Playmobil* figés dans une attitude précise... Constance avait trouvé l'idée merveilleuse. Stellio avait du génie. Elle l'avait complimenté sur son choix, mais avait poliment refusé son invitation à prendre un verre en fin de journée. Elle était rentrée chez elle, fière d'avoir tenu bon, effondrée d'avoir manqué l'occasion de partager un moment à ses côtés. Mais c'était la bonne décision si elle voulait le chasser de sa mémoire affective. Elle aperçut Franck et oublia son amant d'un jour.

— Qu'est-ce qui t'a pris ? demanda-t-elle en se pointant devant lui les mains sur les hanches.

— Fiche-moi la paix ! Je n'ai pas de leçon à recevoir de toi.

— Tu te trompes ! Sur ce tournage, c'est moi qui commande et je n'ai pas du tout aimé ton comportement agressif.

— Moi, agressif ? Et l'autre, alors, il n'y est pour rien ?

— Je suppose qu'il a tenu des propos qui t'ont fait bondir, mais c'est toi qui hurlais que tu voulais le démolir quand je suis arrivée.

— Il a insulté mon neveu.

— Je réglerai ça avec lui. En attendant, j'ai quelque chose à te dire à son sujet. Je comptais t'en toucher deux mots de toute manière, et puisque l'occasion se présente... Ton neveu n'est pas un acteur confirmé.

— Tu dis n'importe quoi. Tu...

— Tais-toi. Terminons-en une bonne fois pour toutes. J'ignore comment tu t'y es pris et je ne veux même pas le savoir, mais je n'avais pas retenu Jérémy lors du casting. Aussi ai-je été surprise quand je l'ai retrouvé sur le plateau. Ce gamin n'a visiblement jamais joué de sa vie. Pas même une pièce de théâtre au collège. Ce n'est jamais facile de diriger quelqu'un d'inexpérimenté, et cela gêne toute l'équipe. Or, ton neveu se permet de critiquer tout ce qu'on lui demande de faire. Personne n'a voulu te contrarier, sauf que là, il a dépassé les bornes. Alors ne t'étonne pas que Kurt te soit rentré dans le lard. Tu vas me faire le plaisir d'avoir une conversation avec Jérémy afin de lui expliquer que la moindre des choses, c'est qu'il obtempère sans rechigner. Tout le monde en a ras le bol. Moi aussi. Maintenant que les choses sont claires, tu sais ce qu'il te reste à faire. Et ne t'avise plus à me recoller dans les pattes ton neveu, un copain ou je ne sais qui d'autre. On ne s'amuse pas, sur un tournage. Il y a du fric en jeu. Hors de question de décevoir la production. C'est clair ?

— Très. J'espère que tu vas l'être aussi avec ton pingouin d'assistant.

— Kurt est un bon professionnel. J'aime bosser avec lui.

— Il baise bien aussi ?

Constance recula pour ne pas le gifler. Inutile de chercher à convaincre Franck qu'il n'y avait rien entre elle et Kurt. Si elle avait le malheur de riposter, il serait persuadé d'avoir raison.

— Occupe-toi de ton neveu, lâcha-t-elle, ça sera déjà bien.

28

Constance gara la Clio de location au bout de l'allée de graviers où plusieurs voitures étaient déjà stationnées. La propriété des Gefosse était somptueuse. Par ce beau soleil, la journée promettait d'être agréable. Elle se félicita d'avoir choisi de porter une tenue légère, simple mais élégante. Un joli pantalon de lin bleu marine, une chemise blanche dans la même étoffe et des tennis blanches en cuir. L'ensemble lui donnait une allure à la fois décontractée et chic. Ses cheveux étaient retenus en arrière par un large bandeau de soie dans le même ton que son pantalon. Elle s'était légèrement maquillé les yeux afin de les mettre en valeur. Elle se demandait si elle n'aurait pas dû porter quelque chose de plus sophistiqué quand Hervé Gefosse vint l'accueillir.

— Bienvenue, Constance !

Il portait un pantalon de toile beige, un polo blanc et une paire d'espadrilles de la même couleur. Comme elle, il avait choisi d'être à l'aise et elle fut rassurée. Elle ouvrit le coffre de la Clio et en sortit un superbe bouquet.

— Merci de votre invitation, Hervé.

— Je suis heureux de vous recevoir, dit-il en accrochant son bras au sien. Lucie se réjouit de faire votre connaissance.

Ils montèrent les marches du perron, traversèrent un vaste vestibule avant de passer au salon puis vers le jardin d'hiver dont les baies étaient grandes ouvertes, donnant sur la terrasse. Constance eut peine à cacher sa surprise en découvrant le parc à l'arrière de la maison. Une merveille !

Plusieurs tables drapées de belles nappes blanches de coton damassé étaient installées sous d'immenses parasols. À l'extrémité de la pelouse, en lisière d'un petit bois, un étang apportait une note de fraîcheur. Elle soupira de soulagement, l'atmosphère semblait détendue. Debout, ou assis dans des fauteuils de rotin, quelques couples discutaient, un verre à la main.

— Lucie, je te présente Constance Trianon dont je t'ai parlé plusieurs fois. Constance, voici Lucie, mon épouse.

Constance tendit le bouquet de fleurs à Lucie Gefosse qui la remercia en lui donnant deux bises. Cette simplicité mit définitivement Constance à l'aise. Elle suivit Lucie vers le jardin d'hiver où l'hôtesse déposa les fleurs dans un vase.

— C'est mon endroit préféré dans la maison, dit-elle. Je passe des heures à m'occuper de mes plantes. Vous aimez les orchidées ? Regardez, j'en ai toute une collection !

Elle cita des noms d'espèces inconnues de Constance, lui fit admirer les couleurs, les formes, donna quelques explications sur la provenance de tel ou tel spécimen.

— Je m'égare, dit-elle soudain. À chaque fois que je parle d'orchidées, j'oublie le reste ! Venez, je vais vous présenter aux invités. Que des gens charmants ! Vous n'allez pas vous ennuyer.

Elle disait vrai. Constance fut très vite happée par un groupe décidé à s'amuser. Un cascadeur racontait ses mésaventures avec beaucoup d'humour.

— Je n'ai jamais autant ri que ce fameux jour où tu devais grimper à un arbre, poursuivi par un taureau ! intervint Hervé Gefosse. Un tournage mémorable !

— J'y suis monté, dans ce pommier ! Mais impossible d'en redescendre car la bête avait décidé de camper dessous ! Je crois que je l'avais trop énervée. Le fermier a eu du mal à l'attraper. Bref, j'ai passé plusieurs heures accroché aux branches à attendre que le taureau dégage !

— Et nous, on te regardait un peu plus loin, protégés

par la clôture, et on se marrait ! Je me souviens que le réalisateur, lui, ne rigolait pas. Il a perdu son après-midi avec cette affaire !

Gefosse se tourna vers Constance, ravi de voir qu'elle riait de bon cœur. Elle aussi avait vécu quelques cauchemars sur certains tournages. Le pire ayant été une intoxication alimentaire contractée par l'équipe de techniciens et les acteurs. Ils avaient tous passé quarante-huit heures au CHU de Nîmes…

— Vous aussi vous avez été intoxiquée, Constance ? demanda Lucie.

— Je n'y ai pas échappé ! La première journée, on était tellement K-O qu'on n'a pas bronché. Le lendemain, on allait un peu mieux et on a fait un peu la foire. Toute la bande allait d'une chambre à l'autre pour tuer le temps. Le personnel soignant a été soulagé de nous voir sortir. Aujourd'hui, j'en ris, mais à l'époque, je me souviens que ça n'avait pas été facile de rattraper le temps perdu.

— Vous travaillez pour quelle chaîne ? demanda un invité à Constance. Je me présente, Zachari de Montrouge.

— France Télévisions, répondit-elle en serrant la main tendue. Constance Trianon.

— J'ai adapté plusieurs romans pour France 2 et France 3, mais je n'ai jamais eu la chance de vous croiser.

— Ah, voici les derniers invités ! fit Hervé. C'est le moment de déboucher le champagne.

Il fit un signe vers la terrasse et Constance vit deux jeunes femmes apporter des seaux dans lesquels étaient plongées les bouteilles, tandis qu'un jeune homme allumait le barbecue installé à l'écart afin que la fumée ne gêne pas les invités. Zachari apporta une coupe à Constance. Il ne la lâcha pas lorsqu'ils s'installèrent à table et s'assit à côté d'elle. Lucie les observait avec bienveillance. Cette rencontre était peut-être celle que Zachari espérait depuis longtemps. Constance travaillait pour la télé mais elle avait sans doute des contacts dans le monde du cinéma. Leur ami était toujours à la recherche d'un producteur pour ses scénarios. S'il parvenait à réaliser son rêve, il irait vraiment mieux. Il ne déprimait plus depuis qu'il était avec Judith. Grâce à elle, il avait remonté la pente. Lucie se réjouissait d'avoir favorisé leur rapprochement et assisté à la naissance de leur histoire. Elle avait vu leur ami reprendre goût à la vie. Si son horizon professionnel s'éclairait, le passé et les mauvais jours s'effaceraient pour de bon et Rebecca ne serait plus qu'un mauvais souvenir… Avec Judith, il avait retrouvé le sourire. Mais pour que son bonheur soit complet, il ne lui manquait plus qu'un solide projet personnel, comme de voir un de ses propres scénarios enfin produit. Il commençait à se lasser d'adapter les histoires écrites par d'autres. Il avait besoin d'une vraie reconnaissance. C'était du moins ce que Judith avait confié à Lucie.

— Sans dévoiler de secret, parlez-moi de vos projets à venir, souffla Zachari en se penchant vers Constance. Des tournages prévus cet été ? Ou à la rentrée ?

— Oui, répondit Constance, une série en cours, puis j'aurai droit à quelques jours de vacances. Et vous ?

Zachari évoqua le texte sur lequel il travaillait. Il s'exprimait bien, sa voix était chaleureuse et agréable. Constance se surprit à songer que, par certains aspects, il lui rappelait Stellio. Pourtant, les deux hommes étaient différents. Peut-être l'âge les rapprochait-il, cette cinquantaine qu'elle trouvait émouvante chez le sexe opposé… Son esprit s'évada. Les deux coupes de champagne dégustées à l'apéritif ne l'aidaient pas à garder les pieds sur terre.

— Vous rêvez ? murmura Zachari.

— Pardon, j'étais ailleurs. Je savoure ce bon moment. Dans ce si joli parc.

— Moi aussi, j'aime les grands espaces et la nature. Une aile de poulet ? reprit-il en lui tendant un plat. À moins que vous ne préfériez une saucisse grillée. Ou bien une côte d'agneau ?

Elle grimaça, saisit un morceau de volaille.

— Je vois que nous avons les mêmes goûts, dit-il en souriant. Je déteste l'agneau moi aussi.

Il lui présenta ensuite un plateau sur lequel étaient joliment présentés des crudités et des légumes crus, puis l'observa discrètement tandis qu'elle choisissait des tomates, du chou-fleur et des carottes. Il engloutit une tomate cerise, puis but une gorgée de vin. Il y avait longtemps qu'il n'avait pas ressenti autant de plaisir à bavarder avec une femme. Intérieurement, il bénit la sœur de Judith qui avait été hospitalisée quelques jours plus tôt. Judith avait dû partir précipitamment à Montpellier au chevet de son aînée… Zachari se retrouvait donc seul pour un temps indéterminé, pour son plus grand bonheur. D'autant plus aujourd'hui. Ce déjeuner chez les Gefosse lui offrait l'opportunité de rencontrer Constance Trianon. La réalisatrice avait éveillé son intérêt et il devait absolument la mettre dans sa poche, car elle pourrait lui servir. Mais il n'y avait pas que ça. Cette femme le troublait, elle lui plaisait et il avait envie de lui plaire ! Il ne cessait de la regarder. Quand il s'adressait à elle, il se penchait et en profitait pour la respirer. Il aimait déjà son parfum. Comme à son habitude, il restait maître de lui, ne laissait rien transparaître. Surtout devant les Gefosse, les grands amis de Judith. Il remercia silencieusement le ciel d'être arrivé avant les autres invités. Il avait pu donner à Hervé et Lucie quelques nouvelles de Judith et de sa sœur. Avec un peu de chance, personne ne prononcerait le nom de sa compagne pendant le repas. Satisfait de lui-même, il attrapa un morceau de melon, le découpa et en avala une bouchée.

— Délicieux ! lança-t-il à Lucie, assise à sa droite.

— Ce ne sont que des choses simples.

— Oui, mais encore faut-il savoir bien les choisir ! Ce que tu fais à merveille !

Pour ne pas trop montrer son intérêt pour Constance, il continua à bavarder avec Lucie. Puis il engagea la conversation avec son voisin d'en face, un cascadeur, sans perdre une miette de ce que Constance disait ou faisait. Quand le repas toucha à sa fin et qu'on servit le café, il n'avait plus qu'une question en tête : comment s'y prendrait-il pour récupérer ses coordonnées ?

— Habitez-vous la Normandie ? lui demanda-t-il.

— Non, je vis à Paris.

— J'espère que vous viendrez me rendre visite un jour. Je viens d'emménager dans un petit paradis, à Saint-Pierre-du-Vauvray.

— Un joli coin dans les boucles de la Seine. Je connais, j'ai vécu à Rouen !

Il sourit en songeant à la maison où il venait de s'installer avec Judith. Il était parvenu à ses fins. Elle avait vendu sa propriété et ils avaient acheté un ancien corps de ferme, superbement restauré. Ils projetaient quelques travaux pour l'embellir encore. Judith rêvait d'une piscine. Lui désirait faire tomber une cloison entre deux petites chambres pour en faire un vaste bureau. Cette demeure, il l'avait espérée pendant des mois, des années même… Il envisageait aussi des aménagements dans le jardin. Une pergola pour déjeuner à l'ombre pendant les belles journées d'été… Un endroit qui serait parfait pour recevoir Constance. Hélas, il vivait avec Judith. Et Judith avait apporté le plus gros des capitaux dans cette acquisition…

— Vous voilà bien silencieux, remarqua Constance.

Il fut presque ému par son regard noisette tirant sur le vert, légèrement pailleté d'or, qu'elle avait souligné d'un trait de crayon brun et d'une touche de mascara noir. Un coup d'œil sur sa droite lui permit de constater que Lucie avait quitté la table, ce qui le libéra d'un poids.

— Eh oui, je me disais avec tristesse que je ne vous reverrai peut-être pas.

Il n'eut même pas à feindre l'air chagriné qui avait transformé son visage. Constance en fut à la fois touchée et mal à l'aise.

— On se croisera probablement sur un plateau de télé, répondit-elle sur un ton léger.

— C'est vrai ! s'écria-t-il sur le même ton. On peut aussi provoquer le hasard ! Je dois bientôt me rendre à Paris. Voulez-vous me confier votre adresse mail ?

Il avait été assez malin pour ne pas réclamer son numéro de téléphone. Elle l'aurait senti trop empressé. Il se hâta de noter les coordonnées électroniques de Constance qu'elle lui avait données volontiers et rejoignit les autres invités. Hervé proposait de profiter de la fin d'après-midi par une promenade dans le parc. Un peu en retrait, Constance sortit une cigarette. Zachari s'arrêta pour lui offrir du feu puis retrouva Hervé. Constance resta quelques pas derrière lui en compagnie de Lucie et de deux jeunes femmes. Il aurait aimé se promener à ses côtés, à l'ombre des grands arbres, mais il devait rester prudent. Maintenant qu'il savait comment la contacter, il pouvait écouter Hervé raconter pour la énième fois ses vieux souvenirs de tournage tout en rêvant à celle qui avait allumé une étincelle en lui... Avec Constance, il s'y prendrait en douceur. Tout serait question de subtilité.

29

— Peux-tu repasser les premières minutes de l'enregistrement ? demanda Stellio.

Azzedine s'exécuta. La musique s'envola dans le séjour dont les fenêtres avaient été fermées afin que le bruit de la rue ne trouble pas l'audition.

— J'aime beaucoup ! dit Stellio en se redressant. Encore une fois, s'il te plaît.

Azzedine obéit, se retenant de ne pas hurler sa joie tant il était heureux.

— C'est parfait ! s'exclama Stellio quand la musique s'arrêta. On trinque ?

Il se leva et alla ouvrir une fenêtre. Il repoussa les volets pour laisser entrer la lumière du soir. Il faisait bon.

— À ta musique ! Bravo ! dit Stellio en revenant avec une bouteille de champagne dont il fit sauter le bouchon.

— À toi ! Merci de m'avoir donné cette chance ! C'est inespéré pour moi.

— Tu le mérites.

Ils entrechoquèrent leurs coupes, se regardant droit dans les yeux, puis dégustèrent les premières gorgées en silence.

— Alessia n'est pas là ? demanda Azzedine.

— Elle est avec ma sœur. Trois jours au Puy du Fou entre filles… Elle a déjà pris plus de cent photos ! Vive le numérique ! Il m'est difficile de lever le pied les deux mois de vacances et je ne tenais pas à l'envoyer en colonie.

Je suis trop papa poule pour la confier à des étrangers ! Je me suis organisé avec Elvire qui s'arrange pour la sortir de temps en temps. J'en profite pour bosser à fond. Je prends des congés à partir du 20 juillet. J'emmène Alessia en Italie.

— À Sienne, sur la terre de tes parents ?

— Oui, on restera deux ou trois jours chez la sœur de ma mère. Une vieille dame qui est heureuse de nous recevoir mais on ne s'attardera pas, elle est un peu fatiguée. Et puis, pour Alessia, Sienne, ce n'est pas le rêve. Elle veut la mer, le sable, et d'autres enfants pour jouer !

— C'est normal pour une petite fille.

— Je fais de mon mieux pour la rendre heureuse, murmura Stellio.

Son regard s'assombrit. Azzedine se demanda si son ami attendait d'être rassuré.

— Tu t'en occupes à merveille.

— Je l'espère. Parfois, j'ai peur de ne pas assez l'entourer. Un enfant a besoin d'une maman. Moi, j'essaie d'endosser deux rôles. Je ne sais pas si sa mère lui manque. Elle en parle, pose des questions, demande à voir des photos, mais elle ne se plaint jamais.

— Sois tranquille, elle ne semble pas malheureuse. Tu l'aimes tellement…

Stellio acquiesça. Il aimait Alessia plus que tout au monde. C'est pour elle qu'il avait décidé de prendre ses distances avec Constance. La réalisatrice l'attirait bien au-delà des plaisirs d'une nuit. Depuis le décès de la maman d'Alessia, il n'avait rencontré aucune femme. Puis il y avait eu Constance. Une fois. Deux fois. Et il avait senti qu'il pouvait tomber amoureux. À son retour d'Yport, il ne pensait qu'à elle et ça l'avait effrayé. Comment bâtir une relation solide alors qu'il avait déjà si peu de temps à consacrer à Alessia ? Faire entrer une femme dans sa vie risquerait de bouleverser la petite. Elle ne comprendrait pas, elle était trop jeune… Il lui fallait regarder Constance de loin. Travailler avec elle dans la bienveillance et le respect sans laisser s'infiltrer de dangereux sentiments. Bref, ne plus penser à elle… Il sursauta, prenant conscience qu'il faisait exactement le contraire de ce qu'il s'imposait.

— On reprend une petite coupe ? proposa-t-il en s'emparant de la bouteille. Que dirais-tu de manger une pizza ensuite ? L'Italien du coin en prépare d'excellentes !

— D'accord !

— OK, je passe la commande. On dînera ici, au calme.

Azzedine était ravi de cette soirée entre hommes. Il appréciait Stellio et était heureux de partager un moment avec lui. Vingt minutes plus tard, on leur livrait deux pizzas et une bouteille de chianti.

— Et toi, tu prends un peu de vacances ? demanda Stellio après avoir dégusté une première part.

— J'ai dix jours de congé début août mais pas de projet. En fait, j'attends…

Il se tut. Jamais il n'avait évoqué Rebecca devant Stellio. Il hésitait. Il n'y avait rien de plus entre eux qu'une belle histoire d'amitié. Il n'osait pas avouer à Rebecca qu'il l'aimait et elle-même se comportait avec lui comme sa meilleure amie. Plus le temps passait, plus il songeait que la situation allait s'ancrer ainsi et qu'il ne parviendrait jamais à lui faire comprendre qu'elle était bien plus qu'une copine, qu'il crevait d'envie de la prendre dans ses bras et de l'embrasser. Pour ne plus jamais la lâcher… Mais il refusait de la brusquer. Et puis il y avait Montrouge et l'histoire du scénario volé. Le P-DG de France Télévisions avait tout suspendu en attendant que les avocats des différentes parties démêlent l'affaire. Seul point positif pour le moment, les juristes se débrouillaient entre eux et le dossier n'était pas entre les mains de la justice. Parler de Rebecca à Stellio était impossible. Azzedine la croyait honnête, mais peut-être que Stellio avait une opinion différente sur le sujet. Rebecca était secouée par l'incident ; elle avait renoncé à voir certaines de ses connaissances, qui soutenaient Montrouge. Elle préférait s'isoler sans chercher à se justifier. Elle prétendait même que Constance Trianon la soupçonnait. Azzedine avait beau lui répéter que Constance n'accordait pas foi aux racontars, Rebecca n'en démordait pas…

— Qu'est-ce que tu attends ? demanda Stellio, intrigué par le silence d'Azzedine.

— Une femme, murmura Azzedine.

— Pardon, je ne voulais pas être indiscret.

— Tu ne l'es pas. Je suis amoureux. Follement, même. Enfin, je crois. Mais elle…

Ce fut comme un barrage dont on aurait ouvert les vannes. Azzedine évoqua Rebecca à Stellio sans la nommer. Il lui expliqua leur parcours commun, combien leurs retrouvailles l'avaient bouleversé, entre joie et tristesse. À chaque fois qu'il avait rendez-vous avec elle, il se sentait pousser des ailes. Il regrettait de ne pas avoir le courage de lui dire qu'elle comptait pour lui.

— Tu voudrais qu'elle devine ce que tu ressens ? Je comprends… Il est possible qu'elle partage tes sentiments et que, comme toi, elle n'ose pas les confesser.

— Et si elle ne m'aime pas ?

— C'est possible, mais tu ne peux pas rester ainsi à espérer et à te lamenter. Tu dois forcer un peu le destin.

Azzedine acquiesça. Stellio avait raison. Il n'en pouvait plus.

— Fais-toi confiance, reprit Stellio. Les femmes te trouvent charmant. En témoignent les jeunettes qui te tournaient autour à Yport ! Un vrai fan-club ! La maquilleuse, entre autres, et deux figurantes…

— Tu remarques tout ! Comment est-ce possible ?

Stellio éclata de rire, heureux de détendre l'atmosphère. Le sujet était brûlant.

— Il aurait fallu être aveugle pour ne pas le voir. Tu es intelligent, brillant, talentueux. Tu l'as encore prouvé avec cette musique que tu as composée. Et puis tu es quelqu'un de simple, d'authentique.

— Je te retourne le compliment ! C'est un honneur de bosser pour toi.

— Laisse tomber l'honneur. On s'entend bien, c'est tout.

Azzedine sourit. Les qualités premières de Stellio étaient l'humilité et cette attention qu'il accordait aux autres.

— Je vais tenter ma chance, lui parler avant de devenir fou ! Parfois, je crois la voir dans la rue et ce n'est pas elle ! Ça me rend dingue !

Il éclata de rire tant la situation lui semblait grotesque. Stellio restait pensif. Lui aussi, il avait cru plusieurs fois apercevoir Constance dans la rue. Il avait du mal à se l'enlever de la tête et ça lui fichait une peur bleue. Tout le ramenait à elle. Le travail, évidemment, mais parfois juste un mot, ou une image… Il y a quelques jours, alors qu'il regardait Alessia mettre son chapeau de pluie avant de partir en balade avec Elvire, l'image de Constance avec son bonnet trempé s'était imposée. Si seulement il pouvait effacer son souvenir de sa mémoire.

— Ça ne va pas ? demanda Azzedine.

— J'ai peut-être abusé du champagne. Ou du chianti ! Avec cette chaleur…

— Moi aussi, j'ai chaud aux oreilles !

— On boira un bon café tout à l'heure pour se remettre d'aplomb ! déclara Stellio. En attendant, il reste de la pizza !

***

— Tu vois, murmura Michèle en se penchant vers l'écran. Personnellement, je couperais une partie de cette scène. Mais c'est toi le maître d'œuvre.

Assise à son bureau face à l'ordinateur, la main gauche sous le menton, Constance réfléchissait. Elle attrapa la souris et revint en arrière.

— Tu as raison, dit-elle, j'aurais dû te demander conseil plus tôt. Ça fait des heures que je tente de réduire la durée de cet épisode et tu me trouves la solution en deux temps et trois mouvements ! Il reste encore trois minutes à grignoter. Tu as une idée ?

La porte s'ouvrit et Fatoumata fit son apparition.

— Vacances, les filles ! s'écria-t-elle. Direction Arcachon ! À moi la plage !

— On dirait que t'es déjà sur place, plaisanta Michèle.

— *Vacances j'oublie tout ! Plus rien à faire du tout !*

Elle esquissa un pas de danse et Michèle applaudit tandis que Constance éclatait de rire.

— J'ai bien cru que le chef allait me retenir jusqu'à pas d'heure, reprit Fatoumata enfin calmée. Voire annuler mes congés !

— Il s'envole sous les tropiques, nota Michèle, il est bien obligé de te laisser partir aussi !

— Hum, je le soupçonne d'avoir songé à nous embarquer, mon ordinateur et moi !

— Pas impossible ! répondit Constance, amusée. Sa femme, qui est passée au bureau la semaine dernière, me disait combien c'était compliqué pour lui de décrocher.

— C'est tout à son honneur car c'est un vrai pro. J'adore bosser avec lui, bien qu'il soit un tantinet trop… sérieux ! Et vous, c'est pour quand les congés ?

— Dans deux semaines, répondit Michèle.

— Pareil pour moi, ajouta Constance.

— Dites, si on allait fêter ça autour d'un petit verre ?

proposa Fatoumata en glissant l'anse de son sac sur l'épaule. À *La Javelle* ?

— Boire et manger ! s'écria Michèle. Je meurs de faim !

— J'appelle tout de suite pour réserver.

Constance n'eut pas le temps de répliquer. Elle aurait volontiers terminé ce qu'elle était en train de faire, mais happée par cet élan de bonne humeur, elle éteignit son ordinateur tout en se promettant de reprendre les idées de Michèle. Sur l'esplanade Henri-de-France, un petit vent avait rafraîchi l'atmosphère. Les jours précédents, on étouffait. La circulation alternée avait été mise en place pour limiter la pollution. Les températures étaient enfin revenues à la normale et l'air était devenu plus respirable. Sur le quai du port de Javel, il y avait du monde. À la guinguette, un groupe de jazz venu de La Nouvelle-Orléans animait la soirée. Un serveur leur apporta la carte et nota la commande. Il revint très vite avec un muscadet bien frais et quelques biscuits apéritifs.

— Moules-frites dans vingt minutes, annonça-t-il.

Fatoumata leva son verre pour trinquer avec ses amies.

— Alors, qu'avez-vous de prévu pour vos congés ? Vous allez où ?

— Virginie et moi sommes déjà parties cet hiver, alors cet été, on se contentera de quelques jours en Belgique. Bruxelles, Bruges, Ostende…

— Moi, j'hésite ! s'écria Constance. Si je déménage…

La semaine précédente, elle avait repéré une petite annonce intéressante, un trois-pièces à vendre rue Daguerre, dans le 14e arrondissement. Elle l'avait visité et avait été emballée. L'appartement était situé en rez-de-chaussée, à l'intérieur d'une minuscule cour aménagée en jardin. On y entrait par une grande verrière qui faisait office de séjour. La véranda se prolongeait sur le bureau avec, au fond, une petite cuisine refaite à neuf et très fonctionnelle. En mezzanine, la chambre et la salle de bains, éclairées par des fenêtres de toit. Par prudence, Constance avait effectué une seconde visite en compagnie de Michèle. Son amie avait été tout aussi séduite. L'endroit avait beaucoup de charme, l'environnement très calme, et le prix correspondait à celui de l'immobilier sur Paris. Il n'y avait pas de garage, ni box ni place de parking qui auraient certainement fait flamber les chiffres.

— Soixante mètres carrés, appart bien situé, agréable à vivre, murmura Michèle, ça vaut peut-être le coup de renoncer aux vacances.

Constance acquiesça et but une gorgée de vin. L'appartement et un possible déménagement ne constituaient pas sa seule préoccupation. Il fallait qu'elle se décide à aller voir son paternel. Elle repoussait l'instant et culpabilisait. Malgré ses reproches, sa méchanceté, Jean-Frédéric restait son père. Ne devait-elle pas plier encore une fois ? Oublier les instants pénibles qu'il lui avait fait vivre lorsqu'il l'avait contrainte à trier les affaires de sa mère et à abandonner ce qu'elle n'emportait pas ? Un autre sujet la titillait. Zachari Montrouge. Il lui avait envoyé un mail dans lequel il la conviait à déjeuner dans un petit restaurant du 5e. Lui plaisait-elle ? Sans doute. Lui-même ne l'avait pas laissée de marbre lors de leur rencontre chez les Gefosse. Pourquoi ne pas accepter son invitation ? Pour effacer Stellio, par exemple…

— Mesdames, dit le serveur en déposant sur la table les marmites de moules brûlantes et un plat de frites.

Constance sortit de sa torpeur.

— Je téléphone à l'agence demain. C'est décidé, j'achète cet appart ! déclara-t-elle. Si le notaire et la banque se dépêchent, avec un peu de chance je pourrai en disposer la première semaine d'août.

Elle garda secrète la seconde décision qu'elle venait également de prendre. Elle avait choisi de répondre favorablement à Zachari. Elle écouta Michèle qui s'enthousiasmait sur le logement de la rue Daguerre et Fatoumata qui posait mille questions. Y avait-il un dressing ? Une femme avait besoin de rangements pour caser chaussures et vêtements. La salle de bains était-elle équipée d'une douche, ou d'une baignoire ? Ce serait magnifique de planter quelques petits palmiers, un bananier des Canaries ou un figuier sous la verrière !

— Dis donc, Fatou, toi qui t'y connais en plantes, tu pourrais peut-être me donner quelques conseils.

— Avec plaisir ! On emmènera ma mère pour la razzia en jardinerie. Dans ce domaine, elle est plus calée que moi et sera plus à même de te dire ce qui pousse facilement, sans trop d'entretien.

— Chouette ! Car je n'ai pas la main verte.

— Je me joindrai volontiers à vous, les filles ! s'exclama Michèle.

— Ah, ça promet, cette expédition ! Allez, attaquons ce dîner !

Elles soulevèrent les couvercles des cocottes et commencèrent à déguster les moules en silence. Constance se détendit. Les contrariétés de la journée s'estompaient. Elle s'irritait pour rien et préférait relativiser. Elle rattraperait le temps perdu demain. Depuis les déconvenues avec le contrat Rebecca Beauvoir, tout allait de travers… D'ailleurs, où en était cette histoire ? Elle attrapa une frite et la croqua avec gourmandise.

— Des nouvelles concernant l'affaire Beauvoir ? demanda-t-elle à Fatoumata.

— L'avocat de l'ex-mari est prêt à porter l'affaire devant le tribunal si Rebecca ne capitule pas.

— Elle ne va pas s'accuser si elle n'est pas coupable !

— Non, évidemment. D'après le patron, son père a pris les choses en main et ça va bouger.

— Bouger comment ?

— Je n'en sais pas plus... Mais parlons plutôt vacances !

— Oui, c'est mieux ! renchérit Michèle.

— Si je peux récupérer les clés de l'appart de la rue Daguerre, je risque d'être occupée avec le déménagement, murmura Constance. Et il faut que je fasse gaffe à mes finances. Quand on change de lieu de vie, on a toujours envie d'un meuble, d'une bricole...

Michèle grimaça, regrettant presque d'avoir poussé son amie à acheter l'appartement. Constance n'aurait pas de vraies vacances.

— Veux-tu nous accompagner quelques jours en Belgique, Virginie et moi ?

— Il n'en est pas question. Vous avez besoin de ces moments à deux.

Michèle n'insista pas. Constance avait raison, Virginie n'aurait pas apprécié...

— Et me rejoindre à Arcachon, ça te dit ? lança Fatoumata. Moi, je ne suis pas en couple. Juste avec une bande de potes. On va faire une de ces fêtes !

Constance éclata de rire, déclina l'invitation et remercia son amie. Elle aurait été incapable de suivre le rythme endiablé qui allait bercer les soirées de Fatou.

— Ne vous souciez pas de moi, les filles, conclut-elle. Soit j'ai l'appart et je m'y installe en prenant soin de me reposer entre deux cartons. Soit il est déjà vendu et je prends un billet d'avion pour une destination dépaysante.

— Après les congés, tu reprends le tournage à Yport ? demanda Michèle.

— Oui, ça me donnera l'occasion de respirer un peu d'air pur si je ne quitte pas Paris cet été.

— Certes, mais sans repos.

— C'est vrai, mais si on a la chance d'avoir de belles journées, je trouverai toujours le temps de poser mes fesses sur la plage après le boulot.

Fatoumata leva son verre. Constance et Michèle firent de même. Sur scène, la troupe entonnait les premières mesures de *My Baby Just Care For Me.* Constance sourit. Elle venait d'évoquer Yport et l'image de Stellio était passée devant ses yeux comme un oiseau prend son envol…

30

Zachari déposa le saladier sur la table et réprima une grimace. La vue de l'énorme morceau de viande rouge lui gâchait le plaisir de dîner sur la terrasse. Il s'empara du tire-bouchon et ouvrit la bouteille de bourgogne. Il aurait au moins un bon verre de vin. Il savoura une gorgée de la cuvée Latour en contemplant le jardin. Les massifs d'hortensias débordaient de fleurs, tout comme les rosiers.

— Donne-moi ton assiette, chéri ! dit Judith. L'entrecôte est à point.

Il fit la lippe en obéissant. Il détestait quand elle l'appelait « chéri ». Et plus encore quand elle lui préparait de la viande de bœuf saignante. Il chipota avec sa fourchette et son couteau, écarta les morceaux sur les bords de l'assiette, ne se décidant pas à en avaler un. Il reprit deux fois de la salade, grignota une tartine de pain en espérant tromper sa faim.

— Ça ne te plaît pas ? remarqua Judith. C'est pourtant très tendre…

— Je ne raffole pas de la viande rouge.

Il se retint d'ajouter : « Je te l'ai déjà dit, d'ailleurs. » Il en avait assez de lui rabâcher toujours les mêmes choses, de lui rappeler qu'il n'aimait pas tel ou tel de ses plats qu'elle s'obstinait à lui servir. Il se leva pour aller chercher le fromage et revint en s'efforçant de se composer un air affable.

— As-tu appelé ta sœur ? demanda-t-il en coupant une part de brie. Comment va-t-elle ?

— Elle a toujours des nausées et…

Il ne l'écoutait déjà plus. Il n'avait que faire des explications détaillées sur la maladie dont souffrait Valérie. Ce qui l'intéressait, c'était de savoir si Judith repartirait bientôt à Montpellier pour revoir Constance qu'il rêvait d'attraper dans ses filets. Cette femme lui plaisait. Pas un jour sans qu'il ne pense à elle. Pas une heure sans qu'il ne se souvienne du moment qu'il avait passé en sa compagnie dans ce petit restaurant parisien du 5e arrondissement. Un délicieux repas à l'issue duquel ils s'étaient quittés très chastement. Il avait tout de même tenu sa main dans la sienne pendant de longues secondes après l'avoir embrassée en la fixant droit dans les yeux. Elle ne pouvait pas ne pas avoir compris le message. Il aimait ses cheveux châtain clair illuminés par quelques mèches dorées et ses yeux noisette qui s'éclairaient de vert quand elle était au soleil… Il n'avait pas oublié son parfum, des notes orientales et vanillées dans lesquelles se mêlaient le jasmin, la rose et le bois de cèdre. Cette fragrance l'envoûtait. Cette femme avait beaucoup de classe. En plus d'être séduisante, elle pouvait lui être utile. Peut-être verrait-il enfin un de ses scénarios porté sur le grand écran ! Rebecca serait malgré tout écrabouillée. La garce ! Bien appuyée par les avocats de son père, elle lui donnait du fil à retordre. Elle n'abdiquait pas, continuant à soutenir que le scénario était le sien. Zachari n'avait guère de preuves, à part l'enregistrement antidaté de l'huissier véreux. Mais elle non plus n'avait pas d'éléments qui pourraient avantager son dossier.

— … une semaine ou deux. Qu'en penses-tu ?

Judith fixa Zachari. Il était ailleurs même s'il hochait la tête comme pour approuver ce qu'elle disait.

— Tu m'écoutes ? demanda-t-elle, une pointe de contrariété dans la voix.

— Oui, bien sûr.

— Alors réponds-moi !

— Je ne sais pas quoi dire.

Pour se donner une contenance, il coupa un second morceau de brie et se servit un verre de vin, sans oublier de remplir celui de Judith. Peut-être que l'alcool dissiperait son air revêche. Dieu ce qu'elle lui déplaisait quand elle plissait les lèvres !

— C'est simple, reprit-elle en tentant de masquer son irritation, je te propose de m'accompagner à Montpellier une semaine ou deux.

Y avait-il des arêtes dans le brie ? Il eut pourtant l'impression d'en avoir une coincée au travers de la gorge. Qu'elle se casse voir sa frangine, songea-t-il énervé, mais qu'elle n'espère pas m'emmener dans ses valises ! Il se calma, tout en réfléchissant. Ainsi, Judith comptait partir une semaine ou deux. C'était inespéré.

— J'ai beaucoup de travail, murmura-t-il en attrapant sa main. Je suis désolé, mais je ne peux pas m'échapper. Je le regrette, ça m'aurait fait plaisir.

— Tu le regrettes ? s'écria Judith en retirant sa main. Mais il n'y a rien à regretter. Tu n'as qu'à venir avec moi. Tu as du boulot ? Alors emporte ton ordinateur portable ! Tu pourras te coller devant ton clavier tous les matins. Qu'avons-nous fait depuis que nous vivons ensemble tous les deux ? Rien, à part un dîner de temps à autre chez les Gefosse et quelques réceptions ici avec tes amis et connaissances ! On peut bien s'offrir un peu de vacances, non ?

— Hélas non. J'ai du travail et des rendez-vous à Paris que je ne peux pas reporter.

— Évidemment, grogna-t-elle. J'aurais dû me douter que tu trouverais une excuse pour ne pas m'accompagner. À part tes scénarios et tes repas mondains, y aurait-il autre chose qui compte pour toi ? Est-ce que *moi* je compte pour toi ?

Zachari serra les dents. Judith était très mécontente, inutile d'en ajouter une couche. C'était la première fois qu'ils se querellaient et il la découvrait moins facile qu'il ne l'aurait cru. Elle ne manquait pas de caractère… Comment l'amadouer sans céder à sa requête ? Il était hors de question qu'il parte à Montpellier. Il esquissa un timide sourire. Il venait de trouver l'argument imparable, celui contre lequel elle ne pourrait pas lutter.

— Écoute, chuchota-t-il en saisissant une nouvelle fois sa main qu'il maintint fermement entre ses doigts, j'ai une adaptation à terminer, une commande pour la télé que je dois honorer. Et je voudrais aussi peaufiner l'un de mes propres textes. J'aimerais voir enfin mon nom s'afficher comme scénariste ! C'est important pour moi, tu peux le comprendre, non ? Surtout après ce que j'ai vécu il y a quelques mois. Je m'accroche à la vie, Judith.

Elle ne serait pas insensible à cette allusion sur sa tentative de suicide. Il fallait aussi la rassurer sur les sentiments qu'il était censé éprouver pour elle.

— Si je m'accroche à la vie, répéta-t-il après un silence, c'est en grande partie grâce à toi. Alors comment peux-tu imaginer que tu ne comptes pas pour moi ? C'est pour toi que j'ai voulu continuer à exister, Judith.

Le regard de sa compagne s'adoucit. Il fallait porter le dernier coup.

— C'est pour ça que je dois gagner ma vie moi-même, insista-t-il. Je te respecte trop pour vivre à tes crochets. Ce ne serait pas honnête…

Judith pinça les lèvres, puis sourit vaguement. Depuis des mois, c'était elle qui faisait bouillir la marmite. Zachari avait placé ses quelques deniers personnels dans l'acquisition d'une voiture pour remplacer son vieux tacot. Il aurait pu se laisser entretenir, mais c'est vrai qu'il mettait un point d'honneur à participer aux frais du ménage. Il était scrupuleux et loyal. Il ne voulait pas profiter d'elle.

— Je suis bien avec toi, dit-il pour enfoncer le clou. Tu le sais, même si je ne suis pas très démonstratif. Je ne veux pas te priver d'aller chez ta sœur, même si tu me manqueras. Je dois avancer dans mon job. Et puis je ne serais pas une bonne compagnie. Ne gâche pas ces vacances qui te réjouissent. Je t'aime, c'est l'essentiel, non ?

Il se leva pour l'entourer de ses bras et plongea la tête dans son cou. Elle se détendit. La victoire était acquise. Il la tint serrée un moment contre lui, caressant sa nuque et ses épaules en lui donnant de tendres petits baisers. Son cerveau cogitait à toute vitesse. Si Judith repartait à Montpellier, il aurait le champ libre et pourrait inviter Constance ici. Un déjeuner ? Un dîner ?

— Et si on allait *Chez Georgette*, ce soir ? chuchota Judith, toujours blottie contre Zachari. Prendre un digestif, écouter de la musique…

Il contint un soupir. Aller là-bas ne le tentait pas du tout. Cette guinguette installée sur une péniche non loin de Pont-de-l'Arche était un endroit agréable, mais il n'avait aucune envie de sortir avec Judith et de jouer les amoureux.

— Va te préparer, suggéra-t-il, décidant de se sacrifier. Je débarrasse. Prends ton temps pour te faire belle, bien que tu le sois déjà !

Judith fila se changer, se recoiffer et se remaquiller. Il en profita pour courir à la cuisine afin de se préparer un sandwich. Il coupa un morceau de pain, le tartina de beurre demi-sel, ajouta une tranche de jambon et des cornichons. Il avala son sandwich avec un verre de cuvée Latour qu'il fit claquer dans sa bouche. Au diable l'entrecôte ! s'amusa-t-il. Il refermait la porte du lave-vaisselle quand Judith apparut sur le seuil, vêtue d'une robe rouge à fleurs roses. Il la complimenta pour son bon goût en pensant qu'il n'avait jamais rien vu d'aussi moche.

Lorsqu'ils se furent garés non loin de la péniche, Zachari se hâta de faire le tour de la voiture afin d'ouvrir la portière de Judith. Elle adorait ces petites attentions. Ils choisirent une table un peu à l'écart. Il rapprocha sa chaise de celle de Judith, prit soin de garder une main dans son dos et de la caresser tout en discutant. La colère qui l'avait animée un peu plus tôt s'effaçait et ses dernières défenses tombaient. Il se montra bavard, évoqua les projets qu'elle envisageait de lancer pour la maison, approuvant ce qu'elle suggérait. Elle souriait, riait, tandis qu'il ne cessait de rêver de Constance. L'image de la jeune femme ne le quittait pas. Il pensait encore à elle lorsqu'ils quittèrent la guinguette, elle était toujours là lorsqu'ils arrivèrent chez eux.

— Je vais me rafraîchir ! lança Judith en lui faisant un clin d'œil.

Il se servit un cognac et le dégusta à petites gorgées. Son regard tomba sur le sac de Judith, le ramenant à la réalité. Sa compagne s'était enfermée dans la salle de bains, bientôt, elle réapparaîtrait vêtue d'une nuisette affriolante légèrement parfumée et elle attendrait qu'il lui prouve combien il l'aimait. Ce soir, il ne serait pas question de prétexter avoir sommeil. Il contempla la douce couleur ambrée de l'alcool au fond de son verre et le vida cul sec, priant pour que cet excellent cognac lui donne du cœur à l'ouvrage.

***

— Rebecca, si j'avais une autre solution à te proposer, tu penses bien que…

Jean Beauvoir n'acheva pas sa phrase et soupira en regardant sa fille. Elle était laminée, désespérée. Son joli maquillage avait coulé et il ne restait plus que de vilaines traces noires sous ses yeux. Que n'aurait-il pas donné pour la voir sourire de nouveau ? Quand elle avait quitté Zachari, il avait ressenti un énorme soulagement. Enfin, elle échappait aux griffes de ce sale type avec lequel elle n'aurait jamais été heureuse. Hélas, tout n'était pas réglé… Il avait pourtant veillé au grain en payant grassement Zachari pour qu'il accepte au plus vite le divorce sans chercher d'ennuis à Rebecca. Mais il n'avait pas prévu cette histoire de manuscrit volé, et surtout pas imaginé que sa fille aurait tant de mal à prouver que le texte était le sien. En matière juridique, ce domaine de la propriété intellectuelle échappait totalement à Jean Beauvoir. Jusqu'alors, il avait fait confiance à ses avocats pour sortir Rebecca de ce mauvais pas, mais l'entrevue de l'après-midi avec les hommes de loi ne présageait rien de bon. Rebecca n'avait aucune preuve qu'elle avait écrit le manuscrit de A à Z. À part quelques fichiers enregistrés régulièrement sur son ordinateur et les mails qu'elle avait échangés avec France Télévisions, en particulier avec Constance Trianon, elle ne disposait de rien. Elle pouvait très bien avoir volé l'idée à son ex-mari ou subtilisé les premiers éléments du texte dans le but de poursuivre seule l'écriture. Quand un des avocats avait déroulé cette possibilité devant Rebecca, elle s'était mise à pleurer, à bafouiller qu'elle n'avait plus que sa bonne foi.

— Ça ne suffit pas, avait dit le juriste, surtout que votre adversaire a songé à déposer son texte chez un huissier dès le début du mois de novembre dernier. Si nous allons au procès, le vent risque de tourner en sa faveur.

— C'est impossible ! avait-elle crié avant de s'effondrer.

— C'est pourtant ce qu'il a fait.

— Mais il ment. L'huissier ment !

— Il n'y a rien pour le certifier, à moins que vous n'ayez un élément nouveau que nous puissions exploiter. Quelque chose attestant que vous êtes l'auteur. Un courrier envoyé à une amie, par exemple, ou quelqu'un qui pourrait témoigner vous avoir vue écrire. Réfléchissez.

— Pendant des mois, j'ai tout gardé secret. J'avais tellement peur d'échouer…

— Personne ne peut appuyer votre version des faits ?

— Je vous jure que cette saga est la mienne !

Elle avait hurlé avant d'être étranglée par un sanglot. D'un signe de la main, Jean Beauvoir avait signifié aux avocats qu'ils en resteraient là pour le moment. Rebecca n'était plus en mesure de réfléchir, ils reprendraient la conversation quand elle aurait retrouvé ses esprits et son calme. Jean était rentré avec sa fille. Hélène les attendait, impatiente. Ils n'avaient aucune bonne nouvelle à lui annoncer et Rebecca était allée s'enfermer dans sa chambre. Jean avait commencé à cogiter. Il ne voyait plus qu'un moyen pour en finir : pour convaincre Zachari d'abandonner les poursuites, il faudrait le payer. Une fois de plus… Certain qu'il n'y avait rien d'autre à faire, Jean était allé trouver sa fille dans sa chambre. Il s'était assis au bord du lit pour lui expliquer le plan qu'il avait en tête.

— Je n'ai pas d'autre solution, Rebecca.

— Donner de l'argent à Zachari pour qu'il renonce à me faire passer pour une voleuse, tu te rends compte ?

— Ça me dégoûte, mais la balance pèse de son côté et je ne veux pas qu'il puisse profiter de ce que tu as écrit. Je veux qu'il recule, que tu retrouves ton sourire et ta fierté. Le fric est la seule alternative pour y parvenir.

— Je ne veux pas.

— Je te laisse cogiter. On en reparle dans quelques jours ?

Jean attrapa une mèche de cheveux qui tombait sur le front de Rebecca et la ramena doucement derrière son oreille.

— On ne précipite rien, murmura-t-il en se penchant pour l'embrasser, mais on ne capitule pas et on étudie toutes les possibilités. L'essentiel est que ce scénario te revienne et que tu sois lavée de tout soupçon, que France Télévisions te recontacte pour te dire que le projet reprend là où vous l'avez laissé.

— Je ne veux pas que tu donnes de l'argent à Zachari pour récupérer quelque chose qui m'appartient. Une fois de plus, c'est lui qui gagnerait la partie ! C'est injuste !

— Penses-y, s'il te plaît. J'attends juste ton feu vert. Quant à Zachari, crois-moi, il ne l'emportera pas au paradis.

31

Constance posa son mug de café sur la table basse et ouvrit un carton. Elle en sortit une boîte pleine de photos. Elle s'assit sur le canapé, une pile de clichés à la main, s'attarda sur les images de sa mère. Avec le temps, le souvenir de son visage se faisait plus flou mais l'amour était intact. Le manque aussi. Particulièrement quand sa vie prenait un nouveau virage. Elle aurait alors aimé l'avoir auprès d'elle pour écouter son avis, ses conseils, ses remarques. Même ses reproches. Fatoumata se plaignait parfois de sa mère. Une maman un peu trop présente qui se permettait de faire quelques remontrances à sa fille quand elle le jugeait nécessaire. À 30 ans, ce n'était pas agréable, mais Constance aurait donné n'importe quoi pour avoir le droit au même traitement et savoir que, derrière elle, il y avait quelqu'un pour l'aider à garder le cap, quitte à se faire remonter les bretelles de temps à autre.

Sur quelques clichés, son père posait à côté de sa mère. Pourquoi y avait-il autant d'aigreur dans ses traits ? Avait-il jamais été heureux ? Constance était allée à Rouen au début de ses congés. Un déplacement inutile. Jean-Frédéric ne lui avait pas ouvert. Elle était persuadée qu'il était chez lui. Sa voiture était garée sur le parking et la fenêtre donnant sur le balcon était entrouverte. Elle l'avait appelé. Il n'avait pas répondu. Ni sur son fixe ni sur son portable. N'étant plus qu'à une heure de la mer, elle était allée à Dieppe. Elle avait flâné dans la rue piétonne et acheté un sandwich qu'elle avait mangé à la plage, assise sur les galets. Au retour, elle s'était de nouveau arrêtée chez son père et elle avait trouvé une fois de plus porte close. Que lui avait-elle fait ? Méritait-elle d'être traitée ainsi ?

Elle remit le paquet de photos en place et en sortit un autre. Elle s'attarda sur deux portraits de Michèle, l'amie si précieuse, la complice, la confidente, qui était là dans les bons jours comme dans les mauvais… Elle referma la boîte et son regard fit le tour de l'appartement. Il y régnait un désordre incroyable. Elle n'avait guère avancé depuis qu'elle avait emménagé rue Daguerre. Et ce matin, elle lambinait… Il y avait une heure qu'elle savourait son petit déjeuner. La porte de la verrière était grande ouverte, l'odeur de la terre humide et chaude s'infiltrait à l'intérieur. Il avait plu durant la nuit mais le soleil était revenu dès le matin, exacerbant les senteurs des plantes. L'été chaud et orageux profitait au minijardin. Le précédent propriétaire y avait planté un pied de lavande et quelques arbustes. On circulait en marchant sur des pas japonais qui menaient jusqu'à la grille d'accès à la cour intérieure. Il y avait aussi des herbes aromatiques, thym, ciboulette, persil, origan, et d'autres dont Constance ignorait le nom. Elle attendrait Fatoumata avant de les cueillir…

Elle se plaisait dans cet appartement. La transition s'était faite rapidement, sans qu'elle n'en ressente un quelconque dépaysement. Comme si cet endroit l'attendait. Quand elle avait emménagé rue de la Roquette, dès le départ, elle avait considéré que son petit deux-pièces ne serait qu'un sas, un lieu de passage où elle se sentirait en sécurité après sa séparation d'avec Thibault. Maintenant, elle avait un appartement bien à elle, des projets de décoration et d'aménagement. Pourtant, elle musardait. La chambre, le dressing et la salle de bains étaient rangés, mais tout le rez-de-chaussée était à organiser. Dans la cuisine, elle n'avait sorti des cartons que le minimum. Dans le séjour, elle avait déjà bougé quatre ou cinq fois le canapé avant de trouver la place qui lui semblait idéale. Le reste, elle ne savait pas encore comment elle l'agencerait. Peut-être installerait-elle des étagères sous l'escalier qui conduisait à la mezzanine pour y ranger ses livres. « Pour les beaux livres, j'achèterai une bibliothèque, murmura-t-elle. Un joli meuble dans lequel ils seront mis en valeur. »

Elle croqua une tartine de pain beurré et se servit un second café. Malgré le déménagement, elle savourait ses congés. Cet interminable petit déjeuner était une façon de se poser, de se détendre tout en réfléchissant tranquillement à ce qu'elle allait faire de son intérieur. Elle le voulait cosy. Elle prendrait le temps de choisir le mobilier et les objets de décoration. Ne rien précipiter, songea-t-elle. Ne rien précipiter… Elle ne pensait pas uniquement à son installation en ressassant ces mots. Elle avait revu Zachari. Pour ce second rendez-vous en tête à tête, il avait réservé une table en terrasse au restaurant du Palais-Royal. Quand elle était arrivée, il portait des lunettes de soleil. Il les avait retirées pour la saluer et elle avait été subjuguée par son regard bleu. Il avait souri et l'avait invitée à s'asseoir. Elle avait eu l'impression de chavirer, mais très vite, l'image de Stellio avait rompu l'instant. Le repas s'était merveilleusement déroulé. Ils avaient parlé de leurs métiers respectifs, puis Zachari avait glissé à Constance un de ses scénarios, la priant de le lire et de lui dire en toute sincérité ce qu'elle en pensait. Ils avaient également beaucoup plaisanté et échangé sur de nombreux sujets, se découvrant des points communs. Ils avaient retardé le moment de se séparer et avaient commandé un second café alors que le restaurant s'était vidé. Ils avaient encore grappillé quelques précieuses minutes en faisant une promenade dans le jardin du Palais-Royal. Enfin, ils avaient dû se quitter. « Vous ne m'oublierez pas ? » lui avait demandé Zachari en saisissant sa main pour y déposer un baiser. Il avait les larmes aux yeux. Elle avait senti les battements de son cœur accélérer. « Impossible », avait-elle chuchoté, émue.

Le soir même, il lui envoyait un long message dans lequel il évoquait sa vie en solitaire dans le vaste corps de ferme qu'il possédait en bord de Seine, ses journées dédiées au travail... Dans une autre vie, il avait aimé, il avait été déçu. Tellement déçu qu'il s'était résolu à rester seul. *« Mais notre rencontre me laisse à penser que je me suis trompé et qu'il existe une femme faite pour moi »*, concluait-il. Deux jours plus tard, dans un autre courriel, il proposait à Constance de venir le rejoindre en Normandie. Elle n'avait pas refusé. Il était venu la chercher à la gare du Val-de-Reuil et l'avait emmenée au restaurant du golf. Ils avaient discuté du scénario de Zachari que Constance avait lu en une soirée. L'intrigue lui avait plu et elle pensait que le texte pouvait faire l'objet d'un très bon téléfilm.

— Mais pas un film ? avait objecté Zachari, l'air triste.

— Pourquoi pas ? Mais mes contacts sont plus aisés dans le monde de la télé que dans celui du cinéma.

— Laissons tomber si c'est compliqué. Je vis très bien avec mes adaptations.

Devant sa mine découragée, Constance s'en était voulu d'avoir été aussi honnête.

— On ne va pas laisser tomber puisqu'on n'a pas encore essayé.

— Avez-vous des connaissances au sein des chaînes privées ?

— Oui. Je proposerai votre texte.

Elle avait apprécié le script mais était convaincue qu'il n'avait pas l'étoffe d'un long métrage. Aucun producteur ne prendrait le risque de financer un film à partir de ce texte. Le scénario était bien construit, une saga familiale avec les ressorts classiques, secrets, trahisons et mensonges, comme la télé en diffusait régulièrement, mais trop banale pour prétendre à une sortie en salles. Ce projet aurait fait le bonheur de France Télévisions, mais Zachari semblait allergique à l'idée de travailler avec une chaîne publique... Constance avait bien quelques contacts avec les télévisions privées, mais elle ne voulait pas s'emballer.

— Je ne jure de rien. Laisse-moi un peu de temps, avait-elle conclu, désireuse de ne pas donner à Zachari de faux espoirs.

Après le déjeuner, ils s'étaient baladés. Il avait saisi sa main et leurs doigts s'étaient entrelacés. Soudain, l'orage avait éclaté, les forçant à courir pour regagner la voiture de Zachari. Trempés, ils avaient ri de leur mésaventure, puis l'heure était venue pour Constance de reprendre le train pour Paris. Sur le parking de la gare, ils avaient échangé un baiser. Un timide baiser qui retournait Constance chaque fois qu'elle pensait à cette journée parce que le goût des lèvres de Stellio revenait s'imposer à elle. Pourtant, Zachari lui plaisait.

Son téléphone vibra. Elle frémit en découvrant le SMS. Elle lui manquait, écrivait Zachari. Avait-elle envie de le revoir ? De se promener en bord de Seine ? De dîner chez lui ? Si oui, il l'attendait à la gare du Val-de-Reuil à 15 heures. Elle accepta aussitôt puis consulta l'heure. Presque midi, et elle était en caleçon et tee-shirt ! Elle avala le reste de sa tartine et fila sous la douche. Quand elle en sortit, enveloppée dans un peignoir, elle ouvrit le dressing. Quelle tenue choisir ? Avec quelles chaussures ? Elle fit de multiples essayages avant de tout ranger. Elle était idiote de s'exciter ainsi. Un jean et une chemise blanche seraient parfaits ! Elle emporterait un joli gilet en coton qu'elle pourrait enfiler au retour. Mais à quelle heure Zachari prévoyait-il de la raccompagner à la gare ? « Il ne te proposera pas de repartir ce soir, ma pauvre fille ! marmonna-t-elle. À moins que tu ne joues les vierges effarouchées ! » Le feu aux joues, elle choisit un ensemble de lingerie blanche en dentelle et se contempla dans le miroir. De minuscules rides marquaient ses paupières, le coin de ses lèvres aussi... Et si Stellio ne l'avait pas gardée à cause de ces imperfections ? Elle s'ébroua, retrouvant ses esprits. Elle avait 36 ans, pas 20 ! Stellio n'avait jamais souhaité entamer une véritable liaison et c'était Zachari qui l'attendait. Elle maquilla légèrement ses yeux, se parfuma avant de s'habiller. Lorsqu'elle descendit, elle jeta un œil au désordre qu'elle abandonna sans aucun regret.

Zachari l'attendait sur le quai de la gare du Val-de-Reuil. Il se pencha vers elle et saisit ses doigts pour les embrasser. Une seconde, elle fut dépitée, puis elle sourit. C'était à la fois désuet et terriblement galant. Elle le suivit jusqu'à sa voiture. Ils roulèrent quelques minutes. Il s'arrêta sur un joli bord de Seine et l'enlaça. Elle eut alors l'impression de ne pas respirer tant il la dévorait de baisers.

— On dirait deux adolescents ! s'écria-t-elle quand il relâcha son étreinte. Ou deux amants qui se cachent dans une voiture !

— J'en avais tellement envie...

— Moi aussi.

De nouveau, il l'étreignit et attrapa ses lèvres. Elle aurait voulu qu'il n'arrête jamais mais n'en dit mot lorsqu'il démarra la voiture. Elle se trouvait puérile, et en même temps elle était ravie de se sentir pleine de rêves et d'espoirs. Chez Zachari, elle découvrit non sans une certaine curiosité l'intérieur de sa maison. Elle ne l'avait pas imaginé vivant dans un univers bourgeois. Il avait des goûts très raffinés. Presque trop, pensa-t-elle en voyant la multitude d'objets tout droit sortis de chez un antiquaire. Elle songea que ce n'était pas du tout un endroit dans lequel elle se serait sentie à l'aise. Son appartement, même désordonné, était beaucoup plus simple, chaleureux. Zachari prépara le dîner après avoir insisté pour qu'elle s'assoie et déguste un verre de vin en l'attendant. Ils mangèrent sans beaucoup d'appétit, bavardant peu, attentifs l'un à l'autre. Soudain, Constance posa ses couverts. Elle ne pourrait rien avaler de plus.

— Tu viens ? dit Zachari.

C'était la première fois qu'il la tutoyait. Elle le suivit, le cœur battant. Il l'entraîna dans son bureau et l'attira sur un canapé convertible qui était déplié.

— Je dors ici en ce moment. La chambre est en travaux. Plâtre, poussière… Il y en a pour des semaines. Mais on est bien là, n'est-ce pas ?

Il ne lui laissa pas le temps de répondre. Leurs bouches se joignirent tandis que leurs mains s'immisçaient sous les vêtements et partaient à la découverte de l'autre. De se retrouver nue son amant allongé sur elle, durant une seconde Constance entrevit le visage de Stellio et elle eut envie de s'enfuir. Elle battit des paupières et l'image s'effaça. Il n'y avait plus que Zachari, avec ses caresses, son attention, sa patience, son désir, et les mots doux qu'il murmurait à son oreille.

32

Dans le hangar plongé dans le noir, un homme était blotti sous l'établi. La porte s'ouvrit et un faisceau de lumière illumina une partie de l'atelier. L'homme se recroquevilla davantage tandis qu'un type entrait, une arme à une main et une torche dans l'autre, avec laquelle il balayait dans toutes les directions. Un bruit le fit stopper net. Il orienta sa lampe sur le côté et éclaira un vieux caïque qu'on retapait. Il fit encore un pas, s'approcha de l'embarcation et leva une bâche. Personne. Il s'avança vers des caisses. Un rat s'échappa et l'homme soupira en essuyant la sueur qui coulait sur son front. Cette seconde d'inattention suffit à celui qui le guettait, tapi sous l'établi. Il surgit de l'ombre, se jeta sur sa proie un couteau à la main et le poignarda à hauteur de sa ceinture avant de s'enfuir par la porte restée entrouverte.

— Coupez ! cria Stellio. Cette fois, elle est bonne, je pense, dit-il plus bas en se tournant vers Constance.

Elle approuva d'un hochement de tête.

— On arrête pour aujourd'hui, annonça Stellio en s'adressant aux comédiens et aux techniciens. Constance, vous me suivez, s'il vous plaît ? J'aurais besoin de votre avis.

Elle lui emboîta le pas et ils se dirigèrent vers le camion-régie. Ils s'engouffrèrent à l'intérieur. Constance prit place sur la banquette à côté de Stellio.

— Ouvrez grand vos yeux, ordonna-t-il gentiment.

Durant quelques minutes, il fit défiler une série d'images

tournées depuis les hauteurs d'Yport. La caméra, d'abord installée sur la pointe du Chicard, survolait la Côte d'Albâtre, la mer et la plage, puis les valleuses, le village, avant de zoomer sur le front de mer et de s'attarder sur les galets, les doris et les cabines blanches et bleues. Elle s'arrêtait enfin sur le corps d'un homme en partie recouvert d'algues.

— Vous ne trouvez pas qu'il manque quelque chose ? murmura-t-il. Je reviens au début. Regardez, sur ce plan haut, on est toujours sur la crête. J'aimerais qu'on fasse aussi quelques plans à la verticale depuis le pied des falaises. Cela donnerait une idée de la masse, puis on balayerait de nouveau le sommet pour avoir une vue dominante sur Yport et le cadavre de l'homme sur les rochers.

— Bonne idée !

— On y va demain ? Je passe vous chercher à l'aube. J'ai consulté les horaires de marée, la mer sera basse. On aura le temps de filmer sans danger.

— D'accord pour demain matin !

— Bonne soirée, Constance. Reposez-vous bien.

C'était une manière courtoise de lui demander de le laisser seul. Sans doute allait-il travailler tard. Il ne viendrait pas dîner au restaurant de l'hôtel avec l'équipe et demanderait au patron de lui monter un plateau-repas, comme il l'avait déjà fait à deux reprises. Constance s'éloigna, heureuse qu'il ne la retienne pas davantage. Elle se sentait mal à l'aise lorsqu'ils se retrouvaient en tête à tête sur le tournage. Elle avait couché avec un autre en pensant à lui. Elle craignait qu'il ne remarque sa gêne, puis se raisonnait. Elle avait tort de se torturer l'esprit. Il avait sans doute tout oublié et elle appréciait de travailler avec lui, c'est tout. Ce qui s'était passé cet hiver appartenait au passé. Son présent, c'était Zachari.

Elle regagna le front de mer et s'assit sur un banc. Fin août, les touristes se faisaient rares à Yport. Le gros des troupes était parti, la rentrée des classes se préparait.

Constance sortit son téléphone de sa poche et fut déçue de n'y trouver qu'un message de Michèle. Depuis près d'une semaine, elle était sans nouvelles de Zachari. Elle ne comprenait pas ce silence, car il l'avait habituée jusqu'alors à lui envoyer quantité de petits mots. Que se passait-il ? Était-il souffrant ? Avait-il des ennuis ? Lorsqu'elle était arrivée à Yport, deux semaines plus tôt, elle lui avait suggéré de la rejoindre pour le week-end. Il avait décliné l'invitation. Il était épuisé. Plus tard, elle lui avait proposé de venir le retrouver chez lui. Il ne le souhaitait pas non plus, car il n'avait pas récupéré de sa fatigue. Le lendemain, lorsqu'elle l'avait rappelé, la sonnerie avait retenti une fois, puis la communication avait été coupée. Depuis, plus rien. Elle laissait des messages sur sa boîte vocale, envoyait des SMS… Jamais de réponse.

Elle alluma une cigarette et regarda un couple qui marchait main dans la main sur les galets. Elle les enviait. Stellio avait fait chavirer son cœur et elle espérait que Zachari panserait ses blessures. Pourtant, il n'était pas le genre d'homme qu'elle avait l'habitude de fréquenter et il n'avait pas que des qualités. Elle le trouvait orgueilleux. Surtout lorsqu'il évoquait ses scénarios. Il avait une haute opinion de lui-même et ne comprenait pas pourquoi on ne s'intéressait pas davantage à son travail. Un sujet épineux… Constance avait tenté de lui expliquer que ce n'était pas la qualité de ses projets qui était remise en cause, simplement, ceux-ci ne répondaient pas entièrement aux attentes des producteurs. Mais Zachari ne voulait rien entendre. Elle n'avait pas perdu espoir et continuait de prospecter malgré tous les refus qu'elle avait essuyés jusqu'alors. Si un jour une boîte de production était intéressée, Zachari serait rassuré sur lui-même. Il avait dû être complexé dans sa jeunesse, faire ses preuves, beaucoup travailler et sans doute se battre plus que les autres. Il était prétentieux mais il l'étonnait, se montrait attentionné, poursuivait sa cour avec galanterie alors qu'ils avaient déjà couché ensemble. Quand ils se retrouvaient, elle se disait qu'elle était à la bonne place. Elle l'écoutait faire des projets, lui souffler des mots d'amour. Mais ces mots ne la rassasiaient jamais assez car c'était de la bouche d'un autre qu'elle aurait souhaité les entendre. Et maintenant, pourquoi Zachari ne se manifestait-il plus s'il l'aimait ? Elle reprit son téléphone et composa son numéro. Elle entendit une tonalité, puis son appel fut rejeté vers une boîte vocale. Elle laissa un message. « Je suis inquiète. Aucune nouvelle de toi depuis des jours… » Un instant, elle faillit emprunter une des voitures de la production et faire un saut chez lui. Une heure trente de route et elle serait sur place. Elle consulta sa montre. Pouvait-elle débarquer chez lui sans l'avoir prévenu ? Il allait penser qu'elle le harcelait. À moins qu'elle ne le surprenne agréablement. Elle trancha, estimant que cet aller-retour serait déraisonnable. Elle devait être prête à l'aube pour accompagner Stellio au pied des falaises. Elle se décida à appeler Michèle et elles bavardèrent une dizaine de minutes. Quand elle remit le téléphone dans sa poche, elle secoua la tête. Pourquoi ne lui avait-elle toujours pas parlé de Zachari ? Ça n'avait pas de sens de faire des cachotteries à Michèle, sa meilleure amie ! Morose, elle regagna l'hôtel et fut encore plus contrariée en constatant que l'équipe descendait déjà dîner. Elle n'avait pas le temps de prendre une douche. Elle prit place à table et Franck Vallée vint s'asseoir à côté d'elle. Il ne la lâcherait donc jamais ! Elle n'avait aucune envie de lui faire la conversation et encore moins de subir ses bavardages et ses œillades intéressées.

— Ça ne va pas ? demanda-t-il en remarquant son attitude fermée. Tu n'es pas satisfaite de la journée ?

— Si, si. On a bien bossé.

— Bah, cache ta joie, surtout, parce qu'on pourrait penser le contraire.

— Je suis fatiguée.

— C'est pas une raison pour faire ta tête de con !

— Je ne fais pas ma tête de con, comme tu dis. Je te répète que je suis crevée.

— On l'est tous. Pourtant, nous, on discute, on rit et on a plaisir à être ensemble. Toi, en revanche, on dirait qu'on te dérange.

— Tu m'emmerdes, Franck ! Tu comprends ça ?

Elle avait élevé la voix et tout le monde s'était tu. Elle se mordit les lèvres, furieuse de n'avoir su contenir sa mauvaise humeur. Elle quitta la table en marmonnant des excuses. Dans sa chambre, elle se jeta sur son lit et enfouit sa tête dans l'oreiller, étouffant un sanglot. Que lui arrivait-il ? Jamais elle ne s'était donnée ainsi en spectacle. La solitude lui pesait. Pourquoi Zachari ne répondait-il pas à ses messages ? Et Stellio, où était-il ? Seul dans sa chambre, comme elle, avec son plateau-repas ? Que n'aurait-elle pas fait pour l'arracher de son cœur ? Tout. Elle se releva, attrapa son paquet de cigarettes et sortit. Le soleil avait disparu à l'horizon. Il ne restait qu'une lueur rouge orangé qui s'effaçait peu à peu sur une mer d'huile, presque sans remous. Quand elle écrasa son mégot avant de le jeter dans une poubelle, elle était apaisée. Elle regagna sa chambre, prit une douche et alluma la télévision. Son Smartphone vibra, annonçant l'arrivée d'un courriel. Elle ouvrit machinalement la boîte de réception, s'attendant à trouver un message concernant le boulot. Elle bondit. Le mail provenait de Zachari.

« Un tournage dans un joli coin de Normandie et je suis oublié… Depuis des jours, tu ne réponds pas à mes SMS et tu ne décroches pas le téléphone. Je le craignais, étant donné notre différence d'âge, mais si vite ? J'en suis consterné. Accablé. Brisé. J'avais tellement espéré pour nous deux. Rêvé… J'avais l'impression que nous étions sur la même longueur d'onde. Je voulais te conquérir. Pas seulement t'avoir dans mon lit. Je voulais aussi ton cœur et ton âme. Force est de constater que j'ai perdu. Que je t'ai perdue. Ne te fatigue pas à me

répondre. Je pose les questions qui me torturent pour soulager ma peine, exorciser mon chagrin et souffrir un peu moins. Je n'ai qu'un reproche à te faire : tu aurais pu trouver le courage de m'écrire un mot. Au moins un adieu. Je te souhaite tout le bonheur du monde. Zachari. »

Constance relut plusieurs fois le courriel. Ainsi, Zachari pensait qu'elle l'avait quitté… Comment était-ce possible ? Elle se calma, soulagée qu'il ne l'ait pas abandonnée. Ce n'était qu'un dramatique concours de circonstances. Un gros souci de réseau sans doute. Elle n'avait rien reçu de lui comme il n'avait rien reçu d'elle. Elle tenta de l'appeler, mais tomba une fois de plus sur sa boîte vocale. Elle lui envoya un SMS ainsi qu'un long mail. Était-il libre pour venir le prochain week-end à Yport ? Elle attendrait sa réponse avec impatience.

33

— Eh, merde ! s'emporta Zachari. C'est tout de même dingue de bosser pour des incompétents !

— Chéri, que se passe-t-il ? demanda Judith qui surgit dans le bureau un petit arrosoir à la main.

— Rien, ne t'inquiète pas. Je vais régler ça.

Elle s'éloigna pour verser un peu d'eau dans le pot d'une azalée et s'arrêta auprès du bonheur-du-jour dont un des tiroirs était resté ouvert. Elle se pencha pour le repousser et suspendit son geste. Sur un bloc-notes figuraient quelques mots écrits à la va-vite : « Hôtel *Le Grand Pavois*, Fécamp. » Elle empocha le morceau de papier et revint vers le bureau. Zachari continuait de grogner tout seul.

— Mais enfin, que t'arrive-t-il ?

— Une contrariété.

— On peut savoir laquelle ?

— Je dois me rendre à Paris demain après-midi.

— Un samedi ? Et à quelle heure rentreras-tu ?

— Dimanche soir, sans doute.

Zachari parlait sans relever le nez de l'écran de son ordinateur. Machinalement, Judith toucha le bout de papier dans sa poche, indécise.

— Et pourquoi ce brusque voyage à Paris pendant le week-end ?

— Une urgence, dit-il le regard attristé. Un des acteurs s'est cassé la jambe. Je dois faire des modifications dans le texte afin que le tournage puisse se poursuive dès lundi. Tout le programme est chamboulé.

Judith hocha la tête, ne sachant que penser. Était-il possible qu'on fasse ainsi déplacer un scénariste au pied levé, juste pour réécrire des scènes ? Zachari ne pouvait-il pas effectuer cette tâche depuis la maison et envoyer le fichier par mail ? Il la devina circonspecte.

— À la télé, les budgets sont très serrés, ajouta-t-il. Pas question de perdre une journée. On compte sur moi pour limiter les dégâts. Je ne peux pas dire non, au risque de perdre des contrats. Il faut que j'étudie avec le réalisateur les modifications les plus appropriées pour sauver l'intrigue.

Elle soupira. C'était plausible, mais elle ne savait pas pourquoi elle avait une mauvaise impression. Le sentiment que quelque chose sonnait faux. Elle savait Zachari coureur de jupons, toujours en quête de jolies femmes… Elle titilla encore le morceau de papier dans sa poche et le sortit brutalement.

— Hôtel *Le Grand Pavois* à Fécamp, lâcha-t-elle. C'est pourquoi ? Pour qui ?

— J'avais relevé cet endroit quand je cherchais où t'emmener en vacances. À l'époque, je pensais que Fécamp serait sympa. Finalement, je me suis décidé pour Honfleur. Notre escapade t'a fait plaisir, n'est-ce pas ?

Il la prit dans ses bras. Il était urgent d'endormir sa méfiance.

— Tu as apprécié ce séjour en amoureux, j'espère ? murmura-t-il en l'embrassant.

— Évidemment.

Il la vit fermer les yeux et souffla, soulagé. Il la serra un peu plus fort contre lui et posa son menton dans ses cheveux. Il s'agissait de la rassurer même s'il n'avait pas de sentiment pour elle. Il s'était résolu à lui offrir quelques jours en bord de mer, car elle s'était plainte une fois de plus de ne rien partager avec lui. Elle lui avait fichu une paix royale en passant une partie de l'été chez sa sœur à Montpellier, alors il s'était montré grand seigneur et il l'avait emmenée sur la Côte Fleurie…

— Si tu veux, dit-il, à mon retour de Paris, je t'emmène à Fécamp. Visite du palais Bénédictine, promenade à Étretat… À moins que tu ne préfères aller ailleurs. À Cabourg, peut-être !

— Fécamp, Cabourg, peu importe, pourvu qu'on soit ensemble.

— Je te laisse choisir.

Cette perspective l'aiderait à faire passer la pilule, songea-t-il. Il avait décidé de rejoindre Constance, mais pas à Yport. Impossible de s'y montrer avec elle devant toute une équipe de télévision. Il mourait d'envie pourtant d'être présenté à Stellio Mirano. Mais en aucun cas sa relation avec Constance ne devait arriver aux oreilles de Judith. Et Constance devait tout ignorer de sa vie avec Judith ! Il avait donc réservé une chambre au *Grand Pavois* à Fécamp. Ils seraient plus tranquilles, avait-il dit à Constance. Elle ne croiserait pas ses collègues et elle ne serait qu'à lui. Elle avait accepté avec enthousiasme, pas mécontente de s'éloigner de ses collaborateurs le temps d'un week-end. Zachari était satisfait de lui. Son courriel avait eu l'effet escompté puisque Constance s'était confondue en excuses et explications sur la mauvaise qualité des réseaux de téléphonie. C'était lui qui, depuis Honfleur, s'était résolu à ne pas donner suite à ses messages. Culpabiliser Constance était la meilleure des tactiques, elle ferait tout pour se faire pardonner. Il lui semblait qu'elle ne s'était pas beaucoup investie pour placer son scénario. Peut-être allait-elle enfin se bouger ! Ne restait plus qu'à calmer Judith afin qu'elle digère ce séjour *inopiné* à Paris…

— La Côte d'Albâtre ou la Côte Fleurie, tu y songeras, ma douce ? chuchota-t-il.

Il blottit son nez dans le cou de Judith tandis que ses

lèvres effleuraient la naissance de son épaule. Il cajolait la femme dont il partageait la vie en pensant à celle qu'il allait retrouver le temps d'un week-end. À plusieurs reprises, il s'était réveillé en nage, le sexe douloureux de désir, rêvant de Constance. Cette femme lui plaisait à un point tel qu'il se demanda s'il n'était pas en train de tomber amoureux. Il devait garder sa lucidité, ne pas se mettre en danger. Il se promit d'être vigilant. Il aimait l'embrasser, la caresser, lui faire l'amour. Il appréciait aussi leurs discussions, son esprit aiguisé, savourait tous les instants qu'il passait à ses côtés. Pourquoi s'obstinait-il à rester avec Judith ? Parce qu'il lui fallait en savoir un peu plus sur Constance avant de la laisser tomber. Si elle avait un train de vie confortable et qu'elle était éprise de lui, alors... Les mains de Judith se resserrèrent autour de sa taille.

— Tu ne voudrais pas qu'on se marie ? murmura-t-elle.

Il eut un léger mouvement de recul. Il rêvassait à un avenir avec Constance et la femme dont il partageait la vie lui parlait de noces !

— Tu ne réponds rien ? insista Judith en s'éloignant un peu pour le regarder.

— Je ne suis pas un parti intéressant et on va raconter que je profite de toi.

— On a déjà eu cette conversation. Je te répète que je me moque des cancans ! Ce qui m'importe, c'est de savoir si tu aimerais qu'on se marie.

— Bien sûr que oui, voyons ! Mais peut-être devrais-tu réfléchir encore, non ? Nous deux, c'est si nouveau... Et puis laisse-moi le temps d'économiser pour te faire une demande digne de ce nom.

— Oh, je n'ai pas besoin d'une bague de fiançailles !

— Peut-être, mais moi j'y tiens. Je te dois tant... Je veux t'offrir un bijou qui soit à la hauteur de ta générosité et de ton amour.

— Ce que je veux, c'est que tu m'épouses !

Elle tapa du pied comme une gamine capricieuse. Zachari la serra plus fort contre lui, levant les yeux au ciel. Mon Dieu, comment allait-il se sortir de ce mauvais pas ?

— Je suis un homme comblé, soupira-t-il. C'est une magnifique déclaration que tu me fais là. Comment pourrais-je refuser ? Nous en reparlerons à Noël et nous fixerons une date. L'été prochain, par exemple. Ça te va ?

— Tu me promets ?

— Juré !

Il n'en était pas à un serment près. Il aurait fait n'importe quoi pour être tranquille, calmer Judith et avoir l'esprit libre pour rejoindre Constance. Y compris la promesse de décrocher la lune, même s'il jouait avec le feu… Judith chercha ses lèvres et il fut bien obligé de répondre à l'appel. Se marier ! Quelle idée saugrenue ! Le carillon du portail interrompit leur baiser.

— Oh ! Ce sont mes amies ! s'écria Judith. Je ne me suis même pas changée !

— Quelles amies ?

— Les membres de mon club de lecture. Va leur ouvrir et fais-les patienter, s'il te plaît. Je vais enfiler une robe.

Elle partit dans sa chambre tandis que Zachari faisait entrer ces dames. Il les installa dans le salon et leur proposa un thé. Il fila à la cuisine pour préparer un plateau. Les « amies » de Judith étaient quatre. Trois d'entre elles avaient à peu près l'âge de Judith. La quatrième était manifestement plus jeune. Il avait l'impression de l'avoir déjà vue. Mais où ? Au village ? Il n'y traînait guère, pourtant. Peut-être en faisant les courses. Il revint dans le séjour et déposa les tasses sur la table basse. Il échangea quelques politesses, arrêtant parfois son regard sur cette jeune femme qui avait réveillé de vagues souvenirs. Où l'avait-il croisée ?

— Nous nous sommes déjà rencontrés, je crois ? lui dit-il en présentant l'assiette de petits fours. Chez les Gefosse, peut-être.

— Non, je m'en souviendrais.

Elle lui sourit et il se sentit mal à l'aise. Le sentiment qu'elle ne lui était pas inconnue se fit plus violent et il ne savait plus que penser. Il fut interrompu dans sa réflexion par celle qui s'était présentée sous le prénom de Flora.

— Dites, Zachari, ça vous tenterait de nous rejoindre dans notre club de lecture ?

— Ah, c'est gentil de me le proposer, mais je n'en ai guère le temps.

— Oh, quel dommage ! La gent masculine manque dans nos réunions.

L'arrivée de Judith le dispensa de répondre. Il prit congé et retourna à son bureau. Perturbé par cette visite inattendue, il resta un moment pensif devant son ordinateur. Il était maintenant certain de connaître cette jeune femme aux cheveux longs prénommée Carine. Il hocha la tête, cliqua sur la souris et reprit son travail. Son esprit divaguait et lui jouait de mauvais tours.

34

— Tu ne m'oublies pas, n'est-ce pas ?

Constance sentit sa gorge se nouer. À chaque fois que Zachari lui posait cette question, elle était bouleversée. Elle lui tendit ses lèvres. Il paraissait affligé. Que lui dire pour le rassurer ? Elle était incapable de prononcer des mots qui l'auraient engagée. Elle était bien avec lui, mais pas amoureuse…

Ils s'étaient retrouvés la veille au soir à la sortie d'Yport et ils avaient foncé au *Grand Pavois* à Fécamp, où une jolie chambre au décor contemporain et raffiné les attendait. Ils avaient fait l'amour avant de sortir dîner. En cette belle soirée de fin d'été, il y avait du monde aux terrasses et sur les quais. On flânait, on admirait les bateaux amarrés dans le port de plaisance. Ils avaient dégusté un plateau de fruits de mer et bu une bouteille de muscadet bien frais. Zachari avait raconté sa jeunesse, ses premiers contrats d'adaptation, ses succès, puis il avait brièvement évoqué son ex-épouse. Il n'avait pas voulu s'attarder sur le sujet, si ce n'est qu'elle lui avait volé quelques bonnes idées dont elle avait fait ses choux gras. Son dégoût était tel qu'il n'avait même pas prononcé son prénom. Constance avait parlé de Thibault, de ces nuits d'angoisse à guetter son retour et du soulagement ressenti le jour où elle avait pris un taxi pour la gare avec l'intention de ne plus jamais revenir… Elle lui avait également touché un mot de son père et de leurs rapports difficiles. Ils n'avaient pas pris de dessert, pressés de se retrouver en tête à tête. Ils avaient ri en courant dans le couloir de l'hôtel et dans l'intimité de la chambre ils s'étaient aimés. Sous la douche, d'abord, affamés l'un de l'autre. Puis Zachari avait porté Constance jusqu'au lit. Ils avaient peu dormi, les jambes entremêlées pour mieux se rejoindre dès que le désir les saisissait de nouveau.

— Tu ne m'oublies pas, n'est-ce pas ? répéta encore Zachari.

Constance détourna le regard. Si seulement Stellio lui avait murmuré ces mots... Si seulement... Zachari serra ses doigts et elle revint sur terre. Il l'avait raccompagnée à Yport. Il s'était garé non loin de l'église, dans une rue quasi déserte. Il devait y avoir du monde à la plage, des gens heureux qui profitaient du soleil et de la température exceptionnelle de l'eau. Constance imagina les couples assis sur les galets, tendrement enlacés, contemplant l'horizon et le ciel azur qui se confondait avec les flots. Peut-être demeureraient-ils là jusqu'au coucher du soleil... Un immense sentiment d'injustice l'étrangla. Pourquoi n'avait-elle pas le droit à ce bonheur ? Zachari n'était pas Stellio...

— Tu es triste ? demanda-t-il.

Ses paupières papillonnèrent. Elle ne savait plus où elle en était. Tout ce qu'elle ressentait, c'était un immense désir d'être aimée...

— Je n'ai pas envie que tu partes, lâcha-t-elle soudain.

Il soupira. Ces mots, il les avait espérés, vivement attendus, car ils révélaient à quel point elle tenait à lui.

— Je n'ai pas envie de partir moi non plus, mais je n'ai pas le choix. Mon travail m'attend. Et toi aussi, puisque ton tournage reprend demain.

— On aurait pu prolonger jusqu'à demain matin. Retarde ton départ...

— Impossible, je dois rentrer ce soir. J'ai un train très tôt pour Paris demain.

Constance ne répondit pas. L'argument du travail était

celui contre lequel elle ne lutterait jamais puisqu'elle-même tenait à son métier.

— Je ne sais pas quand nous pourrons nous revoir, murmura Zachari. Tu es encore à Yport pour un moment et j'ai pas mal d'obligations de mon côté avec la rentrée qui se profile. Je termine une commande, une adaptation de roman, comme d'habitude. Je ne tire pas le diable par la queue, mais j'ai besoin de gagner ma vie. Évidemment, si un de mes scénarios était produit, j'aurais un peu plus de latitude financière.

Il avait jeté ce petit pavé dans la mare afin de lui rafraîchir la mémoire. Qu'elle n'oublie pas la promesse qu'elle lui avait faite. Elle avait dit qu'elle l'aiderait, il était temps qu'elle se bouge.

— Dès que je rentrerai à Paris, je proposerai ton script à un ami cinéaste.

— D'ici là, on risque de ne pas se voir pendant un moment.

Elle baissa les yeux, se pencha vers lui et replaça tendrement le col de sa chemise puis caressa du bout des doigts la barbe naissante qui parsemait ses joues et son menton. Elle aimait cette pointe de rugosité qui n'ôtait rien à la douceur de sa peau. Elle se pencha vers lui et l'embrassa derrière l'oreille. Ses narines s'emplirent de son parfum.

— Je ne veux pas être des semaines sans te voir, chuchota-t-elle.

— Qu'est-ce que tu suggères ?

— Se voir plus souvent, tout simplement !

— Tu es bien, avec un vieil homme comme moi ?

— Je t'ai déjà répondu à ce sujet, je crois. L'âge m'importe peu.

— Tu dis ça maintenant, mais dans dix ans…

Elle sourit. Zachari était attendrissant et méritait d'être aimé. Mais elle était encore loin d'éprouver des sentiments puissants pour lui. Avec le temps, peut-être…

— Tu irais jusqu'à m'épouser si je te le demandais ? reprit-il.

De nouveau, une vague de chaleur envahit Constance. Elle hésita, ne voulant pas le heurter. Jamais, depuis son divorce, elle n'avait songé à se remarier. Cela ne lui semblait pas indispensable. Ce qu'elle voulait, c'était panser son cœur, croire qu'il existait un avenir autre que Stellio, être aimée… Zachari lui tendait la main, il suffisait de l'attraper. Elle se mordit les lèvres. N'était-elle pas malhonnête de s'accrocher à Zachari pour oublier Stellio ?

— Tu me donnerais un enfant ? insista Zachari devant son mutisme.

Un enfant ? Il y avait des années qu'elle avait enfoui ses désirs de maternité, dès l'instant où elle avait su que Thibault ne pourrait pas être père… Zachari venait de lui rappeler qu'il était encore temps d'y penser. Elle sourit, émue par cette découverte. Un an plus tôt, elle luttait pour garder la tête hors de l'eau alors qu'elle devait supporter les caprices de son père et que son mariage avec Thibault n'était plus que ruines. Elle s'était sauvée pour reconquérir sa liberté, et surtout sa vie… À ce moment-là, elle avait fait une croix sur l'amour et rêvait seulement d'exister de nouveau. D'être tranquille. De partir travailler le matin et de rentrer chez elle sans avoir une boule au ventre… Elle avait reconstruit un petit univers douillet où elle avait trouvé un équilibre. Puis il y avait eu Stellio. Et elle avait espéré, en vain. Et maintenant Zachari lui offrait le mariage et des enfants…

— Alors ? murmura-t-il en saisissant sa main pour la porter à ses lèvres.

— Ne précipitons rien, d'accord ? Essayons de passer un peu plus de temps ensemble.

Il se recula et serra les lèvres. Elle l'avait vexé, pensa-t-elle. Dans sa poitrine, son cœur battait à tout rompre, dans sa tête, les idées se télescopaient. Comment lui faire comprendre qu'elle ne pouvait pas se décider en quelques secondes ? Elle se pencha pour l'embrasser et il se laissa faire. Il glissa les mains sous son tee-shirt. Il aimait ses petits seins, surtout quand il sentait les pointes se raidir. Elle se cambra. Il mesura combien elle le désirait et il adorait ça. C'était somme toute facile de dominer une femme. Il suffisait d'user de charme, de jolis mots, de tendresse… et de sexe. Ne jamais négliger l'appât du sexe ! Surtout avec une femme de 35 ans. Plus tard, avec la maturité, elles sont plus lucides. Il en avait la preuve avec Judith dont il endormait la méfiance avec moins de facilités. Il mordilla son oreille, songea qu'il y prenait plaisir. Il n'avait pas à se forcer, elle était à son goût. Mais il espérait d'elle autre chose et il commençait à s'impatienter. Il lui avait tendu une perche quelques instants plus tôt, puisse-t-elle s'en souvenir. Pour le moment, il devait regagner sa maison où Judith l'attendait…

— Il faut vraiment que j'y aille, dit-il en repoussant doucement Constance. À très vite, ma princesse.

— Alors, on se revoit quand ? insista-t-elle.

— Je reviendrai cette semaine passer une nuit avec toi.

Il savait déjà qu'il n'en ferait rien quand il tourna la clé dans le contact.

— Je suis heureuse, dit-elle en lui volant un dernier baiser. J'ai envie de le crier à la terre entière.

— N'en fais surtout rien ! C'est notre secret.

Elle le rassura par un sourire. Jusqu'alors, elle s'était tue, mais si les choses devenaient sérieuses, elle devrait tout de même en parler à Michèle… Elle regarda la voiture tourner au coin de la rue, partagée entre la peine de le voir s'éloigner et le soulagement de ne rien avoir promis.

Elle regagna son hôtel, déposa son sac et redescendit s'asseoir sur un banc, en front de mer, soulagée de n'avoir croisé aucun membre de l'équipe du tournage. Il y avait encore du monde à la plage. Elle alluma une cigarette et fuma en contemplant la mer. Vers 20 heures, Zachari lui envoya un SMS pour lui annoncer qu'il était bien rentré. Elle avait envie d'entendre sa voix et l'appela aussitôt. La tonalité résonna une fois, puis la ligne fut coupée. Elle composa une nouvelle fois son numéro et tomba sur le répondeur sur lequel elle finit par laisser un message. Elle rêvassa sur le banc jusqu'à ce que le soleil ait disparu à l'horizon. La plage était vide quand elle rentra à l'hôtel. Aussitôt après le dîner, elle monta dans sa chambre et consulta sa messagerie. Un courriel de Zachari l'attendait. Il était désolé de n'avoir pu lui répondre, la batterie de son téléphone était à plat… Il avait grignoté un petit morceau et ne tarderait pas à aller se coucher. Il s'endormirait en pensant à elle. Elle soupira. Que pouvait-elle espérer de mieux ?

35

— Un excellent professionnel, cet Hervé Gefosse, dit Stellio en se penchant vers Constance. Je ne le connaissais pas. Je garde ses coordonnées. Il se peut que je fasse de nouveau appel à lui. Bon choix. Bravo !

Elle rougit et sourit en même temps, flattée par le compliment. Rassurée aussi. Elle avait insisté pour recruter elle-même l'équipe de cascadeurs. Hervé et « ses gars », comme il les appelait avec affection, ne l'avaient pas déçue.

— Tout le monde en place, cria Stellio dans son porte-voix.

Elle s'écarta, soucieuse de le laisser diriger sans interférer. Parfois, c'était lui qui se mettait de côté et lui confiait les commandes. Durant ces quelques semaines où ils avaient travaillé ensemble, il avait scrupuleusement partagé les tâches, veillant à ne jamais lui déléguer les plus ingrates. Elle lui en était reconnaissante. Elle n'avait pas senti le poids de son autorité, il l'avait toujours traitée d'égal à égal. Lui-même était enchanté de leur collaboration, il le lui avait d'ailleurs répété plusieurs fois. Elle savait qu'il était sincère et elle s'efforçait de ne penser à lui que dans un cadre professionnel, concentrant ses rêves d'avenir sur Zachari.

— Moteur !

Elle fixa l'escalier. Elle ne voyait pas ce qui se passait au second étage, ni au premier où d'autres caméras avaient été mises en place. Le comédien devait descendre la volée de marches en roulant sur lui-même. Une belle chute, très spectaculaire, orchestrée par Hervé Gefosse suivant les instructions de Stellio. Dans le vestibule encombré par le caméraman et les techniciens, Constance se faisait toute petite pour ne gêner personne. La vieille maison que Stellio avait louée pour ces dix jours de tournage était parfaite. Un studio n'aurait jamais rendu aussi bien. C'était une demeure typique, de l'époque où les bains de mer étaient devenus à la mode, quand les Parisiens aisés venaient en villégiature sur la Côte d'Albâtre. Celle-ci datait de 1885, comme l'indiquaient les chiffres gravés sur le fronton, juste au-dessus du perron. C'était une de ces villas à colombages de pierre et de brique, au toit pointu parsemé de lucarnes, avec des fenêtres à l'étage s'ouvrant sur des balcons de bois. La maison, entretenue avec soin par les propriétaires, n'était guère occupée que deux ou trois mois par an, comme la majorité des habitations à Yport. En témoignaient à l'extérieur le joli portail de bois fraîchement repeint, le jardin aux arbustes taillés au cordeau et la pelouse bien entretenue. À l'intérieur, les parquets étaient cirés, les peintures impeccables, le mobilier et la décoration, simples mais raffinés. Le salon était prolongé par un charmant bow-window avec deux petits fauteuils club de cuir rouge qui se faisaient face. C'était l'endroit préféré de Constance. Il dominait la cour et un énorme massif d'hortensias roses et bleus un peu fanés en cette fin septembre. Quand le temps était clair, on voyait la mer. Ce qui n'était plus le cas depuis quelques heures. Une chape de nuages avait envahi la valleuse et une petite bruine tombait depuis quelques heures, masquant la côte.

À l'étage, on s'agitait. Le bruit d'une chute ramena Constance à la réalité. Très vite, une silhouette apparut sur le palier et dégringola les dernières marches de l'escalier en un formidable roulé-boulé avant d'atterrir non loin des pieds de Stellio.

— Coupez ! cria-t-il.

Hervé Gefosse se releva et Stellio leva le pouce pour lui signifier que la prise lui convenait.

— On enchaîne avec la scène suivante ! lança-t-il. Trois caméras dans la cuisine ! Le second cascadeur est prêt ? Les enfants aussi ?

L'habilleuse hocha la tête. Stellio entra dans la cuisine et s'approcha d'une petite fille sagement assise sur sa chaise.

— Tu te souviens de ce que tu dois faire ? murmura-t-il.

— Je renverse mon bol de chocolat quand je vois l'homme passer devant la fenêtre parce que j'ai peur et je crie.

— C'est parfait. Et toi ? demanda-t-il au jeune garçon planté devant l'évier, droit comme un « i ».

— J'attrape ma sœur par le bras et je lui ordonne de se cacher sous la table avec moi.

— C'est bien.

Constance rejoignit Hervé qui était passé dans le salon pour ôter les protections destinées à amortir la chute.

— C'était un beau numéro, le complimenta-t-elle.

— J'adore les scènes avec des chutes, sourit-il. Je crois que c'est ce que je préfère ! Quand j'étais gosse, je m'entraînais dans les escaliers de la maison. Ça m'amusait de causer des frayeurs à ma mère ! Il m'arrive parfois de surprendre Lucie avec mes pirouettes pour lui ficher la trouille !

— Pauvre Lucie. Vous n'avez pas honte ? Elle est adorable. Vous lui transmettrez mon meilleur souvenir. Dites-lui aussi que j'ai quitté mon minuscule studio pour un appartement plus grand avec un petit jardin et que j'ai acheté quelques orchidées en pensant à elle !

— Vous le lui direz vous-même ! Si cela vous fait plaisir, nous organisons une grande fête en octobre. C'est un rituel. Chaque année, nous réunissons tous nos amis à la maison. Habituellement, c'est le premier samedi du mois, mais exceptionnellement, nous avons décalé au dernier car je m'absente pour un tournage. Nous serions heureux de vous compter parmi nos invités.

— Eh bien… je ne sais pas, bafouilla-t-elle, gênée, songeant à Zachari qui serait sans doute convié lui aussi.

— Vous ne serez pas seule ! Zachari sera là, insista-t-il comme s'il avait deviné ses pensées. Vous vous souvenez de lui ? Vous aviez longuement bavardé au barbecue. Il vous présentera Judith.

— Qui est Judith ?

— Hervé ! cria un technicien. On t'attend dans le jardin !

— Pardonnez-moi, il est difficile de discuter plus de cinq minutes, ici, dit-il en s'éloignant.

Constance fit quelques pas, jeta un œil dans la cuisine. Les enfants attendaient sagement, installés selon les recommandations du metteur en scène. Elle revint dans le vestibule.

— Tu as perdu quelque chose ? demanda le chef costumier en posant la main sur son épaule.

— Non. Pourquoi ?

— Tu n'arrêtes pas de tourner en rond.

— Pas du tout, François.

— On dirait que tu n'es pas dans ton assiette.

Elle haussa les épaules, rejoignit Séverine, la scripte, fit semblant de s'intéresser à son bloc-notes avant de faire demi-tour. François Clécy avait raison, elle ne se sentait pas bien.

— Je vais prendre l'air cinq minutes, dit-elle à Séverine.

Elle enfila sa parka et sortit sur le perron. Elle alluma une cigarette. Le crachin normand continuait de mouiller la terre. Elle emprunta l'allée de graviers blancs et fit quelques pas jusqu'au portail. Qui était cette Judith mentionnée par Hervé et que Zachari était censé lui présenter ? Elle n'en avait jamais entendu parler. Comment était-ce possible ?

Dommage que sa conversation avec Hervé ait été interrompue, il aurait pu lui en dire davantage... Elle se tourna vers la maison. Les cascadeurs préparaient le tournage de la scène extérieure et installaient du matériel sur le toit. Un homme devait descendre le long de la façade puis s'introduire dans le bureau par une fenêtre entrouverte. Hervé était en bas, sur la pelouse. Il agitait les bras et donnait des ordres. Peut-être pourrait-elle aller le voir et lui poser la question qui la démangeait. « Arrête, ma pauvre fille ! Tu ne vas pas importuner Hervé pour si peu. Il va s'étonner de cette intrusion et surtout te trouver indiscrète. Et il aurait raison ! » Elle s'ébroua et de fines gouttelettes s'échappèrent de ses cheveux mouillés. Judith était peut-être une amie commune de Zachari et des Gefosse. Ou alors une proche de Zachari. Une sœur ? Une cousine ? Il avait évoqué plusieurs fois sa famille, ses frères et sœurs, mais elle ne se souvenait pas qu'il ait précisé les prénoms des uns et des autres. Qui que soit Judith, elle serait ravie de faire sa connaissance, de bavarder avec elle et peut-être d'en apprendre un peu plus sur son amant. Apaisée, elle respira l'air du jardin, huma la terre humide et les senteurs d'iode. Elle consulta sa montre. Presque 17 heures et la journée était loin d'être finie. Stellio avait prévu de tourner jusqu'à la tombée de la nuit. Aurait-elle le temps d'appeler Zachari ensuite ? Pourquoi ne pas le faire maintenant ? Sans réfléchir davantage, elle saisit son portable et composa son numéro. La première tonalité retentit. Ensuite, plus rien.

— Encore ! ragea-t-elle.

Décidément, il n'était jamais disponible ces temps-ci. Elle faillit laisser un message sur son répondeur et se ravisa. Sa déception l'avait mise de mauvaise humeur et elle risquait de ne pas être aimable. « Pourquoi est-ce que je me prends le chou avec ces conneries de téléphone ? » bougonna-t-elle en revenant sur le perron.

— Constance, ça va ? s'enquit Stellio dès qu'elle franchit la porte. On me dit que vous n'êtes pas bien. Fatiguée ?

— Ça va, Stellio, merci.

— Encore quelques jours à tenir et vous rentrerez à Paris. Le rythme sera un peu moins soutenu et vous aurez de vrais week-ends de repos. J'ai conscience de vous avoir fait cavaler durant ce tournage.

— Le travail était passionnant. Je ne le regrette pas. J'ai beaucoup appris avec vous. Quant à la fatigue, ce n'est qu'un petit coup de mou passager.

— Bien, répondit-il en souriant. On y retourne ? J'aimerais vous avoir auprès de moi pour la scène qui se déroule dans la salle de bains.

— Celle où Marco panse sa blessure ?

— Oui.

Il s'écarta pour la laisser passer et grimpa lentement les marches derrière elle. Oui, bientôt, elle rentrerait à Paris et ils n'auraient plus guère l'occasion de se revoir. Il aurait aimé lui présenter des excuses pour sa conduite, lui expliquer qu'elle lui plaisait mais qu'il avait peur, qu'il n'était pas prêt… Il aurait voulu lui dire aussi que sa femme décédée était encore là, quelque part auprès de lui. Que cette présence freinait ses élans, le rendait bête. Depuis toutes ces années, il aurait dû dépasser le deuil. Jamais Guiliana n'aurait souhaité le savoir seul et perdu, au contraire. Et puis il aurait aussi évoqué Alessia, sa crainte que la petite n'admette pas qu'il ramène une femme à la maison…

— Stellio, plan américain pour démarrer ?

Il se tourna vers le caméraman, puis vers le comédien agenouillé près du lavabo, et passa une main dans ses cheveux.

— Qu'en pensez-vous, Constance ? demanda-t-il.

Elle était adorable quand elle fronçait les sourcils. Ses

taches de rousseur ressortaient sous la lumière du projecteur et ses yeux noisette étaient plus verts qu'à l'accoutumée. Il pinça les lèvres. Six semaines auprès d'elle et il n'avait pas été fichu de l'aborder et de confesser ce qui le retenait. Dieu qu'il était stupide ! Stupide et trouillard !

36

— Dis-moi que j'ai mal compris ! s'écria Michèle en se redressant. Dis-moi que ce n'est pas vrai ! Pas Montrouge !

Elle s'était relevée brusquement et avait renversé le sachet de vis sur le parquet. Elle les regarda s'éparpiller autour de la table en teck qu'elle était en train d'assembler puis s'arrêta sur Constance qui achevait le montage d'une chaise.

— Tu as bien compris, articula Constance en dévisageant son amie. Oui, je sors avec un homme qui s'appelle Zachari Montrouge, et je ne vois pas pourquoi tu te mets dans un état pareil.

Elle déballa un autre colis et sortit les pièces d'une deuxième chaise. Pour meubler le séjour ouvert sur la véranda, elle avait renoncé à acquérir du mobilier traditionnel et avait opté pour un salon de jardin en teck. Une table, des chaises pour recevoir trois ou quatre personnes, un kit parfait pour manger été comme hiver dans la jolie verrière. Elle les avait choisis dans une enseigne spécialisée en région parisienne et s'était fait livrer ses achats rue Daguerre. Michèle s'était proposée de venir passer le dimanche avec elle afin de l'aider à monter l'ensemble.

— Tu n'es pas sérieuse ? dit Michèle en s'approchant.

— Mais bien sûr que si ! Pourquoi en faire tout un plat ? Mon divorce est derrière moi. Presque oublié. Et puis Thibault va bien, comme quoi mon départ a été salvateur pour lui. De mon côté, j'ai un bon job, un nouvel appart, des amis. Bon, j'ai aussi un père qui ne veut vraiment plus me voir, mais je gère. Et je t'ai toi. Tu es la sœur que je n'ai pas eue. Tu le sais, ça. Donc, tout va bien. J'ai 36 ans et je ne vais pas rester seule toute ma vie !

— Là n'est pas la question, marmonna Michèle.

— Alors c'est quoi, ta question ? Je lis dans tes pensées. Tu vas me dire que je me précipite, que j'aurais dû profiter de mon célibat plus longtemps pour sortir, rencontrer du monde…

Michèle se frotta les yeux. Faisait-elle un mauvais rêve ? Constance venait de lui annoncer qu'elle sortait avec Zachari Montrouge. Elle était devenue folle, assurément. Ou alors elles ne parlaient pas du même homme…

— Tu es à côté de la plaque. Ce n'est pas le fait que tu fréquentes un mec qui m'ennuie. C'est… Oh, merde, Constance ! Montrouge n'est pas un type pour toi !

— Pourquoi ? Parce qu'on a quinze ans d'écart ?

— Pas du tout ! Enfin, tu sais combien je suis indulgente. En tant qu'homo, j'ai assez subi le regard des autres. Durant des années, j'ai dû me cacher avant d'oser afficher ma préférence. Quand enfin j'ai vécu au grand jour, il m'a fallu affronter les regards, les jugements, les commentaires. Et il m'a fallu aussi une énorme dose de courage pour les supporter et les dépasser. Je me fous de votre différence d'âge. J'ai toujours su que tu aimais les hommes mûrs. Thibault, déjà, était plus âgé que toi, et puis tu ne regardes jamais les gens de ton âge. Encore moins les plus jeunes. Tu cherches la sécurité, tu as besoin d'être rassurée. Tu me dirais que tu couches avec quelqu'un qui aurait trente ans de plus que toi, ça ne me dérangerait pas. Mais Montrouge… Pas lui !

— Explique-toi ! hurla Constance en posant son tournevis.

Michèle s'éloigna, attrapa son verre de jus d'orange et but une gorgée. Constance était donc la seule femme travaillant à la télé à ignorer qui était Montrouge ? Comment était-ce possible ? Il était connu comme le loup blanc ! Comment la mettre en garde sans la braquer ? Personne n'est plus fragile et plus dangereux qu'une femme amoureuse...

— Tu n'as donc jamais entendu parler de Montrouge ?

— Jamais, avant de le rencontrer.

Michèle s'ébroua. Quoi qu'elle dise et quelle que soit la façon dont elle présenterait les choses, elle ferait du mal à son amie... À quoi bon marcher sur des œufs puisqu'elle n'avait que des révélations déplaisantes à lui faire ? Autant crever l'abcès. Il serait toujours temps de panser la blessure ensuite.

— C'est pas un mec pour toi. Il va te rendre malheureuse. Il a une sale réputation. Sous son apparence charmeuse et bien élevée, c'est un coureur de jupons. Il t'a embobinée, comme les autres, et j'imagine très bien de quelle façon. Il est souriant, cultivé, plutôt bavard et pas mal fait de sa personne. Il ne doit pas exister beaucoup de femmes pour lui résister. C'est un excellent séducteur, paraît-il !

— Les rumeurs ! Les rumeurs ! Tu n'as même pas ta propre opinion. Des racontars, tout ça. Ce n'est tout de même pas un défaut d'aimer les femmes. Ni de draguer. D'ailleurs, il ne m'a pas draguée !

— Je m'en doute. Zachari Montrouge ne drague pas, il fait la cour ! Pour ta gouverne, je l'ai vu à l'œuvre. Je l'ai croisé trois ou quatre fois dans des réceptions. Et crois-moi, j'ai tout de suite cerné le personnage ! Ce type ensorcelle les femmes et fascine son entourage, surtout quand il veut obtenir quelque chose.

— Maintenant ça suffit, Michèle. Si tu veux que nous restions amies, tais-toi !

Michèle obéit. Elle savait qu'elle était allée trop loin. Rien, hélas, ne pourrait convaincre Constance qu'elle faisait une énorme erreur. Montrouge était l'homme à éviter absolument et il avait fallu qu'elle tombe dans ses griffes.

— Laisse-moi être aimée, reprit Constance sur un ton

plus bas. Laisse-moi rêver, laisse-moi être heureuse. Et laisse-moi me planter si jamais tu as raison !

Elle s'agenouilla et entreprit d'assembler la chaise. Elle déglutit comme pour ravaler un sanglot resté en travers de sa gorge. Elle venait de parler de Zachari et c'était Stellio qu'elle voyait lorsqu'elle fermait les paupières… Pourquoi n'avait-il toujours pas déserté ses pensées ? Comment faire pour qu'il disparaisse de son esprit ?

— Zachari, c'est peut-être la promesse du bonheur, murmura-t-elle.

« *Peut-être* ? » répéta mentalement Michèle. Elle préféra ne pas relever. Constance n'était pas sûre d'elle. Qu'avait-il pu lui arriver ? Comment avait-elle pu échouer dans les pattes de cet individu ? Surtout, pourquoi ne lui avait-elle rien dit de leur relation ? Se connaissaient-elles aussi bien qu'elle le croyait ? Elle observait son amie d'un œil tout en ramassant les vis éparpillées sur le parquet, qu'elle remettait d'un geste las dans leur sachet.

Constance ruminait. Pourquoi n'avait-elle pas parlé de Stellio à Michèle ? Pourquoi ne lui avait-elle pas dit combien elle avait du mal à le faire disparaître de ses pensées… et de son corps ? « Deux nuits avec lui, et j'ai l'impression que ses caresses sont restées gravées sous ma peau, pensa-t-elle. Zachari est ma chance d'oublier Stellio et d'en finir avec le manque d'amour. »

— Peut-on discuter sans que tu te mettes en colère ? murmura Michèle.

— Ça dépend de ce que tu vas dire !

— Tu ne peux pas me reprocher de m'inquiéter pour toi. J'essaie simplement de te mettre en garde parce que je ne veux pas que tu dérouilles de nouveau. Ton divorce est peut-être derrière toi, mais je te rappelle que tu as souffert un brin avant d'avoir le courage de quitter Thibault. Ce qui me navre, c'est que tu ne m'en aies jamais rien dit. Tu as caché ta détresse jusqu'au moment où tu t'es sauvée. Avant ça, j'ignorais tout du drame que tu vivais. Et quand tu m'as enfin avoué ton calvaire, c'était presque fini. *Idem* avec ton père. Il faut que je te tire les vers du nez pour savoir quelle nouvelle vacherie il a encore inventée pour te blesser… J'ai la trouille pour toi, Constance. Je ne te souhaite rien de mal, c'est même tout le contraire. Alors peux-tu me promettre cette fois de ne rien me cacher ? Si tu as besoin d'aide, je t'en prie, parle-moi avant d'être complètement écorchée.

Constance marmonna trois mots. Michèle décida de prendre ce grognement pour un oui. Au moins, son amie ne semblait pas affectée par ses derniers propos.

— Si tu admets que je puisse avoir peur pour toi, reprit Michèle, tu comprendras aussi pourquoi j'aimerais que tu restes sur tes gardes avec Montrouge.

— Voilà ! Tu recommences !

— Non ! Ne monte pas sur tes grands chevaux, s'il te plaît. Admettons que je me trompe sur Montrouge…

— Zachari !

— OK ! Admettons que je me trompe sur Zachari et que tu n'aies rien à redouter de lui. Je trouve cependant que rien ne presse. Tu n'as pas tout découvert de sa personnalité, tout comme lui de la tienne. Tu sais bien qu'on présente toujours à l'autre le meilleur de soi au début d'une relation. Il faut vivre côte à côte pour discerner les qualités et les défauts de quelqu'un.

— Justement ! Ça ne devrait pas tarder. Zachari a des projets pour nous. Il a même évoqué le mariage. Pour ma part, nous installer ensemble me suffirait amplement pour le moment.

Atterrée, Michèle pinça les lèvres pour empêcher les mots de jaillir. Un mariage !

— Tu as raison d'envisager de vous installer à deux avant de t'engager, admit-elle à contrecœur, cela vous permettra de mieux vous connaître. Si vous êtes sur la même longueur d'ondes c'est que vous êtes faits l'un pour l'autre. Je me trompe ?

Elle avait parlé d'un ton léger. Pourtant, la réponse de Constance tarda à venir.

— Je crois que j'aime vraiment Zachari, lâcha-t-elle enfin.

— Tu crois ? Ou tu en es sûre ?

Constance acquiesça du menton mais ses lèvres tremblaient. L'aimait-elle ? Ou voulait-elle *à tout prix* l'aimer ? Elle n'appréciait pas son côté orgueilleux et parfois prétentieux. Et puis il y avait des parts d'ombre chez lui, comme cette fameuse Judith dont lui avait parlé Hervé, et toutes ces fois où elle n'était pas parvenue à le joindre. Tantôt la batterie de son portable était HS, tantôt il était sorti et avait oublié son téléphone à la maison… Son cœur se serra et elle s'empressa d'attraper le tournevis pour cacher son trouble. Michèle avait semé le doute dans son esprit. Elle devait cesser de ressasser des choses sans queue ni tête. Zachari était loin d'être parfait mais il lui apporterait le bonheur qu'elle recherchait si farouchement depuis qu'elle avait compris qu'elle ne pourrait rien espérer avec Stellio. Avec Zachari, elle se sentait aimée, désirée. Quoi de plus important pour une femme qui avait déjà tout le reste ?

37

Zachari attrapa une coupe sur le plateau et s'empressa de retourner vers les deux femmes qui lui tenaient la jambe depuis un moment. Avec un peu de chance, Constance ne l'aurait pas aperçu. Hervé et Lucie avaient invité beaucoup de monde…

— Cette anecdote est étonnante ! dit-il à l'une des deux femmes. Et vous la racontez bien !

— Ce pourrait être un sujet d'inspiration pour vous qui écrivez des scénarios !

— Tout à fait !

Il s'intéressa au babillage des pipelettes d'une oreille distraite, priant pour que Constance ne l'ait pas remarqué. Il jeta un œil discret derrière lui. Elle n'était plus dans son champ de vision. Elle avait dû changer de pièce. Et Judith, où était-elle ? Il l'avait abandonnée dès qu'ils étaient arrivés. Comment allait-il se sortir de cette impasse ? Il maudit Hervé Gefosse pour la énième fois. Pourquoi diable avait-il invité Constance à cette soirée ? Et pourquoi était-elle venue ? Il avait tout fait pour la décourager quand elle lui avait dit que les Gefosse l'avaient conviée à leur réception. Sans succès. Il s'était alors évertué à persuader Judith de ne pas participer à ce dîner. Rien n'y avait fait. Il lui restait maintenant à trouver une solution miracle pour éviter que le chemin de sa compagne croise celui de sa maîtresse. Il n'allait pas attendre la trouille au ventre que le piège se referme sur lui.

— Zachari !

Il n'eut aucune peine à reconnaître la voix. Constance était là, tout près de lui. Il se dépêcha de saisir sa main pour la baiser et pria les commères de l'excuser. Il l'entraîna vers le jardin d'hiver et lui donna un rapide baiser sur les lèvres.

— Tu es la plus belle de toutes les femmes réunies ici, mon cœur.

Le rouge aux joues, elle sourit. Pour une fois, elle n'était pas en jean et portait une jolie robe noire aux emmanchures américaines qui dévoilaient ses épaules et ses bras.

— Tu es vraiment magnifique, répéta-t-il.

Il était sincère. Il la trouvait élégante. Sa tenue, à la fois sobre et un tantinet audacieuse, lui allait à ravir. Mais il n'oubliait pas dans quelle mauvaise posture il était. Pas question que Constance lui saute au cou ! Et pas question que Judith ait le moindre soupçon…

— Merci, Zachari.

— J'ai très envie de t'enlacer et de t'embrasser, murmura-t-il, mais si tu le veux bien, gardons notre secret quelque temps encore. J'aimerais te présenter à ma famille avant que mes amis découvrent que je suis éperdument amoureux de toi.

Elle s'empourpra davantage et il sut qu'il avait presque gagné. Il n'avait pas dérogé à sa règle. Un petit numéro de charme, quelques mots doux, des compliments, et le tour était joué pour lui faire avaler la couleuvre, aussi intelligente soit-elle.

— D'ailleurs, puisque l'on parle de famille, ce soir, je suis venu avec Judith, une de mes sœurs. Elle est un peu… spéciale.

— Spéciale… comment ?

— Elle n'a pas toute sa tête. Ça ne se remarque pas forcément mais je préfère t'avertir. Elle te semblera peut-être normale. Elle s'exprime bien mais elle peut parfois raconter n'importe quoi. Des choses totalement délirantes. Hier, par exemple, quand je l'ai accompagnée chez le boulanger, elle a dit à la vendeuse que nous allions nous marier !

Constance écarquilla les yeux. Gênée, elle ne savait que répondre. Malgré tout, elle était soulagée de savoir enfin qui était cette Judith. Une sœur de Zachari dont l'état mental était déficient. Ce qui expliquait probablement pourquoi il avait tardé à lui en parler.

— Je suis désolée, dit-elle.

— Voyons, ce n'est pas de ta faute. Elle avait déjà un petit grain quand elle était enfant. Mes parents lui trouvaient une imagination débordante, le médecin ne s'inquiétait pas. Avec les années, c'est devenu plus aigu. En ce moment, elle loge chez moi. C'est aussi la raison pour laquelle je n'ai pas été très disponible, ces derniers temps.

Satisfait de lui, il afficha une mine contrite pour donner le change. Il venait de faire d'une pierre deux coups : expliquer la présence de Judith et justifier toutes les fois où il avait refusé un rendez-vous à Constance.

— Quoi qu'il arrive, quoi qu'elle te dise, reprit-il, garde ton calme et ne cherche pas à l'interroger. Contente-toi de l'écouter et ne tiens pas compte de ce qu'elle peut te raconter.

— D'accord.

— Je t'abandonne. Je n'aime pas la laisser seule parmi tous ces gens. Je ne voudrais pas qu'elle provoque… un incident.

— Je comprends. Mais avant, j'ai quelque chose d'important à t'annoncer.

Il la dévisagea, à la fois impatient et anxieux tellement elle paraissait sérieuse.

— Je voulais te le dire de vive voix, précisa-t-elle, et non par téléphone. Le scénario que tu m'as remis a été retenu. Un téléfilm pour la première chaîne !

— C'est vrai ? C'est merveilleux ! Merci !

— Je sais que tu aurais préféré le cinéma, mais…

— La première chaîne, c'est très bien. La télé privée, c'est tout de même autre chose que France Télévisions !

Constance afficha une moue légèrement contrariée qu'il ne releva même pas. Zachari dénigrait sans arrêt le service public qui pourtant le faisait vivre en lui confiant de nombreuses adaptations. Par ailleurs, le groupe proposait des programmes de qualité. Il n'y avait rien de honteux à bosser pour France Télévisions. Au contraire, elle était fière de travailler pour eux.

— Tu as des détails ? demanda-t-il. Quand vais-je signer le contrat ?

— Je ne sais rien de plus. Juste que ton texte est retenu. On devrait te contacter assez vite. Tu n'es pas censé être au courant, OK ?

— Oui, bien sûr. C'est formidable, tu sais ! Bon, je te laisse. Je ne peux pas laisser Judith seule trop longtemps.

Constance tendit son visage vers lui, espérant un baiser. Il lui fit un clin d'œil et s'éloigna. La déception la submergea. Elle s'était attendue à autre chose. Pas à ce qu'il se confonde en remerciements, mais elle avait espéré qu'il serait fou de joie, qu'il la prendrait dans ses bras et l'embrasserait… Elle tourna en rond dans le jardin d'hiver, refoulant les larmes qui lui montaient aux yeux, se demandant pourquoi elle était venue. Elle ne se sentait pas à sa place ici. Elle avait rêvé de passer la soirée avec Zachari et il la plantait, la laissant seule au milieu de gens qu'elle ne connaissait pas. Elle revint vers le grand salon et fut heureuse d'apercevoir Lucie Gefosse.

— Oh, vous me semblez bien seule et un peu triste, s'inquiéta Lucie. Je suis navrée de ne pas avoir pris le temps de bavarder avec vous. Venez, allons boire une coupe de champagne !

— Avec plaisir !

— Et les verrines, les avez-vous goûtées ? Elles sont délicieuses.

Sans attendre, elle saisit doucement Constance par le

coude pour l'entraîner vers le buffet. Elle lui tendit une petite coupelle de verre et une cuillère.

— Alors ? demanda-t-elle avec une mine gourmande.

— J'aime beaucoup.

— Moi aussi. Ce traiteur fait des merveilles. Tenez, goûtez celle-ci ! Vous allez même les goûter toutes ! Je vous accompagne. Et puis on va boire, aussi. Ne vous avais-je pas promis une coupe de champagne ?

Constance rit, emportée par la bonne humeur de Lucie, soulagée de ne plus errer seule. Elle saisit la coupe que lui offrait la maîtresse de maison et elles portèrent un toast.

— À Hervé, mon adorable époux, qui a eu la bonne idée de vous convier ! s'exclama Lucie.

Constance acquiesça, soudain redevenue sérieuse. Elle avait aperçu Zachari. Il se tenait derrière une femme blonde assise sur un canapé de velours rouge. Il avait posé la main sur son épaule et bavardait avec Hervé et un des invités. Cette femme aux lunettes cerclées d'argent était donc Judith, la sœur de Zachari. Elle avait l'air normal. Aucun signe de folie ni d'une agitation quelconque. Mais peut-être n'était-ce pas perceptible, comme l'avait souligné Zachari. Souriante, elle discutait avec une autre convive assise à côté d'elle. Le regard de Constance se fixa sur la main de Zachari posée sur l'épaule de Judith, presque à la naissance de son cou. Il caressait sa peau du bout de son index. Ce geste simple l'attendrit d'abord, puis la mit soudain mal à l'aise. Et quand Judith entrelaça ses doigts dans ceux de Zachari et releva son visage vers lui, Constance sentit un frisson glacé parcourir son échine.

— Vous vous souvenez de Zachari Montrouge ? demanda Lucie en constatant qu'elle observait le groupe avec insistance.

— Oui, c'est d'ailleurs ici même que je l'ai rencontré, au début de l'été, répondit Constance en avalant une gorgée de champagne.

— C'est un de nos amis les plus proches, un des plus

fidèles aussi. Un homme exquis. Il n'a pas eu de chance avec son ex-femme. Elle l'a piétiné. J'ai bien cru qu'il allait… Bref, Rebecca Beauvoir appartient au passé. Depuis qu'il vit avec Judith, il est heureux. C'est la femme parfaite pour lui. Ne le répétez pas, mais je crois savoir qu'ils se marieront bientôt !

Elle s'arrêta, scrutant le visage livide de Constance.

— Ça ne va pas ?

— Je… je… Pardonnez-moi.

Constance vacilla, se reprit, s'excusa auprès de Lucie Gefosse et s'éloigna aussitôt. Dans le grand couloir désert, elle chercha les toilettes et s'y enferma. Était-elle ivre, ou complètement folle ? Elle fit couler de l'eau, rafraîchit son visage puis s'observa dans le miroir comme si elle faisait face à une inconnue. Une image du passé revint tel un boomerang. Elle vivait encore avec Thibault. Un soir, elle s'était enfermée dans la salle de bains pour pleurer. Défigurée par le chagrin, elle avait hésité à avaler plusieurs somnifères. Pas pour mourir, juste pour dormir, et longtemps. C'était presque le même sentiment de gâchis qui revenait à présent. Elle s'ébroua. C'était fini, cette existence d'avant. Fini aussi de se faire laminer par les hommes. Ses deux mains s'accrochèrent au lavabo comme si le contact avec la porcelaine avait pu la calmer. Ainsi, Zachari était l'ex-époux de Rebecca Beauvoir et Judith n'était pas sa sœur mais sa compagne. Fallait-il en rire ou en pleurer ? Il y avait quelque chose d'incohérent dans cette histoire. Un drôle de tour que lui jouait la vie… Elle leva la tête et se regarda de nouveau dans le miroir, comme si son regard allait lui révéler la vérité. Elle avait besoin de trouver un sens à ce qu'elle venait d'apprendre. L'homme qu'elle fréquentait n'était autre que l'ancien mari de la jeune femme avec laquelle elle travaillait. Comment avait-elle pu manquer ça ? Et cet homme lui avait caché qu'il était en couple avec une autre femme, cette Judith qu'il faisait passer pour sa sœur... « Comment ai-je pu être aussi bête ? Comment ai-je pu ne rien pressentir ? » Le miroir ne lui répondit pas. Elle passa encore un peu d'eau sur ses joues, les épongea et quitta les toilettes. Au vestiaire, elle réclama son manteau et sortit sur le perron. Il faisait froid mais l'air sec la revigora. Elle alluma une cigarette, continua à cogiter. Les pièces du puzzle se mettaient lentement en place. Rebecca Beauvoir et Zachari Montrouge... Un couple qui ne portait pas le même nom parce que Rebecca avait gardé celui de ses parents. Comment Constance aurait-elle pu le deviner ? L'affaire du scénario volé lui apparut soudain très claire. Évidemment, Rebecca était hors de cause. Zachari lui avait menti pour tout, il l'avait trompée. D'une certaine façon, elle aussi n'avait pas été tout à fait honnête avec lui. Elle s'était attachée à lui sans en tomber amoureuse, pour oublier Stellio. Elle songea à Michèle, à leur dispute au sujet de Zachari. Son amie avait raison de A à Z.

Un goût amer emplit sa bouche et elle faillit vomir. Elle écrasa son mégot, se retourna vers la porte. Que devait-elle faire ? Aller voir Zachari et tout lui balancer en pleine tête ? Faire un esclandre en public ? Devant Judith ? Elle en eut envie durant une seconde mais se raisonna. Elle détestait trop le scandale pour s'abaisser à une telle scène. Et puis elle ne se sentait guère glorieuse de ne s'être doutée de rien, et encore moins d'avoir pris pour amant le compagnon d'une autre. Un amant qui n'avait fait que se servir d'elle pour placer un scénario à la télé ! « Tu es une vraie bécasse, murmura-t-elle pour elle-même en descendant les marches du perron pour rejoindre le parking où était garée sa voiture de location. Mais une bécasse qui va vite réfléchir à la façon dont elle pourra tirer parti de cette fichue mésaventure... »

38

« L'homme rattrapa la femme par le bras et l'attira entre deux cabanes. La nuit tombait et il n'y avait personne sur la plage. Même les mouettes avaient fui devant la tempête. On n'entendait que le bruit du vent et des galets projetés par les vagues dont le flot grossissait. La femme tendit son visage vers l'homme qui ouvrit sa bouche comme pour la dévorer. Il engloutit ses lèvres. Elle plaqua ses mains sur ses joues pour caresser la barbe naissante. Il descendit la braguette de son jean, releva la jupe de la femme et s'enfonça en elle. Le plaisir les surprit alors que la pluie commençait à tomber. Ils crièrent en même temps et restèrent accrochés l'un à l'autre, essoufflés. Autour d'eux, la mer et le ciel se déchaînaient. Les falaises semblaient répercuter le vacarme. »

Francis Géorgie cliqua sur la souris, arrêtant le défilé des images, puis se leva pour allumer la lumière.

— Alors ? demanda-t-il en se tournant vers Stellio et Constance.

Stellio sursauta et déglutit. Du bout des doigts, Constance remit en place une mèche de cheveux qui lui tombait devant les yeux et sentit la sueur qui mouillait son front. Le monteur les dévisagea, ne sachant comment interpréter le silence qui se prolongeait.

— Alors ? répéta-t-il. Qu'en pensez-vous ?

— *Perfetto !* fit Stellio d'une voix rauque. Parfait ! Exactement ce que j'attendais.

Pour le moment, il était incapable d'en dire davantage. En visionnant ce passage, l'unique scène d'amour de la série, il avait perdu pied. Assis à côté de Constance, il percevait les notes vanillées de son parfum auxquelles se mêlaient des effluves de jasmin, de rose et de patchouli. Il n'avait pu s'empêcher de penser à leurs étreintes yportaises. Son ventre avait pris feu et le désir était monté en lui. Un instant, il avait tout oublié. Le studio dans lequel il se trouvait, la présence du monteur, le travail, cette série qu'il produisait pour France Télévisions… Il était ailleurs. Envolé. Il avait fermé les yeux, revoyant Constance dans ses bras, abandonnée. Jamais il n'oublierait. Il remua sur son siège pour retrouver une contenance. Il était tellement chamboulé qu'il n'avait pu se concentrer et il s'était égaré. Ce n'était pas sérieux. Il n'avait plus qu'à prier le monteur de revenir en arrière pour visionner de nouveau cette séquence.

— On reprend les dix dernières minutes de l'épisode. Nous reverrons les jonctions entre le meurtre, la fuite derrière l'église et… cette scène sur la plage. Qu'en dites-vous Constance ?

Son regard bleu la troubla. Elle aussi s'était projetée dans cette petite chambre d'hôtel à Yport en voyant ces images. Ce débordement de tendresse, l'envie de l'autre, cette attirance irrésistible, cet instant où Stellio l'avait emportée au paradis. Zachari n'était plus l'écran protecteur de ses désirs…

— Oui, articula-t-elle, revoyons les jonctions.

Francis Géorgie éteignit de nouveau la lumière. Il fit pivoter son fauteuil pour se tourner vers le clavier et d'un clic fit revenir les images en arrière. Le montage d'un film était une étape aussi importante que le tournage. Avec Stellio, c'était un travail éprouvant car il était exigeant et ne manquait aucune séance, ne laissant rien au hasard. Il y avait eu les heures de dérushage pour visionner l'ensemble des prises, noter dans un tableau le *time code*, l'image et le son. Puis ils avaient regroupé les rushes en séquences, avaient sélectionné les passages clés en supprimant le superflu. Enfin, ils avaient mis bout à bout les séquences, ajoutant quelques images là où Stellio le jugeait nécessaire. La structure était maintenant complètement établie et le monteur procédait à la finalisation, toujours avec Stellio qui revenait sur le moindre détail. Pour cette ultime étape, il avait demandé à Constance d'être présente. Elle aurait davantage de recul, elle-même n'ayant pu assister au dérushage, accaparée par d'autres tournages. Il avait besoin de son regard pour vérifier la précision des raccords et l'harmonie des plans.

— Votre avis ? lui demanda-t-il quand le studio fut de nouveau éclairé.

— D'un point de vue technique, c'est très réussi. Artistiquement aussi. Je suis certaine que le public sera conquis. Il y a quelque chose de spécial dans cette série.

— On s'y remet demain pour les finitions ? intervint Francis après avoir consulté sa montre.

Il était enfermé depuis une dizaine d'heures dans ce studio et il n'en pouvait plus. La concentration le fuyait et ses paupières menaçaient de se fermer. À midi, Stellio avait commandé des sandwichs afin de ne pas perdre de temps et ils avaient enchaîné après une courte pause.

— C'est d'accord pour demain, fit Stellio, conscient qu'il avait abusé.

Il aurait volontiers continué, Constance aussi puisqu'elle n'avait pas l'air pressée de s'en aller.

— Vous êtes disponible demain ? lui demanda-t-il lorsqu'ils quittèrent le studio.

— Je vais essayer de me libérer.

— J'aimerais vous avoir auprès de moi. Vos conseils sont précieux et j'ai besoin de vous pour l'étalonnage.

Était-elle vraiment indispensable pour procéder à l'égalisation des lumières et des contrastes ? Ils descendirent au rez-de-chaussée et se retrouvèrent sur le vaste parvis de

France Télévisions, éclairé par quelques lampadaires. L'air froid les saisit. Stellio boutonna son manteau jusqu'au col et Constance noua son écharpe autour de son cou. Elle sortit ses gants de son sac, s'apprêtant à saluer Stellio avant de les enfiler.

— Il restera du travail avec le mixage, reprit-il. Il faut égaliser les sons. Azzedine se joindra à nous pour l'ajout des musiques d'ambiance. Et je ferai de nouveau appel à vous pour le titrage et les génériques.

— Je ne sais pas si je pourrai me libérer, j'ai…

— Pas d'inquiétude. J'ai parlé à votre patron. L'un de vos tournages étant différé, il n'a pas vu d'objection à ce que vous consacriez du temps à la série. Il sait que je compte sur vous. Nous avons huit jours devant nous.

Elle soupira. Le tournage dont avait parlé son boss menaçait d'être définitivement abandonné. Il s'agissait de la saga Beauvoir. Elle se mordit les lèvres. Il y avait des jours qu'elle songeait à Rebecca. Et à Zachari, l'usurpateur et le menteur… Elle n'avait encore rien décidé sur la façon dont elle allait le piéger. Elle voulait avant tout permettre à Rebecca d'être lavée de tout soupçon. Car elle n'en doutait plus maintenant, la jeune femme n'avait pas volé le scénario à son ex-mari. L'auteur du vol, c'était lui. Cet homme misérable qui lui avait proposé le mariage alors qu'il vivait avec une autre. Elle grimaça en repensant à la soirée chez les Gefosse. Elle n'avait pas eu le cran de faire un scandale, mais ce n'était pas pour autant que Zachari ne devait pas payer pour ce qu'il avait fait.

— Je vous ai contrariée ? l'interrogea Stellio.

— Pas du tout. Je réfléchissais à ce tournage reporté.

— Alors, c'est d'accord ?

— Oui, ce sera la première fois que je participe à une production de A à Z. J'apprends beaucoup.

— Il est tard. Puis-je vous inviter à dîner ?

Aussitôt la proposition formulée, il recula d'un pas. Il

avait osé, après avoir ressassé son idée toute la journée. Il s'en voulait de ne pas avoir su lui révéler ses sentiments, de s'être conduit comme un de ces types qui mettent une nana dans leur lit un soir pour la jeter le lendemain. C'était du moins ce qu'elle devait penser de lui. Était-il possible de rattraper son erreur ? Il aurait voulu lui parler de ses peurs, de ses doutes… Ce soir, cependant, si jamais elle acceptait son invitation, il n'en ferait rien et se contenterait de se montrer poli et agréable, en espérant qu'elle oublie la façon dont il s'était comporté avec elle.

— Je vous invite à la maison en tout bien tout honneur. Il y aura ma fille Alessia et Elvire, ma sœur, qui dînera sans doute avec nous.

— Je ne veux pas vous déranger.

— Venez, s'il vous plaît. Cela me ferait vraiment plaisir que vous acceptiez. Je ne suis pas celui que vous pensez.

Elle le dévisagea, décontenancée par cette dernière remarque. Après tout, ils ne seraient pas seuls et ils ne parleraient que de boulot. Elle accepta. Ils marchèrent jusqu'à une station de taxis, n'échangèrent que des banalités sur ce mois de novembre gris et froid, sur les vitrines qui commençaient à prendre les couleurs de Noël. Dans la voiture, ils poursuivirent sur le même ton. Lorsqu'ils arrivèrent chez le réalisateur, sa sœur sembla soulagée de le voir.

— Je suis désolée, Constance, mais je dois partir. J'aurais vraiment apprécié faire plus ample connaissance avec vous mais je suis attendue. Stellio, Alessia a pris son bain, elle est en pyjama. On a préparé un gratin de macaroni. Tu n'auras qu'à le réchauffer. *Ciao !*

Elle enfila sa cape et s'enfuit, laissant Constance un peu désorientée. Heureusement, Alessia déboula dans le salon au même moment. Elle salua l'invitée avant de sauter au cou de son père, et lui raconta sa journée par le menu. Quand elle eut fini, elle s'intéressa à Constance, lui posa mille questions. Où travaillait-elle ? Où habitait-elle ?

Avait-elle un chien, ou un chat ? Stellio faisait des allers-retours entre la cuisine et le séjour pour mettre le couvert. Il revint avec une bouteille de vin et offrit un verre de sancerre à Constance.

— Vous êtes mariée ? lança soudain Alessia. Vous avez des enfants ?

— Alessia ! gronda Stellio. Ça suffit. C'est indiscret.

La fillette se tut et fit la moue.

— Ce n'est pas grave, intervint Constance. À son âge, c'est normal d'être curieux. Je n'ai pas d'enfant, dit-elle à Alessia.

— Alors vous ne savez pas faire les tresses !

— Oh, si, je crois même que je me débrouille bien !

La petite partit, revint quelques minutes plus tard avec une brosse, un peigne et un élastique qu'elle déposa sur les genoux de Constance.

— Alessia, tu exagères ! la gronda de nouveau Stellio. N'embête pas Constance.

— Alessia ne m'ennuie pas. Quand passons-nous à table, Stellio ?

— Dans un petit quart d'heure.

— Alors je relève le défi ! À nous deux, Alessia !

La petite fille sourit et se planta au garde-à-vous devant Constance, lui tournant le dos pour lui présenter sa crinière. Avec douceur, la jeune femme brossa la chevelure pour la démêler. Ce geste simple la ramena des années en arrière, quand elle était haute comme trois pommes et que sa mère la prenait sur ses genoux pour la coiffer. Ce souvenir réveilla les blessures. Comme sa mère lui manquait ! Son père avait encore fait des siennes. Il y a quelques jours, elle avait reçu un nouvel appel de sa banque. Son conseiller financier s'inquiétait. Son client avait effectué deux énormes retraits en espèces au guichet. 18 000 euros au total, destinés à sa fille qui avait un besoin urgent d'argent. Au second retrait, le conseiller financier n'avait pas hésité à contacter Constance.

Que faisait-elle avec de pareilles sommes ? Obligeait-elle son père à lui donner cet argent ? Il arrivait que les enfants fassent pression sur les parents et la banque était prête à signaler tout abus. Constance était tombée de haut. Elle avait bien évidemment réfuté cette accusation, expliquant la situation, mais elle avait senti que l'employé de la banque ne la croyait pas. Elle était décidée à tirer cette affaire au clair. Elle irait chez son père et exigerait une explication.

— Il y a encore des nœuds ? demanda Alessia.

La voix de la fillette ramena Constance à la réalité. Elle divisa la crinière en trois mèches de même épaisseur sur le haut de la tête puis commença à tresser en ajoutant à chaque passage une nouvelle mèche de cheveux. Parvenue à l'extrémité, elle noua la pointe avec un élastique.

— Merci ! fit Alessia en donnant un baiser sur la joue de Constance.

Elle fila aussitôt dans sa chambre pour constater le résultat dans un miroir, revint une minute plus tard, rose de bonheur.

— C'est joli ! s'exclama-t-elle. Ce n'est pas la même coiffure que celle que me fait Tata d'habitude.

— C'est une tresse africaine.

— Tu expliqueras à Tata comment on fait ?

— Alessia, comment t'exprimes-tu ? Tu tutoies Constance ! protesta Stellio.

— Parce que nous sommes amies !

— Nous sommes amies, je confirme, répéta Constance en adressant un clin d'œil à Alessia.

Stellio soupira. Il s'éloigna dans la cuisine et s'appuya sur le rebord de l'évier. Ce soir, tout allait vite. Trop. Il avait pataugé, s'était noyé dans ses sentiments et ses incertitudes pendant des semaines et il se trouvait dépassé par la tournure que prenait ce dîner improvisé. Alessia semblait avoir naturellement adopté Constance. Et Constance se laissait accaparer avec plaisir, acceptant la petite comme elle était, bavarde, curieuse, et un peu envahissante. C'était au-delà de ses espoirs… Il se sentit soudain plus léger. Il se redressa et jeta un œil à l'intérieur du four. Le gratin serait bientôt prêt. Sur le plan de travail, son téléphone vibra. Elvire lui envoyait un SMS. *« Elle est très jolie, petit cachottier ! »* Il sourit. Évidemment, sa sœur avait dû être surprise. Il n'échapperait pas à son avalanche de questions. Elle ne lui connaissait aucune aventure depuis qu'il avait perdu sa femme. Elle lui reprochait d'ailleurs gentiment son état de père célibataire endurci. Oui, Constance était jolie. Intelligente aussi. Il devait prendre son temps, ne pas brusquer les choses. Un éclat de rire venu du salon le sortit de sa rêverie. Il enfila les maniques et sortit le plat du four.

— À table ! s'exclama-t-il en déposant le gratin sur la table du séjour.

— *Maccheroni al formaggio !* s'écria Alessia. Viens, Constance ! Tu vas voir, c'est bon ! Tu parles italien ?

— Pas du tout.

— Alors je t'apprendrai !

39

— Pourquoi ce rendez-vous ici ? demanda Rebecca sur un ton cassant.

— Parce que l'endroit est très fréquenté et qu'ici, nous sommes incognitos. Personne ne nous remarquera, répondit Constance.

Autour d'elles, dans les jardins du Trocadéro, malgré la grisaille de décembre, des groupes de touristes et des couples de promeneurs s'adonnaient à la photographie et aux selfies. Quelques éclats de rire résonnaient, apportant un peu de gaieté. Constance réprima un frisson et remonta la fermeture de sa doudoune. L'hiver était bien là, les arbres dénudés étaient tristes à mourir. Elle soupira. Dix fois, elle avait répété ce qu'elle comptait dire à Rebecca, mais aucun mot ne semblait vouloir sortir de sa bouche.

— Alors, que faisons-nous ici ? marmonna Rebecca, impatiente.

Constance dévisagea la jeune femme. Elle avait le teint très pâle, les yeux creusés par les cernes. Malgré son épais manteau de laine, elle paraissait avoir maigri. Cependant, son regard était dur et ses traits presque impassibles. Pas une fois elle n'avait laissé percer son émotion. Comme une personne abîmée par la vie et qui attend la suite, résignée. Ou pire encore, qui n'attend plus rien.

— J'ai quelque chose à vous raconter, dit Constance. Et ça nous concerne toutes les deux. Je ne sais pas trop par où commencer, alors…

— Par le début, trancha Rebecca.

Sa mine dure et fermée faillit faire fuir Constance. L'espace de quelques secondes, elle regretta d'avoir proposé cette entrevue.

— Il y a quelques mois, sur un tournage, j'ai travaillé avec Hervé Gefosse, lança-t-elle. Je le connaissais depuis longtemps mais on ne s'était croisés que dans un cadre professionnel. Et puis Hervé m'a invitée à un barbecue chez lui et j'ai fait la connaissance de sa femme et de certains de leurs amis.

Comprenant ce qui allait suivre, Rebecca ralentit le pas et se raidit, sans desserrer les dents.

— Ce jour-là, j'ai rencontré votre ex-mari, Zachari Montrouge, poursuivit Constance.

— Si c'est pour me parler de lui, ne perdez pas votre temps. Je ne me fais aucune illusion, il a dû vous dire mille choses désagréables sur moi et a conforté votre opinion à mon sujet en vous expliquant comment je lui avais volé son scénario. Ce que, j'imagine, vous vous êtes empressée de rapporter à la direction du groupe dont je n'ai plus de nouvelles par ailleurs. J'imagine que vous êtes venue m'annoncer que mon contrat est rompu, bien que la justice n'ait rien acté étant donné que tout est resté en *stand-by*. Les avocats sont toujours en train de chercher une solution… Qu'ils ne trouveront pas, je le crains. Zachari ne fera jamais marche arrière, et moi, je ne peux pas prouver que le scénario m'appartient. Je me suis faite à cette idée. Il me reste à tourner la page maintenant. Partir, peut-être. Recommencer une vie ailleurs.

Rebecca semblait désabusée, manifestement ébranlée par cette histoire. Était-il utile de lui confier des choses qui risquaient de l'anéantir un peu plus ? se demanda Constance, sur le point d'en rester là pour la protéger. Se protéger elle aussi.

— J'ignorais que Zachari était votre ex-mari. Et ce

jour-là, chez les Gefosse, rien ne m'a permis de faire le rapprochement entre vous deux. Je n'ai même pas pensé que vous aviez pu conserver votre nom de jeune fille ! Puis j'ai revu Zachari, et…

Le plus compliqué était à venir et Constance priait pour que Rebecca lui vienne en aide et dissipe son embarras. Mais la jeune femme restait muette.

— Zachari et moi avons entamé une liaison, lâcha Constance.

Elle ferma les yeux, avant de les rouvrir. Elle affronta le regard de Rebecca. Celle-ci demeurait impassible. Comme si cette révélation ne l'atteignait pas.

— Zachari n'a jamais prononcé votre nom, reprit la réalisatrice. Il me disait être seul. Il a toujours été gentil, prévenant…

— Charmant même, j'en suis certaine. Menteur aussi ! Tout est faux, chez lui ! Il n'a jamais aimé que lui-même. C'est un comédien. Il calcule tout, y compris les baisers ou les mots tendres qu'il vous glisse à l'oreille.

Constance approuva, soulagée que Rebecca réagisse enfin, presque heureuse de la voir se mettre en colère. Elle saisit doucement son bras pour y passer le sien. La jeune femme se laissa faire et elles continuèrent à marcher en silence. Constance respirait mieux maintenant qu'elle avait amorcé sa confession. Les jardins lui parurent moins sinistres et elle sourit tout en observant une petite fille en manteau bleu marine qui sautillait dans une allée aux côtés de son père. Elle songea à Alessia et à Stellio. Son cœur se serra un instant.

— Vous avez raison, tout est faux chez lui. Quand je l'ai rencontré, j'étais un peu en perdition. Amoureuse d'un homme qui ne m'aimait pas… Du moins je le croyais. Les attentions de Zachari et ses jolis mots m'ont envoûtée. Au point de penser que je pouvais l'aimer et oublier celui qui me faisait souffrir sans le savoir. Zachari était comme la promesse que je pouvais exister de nouveau. Mais récemment, lors d'une réception chez les Gefosse, la vérité a éclaté. J'ai appris qu'il ne vivait pas seul et qu'il avait été votre époux. J'avoue que ça a été un choc. Pas une déception, ni de chagrin car je n'étais pas éprise, mais un choc tout de même. J'avais espéré que cette liaison me sauverait. Jamais je n'aurais cru qu'on pouvait ainsi s'inventer une vie !

— Il a toujours été très fort pour ça.

— Le pire, c'est quand j'ai réalisé qu'il m'avait invitée dans la maison qu'il partage avec sa…

— … compagne ?

— Oui. Je n'avais même pas deviné qu'une autre femme vivait sous son toit. Quand je l'ai appris, il a réussi à me faire gober qu'elle était sa sœur. Alors, face à la vérité, je me suis sentie idiote.

— Ne vous tracassez pas. À mon avis, toutes les femmes sont des idiotes à ses yeux, et il se joue de toutes.

— Sans doute, mais je n'ai pas de quoi être fière de moi parce que je n'ai rien vu venir et que je n'ai pas été honnête avec lui. Je l'ai fréquenté dans l'espoir d'en oublier un autre.

Rebecca ne bronchait pas. Constance eut l'impression qu'elle s'était confiée pour rien. Pourtant, elle savait que cet aveu était nécessaire. Il permettrait à Rebecca de faire toute la lumière sur cette histoire de scénario volé. Et à elle de respirer ! Il lui suffirait d'un peu de courage pour lui rendre la pareille. Par le calcul, les manœuvres, la manipulation…

— Si je me confie à vous, reprit Constance, c'est pour soulager ma conscience mais aussi pour vous proposer d'utiliser ma mésaventure pour récupérer ce qui vous revient.

Rebecca dégagea son bras de celui de Constance et fronça les sourcils.

— Vous voulez vous venger ?

— Non, ce n'est pas la vengeance qui m'inspire. J'aimerais piéger Zachari, le pousser dans ses retranchements afin de lui démontrer qu'il n'est pas celui qu'il prétend être. Et qu'on ne gagne pas à tous les coups ! Si j'avais voulu lui faire payer sa tromperie, il m'aurait suffi d'aller voir sa compagne et de tout lui raconter. Mais ça ne m'intéresse pas. Ce que je veux, c'est qu'il reconnaisse que le scénario est le vôtre. Ce qui lui arrivera ensuite, notamment avec la femme dont il partage la vie, je m'en fiche.

Rebecca approuva d'un hochement de tête. Sans saisir tout ce que Constance proposait, elle en comprit toutefois l'essentiel. Mais le fait que Constance lui offre soudain son aide l'intriguait.

— Pourquoi me tendre la main alors que vous ne m'aimez pas ? demanda-t-elle à la réalisatrice. Pas une fois, ces derniers mois, vous ne m'avez appelée pour savoir comment j'allais ! Vous ne m'avez plus donné aucun signe de vie pendant des semaines et comme les autres vous m'avez soupçonnée de mentir. On m'a écartée du projet et vous n'avez pas réagi, comme si vous n'attendiez que ça !

Constance rougit et rassembla son courage pour répondre. Oui, elle n'avait jamais apprécié Rebecca, oui, elle reconnaissait qu'elle n'avait guère fait d'efforts pour améliorer leur relation. Elle admettait aussi ne pas avoir cherché à la revoir dès que des soupçons avaient pesé sur elle. Certes, on lui avait interdit de lui parler, mais elle reconnaissait que ça l'avait arrangée. Elle en avait été presque ravie.

— J'ai cogité pendant des jours avant de vous contacter, conclut Constance. Je ne savais pas comment vous présenter les choses. Ce dont j'étais sûre, en revanche, c'était de vouloir tout faire pour que vous puissiez récupérer ce qui vous appartient : votre scénario. Maintenant que je vous ai tout raconté, vous pourriez vous moquer de moi parce que je me suis fait rouler dans la farine par votre ex-mari. Je suppose que j'ai eu ce que je méritais.

— Non, détrompez-vous, murmura Rebecca. Votre franchise me touche. Personne ne mérite de souffrir. Personne ne mérite de tomber dans les filets d'un homme tel que Zachari. Mais comment pensez-vous le contraindre à reculer ? Vous avez une idée ?

— Je crois que oui...

Pour la première fois, Constance vit l'esquisse d'un sourire sur le visage de Rebecca. Elles avaient rejoint l'allée centrale. Devant elles, la tour Eiffel se dressait, majestueuse. Rebecca s'arrêta, se tourna vers Constance et la fixa avec insistance.

— Accompagnez-moi chez mes parents. Mon père était prêt à payer Zachari pour qu'il renonce au procès et me rende mon manuscrit. Puisqu'il n'y a que l'argent qui l'intéresse, il aurait peut-être accepté le deal. Mais je n'ai pas voulu, je n'avais plus de force pour continuer la bataille. Papa rêve de coincer Zachari par n'importe quel moyen, alors si vous acceptez de lui raconter votre histoire, sachez qu'il sera ravi de vous aider à mettre en œuvre notre projet.

« *Notre* projet... » releva Constance. Rebecca acceptait donc de s'associer à elle pour faire tomber Zachari. Soulagée, elle sentit soudain disparaître le poids qui écrasait sa poitrine et avala une énorme goulée d'air.

40

— Ça te plaît ? demanda Zachari.

— Oui, c'est délicieux, répondit Constance en s'étonnant encore de se retrouver face à lui.

Elle ne l'avait pas revu depuis la soirée chez les Gefosse. Ils n'avaient échangé que quelques SMS et elle s'était bien gardée d'évoquer quoi que ce soit. Jamais elle n'avait rencontré un tel menteur ! Un menteur devant qui elle devait ce soir jouer la comédie avant de tirer définitivement le rideau. Elle n'avait qu'une envie : fuir loin d'ici. Pas tout de suite, songea-t-elle en priant pour que ses émotions ne la trahissent pas.

— Tu cuisines bien, reprit-elle. Un talent qui n'est pas donné à tout le monde.

— J'ai eu plaisir à tout préparer moi-même parce que c'était pour toi.

Disait-il vrai ? Peut-être ne s'était-il contenté que de dresser une belle table, nappe de coton damassée, vaisselle de porcelaine blanche, couverts en argent et verres en cristal de Bohême, et avait-il commandé le repas chez un traiteur… Le feu brûlait dans la cheminée et il faisait bon. Tout était parfait pour un déjeuner en amoureux un jour d'hiver bien froid. Un instant, elle pensa à Stellio, à ce repas simple mais chaleureux qu'elle avait partagé avec lui et sa petite Alessia qui lui avait fait répéter quelques phrases en italien avant de se moquer gentiment de son accent. Et puis il y avait eu leurs éclats de rire. Comme un repas en famille… Pourquoi ce souvenir lui revenait-il maintenant ? Elle le chassa très vite de son esprit pour se concentrer sur Zachari.

— Comment va ta sœur ? Elle ne vit plus ici ?

— Elle est retournée chez nos parents. Je suis soulagé.

Il sourit et elle se demanda pourquoi elle était là. Pour lui prouver qu'il ne pouvait pas mentir impunément, pensa-t-elle, et pour aider Rebecca. Cette idée la rassura. Elle avait l'impression de participer à une bonne action. Jamais elle ne s'était sentie aussi audacieuse. Accepter une invitation de Zachari chez lui après ce qu'elle avait appris ! Aurait-elle osé si elle ne s'était pas sentie soutenue par le père de Rebecca ? Jean Beauvoir avait tout de suite approuvé son idée de coincer Zachari pour le faire capituler. Même Hélène, son épouse, était partante. Seule Rebecca avait tiqué. « Comment ferez-vous pour ne pas vous trahir lorsque vous vous retrouverez en face de cet imposteur ? Comment réussirez-vous à vous maîtriser ? Ne pas le gifler ? »

Constance était loin d'être aussi sûre de réussir qu'elle l'avait affirmé à la jeune femme pour la rassurer. Mais elle ne pouvait plus reculer. Elle posa de nouveau ses yeux sur Zachari. Il était détendu, plus beau que dans son souvenir, et il avait toujours un charme fou. Dieu qu'il était doué ! Si Lucie Gefosse ne lui avait pas ouvert les yeux par ses révélations involontaires, que serait-elle devenue ? Conscient qu'elle l'observait, Zachari sourit davantage. Quoi de plus agréable que d'être aimé, admiré ? Il adorait percevoir cette impression chez une femme. Constance encore plus que les autres. Cette attirance l'affolait un peu. Mais pas question de plaquer Judith sans avoir mûrement réfléchi. Judith, c'était l'assurance d'un train de vie confortable et il n'était pas certain d'avoir la même aisance financière avec Constance. Pourtant, il se disait parfois qu'il devrait sauter le pas et quitter Judith pour Constance. À 36 ans, avec son joli minois, sa silhouette bien faite et son esprit aiguisé, elle incarnait la femme dont il rêvait… Avant d'aller la chercher à la gare du Val-de-Reuil, il s'était douché et rasé de près, puis il avait choisi sa tenue avec soin. Jean noir, chemise blanche et pull anthracite. Il s'était contemplé dans le miroir et son reflet l'avait satisfait. À bientôt 52 ans, il n'avait rien perdu de sa superbe et de son pouvoir de séduction. Le regard de Constance le lui confirmait.

— Je suis très heureux de te recevoir, dit-il. Très heureux surtout de t'avoir pour moi seul quelques heures.

Elle posa sa fourchette. Quelques heures… Évidemment, il ne pouvait pas lui offrir plus. Où était Judith ? Serait-elle de retour en fin de journée ? Cette pensée la fit frissonner. Autant elle avait envie de piéger Zachari, autant elle redoutait de rencontrer la femme qui vivait avec lui. Elle n'avait pas le cran de se retrouver en face d'elle, ni l'envie de la blesser. Elle se demanda s'il allait évoquer de nouveau leur avenir, comme il l'avait fait à Yport quelques mois plus tôt. Les fêtes de fin d'année, la famille, leur relation, les promesses de vie commune, le mariage…

— Noël est dans huit jours, lâcha-t-elle enfin, curieuse de savoir comment il allait s'en sortir.

— Difficile de l'oublier. Les vitrines des magasins débordent de guirlandes et au journal télévisé on nous rebat les oreilles avec la dinde, la course aux cadeaux et les dernières tendances pour décorer un sapin.

Le visage de Zachari, jusqu'alors charmant, s'était fermé. Constance poursuivit, décidée à voir jusqu'où il était capable d'aller.

— Ça ne te réjouit pas, on dirait. Ce qui me ferait plaisir, c'est de passer ce Noël à tes côtés.

— Hélas, ça ne sera pas possible, mon cœur. Dieu m'en est témoin, j'aurais adoré, mais j'ai quelques soucis avec ma famille. Judith, bien sûr, et mes parents vieillissants. Je passerai les fêtes avec eux et mes frères et sœurs dans la maison de Montpellier. Ce ne sera pas la nouba, comme tu peux l'imaginer, juste de longs repas très ennuyeux durant lesquels on devra régler des problèmes épineux.

Constance se mordit les lèvres et reprit sa fourchette. Judith réapparaissait dans la conversation… La maison de Montpellier ? Elle n'en avait jamais entendu parler. Un bien de famille ? Elle se composa une mine attristée, baissa le regard et en profita pour jeter un coup d'œil à sa montre.

Zachari se leva pour remettre une bûche dans la cheminée. Il détestait voir une femme pleurer. Surtout quand il n'y avait aucune raison. Constance n'allait pas se lamenter pendant des heures pour un Noël qu'ils ne vivraient pas ensemble ! Que croyait-elle ? Qu'il allait s'amuser comme un fou ? Il allait devoir supporter toute la famille de Judith pendant dix jours. La sœur, le beau-frère, sans parler des neveux et nièces… Une clique exaspérante qu'il fréquentait le moins possible. Tout ça, effectivement, dans une propriété située dans l'arrière-pays de Montpellier, chez une riche tante de Judith. Une dame très âgée… et sans héritier direct. Une fortune qui serait partagée entre Judith et sa sœur quand l'aïeule casserait sa pipe. Judith était une femme en or. À préserver donc. Cette réflexion lui arracha une grimace. Ne pas s'emballer. Faire rêver Constance mais ne rien fixer. Il demeura le dos tourné puis sortit de la salle à manger. Il revint avec une boîte qu'il déposa à côté de Constance.

— Je suis navré de te peiner, murmura-t-il en l'embrassant. Ce sera dur pour moi de ne pas être à tes côtés pour cette fin d'année. Mais je n'ai pas oublié Noël ! Voici mon cadeau pour toi.

Elle le remercia, contempla le paquet avant de l'ouvrir. Des chocolats. Durant quelques secondes, elle s'était attendue à ce qu'il glisse un écrin dans sa main. Elle aurait eu plaisir à lui conseiller de le garder pour Judith. Des chocolats… Il y avait de quoi rire. Est-ce vraiment un présent qu'on offre à la femme aimée ? Le cadeau qu'on choisit avec soin, qu'on dépose sous le sapin et dont l'emballage rouge et doré réserve la plus merveilleuse des surprises ?

— Je suis désolée, j'ai laissé le tien à Paris, mentit-elle. Je pensais te voir à Noël et...

Elle rougit, peu habituée à mentir. Il ne remarqua même pas sa gêne.

— Ce n'est pas grave. Je vais chercher le dessert !

Il se faufila de nouveau en cuisine et revint avec de superbes verrines.

— Mousse au chocolat et framboises ! annonça-t-il. Faite maison, bien sûr.

Elle fit un effort pour manger son dessert, la gorge nouée par tant d'hypocrisie. Il la prenait vraiment pour une cruche.

— Le contrat pour ton scénario avec la première chaîne est-il signé ? Tu es content ?

Il s'empourpra légèrement. Il avait oublié de la remercier. Sans elle, il ne serait certainement pas parvenu à caser son texte. Mais le reconnaître lui aurait arraché le cœur. Il préférait penser que c'était le fruit de son talent et qu'il s'en était sorti seul, sans l'aide de personne.

— Assez satisfait, oui, dit-il pour minimiser sa joie.

Pas question qu'elle se sente indispensable. Encore moins qu'il lui soit redevable. Il lui offrit une cigarette et en alluma une. Ils fumèrent en silence.

— Je te sers un café ? demanda-t-il lorsqu'il écrasa son mégot.

— Oui, merci, répondit-elle, heureuse de gagner encore quelques minutes en restant à table.

Il s'empressa de lui préparer un *espresso* et la regarda le déguster avec une pointe d'impatience.

— Tu viens ? murmura-t-il en saisissant sa main dès qu'elle eut vidé sa tasse.

Il l'entraîna vers le fond de la maison. Comme les fois précédentes, elle nota les tableaux, les jolis meubles, les petits guéridons dans le hall d'entrée et dans le couloir.

Et les vases pleines de fleurs qui apportaient une touche féminine et tendre. La marque de Judith, songea-t-elle en ayant une fois de plus envie de se sauver. Tout était propre, soigneusement rangé. La femme de ménage devait être une perle ! Rien à voir avec le joyeux bazar qui régnait chez elle. Elle laissait toujours traîner un magazine sur la table, un pull sur une chaise, une tasse sur le coin de son bureau… Jamais elle n'aurait pu vivre dans une maison aussi impeccable. Tout, ici, était raffiné, sophistiqué, mais sans fantaisie. Rien n'était à son goût ! Ils traversèrent un minuscule salon, passèrent à côté de la bibliothèque et du bureau. Zachari ouvrit une porte et s'écarta pour laisser Constance entrer.

— Ta chambre ? demanda-t-elle en entrant dans une pièce aux tons violet et rose poudré.

— Non, hélas. Ma chambre est toujours en travaux. La salle de bains attenante n'est pas terminée. Celle-ci est une chambre d'amis. On y sera très bien. Il y a tout ce qu'il faut, même un petit cabinet de toilette avec une douche.

Au moins avait-il la décence de ne pas la conduire dans la chambre conjugale ! songea Constance. Il posa les mains autour de son cou et releva ses cheveux. Elle faillit le repousser. Non, pas maintenant… Encore un peu de patience. Il ne devait pas être loin de 15 h 30 et Jean Beauvoir n'allait plus tarder à se manifester. Zachari engloutit les lèvres de Constance et elle dut répondre à son baiser. Jamais elle ne s'était autant forcée. Sentir ses mains sous son pull la dégoûtait. Des larmes lui montèrent aux yeux et elle crut qu'elle allait craquer. Alors que Zachari la poussait doucement sur le lit, son téléphone sonna. Elle l'attrapa dans la poche de son pantalon et consulta l'écran.

— Je dois répondre, dit-elle en écartant son amant. Le travail.

Le travail, un argument qu'il avait utilisé des dizaines de fois pour annuler un rendez-vous et la planter au dernier moment... Elle colla l'appareil à son oreille, écouta Jean Beauvoir prononcer le message convenu.

— J'arrive au plus vite, répondit-elle. Le temps d'attraper un train.

Elle raccrocha, se composa une mine effondrée et caressa la joue de Zachari.

— Je suis désolée, je dois rentrer à Paris immédiatement. Un gros souci sur un tournage. Tu peux me raccompagner à la gare, mon cœur ?

Elle contint un soupir de soulagement. Enfin, cette vilaine comédie touchait à sa fin.

41

Michèle rapporta un plat vide dans la cuisine et s'empara d'une assiette de toasts.

— Rejoins-nous dans le salon, dit-elle à Constance. Tu ne profites pas de ta soirée !

— Juste une petite minute. Je coupe la quiche et j'arrive. Tout le monde a un appétit d'enfer ! Heureusement que nous avons prévu large !

Elle était ravie d'avoir organisé cette pendaison de crémaillère. Une bonne ambiance régnait dans son appartement de la rue Daguerre. Quelques heures plus tôt, tandis qu'elle préparait des tartes et des cakes salés, que Michèle concoctait une sangria et Virginie un punch, elle était encore d'humeur morose et avait bien du mal à sourire. Sa dernière visite chez son père avait été catastrophique. Elle était allée le voir juste après Noël pour lui apporter un cadeau et lui réclamer quelques explications concernant la banque car celle-ci l'avait de nouveau contactée. Son père avait retiré une nouvelle somme d'argent en prétextant une fois de plus la destiner à sa fille. Cette fois, le conseiller financier ne l'avait pas appelée pour lui faire part de son inquiétude mais pour la prévenir que l'établissement allait saisir la justice. La discussion avait été houleuse avec son père et elle avait exigé qu'il lui dise la vérité. Elle voulait savoir où passait cet argent. Il ne pouvait pas se dérober dans la mesure où la banque l'accusait de profiter de lui. Jean-Frédéric était monté sur ses grands chevaux. Il ne devait rien à sa fille et n'avait pas à se justifier. Mais puisqu'elle insistait ! Cet argent, il l'avait donné à sa voisine car elle s'occupait bien de lui. Juste retour des choses. Il l'avait aidée à payer sa nouvelle voiture ainsi qu'un équipement électroménager dernier cri pour sa cuisine. Constance avait essayé de le raisonner mais il l'avait insultée, hurlant qu'il ne lui laisserait rien le jour où il « crèverait », avant de la repousser vers la porte. Constance était sortie à reculons, fixant son père en songeant que c'était sans doute la dernière fois qu'elle le voyait. Si jamais il avait besoin d'elle, il saurait toujours où la trouver. Quant à Zachari, il poursuivait sa comédie. Il était à Montpellier, accaparé par sa famille et leurs problèmes. C'était du moins ce qu'il lui disait lorsqu'il daignait lui donner de ses nouvelles. Elle le laissait s'enferrer dans ses histoires, mais jusqu'où irait-il ? Lorsqu'il l'avait raccompagnée à la gare du Val-de-Reuil dix jours plus tôt, il l'avait embrassée et lui avait murmuré à l'oreille un serment d'amour. C'était consternant. Tellement affligeant qu'elle n'avait rien dit de la situation à Michèle. Il faudrait tout de même qu'elle lui avoue un jour que Zachari l'avait roulée dans la farine. Elle savait quelle serait sa réaction – « Tu vois, j'avais raison ! » –, mais elle pourrait riposter en lui expliquant le plan qu'elle avait mis au point avec Rebecca et son père pour le faire couler.

Elle s'ébroua, saisit un plat dans une main, un seau rempli de glaçons dans l'autre avant de rejoindre les invités dans le salon.

— Ah, du ravitaillement ! s'exclama François Clécy en débarrassant Constance du plat. C'est fou ce que ça mange ! Il y a encore quelque chose dans le four ?

— Oui, une pizza. Prête dans cinq minutes.

— Alors, reste là. Je me charge de la sortir et de couper les parts. Tiens, prends un verre de sangria. Tu sers tout le monde, et tu oublies de trinquer avec nous !

Le chef costumier était d'une humeur charmante.

Habituellement grognon, il n'avait cessé d'aider Constance à faire le service. Il était ravi d'être invité. Vieux garçon, pas toujours commode, il était souvent mis à l'écart sur les tournages. Ce soir, il se sentait « comme un poisson dans l'eau » parmi la majorité de célibataires que Constance avait invités. Elle-même s'était fait la même réflexion. Il n'y avait que deux couples à cette petite sauterie. Michèle était venue avec sa compagne Virginie, Azzedine avec Rebecca. En les voyant arriver ensemble, Constance comprit que Rebecca était la jeune femme dont il était très épris, cet amour de jeunesse dont il lui avait parlé à Yport. Depuis sa conversation avec la scénariste et son entrevue avec ses parents, elle était enfin parvenue à tisser quelques liens avec la jeune scénariste. Elle n'avait d'ailleurs pas hésité une seconde à la convier à sa soirée, même si officiellement Rebecca était toujours *persona non grata* dans les bureaux de France Télévisions. Constance estimait que la vérité ne tarderait plus à éclater et qu'elle n'avait aucune raison de continuer à la maintenir à distance.

Stellio était présent bien sûr. Constance lui avait proposé d'emmener sa sœur mais celle-ci avait poliment décliné l'invitation ; elle garderait Alessia. Franck Vallée, le chef de projet, était venu seul lui aussi et ne quittait pas Constance des yeux depuis le début de la soirée. Pour une fois, il conservait les distances, mais il ne désespérait pas de la conquérir. Fatoumata était accompagnée de sa mère que Constance avait tenu à inviter pour la remercier d'avoir consacré du temps à choisir ses plantes et à en rempoter certaines. Cette adorable dame lui avait prodigué mille conseils qu'elle suivait à la lettre. Quant à Francis Géorgie, le monteur, il ne s'était pas fait prier lorsqu'elle l'avait convié, la remerciant avec une joie manifeste. Enfermé dans un studio à longueur de journée, il n'avait guère le loisir de croiser l'équipe. Aussi, la perspective de passer une soirée avec toute la bande l'avait comblé. Il était arrivé avec Séverine, la scripte qui suivait Constance sur chacun des tournages, « son double », comme la réalisatrice aimait à le rappeler avec affection. Séverine avait l'œil aiguisé et saisissait tout ce qui pouvait lui échapper. Il y avait une vraie complicité entre les deux femmes. Éric Manche était présent lui aussi. Après des mois et des mois de traitement, il semblait remonter la pente. Son visage était encore marqué par la fatigue, son teint était terne, il avait les joues creuses, mais il s'accrochait. Et même s'il n'avait guère quitté le canapé depuis le début de la soirée, il semblait heureux de participer à la fête.

Constance but une gorgée de sangria et sourit. L'ambiance était agréable, comme souvent dans les soirées en petit comité. Avec son autorisation, Franck avait fouillé dans la pile de CD et de vinyles et en avait sorti de vieux titres, jouant avec plaisir le disc-jockey.

— *La Fièvre du samedi soir* ! s'exclama Virginie en reconnaissant un air. Ça faisait fureur il y a quarante ans ! Un trésor, ce disque. Tu en as d'autres comme celui-là ?

— Oui ! répondit Constance. Ces vinyles me viennent de ma mère. Elle a eu sa période disco. Je me souviens de ces bons moments quand on dansait toutes les deux. Quand mon père n'était pas là, évidemment…

Elle surprit le regard interrogateur de Stellio.

— Je n'avais pas un papa gentil et attentionné comme vous l'êtes avec Alessia, murmura-t-elle en s'approchant de lui.

— Merci du compliment ! Mais vous, vous avez fait preuve d'une patience infinie avec ma fille. Depuis ce dîner, elle parle sans cesse de vous ! Vous l'avez impressionnée avec votre leçon sur la tresse africaine. Elvire n'y a pas échappé et elle a eu droit à un cours magistral ! Alessia vous a adoptée, ce qui n'est pas rien !

Constance éclata de rire et il la trouva encore plus jolie que d'habitude. Il faillit le lui dire mais se ravisa. Il y avait trop de monde autour d'eux pour qu'il ose avancer autre chose que des banalités.

— C'est une pendaison de crémaillère bien sympathique ! s'exclama-t-il.

— Avec des personnes que j'apprécie vraiment !

— Je le prends comme un compliment puisque je suis là.

— Vous pouvez !

Elle vit passer une étincelle dans ses yeux bleus mais n'arriva pas à en cerner l'expression. Sans doute était-il comme elle, légèrement enivré. Ils avaient gardé d'excellentes relations professionnelles. Il l'estimait et elle en était flattée. Rassurée aussi. Elle avait repris confiance en elle. On lui reconnaissait ses compétences de réalisatrice. Elle soutint son regard quelques secondes. Avec ses cheveux poivre et sel, il était follement séduisant. Elle s'en voulut de laisser galoper ses pensées et revint sur un terrain moins dangereux.

— Ce fut un réel plaisir d'avoir travaillé à vos côtés, reprit-elle. Une chance aussi, car j'ai beaucoup appris.

Il s'efforça de sourire. Ce n'était pas le genre de sujet qu'il avait envie d'aborder avec elle. Au diable le tournage !

— Comme moi, vous aimez recevoir les amis simplement, constata-t-il.

Il soupira doucement, consterné par la banalité de ses propos. Il aurait voulu pouvoir lui dire des choses tellement plus importantes. À commencer par ses regrets. Il n'avait pas su saisir sa chance avec elle et il s'en mordait les doigts. Il s'était conduit comme un imbécile. Ce soir, il était là, à deux pas d'elle, à chercher à la retenir avec des phrases d'une platitude à faire pleurer…

— Oui, en petit comité on a plus le temps de bavarder avec les uns et les autres. Et puis le tralala, je déteste ! Avez-vous mangé quelque chose ?

Elle attrapa le plateau que faisait circuler Azzedine et lui proposa de se servir.

— Je rêve ! intervint le musicien. Vous vous vouvoyez encore ?

— Eh oui ! répondit Stellio avec un clin d'œil. On pourrait effectivement laisser tomber cette formule. N'est-ce pas, Constance ? Nous fêtons votre pendaison de crémaillère et la nouvelle année. Ça fait deux bonnes raisons, non ?

— Oui, bien sûr, balbutia-t-elle en rougissant.

Les seules fois où ils s'étaient tutoyés, c'était dans une chambre d'hôtel à Yport.

— Bah, c'est pas gagné ! s'exclama Azzedine en éclatant de rire.

— Il a raison, murmura Stellio. Nous sommes ridicules. Je vais te tutoyer et tu feras de même !

Elle acquiesça et fut ravie quand Virginie vint la tirer par la manche pour l'emmener en cuisine car elle était incapable de tutoyer Stellio dans l'immédiat.

— On a oublié les macarons salés ! chuchota Virginie. Je ne sais pas où ils sont !

— Merde ! s'écria Constance. C'est ma faute. Il n'y avait plus de place dans le réfrigérateur et je les ai posés sur la petite table dans le jardin.

Elle sortit récupérer le carton du traiteur et, aidée de Virginie, disposa les macarons dans plusieurs assiettes qu'elles emportèrent dans le séjour. Franck en profita pour attraper Constance entre deux portes.

— Tu ne me refuseras pas une petite danse ?

— Mais… personne ne danse !

— Justement ! Donnons-leur envie de se joindre à nous. Viens, j'ai lancé une samba !

Il saisit Constance par la taille. Elle ne put réprimer une petite moue contrariée mais se laissa faire. Elle ne pouvait pas sans cesse le rabrouer. Michèle applaudit et elle sourit tandis que Francis invitait Virginie qui accepta de bon cœur d'être sa cavalière.

— Franck ne renoncera jamais, murmura Azzedine à

l'oreille de Michèle. Il est dingue de Constance. Et ça ne date pas d'aujourd'hui !

— C'est peine perdue, grogna-t-elle.

— Pourquoi ? Ils forment un beau couple, non ? Bon, jusqu'alors, il ne s'est pas toujours bien comporté avec elle. Toujours à la harceler, comme si elle lui appartenait. Mais s'il est patient, s'il fait preuve d'intelligence et de tact, elle finira par le regarder autrement.

— Hélas, non. Elle a quelqu'un dans sa vie.

— Le moins qu'on puisse dire, c'est que tu n'as pas l'air enchantée !

— Carrément !

Michèle se retourna, vérifiant que personne n'était assez près d'eux pour les entendre.

— Elle s'est entichée de Zachari Montrouge.

— Tu plaisantes ?!?

— Pas du tout.

Azzedine ne souriait plus. Que faire ? Parler serait évoquer des choses qui ne regardaient personne. Se taire n'était pas mieux. Il ne pouvait pas laisser Constance se mettre en danger.

— Tu es sûre de ce que tu avances ?

Michèle fronça les sourcils. Pour qui la prenait-il ? Avait-elle l'habitude de raconter n'importe quoi ? Il comprit qu'elle était vexée.

— On peut aller dans la cuisine deux minutes ? demanda-t-il. J'aimerais te faire part de certaines choses en privé.

En quelques mots, Azzedine expliqua à Michèle que Rebecca avait été l'épouse de Zachari Montrouge, un mariage dont elle était sortie laminée.

— C'est pire que ce que je pensais ! s'exclama Michèle après qu'il eut raconté l'histoire du scénario. Moi, je le voyais comme un coureur de jupons. Je n'imaginais pas qu'il était aussi menteur et manipulateur. Un pervers, quoi !

— C'est ça.

— Mais alors, si Montrouge est l'ex de Rebecca, c'est donc lui qui est à l'origine de ce procès qui agite France Télévisions ? Accuser Rebecca… Mais c'est odieux !

— Oui. Tu as l'air de tomber des nues ! Je pensais que tu le savais !

— Comment aurais-je pu faire le rapprochement ? Le contrat est au nom de Beauvoir, pas de Montrouge.

— Beauvoir est le nom de jeune fille de Rebecca.

— Il faut avertir Constance. Tu crois que Rebecca accepterait de lui parler ?

— Ça m'étonnerait. Elle a définitivement rayé Montrouge de sa mémoire. Ce type lui a menti pendant des années. Il est hors de question que je lui inflige ça.

— Oui. Je comprends que tu veuilles protéger la femme dont tu es amoureux. Elle a de la chance. Je dois trouver un moyen de mettre Constance à l'abri. Même contre sa volonté. Si je lui répète ce que tu m'as dit, elle va m'envoyer sur les roses et je ne pourrai plus rien pour elle. Je ne peux pas la laisser entre les mains de ce salaud !

— Un salaud, c'est ça. Il paraît qu'il sait très bien endormir les gens. En particulier les femmes…

42

Zachari saisit les doigts de Constance et s'agenouille devant elle.

— Veux-tu m'épouser, Constance ? murmure-t-il.

Elle ouvre la bouche mais aucun mot n'en sort. Son père répond à sa place. Mais oui, qu'elle se marie avec Zachari et qu'elle lui fiche la paix ! D'ailleurs, lui aussi a un mariage à préparer ! Le sien ! Et pourquoi ne pas organiser les deux cérémonies le même jour ?

Elle doit fuir, vite. Stellio lui fait un signe de la main. Non, il ne faut pas qu'il parte ! Elle n'a pas le temps de le rattraper. Il referme déjà la porte derrière lui.

Constance s'éveilla en sursaut et se redressa tel un diable. Toutes les nuits se déroulaient sur le même schéma. Elle s'endormait rapidement, épuisée par des journées à n'en plus finir. Puis des cauchemars venaient troubler son sommeil et elle se réveillait en nage, complètement hébétée. « Stellio, Zachari et mon père dans le même rêve, grogna-t-elle. Je deviens folle ! » Elle alluma la lumière, attrapa une bouteille d'eau et but une longue gorgée. Qu'est-ce que Zachari venait faire dans ses songes ? Elle l'avait revu une fois. Une seule, à son retour de Montpellier. Ils s'étaient donné rendez-vous dans un restaurant du 5e arrondissement. Elle l'avait écouté sans broncher. Toujours le même discours, sa famille, ses parents vieillissants, Judith… Elle avait failli éclater de rire lorsqu'il lui avait expliqué que sa pauvre sœur perdait de plus en plus la boule. Comment la compagne de Zachari Montrouge aurait-elle réagi si elle avait su qu'il la faisait passer pour une déséquilibrée ? Sans la connaître, Constance plaignait cette femme. Bref, il s'était épanché durant plus d'une heure pour justifier le fait qu'il avait dû prolonger son séjour à Montpellier de quelques semaines.

Constance était parvenue à garder son calme, se montrant presque compatissante. Elle l'avait laissé aller jusqu'au bout de sa tirade, puis elle avait craché le morceau. Mais elle n'avait pas réussi à l'ébranler. Il n'avait pas admis son mensonge, bien au contraire. Avec un aplomb incroyable, il l'avait accusée d'utiliser ce prétexte pour le quitter, avant de jurer sur la tête de ses parents que Judith était sa sœur puis de se lamenter sur son sort. Pourquoi Lucie Gefosse avait-elle proféré de telles sornettes ? Par jalousie ? Peut-être avait-elle voulu éloigner Constance parce qu'elle était secrètement amoureuse de lui ? Devant autant de mauvaise foi, Constance avait fini par perdre patience. Elle avait quitté la table et n'avait prononcé qu'une seule phrase devant les clients médusés : « J'espère ne jamais te revoir. » En sortant du restaurant, elle avait téléphoné à Jean Beauvoir pour l'informer que Montrouge n'avait pas craqué. « Il n'a rien avoué, aussi n'ai-je rien dit concernant le scénario de Rebecca. On continue, si vous êtes toujours d'accord. » Déterminé à coincer cette ordure, il était prêt à passer à la suite. Constance avait frémi en entendant sa voix pleine de colère. Était-ce une bonne idée de pousser les choses aussi loin ? Il était trop tard pour reculer de toute façon. Il n'y avait plus qu'à espérer que tout aille le plus vite possible. Elle avait imaginé Zachari de retour chez lui, ouvrant son ordinateur pour consulter ses mails et découvrant celui de son ex-beau-père. Un courriel lui intimant l'ordre de renoncer à s'accaparer le scénario de Rebecca, accompagné de quelques photographies. Des clichés pris à la gare du Val-de-Reuil un jour de décembre, sur lesquels on voyait Zachari enlaçant Constance… Le marché était simple : il reconnaissait que le scénario appartenait à Rebecca et les images seraient détruites. S'il refusait, elles seraient envoyées à sa compagne.

Constance était rentrée rue Daguerre et avait attendu son coup de fil, certaine qu'il finirait par se manifester. Effectivement, il l'avait appelée à 18 heures, affolé. Il était menacé. On les avait vus, on les avait suivis, épiés, photographiés. Était-elle dans ce mauvais coup ? « Et alors, que veux-tu qu'il nous arrive ? avait-elle répondu, presque hilare. Je suis libre, tu es libre et nous sommes deux adultes consentants. Je ne vois pas où est le drame… Puisque Judith est ta sœur et que Lucie Gefosse raconte n'importe quoi, nous avons bien le droit de nous embrasser sur un quai de gare ! » Il l'avait traitée de garce avant de raccrocher. Le lendemain, Rebecca apprenait à Constance que Zachari capitulait. Enfin ! Pour Constance, la victoire avait tout de même un goût amer. Elle s'était détestée pour avoir participé à cette mise en scène, à ce chantage. Depuis, ses nuits étaient perturbées. Comme si elle devait payer une dette pour s'être mal comportée.

Pour se rassurer, elle se répéta qu'elle n'avait fait que donner une chance à Zachari de se racheter. Il ne l'avait pas saisie, c'est tout. Justice avait été rendue et Rebecca avait retrouvé son honneur. Elle regarda autour d'elle. Heureusement qu'elle avait ce refuge. Elle était bien dans ce petit nid douillet. L'image de la demeure de Zachari la traversa. Du tape-à-l'œil, à son image… Comment avait-elle pu croire qu'elle pourrait aimer un homme comme lui ? Elle n'en revenait pas d'avoir été aussi stupide. Mais que n'aurait-elle pas fait pour oublier Stellio ? « Avec le temps, je finirai par y arriver, murmura-t-elle. Je dois être patiente et laisser mon cœur panser sa blessure… »

Convaincue qu'elle ne se rendormirait pas, elle descendit

à la cuisine. Dans l'évier, poêle et casseroles attendaient d'être nettoyées. Elle fit couler de l'eau, versa du produit à vaisselle sur l'éponge et entreprit de récurer les gamelles. Puis elle nettoya la table de cuisson et le plan de travail. Enfin, elle mit de l'ordre dans le salon, ramassa les magazines et les livres. Quand tout fut rangé, elle regarda autour d'elle, presque surprise. Rien ne dépassait. Elle consulta l'heure, il était trop tard pour retourner au lit. Elle se prépara un café, ouvrit son ordinateur et répondit à ses mails. Puis elle alla à la cuisine pour préparer son petit déjeuner, grignota à son bureau tout en réglant quelques détails sur sa tablette avant de filer à la salle de bains pour prendre une douche. Elle enfilait un peignoir quand la sonnette retentit. Elle se dépêcha d'essuyer ses cheveux et alla ouvrir. Le facteur apportait un courrier recommandé. Elle signa le bordereau et retourna au salon. C'était une lettre de son père. Il lui annonçait qu'il s'était pacsé avec sa voisine et qu'il avait fait le nécessaire auprès du notaire afin que l'ensemble de ses biens revienne à sa nouvelle compagne. Pour Constance, il ne resterait que la part obligatoire prévue par la loi puisque en France on ne peut pas déshériter un enfant… Une part qu'elle ne toucherait qu'après le décès de la voisine. Voisine à laquelle il laissait l'usufruit de ses biens si jamais il venait à partir avant elle…

Constance s'affala sur le canapé et contempla l'eau qui glissait sur les carreaux de la verrière. Depuis la veille, la pluie n'avait cessé de tomber. La journée promettait d'être triste, comme cet hiver qui n'en finissait pas. À quand le printemps, les rayons de soleil ? Encore quelques jours avant le mois de mars, pensa-t-elle pour s'encourager. Après, tout irait mieux. Elle irait mieux ! Elle ne ferait plus de cauchemars, comme celui de cette nuit qui l'avait réveillée. « Je l'ai sans doute mérité », murmura-t-elle. À plusieurs reprises, elle avait songé que le Ciel la punirait pour la vengeance qu'elle avait infligée à Zachari. Elle alluma une énième cigarette et toussa, tira quelques bouffées de tabac avant de l'écraser dans le cendrier. Elle reprit la lettre pour la relire. Ce n'était pas une question d'argent, plutôt une impression d'abandon. Comme si elle n'existait plus pour son père. Avec cette lettre, son père ruinait les derniers espoirs de réconciliation qu'elle avait encore parfois lorsqu'elle pensait à lui... La sonnerie du téléphone la fit sursauter. Le prénom de Michèle s'afficha sur l'écran. Son amie cherchait à la joindre pour la seconde fois. Elle n'avait aucune envie de lui parler. Elle n'était pas capable de l'affronter, de lui dire que son père avait réussi à l'ébranler. Devait-elle l'appeler ? Devaient-ils se rencontrer et mettre les choses à plat ? Pour ne pas se quitter fâchés en quelque sorte... Elle ne lui reprocherait pas le fait qu'il se soit pacsé avec sa voisine. Il avait le droit de refaire sa vie. Depuis le temps qu'il était seul. Mais il pouvait garder une place dans son cœur pour sa fille. L'un n'empêchait pas l'autre !

Au-dessus de la verrière, le ciel continuait de déverser des trombes d'eau. De grosses larmes embuèrent les yeux de Constance et roulèrent sur ses joues. Elle reposa son téléphone. Elle ne contacterait pas son père. Elle rouvrit son ordinateur. Elle avait reçu un mail d'Azzedine. Il l'informait que le dîner prévu le vendredi suivant avec Stellio n'aurait pas lieu au restaurant, mais chez le réalisateur. Un autre courriel lui parvint alors qu'elle s'apprêtait à répondre au musicien. Stellio lui écrivait à son tour, répétant presque mot pour mot ce qu'Azzedine venait de lui annoncer. Il préférait les recevoir chez lui afin d'éviter de demander une fois de plus à sa sœur de venir garder Alessia. La petite irait au lit de bonne heure et ils auraient tout le temps d'échanger au sujet de ce projet mystère qu'il espérait mener à bien avec eux. « Je me fous de ce projet ! » hurla-t-elle en se redressant.

Une nausée la plia en deux et elle courut aux toilettes. Elle passa ensuite à la salle de bains pour rafraîchir son visage. Elle avait l'impression d'avoir vécu cette scène des centaines de fois. Le miroir lui renvoya l'image de son désespoir. Elle serra les dents. Thibault, son père, Zachari, et même Stellio, l'avaient fait souffrir. Les hommes étaient-ils tous sans cœur ? Et elle, n'était-elle pas idiote ? Idiote à en pleurer, oui. Trop sensible. Trop aimante… Elle sentit la rage s'emparer d'elle et eut envie de briser le miroir. Elle fit encore couler de l'eau sur ses yeux et ses joues, attendit que la colère s'éloigne. Quand elle regagna le salon, son téléphone avait enregistré trois messages. Michèle. Elle consulta l'heure. Elle serait en retard au travail. Pour quelqu'un qui s'était levé avant l'aube, c'était un comble. Elle regroupa ses papiers, sa tablette, son ordinateur portable et rangea le tout dans son sac besace. Un bruit dans la verrière la fit sursauter. Le vacarme se fit soudain plus fort. Elle se retourna. Derrière la baie vitrée, elle aperçut Michèle, les mains plaquées sur les carreaux, qui cognait comme une forcenée.

— T'es folle ! hurla Constance en allant lui ouvrir.

— Et toi ? cria Michèle. Ça fait au moins cinq minutes que je suis là à toquer contre les vitres ! Pourquoi tu ne réponds pas au téléphone ? Je t'ai appelée au moins dix fois ! Je me suis fait un sang d'encre !

Elle secoua ses cheveux trempés, ôta son imperméable et fixa son amie.

— Qu'est-ce qu'il t'arrive ? Tu es malade ? Il s'est passé quelque chose de grave ?

— Pourquoi dis-tu ça ?

— Parce que tu ne réponds pas au téléphone ! Parce que tu as une mine abominable ! C'est ce salaud de Montrouge ?

— Non, mon père.

— Qu'est-ce qu'il a trouvé cette fois pour te blesser ? Il ne t'aime pas, Constance. Ce qu'il veut, c'est te posséder. Te réduire à néant. Comme il l'a fait avec ta mère. C'est toi-même qui me l'as expliqué. Il l'a écrabouillée et elle en est morte. Tu ne peux rien faire pour lui. Il est malade et ne cherche qu'à te faire souffrir.

— Tu as raison…

— J'ai raison ? C'est tout ? Tu ne te révoltes pas ?

— Il n'y a vraiment rien à dire. Mon père s'est pacsé avec sa voisine et il en a fait son héritière. Je vais laisser tomber. Quant à Montrouge, l'affaire est pliée. Tu avais raison. Je m'en veux car je n'ai pas su le percer à jour. Il m'a menti, il m'a caché qu'il avait déjà une compagne. Ça aurait pu durer longtemps… Et ne me fais pas la morale, s'il te plaît.

— Je n'ai pas à te faire la leçon à ce sujet.

Michèle tendit la main et força Constance à s'asseoir à côté d'elle. Puis elle passa un bras autour de son épaule. Lui parler de ce qu'elle avait appris par Azzedine était devenu inutile. L'essentiel était de voir Constance redresser la tête, de la voir sourire et vivre de nouveau.

— Il est temps d'aimer, Constance. Mais d'aimer quelqu'un qui te mérite…

43

— Mais enfin, chérie, tu es la femme de ma vie ! larmoya Zachari en se précipitant vers Judith.

— Cesse de mentir ! hurla-t-elle en l'écartant sans ménagement. Je ne suis pas née de la dernière pluie. Il y a une autre femme, je le sais !

Il s'éloigna et s'assit sur le canapé. Elle serra les lèvres. Elle s'était juré de ne pas s'emporter, mais elle était incapable de contenir sa fureur.

— Je n'en peux plus de tes histoires abracadabrantes, reprit-elle sur un ton plus calme. Je ne suis pas une jeune femme éperdue d'amour et aveugle ! J'ai 50 balais, un peu d'expérience, et je sais que tu mens. J'exige la vérité.

Zachari se mordit la langue. Jean Beauvoir l'aurait-il trahi ? Ou Constance ? L'un des deux n'aurait-il pas respecté le pacte ? Il avait fait marche arrière, il avait reconnu que le scénario de Rebecca ne lui appartenait pas. En échange, Beauvoir lui avait promis qu'il n'enverrait pas les photos compromettantes à Judith. Alors comment avait-elle pu apprendre qu'il avait une maîtresse ? Il n'était pas question qu'il reconnaisse les faits sans être certain qu'elle ne bluffait pas. Mais que savait-elle, au juste ? Si elle évoquait les photos, il prétendrait qu'elles étaient truquées. C'est facile de trafiquer des images avec de bons logiciels !

— Comment peux-tu penser de telles choses ? lâcha-t-il soudain, prenant un air accablé. Comment oses-tu proférer de telles accusations ?

Il était certain d'avoir choisi la meilleure parade. Se draper dans sa dignité, jouer les victimes, se montrer affecté.

— J'en ai assez entendu, ajouta-t-il, je vais me coucher.

— Non, tu restes là ! aboya-t-elle. Nous n'en avons pas fini. Je veux une explication. Je veux la vérité.

D'un coup d'œil, il la jaugea. Elle était dans une colère noire et elle insisterait s'il se dérobait. Elle s'était levée de son fauteuil et faisait les cent pas.

— Judith, tu as souhaité passer les fêtes de fin d'année dans ta famille et je t'ai accompagnée alors que j'aurais préféré demeurer ici. Tu as voulu prolonger le séjour et je suis resté à tes côtés. Certes, j'ai pu bosser, un peu, quand tu allais te promener, mais pas autant que je l'aurais fait si j'étais resté à la maison. N'est-ce pas une preuve de mon attachement ? Si j'avais eu une maîtresse, je ne t'aurais pas suivie à Montpellier, j'en aurais profité pour la voir. Comment peux-tu être aussi méchante ? Je ne suis coupable de rien. Je suis bouleversé devant une telle injustice !

— Justement, je pense que tu es venu avec moi à Montpellier pour endormir ma méfiance parce que j'avais des craintes à ton sujet et que tu l'as senti. Qu'est-ce que tu crois ? Que je ne t'observe pas ? Que je ne connais rien de ton passé ? J'ai eu maintes fois l'occasion d'assister à ton numéro de séducteur chez les Gefosse alors que tu étais marié. Et quand ta femme est partie, on m'a mise en garde. Dès le début de notre relation, j'ai veillé au grain. Une vigilance de tous les instants.

— Si je comprends bien, tu te fies à ce que les autres racontent. Je te croyais plus intelligente, plus lucide. Comment peux-tu accorder du crédit à de tels ragots ? Des ragots venant de gens envieux et jaloux.

— Je ne te parle pas de ragots, Zachari. Je te répète que je t'ai vu à l'œuvre chez les Gefosse bien avant qu'il y ait quelque chose entre nous. Moi-même, je suis tombée sous ton charme ! Si je me permets de t'accuser, c'est que j'ai des preuves !

— Des preuves ? Mais lesquelles ?

Zachari tenait tête, cependant il sentit dans son dos une sueur froide qui trempait sa chemise et le cuir du canapé qui collait à son vêtement. Elle détenait les photos ! Il la vit aller vers le bonheur-du-jour et ouvrir un tiroir. Il ne tarderait pas à être fixé. Nier, se répéta-t-il. Nier jusqu'au bout, quoi qu'elle sorte de son chapeau. Il se redressa et mit les mains sur ses hanches, décidé à garder l'attitude de l'innocent injustement soupçonné. Judith revint avec quelques morceaux de papier et lui mit sous le nez un relevé de carte bleue.

— J'ai fouillé dans tes affaires, dit-elle. Je ne suis pas fière de l'avoir fait, mais c'était indispensable. Quelle explication as-tu pour cette note d'hôtel à Fécamp en septembre dernier ? Je me souviens que nous en avions discuté à l'époque, car j'avais trouvé le nom de l'hôtel sur un bloc-notes. Tu m'avais dit que tu cherchais un endroit pour m'emmener en week-end. Ça m'avait semblé plausible. Et puis tu as dû partir à Paris pour le travail un samedi après-midi et rentrer le dimanche soir. J'avais noté ce déplacement sur mon agenda. Sauf que cette date correspond à cette facture d'hôtel à Fécamp… Alors, je t'écoute.

Il leva les yeux au ciel. Tout n'était pas perdu puisqu'elle ne parlait pas des photos. En reconnaissant une moitié de mensonge, ce serait facile.

— C'est vrai, je ne suis pas allé à Paris mais à Fécamp. C'était pour le boulot. On m'avait dit que Stellio Mirano tournait à Yport. Ça faisait des années que j'espérais faire la connaissance de ce type… J'y suis allé au culot. Je me suis présenté sur le tournage le samedi et je l'ai invité à dîner le soir même. Ensuite, j'ai dormi à l'hôtel. Je suis retourné sur le tournage le lendemain en espérant le revoir pour enfoncer le clou. Je ne t'ai rien dit car je ne savais pas quel serait le résultat de cette entrevue. J'ai bien fait, car il ne m'a jamais donné signe de vie depuis. En revanche, ce déplacement à Yport m'a permis de nouer quelques contacts et c'est grâce à ça que j'ai pu caser un scénario à la télé.

Judith secoua la tête. Elle n'en revenait pas. Il était capable d'inventer n'importe quoi. Quel excellent scénariste ! Devait-elle lui parler de ce parfum très féminin qu'elle avait respiré sur un de ses pulls ? Devait-elle lui reprocher ses baisers qu'il lui donnait du bout des lèvres ? Les soirées où il se couchait à 21 heures… Et ce sentiment de solitude lorsqu'elle allait le rejoindre et qu'elle le trouvait endormi ? Il n'avouerait pas. Elle n'avait plus qu'à abattre sa dernière carte.

— Quelqu'un t'a vu avec une jeune femme que tu serrais dans tes bras et embrassais. À deux pas de chez nous, à la gare du Val-de-Reuil. C'était peu avant Noël. Alors, tu persistes à nier que tu n'as pas de maîtresse ?

— Quelqu'un m'a vu avec une jeune femme… Quelqu'un qui possède une boule de cristal et fait des prédictions à deux sous, c'est ça ?

— Laisse tomber l'ironie. Quelqu'un que je connais assez bien pour savoir qu'il a dit la vérité. Et qui m'a donné assez de détails pour que ce soit plausible. C'était en décembre et j'étais absente.

— Qui t'a raconté ces bobards ?

— Peu importe.

L'esprit de Zachari moulinait à toute vitesse. Judith ne sortait toujours pas les photos. Si elle n'avait pas les clichés pris par Jean Beauvoir, quels autres éléments pouvait-elle détenir ? Qui l'avait aperçu à Val-de-Reuil avec Constance ? Une personne qui le détestait assez pour vendre la mèche ? Ou une personne qui appréciait Judith et voulait la mettre en garde ? L'image de Carine, la jolie jeune fille de son club de lecture, le traversa. La première fois qu'il l'avait rencontrée, il avait eu le sentiment de la connaître. Par la suite, il l'avait croisée plusieurs fois à la gare. Elle aussi prenait souvent le train… C'était sûrement elle qui l'avait aperçu avec Constance. Mais elle ou une autre, qu'est-ce que ça changeait ? Ça ne le tirerait pas d'affaire de le savoir.

Judith déplia une feuille de papier sur laquelle elle avait noté la date et l'heure précise. Elle la tendit à Zachari. Il accusa le coup sans broncher. Elle répéta mot à mot le portrait qu'on lui avait fait de cette jeune femme qu'il tenait dans ses bras et n'avait pas 40 ans. Même la description du manteau et de l'écharpe de Constance était parfaite. Tous les renseignements communiqués à Judith étaient exacts. Il fallait faire vite. S'entêter à tout nier en bloc ou bien accommoder les faits à sa sauce.

— C'est à la fois simple mais beaucoup plus compliqué que tu ne l'imagines, murmura-t-il.

Les bras croisés, Judith attendait la suite. Quelle histoire allait-il lui raconter ? Elle aurait aimé enregistrer cette conversation. Brusquement, il revint vers elle et saisit sa main.

— Je te jure que je ne t'ai pas trompée.

Elle le laissa caresser ses doigts, indécise. Combien de fois avait-elle rêvé de le conquérir ? Et ce depuis ce premier jour où elle l'avait aperçu chez les Gefosse. Combien de fois s'était-elle dit que c'était impossible ? Il y a un an, quand elle avait compris qu'il était enfin à sa portée, elle avait espéré. Espéré être aimée de lui et rêvé d'une existence agréable à ses côtés. Elle eut soudain l'impression d'un énorme gâchis. Elle le fixa un instant. Il avait les larmes aux yeux. Elle réprima son envie de tendresse et se ressaisit.

— Ne jure pas, répondit-elle. Si tu aimes cette femme, rejoins-la.

— Mais je t'assure qu'il n'y a que toi. Tu te méprends. Laisse-moi t'expliquer.

— Finalement, je ne préfère pas. Restons-en là. Je contacterai mon notaire demain. Il te versera au plus vite la part de la maison qui te revient. Je te demande de prendre tes dispositions et de partir d'ici à la fin du mois.

Il déglutit. Sa part de la maison ! Mais c'était une misère ! Elle en avait payé plus des trois quarts. Et elle le contraignait à déguerpir ! Il regarda autour de lui. Les pierres et les poutres rappelaient l'ancien bâtiment de ferme. Le séjour était vaste, à l'image de ce qu'il avait toujours voulu posséder. Il adorait recevoir des amis, des connaissances, et il aimait plus encore leurs yeux épatés quand ils découvraient ce charmant intérieur. Jamais il ne pourrait retrouver un tel cadre. Et puis le jardin…

— Tu te rends bien compte que tu n'as pas les moyens de garder la maison, insista Judith. Moi, je peux. Donc, je la conserve !

Il ne répondit pas. Il avait compris.

— Cette femme, chuchota-t-il après un long silence, n'est rien pour moi. Elle me poursuit, me harcèle. J'ai espéré m'en débarrasser sans que tu n'en saches rien. Il est possible qu'on m'ait vu en sa compagnie à la gare car elle est venue me traquer jusqu'ici. J'ai tout fait pour nous protéger. Ce jour-là, je l'avais ramenée jusqu'au train pour être sûr qu'elle monterait dedans. Personne n'a pu me voir l'embrasser. Parce que ça n'est jamais arrivé. Il n'y a que toi dans mon cœur.

Judith aurait voulu le croire, mais la magie n'opérait plus. Il ne l'aimait pas. Et sans doute qu'il n'aimait pas non plus l'autre femme. Zachari voulait seulement posséder les gens comme il possédait les choses. Une maîtresse n'était rien d'autre qu'un bel objet. Zachari était un affabulateur doublé d'un lâche…

— Veux-tu m'épouser ? murmura-t-il.

Cette fois, il n'eut pas à se forcer pour avoir les larmes aux yeux, conscient qu'il se mettait la corde au cou. Judith baissa la tête. Il était très fort. Il venait de lui servir un mensonge de plus et enfonçait le clou par une demande en mariage. Elle aurait presque pu en rire tant c'était grotesque.

— Zachari, tu veux me faire croire qu'une femme te persécute ? Faut-il que j'aille lui rendre visite moi-même pour lui mettre les points sur les « i » ?

— Épouse-moi.

Elle le dévisagea. Se marier avec Zachari, elle avait cessé d'y croire, et voilà qu'il était prêt à ce sacrifice pour se racheter. Elle n'était pas dupe. C'était sa fortune qu'il aimait. Le train de vie qu'elle lui offrait. Pourtant, elle adorait l'idée de devenir madame Montrouge. De prouver à sa famille, à ses amies qu'elle n'était pas une veuve délaissée…

— Il faut trois semaines pour publier les bans, susurra-t-elle. Fin avril, nous serons mariés. Je te préviens, je ne te lâcherai plus. Partout où tu iras je t'accompagnerai. Y compris dans tes rendez-vous parisiens. Et quand c'est moi qui devrai partir, tu me suivras. C'est sans compromis possible. Je ne serai pas madame Montrouge que sur le papier. Je veillerai à dicter à mon notaire les termes exacts de notre contrat. À la moindre faute…

Il acquiesça. Il le savait : à la moindre faute, il dégagerait.

44

— Je vais demander un projecteur de plus, annonça Kurt. Il faut que la rue soit mieux éclairée au centre de la chaussée. Sur le trottoir, l'ombre est parfaite. On ne verra pas le personnage approcher. Les phares de la voiture éclaireront la silhouette au dernier moment. T'es OK ?

Étonné du silence de Constance, il posa une main amicale sur son épaule.

— Ça va, Constance ? s'inquiéta-t-il.

Elle hocha la tête et esquissa un sourire.

— T'es pas obligée de te forcer à avoir la banane avec moi, chuchota-t-il. C'est nul de faire semblant que tout va bien quand un truc cloche. Tu veux qu'on arrête pour ce soir ?

— Non. On ne doit pas prendre de retard. Ça ne rigole pas avec la production ! On oublie mes états d'âme, d'accord ?

— D'accord. Mais je ne crois pas qu'il s'agisse d'un simple coup de mou. Je te connais bien, tu sais. Depuis dix ans qu'on bosse ensemble… Tu me parais perdue.

— C'est un peu ça, avoua-t-elle. Mais ça va aller, ne te tracasse pas. On en était où ?

Il répéta sa suggestion d'ajouter un projecteur et elle approuva. Quelle chance de travailler avec une équipe sympa et très professionnelle ! Avec Kurt, son assistant réalisateur, elle pouvait se permettre de s'égarer un peu. Il veillait au grain sans faillir. Ils étaient depuis dix jours en

Gironde pour le tournage d'un téléfilm dont la majeure partie de l'action se situait dans les vignobles de Pessac. Seules quelques scènes, comme celle sur laquelle ils travaillaient, avaient requis de négocier avec la municipalité de Bordeaux la fermeture de deux rues après la tombée de la nuit, et pour un après-midi l'autorisation de planter les caméras place de la Bourse et sur le miroir d'eau sur les quais, face à la Garonne. Ce travail loin de Paris, Constance l'avait attendu avec impatience, priant pour que l'éloignement et le dépaysement parviennent à la distraire. Mais parfois, la morosité revenait. Ces journées au soleil, en plein mois de mai, dans un splendide domaine viticole, étaient agréables, mais la trahison de son père ne s'effaçait pas. Il l'avait reniée et c'était bien plus difficile à digérer qu'elle ne l'avait imaginé ! Pourtant, elle était accoutumée à ses coups de Trafalgar. Elle avait mis toute son énergie à se répéter qu'elle devait lâcher prise et admettre qu'elle était presque orpheline. Plus facile à dire qu'à faire… Heureusement, autour d'elle, les liens s'étaient resserrés. Sur le tournage, son équipe était aux petits soins, tout comme ses amis. Michèle ne la lâchait pas, Fatoumata avait toujours un œil sur elle et Azzedine était très présent. Même Rebecca l'appelait souvent. Un soir, elle l'avait invitée à dîner au restaurant. Elle l'avait remerciée de l'avoir aidée à faire reculer Zachari, de lui avoir permis de reprendre possession de son texte et dans la foulée d'avoir renoué le contact avec France Télévisions. Les deux femmes avaient laissé tomber le vouvoiement, signe d'un rapprochement, et elles prenaient plaisir à bavarder ensemble désormais.

— Constance ! L'éclairage, c'est bon ?

La voix de Kurt sortit la réalisatrice de sa torpeur. Elle rougit. C'était la deuxième fois qu'elle était prise en faute en l'espace de quelques minutes.

— C'est bon, acquiesça-t-elle.

— On met tout le monde en place pour l'ultime

répétition ? lui demanda-t-il. Allez ! Je termine, si tu veux ! Pose tes fesses sur une chaise et souffle !

Elle leva le pouce pour donner son accord avant de reculer. Kurt invita les comédiens à prendre position dans la rue, sur le trottoir et dans la voiture. Derrière les caméras, on s'agitait.

— C'est la dernière pour ce soir, soupira Séverine venue retrouver Constance. Espérons qu'on n'aura pas à recommencer plusieurs fois !

Constance sourit à la scripte dont les traits étaient tirés par l'épuisement.

— Oui, la dernière, répondit-elle. Je croise les doigts pour que cette prise soit la bonne.

— Je n'en peux plus. Et toi non plus, visiblement !

Quand Kurt ordonna de couper les caméras, elles respirèrent.

— Fini pour aujourd'hui ! s'écria-t-il. On va manger un morceau dans une brasserie à deux pas d'ici. Vous venez, les filles ?

Constance songea qu'elle aurait aimé rentrer, se vautrer sur son lit et surtout ôter ses chaussures. Cette journée à piétiner sur le bitume avait mis en surchauffe la plante de ses pieds. Elle se contenta de desserrer les lacets de ses *Timberland* et alla récupérer son sac dans un des camions de la régie. Sur son portable, elle trouva plusieurs messages, dont deux de Rebecca qui paraissait avoir un besoin urgent de lui parler. Constance s'écarta du groupe pour l'appeler.

— Une grande nouvelle, s'exclama Rebecca, surexcitée. C'est mon père qui vient de me l'apprendre. Zachari a épousé sa dernière conquête. Contraint et forcé ! Judith lui a passé la bague au doigt. Ou plutôt la corde au cou parce que le contrat de mariage est serré. Il ne laisse aucune latitude à Zachari. S'il déconne, il est à la rue. Sans rien !

— T'es sûre ? Comment ton père peut-il savoir tout ça ?

— Il se trouve que le notaire est un de ses amis. Mais,

chut ! Ça reste entre nous, il s'agit de paperasses confidentielles. Je voulais seulement partager avec toi cette bonne nouvelle. Ça me réchauffe le cœur de savoir qu'il paye pour le mal qu'il a fait, et surtout qu'il soit tombé sur une femme qui va le visser. Fini la rigolade ! Il va se faire dresser, le Zachari !

Rebecca éclata de rire et Constance pouffa aussi. Lorsqu'elle raccrocha, elle se sentait plus légère. Cette révélation la réconfortait. Elle n'avait vraiment rien perdu en mettant un terme à sa relation avec Zachari, bien qu'elle se demandât encore comment elle avait pu croire qu'elle pourrait aimer un type comme lui. Elle haussa les épaules. Il était inutile de continuer à chercher une réponse à cette question. Elle savait très bien pourquoi elle s'était jetée dans ses bras. La vision de Stellio lui serra la gorge et elle accéléra le pas pour rejoindre le groupe qui entrait dans la brasserie. Kurt avait réservé une grande table et ils s'installèrent tous ensemble dans le fond de la salle. Il était minuit lorsqu'ils se séparèrent. Certains regagnèrent leurs hôtels à Pessac. Séverine, Constance et deux comédiennes logeaient sur la propriété où se déroulait le tournage, dans des chambres d'hôtes mises à leur disposition dans un ancien bâtiment agricole, restauré et aménagé en gîte par les vignerons. Les chambres étaient confortables, claires et vastes.

Sitôt rentrée, Constance prit une douche et se mit au lit. Elle était épuisée mais peina à s'endormir. Des images de ses parents traversèrent de nouveau son esprit. La tendresse de sa mère, ses câlins, mais aussi ses larmes à chaque fois que Jean-Frédéric lui faisait du mal… Elle se redressa et ralluma la lumière. Pressentant qu'elle ne s'endormirait pas tout de suite, elle sortit sur la terrasse et alluma une cigarette. Elle ne pouvait pas continuer ainsi. Pour la centième fois, elle se promit d'extraire son père de sa mémoire, de ne garder que sa mère dans son cœur et de regarder devant elle. Michèle lui rabâchait de faire table rase du passé et de se laisser porter par les personnes sympathiques qui l'entouraient. Elle n'avait pas tort. Ce soir encore, elle avait pu mesurer combien son équipe était bienveillante. Kurt et Séverine la chouchoutaient. Même François, le chef costumier, se montrait moins grognon qu'à l'accoutumée… Quand elle se glissa de nouveau sous la couette, elle se dit qu'elle avait de la chance de connaître des gens « bien ». Un jour, elle oublierait son père, ou du moins il ne pourrait plus l'atteindre et lui faire mal.

Elle s'éveilla à 6 h 34, en même temps que le soleil qui pointait son nez. Elle se précipita dehors et admira le ciel rouge orangé. Une brume légère stagnait sur les vignes, la nuit avait été humide et la terre était perlée de gouttes de rosée qui scintillaient sous la lumière de l'aube. Elle contempla le spectacle et se sentit apaisée. Lorsqu'elle se fut douchée et habillée, elle gagna la maison des propriétaires où le petit déjeuner était servi. Elle était la première et fut ravie que son hôtesse lui propose de s'installer sur la terrasse. Elle pourrait profiter de la vue. L'habitation principale était construite un peu en hauteur, dominant toute la propriété. Il y avait la grande cour et ses gravillons blancs, les chais et les deux granges qui servaient à entreposer du matériel, le bâtiment qui accueillait les chambres d'hôtes, puis l'ancienne maison des gardiens transformée en logement pour les travailleurs saisonniers quand venait le temps des vendanges. Au-delà, une grande allée bordée de platanes, puis les vignes, et enfin le ciel. Elle ferma les yeux un court instant pour humer l'air du matin, savourer le parfum de la terre. Quand elle les rouvrit, son hôtesse arrivait.

— Un monsieur demande à vous voir, murmura-t-elle. Sans doute quelqu'un de la télé. Je lui dis de vous rejoindre ? Je lui sers un café ?

Constance acquiesça, contrariée. Ce devait être Kurt. Il était à peine 7 h 30. S'il se pointait déjà pour parler de boulot, la journée promettait d'être longue. Elle se redressa et le sang afflua à ses tempes lorsqu'elle vit apparaître Stellio.

— Je suis dans le coin pour un repérage, expliqua-t-il. Azzedine m'a appris que tu tournais à Pessac. Je peux m'asseoir ?

Encore sous le coup de la surprise, elle hocha la tête sans répondre.

— Ma présence t'ennuie ?

— Non, pas du tout, sourit-elle. Je ne m'attendais pas à te croiser ici.

— J'avais très envie de discuter un peu avec toi. Quand on s'est vus, début avril, je ne t'ai pas trouvée… emballée par mon projet. Peut-être que tu n'as plus envie de travailler de nouveau avec moi. Si c'est le cas, je n'insisterai pas.

Elle ouvrit la bouche mais aucun son n'en sortit. Elle se souvenait de cette soirée chez Stellio avec Azzedine. C'était peu après qu'elle ait reçu le courrier de son père.

— Je suis désolée, je n'étais pas en forme.

— Chacun réfléchissait de son côté et on devait se recontacter fin avril.

Elle mit la main devant sa bouche, confuse. Elle ne l'avait pas fait, mais elle avait aussi oublié qu'elle lui en avait fait la promesse.

— Je suis navrée, dit-elle. Sincèrement navrée. J'étais à côté de la plaque à ce moment-là. Je comprendrai si tu as fait appel à quelqu'un d'autre.

Il la dévisagea. Azzedine avait dit la vérité. Si Constance n'avait pas donné signe de vie, ce n'était pas par désintérêt mais parce qu'elle affrontait des soucis qui lui avaient fait perdre les pédales. Quels soucis ? Il l'ignorait, car Azzedine avait été discret. Il avala une gorgée de café et reposa sa tasse.

— C'est avec toi que je veux bosser, Constance. Tiens, je t'ai apporté ceci, murmura-t-il en glissant dans sa main une clé USB. C'est le scénario que j'ai commencé à bricoler.

J'aimerais vraiment qu'on le travaille ensemble. Tu m'appelles quand tu rentres à Paris ?

Elle sourit, cette fois jusqu'aux oreilles. Stellio faisait partie de ces gens « bien » sur lesquels elle pouvait compter, grâce auxquels elle allait reprendre une place dans la vie.

— Je t'appelle sans faute, dit-elle quand il se leva pour prendre congé.

45

— Est-ce que tu pars en vacances ? demanda Alessia à Constance dès que Stellio se fut éloigné vers la cuisine.

— Sans doute, même si je n'ai encore rien prévu, répondit Constance.

Les congés à venir, elle n'y avait pas songé et elle n'avait aucun projet. Une fois, elle avait vaguement envisagé un voyage à Saint-Pétersbourg, mais elle ne s'en était pas préoccupée. Cela remontait à l'année précédente. Elle se souvenait en avoir parlé à Zachari qui n'avait pas relevé. Évidemment… Elle avait eu récemment de ses nouvelles par Rebecca. Sa seconde épouse tenait sa promesse : elle le suivait partout. On racontait qu'elle l'attendait dans l'antichambre des producteurs lorsqu'il avait un rendez-vous de travail. Pour quelqu'un qui s'était longtemps vanté d'être libre, de n'appartenir à personne et de ne rien devoir à quiconque, c'était un retour en arrière magistral. À chaque fois que Rebecca faisait une remarque au sujet de son ex-mari, Constance ne pouvait s'empêcher d'en rire. C'était mieux que d'en pleurer !

— Tu as des soucis ? dit la petite en dévisageant Constance. Tu fronces les sourcils !

— Pas du tout ! Je suis ravie d'être là et de dîner avec toi et ton père.

Elle ne mentait pas. Cette invitation la rendait heureuse. Tout comme la perspective de retravailler avec Stellio. La série tournée à Yport était programmée en septembre sur la deuxième chaîne et à France Télévisions, personne ne doutait qu'elle ferait un carton. Aussi le groupe n'avait-il pas rechigné à signer un nouveau contrat avec Stellio lorsqu'il avait présenté un autre projet.

— Faudrait que tu te dépêches de réfléchir pour les vacances, reprit Alessia, parce que c'est bientôt. Nous, on va en Sardaigne. Tu connais la Sardaigne ?

— Pas du tout, mais j'ai vu des reportages sur cette île et ça semble très beau.

— Tu sais nager ?

— Oui ! Et toi ?

— Oui, j'adore ! Je sais même mettre la tête sous l'eau ! Attends, je vais te montrer mon maillot de bain.

Elle fila dans sa chambre et revint en même temps que Stellio qui déposa un saladier de fraises sur la table.

— Qui veut du dessert ? interrogea-t-il.

— Regarde, Constance ! s'exclama la gamine.

Elle tenait du bout des doigts un joli maillot violet. Constance s'extasia.

— T'en as acheté un pour cet été, toi ? reprit Alessia.

— Pas encore.

— Nous l'avons choisi avec Tata aux *Galeries Lafayette.* Tu devrais y aller, il y en a plein !

Constance acquiesça, amusée. Elle leva les yeux vers Stellio qui attendait, une cuillère à la main, de servir ces dames.

— Je crois que je n'ai pas de succès avec mon dessert, dit-il, l'air faussement contrarié. Quand les femmes parlent chiffons, plus rien ne compte !

— Bien sûr qu'on veut des fraises ! s'écria Alessia en tendant son assiette. Mais les vacances, c'est important ! Constance ne sait pas où elle ira.

— Constance a encore le temps de se décider… Et toi, tu vas terminer ton dîner puis te brosser les dents et filer au lit car demain il y a école. Les vacances ne commencent pas maintenant !

La petite grommela et engloutit une fraise.

— Au lieu de rester seule, Constance pourrait venir avec nous en Sardaigne ! lâcha-t-elle soudain.

Stellio rougit. Il saisit son verre et avala une gorgée de vin pour masquer son embarras. Constance s'empressa de répondre.

— Les vacances, c'est la famille, le repos et la détente. Il est important que ton papa et toi profitiez de ce moment ensemble.

Alessia fit la moue, pas convaincue, mais elle ne trouva rien à rétorquer. Quand elle eut fini son dessert, elle réussit à grappiller une dizaine de minutes avant que Stellio lui rappelle qu'il était l'heure d'aller se coucher.

— Constance peut venir m'embrasser dans mon lit ? demanda-t-elle lorsqu'elle sortit de la salle de bains.

— Oui, si elle le veut bien, répondit Stellio.

Constance suivit Alessia. Elles bavardèrent un peu, commentèrent la décoration de la chambre, puis Alessia se glissa sous la couette.

— Approche, chuchota-t-elle, je vais te dire un secret. Mais tu ne le répètes pas, hein ?

Constance s'assit au bord du lit et se pencha vers elle.

— Papa est amoureux de toi. C'est Tata qui me l'a dit. Et toi, t'es amoureuse de lui ?

Constance se redressa, les joues en feu, incapable d'ouvrir la bouche. Elle embrassa la petite sur le front et s'éloigna. Quand elle revint dans le séjour, Stellio apportait le café.

— J'espère qu'Alessia ne t'a pas épuisée et qu'il te reste un peu d'énergie pour discuter boulot. C'est fou ce qu'elle est bavarde.

— Elle est très agréable, murmura Constance. Intelligente et espiègle.

Elle le regarda emplir les tasses. Quel sens devait-elle

donner aux propos d'Alessia ? Aucun, sans doute. Les enfants aiment inventer des histoires… Elle se ressaisit et ouvrit son sac pour en sortir son ordinateur portable.

— Alors, on l'examine ce scénario ? lança-t-elle.

Il sourit et s'installa à côté d'elle.

— J'attends de toi une critique impitoyable ! Aucune indulgence.

— Pas de problème, je serai sans pitié ! assura-t-elle. Je reprends les grandes lignes et tu m'arrêtes si je me trompe. Les scènes d'exposition d'abord. L'intrigue débute en automne. Focus sur deux endroits différents. Une île française, Ouessant, où l'on retrouve un cadavre au pied d'un phare, celui d'un homme déclaré péri en mer dix ans plus tôt… La mort de cet homme n'a cependant rien d'accidentel et surtout elle date de huit jours à peine. On fait venir une enquêtrice du continent. Elle est accompagnée de son lieutenant. Ils s'intéressent tout de suite à la famille du défunt qui avait signalé la disparition aux autorités à l'époque. L'autre lieu est en Andalousie, non loin de La Herradura, où l'on découvre également un corps au pied d'un phare. L'homme est censé être décédé depuis des années. La police ouvre une enquête et le commissaire décide de faire exhumer le cercueil de celui qu'on pensait mort. Le cercueil est vide… J'ai bien tout suivi ?

— Tout à fait !

— J'aurais une première remarque à faire concernant Ouessant. Je crois que j'insisterais sur le côté insulaire. Une île, c'est un microcosme. Surtout quand on est isolé du continent à cause des tempêtes. Il faut montrer que tout le monde se connaît. On sait ce qui se passe chez l'autre, on a des amis, des ennemis, et subsistent de vieilles rivalités dont on ne dit pas un mot à la police. On se fait de sales coups, mais on ne dénonce rien. L'omerta bretonne, en quelque sorte.

— Oui, je vois. Tu as raison !

Il joignit le geste à la parole et inscrivit quelques notes sur sa tablette.

— Côté espagnol, le personnage du garde forestier de la réserve naturelle est à creuser. Ce mec est repoussant, il n'inspire pas confiance, mais on découvre sa vraie personnalité au fur et à mesure que l'histoire progresse. J'adore le cadre, les falaises rocheuses, les plages difficiles d'accès le long de la Méditerranée… C'est fabuleux. Ça rejoint très bien Ouessant. Et puis ce que je trouve génial, c'est la place que tu offres aux femmes dans ton histoire.

— Donc, ça te plaît ?

— Carrément !

Il éclata de rire devant son enthousiasme.

— Ce que je te propose, Constance, ce n'est pas seulement la réalisation de la série. Je souhaite que tu poursuives l'écriture du scénario avec moi. Deux regards, quatre mains… On devrait pouvoir créer un truc d'enfer, non ? Ensuite, on choisirait les comédiens ensemble. Pour la production, je me chargerais des fonds. Si tu es d'accord, je retourne voir ton patron à France Télévisions et je négocie avec lui pour qu'il te dégage le temps nécessaire à l'élaboration de notre projet. Je suis conscient que ça nécessite un énorme investissement de ta part et que tu ne peux pas te dédoubler, mais…

Elle écarquilla les yeux. Jamais elle n'avait imaginé qu'on lui proposerait un jour de relever un tel défi. En était-elle seulement capable ? Elle avait pensé que Stellio faisait appel à elle pour la réalisation, comme ça avait été le cas pour la série tournée à Yport, mais pas pour coécrire le scénario avec lui !

— Je comprends que tu hésites, ajouta-t-il devant son silence qui se prolongeait. Prends le temps de réfléchir. Azzedine est partant pour composer la musique. Il est très emballé. Il songe déjà à deux thèmes. Un celtique et un « flamenco », comme il dit.

Constance dévisageait Stellio, toujours muette. Dans son esprit, les sensations se catapultaient. L'aventure était alléchante, mais elle ne voulait pas s'engager à la légère. Était-ce une bonne idée de travailler hors tournage avec Stellio ? Méritait-elle une telle confiance ? Car l'enjeu était de taille. Stellio continuait à la fixer et elle avoua son incertitude.

— Bien sûr que tu es digne de confiance ! se révolta-t-il. C'est quoi, ce complexe d'infériorité ? Tu es une grande réalisatrice et tu vas briller dans l'écriture du scénario.

Il se tut un instant, cherchant à saisir pourquoi elle doutait d'elle ainsi.

— Quelque chose ne va pas ? demanda-t-il. Dis-moi ce qui t'empêche de foncer ?

Il frémit. Peut-être redoutait-elle de collaborer avec lui pour des raisons plus personnelles. Il s'était mal comporté et il s'en mordait les doigts. Elle ne le fuyait pas, elle le maintenait à distance. De son côté, Constance cogitait. Elle ne pouvait pas dire à Stellio qu'elle avait perdu sa foi en l'amour et qu'elle avait besoin de temps pour se reconstruire, ni qu'elle avait peur d'un nouvel échec sentimental. En deux ans, elle avait multiplié les changements de cap pour retrouver une route fiable. Mais à quoi bon évoquer sa vie passée ? Elle se contenta de quelques mots.

— Je ne pense pas être aussi performante que tu le crois. J'ai eu ma part d'échecs.

Il se mordit les lèvres. Que lui cachait-elle ? Il fut pris d'un vertige. Il n'osait toujours pas faire le premier pas. Il aimait Constance. Ne pouvait-elle pas le deviner sans qu'il lui faille poser les mots ? Tout aurait été plus simple. Comment lui parler sans l'effrayer ? Il sentait que ce n'était pas le moment. Pas encore. Il s'en tiendrait au projet. Il fallait juste la rassurer pour qu'elle accepte de travailler avec lui.

— Moi, je crois en toi, reprit-il. Ce scénario, on peut l'écrire à deux. Tu l'as vu, les grandes lignes sont tracées.

Maintenant, nous devons peaufiner l'intrigue, soigner les dialogues. Faire en sorte que ce script nous donne six beaux épisodes de quatre-vingt-dix minutes chacun. Je prévois un joli budget afin d'avoir le meilleur. Chacun de nous deux apportera de l'eau au moulin. J'ai vraiment besoin de ton œil critique, Constance.

— Je suis fatiguée, murmura-t-elle en refermant son ordinateur. Je vais réfléchir.

— Je tiens à travailler avec toi, tu sais.

Elle acquiesça d'un mouvement du menton. Il l'aida à passer la bandoulière de son sac par-dessus son épaule puis saisit sa main.

— Une dernière chose, ajouta-t-il sans lâcher ses doigts. Quand je suis venu à Bordeaux, je n'avais rien à faire là-bas. J'ai fait le voyage pour te voir. Te parler. Je n'en pouvais plus de ton silence.

Elle pâlit et faillit chanceler. Que voulait-il dire ? C'était trop pour un seul soir. Conscient d'être allé trop vite, Stellio abandonna sa main et recula.

— J'appelle un taxi, déclara-t-il. Je serai plus tranquille de savoir qu'on te dépose à ta porte. Je te laisse réfléchir à ma proposition et je te téléphone dans quelques jours.

Il la regarda partir, réprimant une envie furieuse de la rattraper et de la serrer contre lui.

46

— Michèle, ton dossier !

Trop tard ! Elle s'était déjà envolée. Constance sortit de son bureau sa pochette cartonnée à la main et rattrapa son amie dans le couloir.

— Ah, merci ! Je l'aurais cherchée, sourit Michèle. Ma belle, j'espère que tu vas prendre un peu de vacances. Je compte sur toi. Huit jours dans un bel hôtel au soleil. Sur Internet, on peut trouver de chouettes voyages à la dernière minute. Ne tarde pas pour réserver !

— Je le fais ce soir, promis.

— Parfait ! À demain.

Constance regagna son bureau. Sur sa table, la pile de courrier était intacte. Elle ouvrit deux lettres, mit le reste de côté. Le courage lui manquait. Il était tard et elle désirait profiter de la douceur de la fin de journée. Son portable vibra. Elle se figea. Un SMS de Stellio ! Avait-elle le temps et l'envie de prendre un verre avec lui après le travail ? Si oui, il l'attendait à *La Javelle*. Elle reposa le téléphone, indécise. De quoi allait-il lui parler ? De son aller-retour à Bordeaux pour la voir « parce qu'il n'en pouvait plus de son silence » ? Non. Sans doute souhaitait-il lui reparler de son projet. Elle n'était toujours pas décidée à s'engager dans l'aventure. Tentée, oui, mais muselée par la crainte de ne pas être à la hauteur, la crainte aussi des tête-à-tête qu'induirait cette collaboration. Elle soupira. Elle ne pouvait plus différer sa réponse et le faire poireauter. Il avait des impératifs. Si Stellio lui faisait confiance, ce n'était pas sans raison. Pour le reste, elle s'en sortirait. Elle saisit son portable et lui répondit qu'elle serait là dans une trentaine de minutes.

Il faisait bon flâner en bord de Seine et les Parisiens étaient nombreux à s'y promener après leur journée de travail. Comme toujours, la terrasse de *La Javelle* était bondée. Toutes les chaises longues de l'espace détente étaient occupées et il y avait une belle file d'attente devant les food-trucks où on pouvait commander des crêpes chez le Breton ou d'excellentes spécialités asiatiques chez le Thaï. On aurait dit une place du village en plein Paris ! Près du bar, de grandes tables en bois étaient monopolisées par une jeunesse un peu bruyante. Plus loin, installés à de petites tables, des gens de tous âges sirotaient des boissons fraîches et des apéritifs. Constance mit sa main en visière pour repérer Stellio. Elle l'aperçut, assis un peu en retrait. Il l'avait vue arriver et lui fit un signe de la main. Il souriait jusqu'aux oreilles et cette gaieté affichée la détendit. Elle avait bien fait d'accepter son invitation. Il se leva pour la saluer.

— Un cocktail ? proposa-t-il.

— D'accord ! Choisis pour moi.

Il revint avec deux *piña colada* et une assiette remplie de charcuteries et de fromages.

— J'ai réfléchi, dit-elle sans tergiverser, je suis partante pour bosser avec toi.

— J'en suis heureux.

Il était sincère. Ému aussi. Dieu qu'elle était jolie avec ses cheveux en bataille ! Avec une belle indiscipline, ils s'échappaient de la grosse pince qui les attachait. Stellio se ressaisit et leva son verre.

— Trinquons à notre collaboration !

Il but une gorgée de son cocktail pour se donner le courage de poursuivre. Constance semblait moins perdue que lors du dîner chez lui. C'était le moment d'avancer un pion.

— Alessia est intenable depuis quelques jours ! L'effet vacances, sans doute. L'école s'est terminée aujourd'hui. Il était temps.

— Elle est avec ta sœur, ce soir ?

— Oui, elles ont prévu une sortie entre filles. Elvire l'emmène manger un truc horrible dans un endroit horrible genre fast-food, comme les enfants adorent, puis elles vont au ciné. Et moi, j'avais envie de te voir sans la présence de ma chipie qui monopolise la conversation !

Il plaisantait, cherchant comment il allait aborder ce qui lui tenait à cœur.

— Alessia et moi partons en Sardaigne dans quelques jours.

— J'imagine que le superbe maillot de bain est déjà dans sa valise !

— Tu as raison. Elle se fait une grande joie de ce séjour au bord de la mer. Tu te souviens quand elle t'a demandé si tu voulais venir avec nous ?

Constance hocha la tête, à la fois amusée et troublée en repensant au « secret » chuchoté par la fillette lorsqu'elle l'avait accompagnée dans sa chambre.

— Elle m'en a reparlé plusieurs fois, reprit Stellio. C'était une vraie proposition de sa part, tu sais. Elle t'apprécie beaucoup.

— Elle a un grand cœur. Je l'aime beaucoup. Tu l'embrasseras pour moi en lui souhaitant de bonnes vacances.

— Moi aussi, j'aimerais que tu viennes avec nous en Sardaigne.

C'était lâché. Constance se raidit et il crut qu'elle allait s'enfuir.

— Ne dis pas « non » tout de suite, murmura-t-il. Tu n'es pas obligée de me donner une réponse ce soir. Ce n'est pas un piège. Juste pour toi et moi l'occasion de passer du temps ensemble, d'apprendre à se connaître.

Il baissa les yeux un instant avant de la fixer de nouveau.

Un air d'incompréhension barrait son visage. Il devait s'expliquer. Il y avait du monde autour d'eux, des éclats de voix, des rires. Peut-être auraient-ils été mieux dans un endroit plus isolé… Trop tard. Il devait dire les choses comme il les ressentait, et surtout ne pas mentir.

— Quand je suis venu à Bordeaux, c'était pour te parler de nous. Pas du scénario. De nous, insista-t-il. Mais je n'ai pas eu le cran d'aller jusqu'au bout. Aujourd'hui, je prends mon courage à deux mains et ce n'est pas facile. Je te prie de ne pas te sauver et de m'écouter. D'accord ?

Constance déglutit puis acquiesça.

— J'ai déconné avec toi, murmura-t-il. Ces deux nuits à Yport, sans aucune suite… Je m'en veux. Je regrette de n'avoir pas su te garder. J'avais peur. Peur de moi, peur de toi. Peur de m'attacher, sans doute. Peur qu'Alessia ne comprenne pas. Tu as le droit de répondre que ce sont de mauvaises excuses. Depuis plus d'un an, il ne se passe pas un jour sans que je pense à ces merveilleux instants. Ce rendez-vous manqué me hante.

Le regard de Constance s'égara vers la Seine. Une tempête ravageait sa tête, balayait ses idées. De quoi parlaient-ils ? D'un scénario ? De leur éphémère aventure ? Tout était confus, trop compliqué. De son côté, Stellio ne savait pas comment interpréter son silence. Elle n'avait qu'à lui hurler dessus ! Lui crier qu'il n'était qu'un salaud. Tout, plutôt que de la voir détourner son visage comme elle venait de le faire. Il était hors de question qu'il la perde. S'il avait la moindre chance de trouver le chemin de son cœur, il s'y accrocherait.

— Je ne peux plus faire semblant. Je ne peux plus retenir les sentiments que j'éprouve pour toi. Laisse-moi le temps de t'apprivoiser. J'ai très envie qu'on reprenne notre histoire là où elle n'aurait jamais dû s'arrêter. Par ma faute.

Constance perdait pied. Son esprit tournoyait comme un manège à sensations et son cœur s'emballait, comprimait sa poitrine qui menaçait d'exploser. Dix fois, vingt fois, peut-être, après la seconde nuit qu'ils avaient passée dans les bras l'un de l'autre, elle avait rêvé d'entendre ces mots. À ce moment-là elle était prête, mais Stellio ne l'était pas. Et maintenant qu'il lui faisait une déclaration, elle demeurait sans voix. Elle le fixa. Il était beau, avec cette simplicité naturelle qu'elle appréciait tant chez lui. Intelligent et brillant, aussi. Et c'était un merveilleux amant. Comment oublier ?

— Je ne suis pas très… murmura-t-elle dans un souffle. Enfin, c'est compliqué en ce moment. Mon père ne veut plus me voir et… Oh, à quoi bon t'expliquer tout ça ? C'est ma faute. J'ai été stupide et nulle. Nulle à en pleurer.

— Ne dis pas ça. Ceux qui pleurent ont une âme. Tu n'es pas nulle. Tu es droite et honnête. Ton père ne méritait sûrement pas d'avoir une fille comme toi ! J'ai eu beaucoup de chance de te rencontrer, mais j'ai trop hésité. J'aimerais que tu me redonnes cette chance que je n'ai pas su saisir.

— À Yport, on était tous les deux consentants et d'accord pour en rester là. Mais maintenant, je veux quelque chose qui dure, quelque chose de sincère. Je veux…

— Être aimée ?

Il eut envie de la prendre dans ses bras, de la câliner, de l'embrasser. Il se contenta de caresser sa main. Elle ne se déroba pas, sensible à sa tendresse, à la douceur de sa peau.

— Être aimé, répéta-t-il, moi aussi, je le veux. Être aimé de toi. Moi, je t'aime déjà. Je le sais depuis des mois. Peut-être même depuis la toute première fois à Yport. Je pense que ça m'a affolé. Je n'étais pas prêt à m'attacher à quelqu'un. Il y avait cette peur de perdre l'être aimé. Souffrir, encore…

Elle alluma une cigarette. Elle comprenait. Il avait eu sa part de douleurs. Mais elle, qui pendant des mois avait enfoui ses sentiments pour lui, pouvait-elle de nouveau rêver ? Elle appréciait sa compagnie. Ils avaient tant de points communs, bien plus qu'elle n'en avait jamais eu avec Zachari. Comment avait-elle pu espérer aimer ce type pour effacer Stellio ? Il lui sembla que Stellio venait d'ouvrir une vanne et que son cœur allait exploser. Pas tout de suite, songea-t-elle en avalant une goulée de tabac. Prudence. Si jamais il change d'avis, je n'y résisterai pas.

Stellio ne la quittait pas des yeux, le regard pétillant d'espoir. Elle sourit.

— Je ne suis pas en train de te proposer le mariage, chuchota-t-il en la voyant se dérider. Il ne s'agit que de vacances en Sardaigne. Trois semaines en bord de mer. J'ai réservé une grande suite dans un hôtel. Un salon, une terrasse et trois chambres séparées, si ça peut te rassurer. Et il y aura Alessia. Je ne viendrai donc pas forcer ta porte la nuit ! Même si je risque d'en mourir d'envie…

Elle le dévisagea, puis éclata de rire devant sa mine déconfite. Il ne manquait pas d'humour non plus.

— Tu te moques ? dit-il, faisant semblant d'être froissé. J'adore quand tu ris et que de petites fossettes creusent tes joues. J'aime te regarder, j'aime déchiffrer tes pensées quand tu réfléchis la main posée sous le menton. Je t'ai observée des dizaines de fois et je sais quand quelque chose te tracasse. Tu fais la moue avec ta bouche et tu frottes ton index sur ton front comme pour en faire jaillir une solution. Et quand tu as envie de rire mais que tu te retiens, tu pinces tes lèvres et tes yeux se plissent comme ceux d'une gamine qui prépare un mauvais coup ! Je connais aussi ton vin préféré, ton plat préféré, ta couleur préférée. Je connais les musiques et les films que tu aimes. Et quand tu es embarrassée, comme tu l'es maintenant, tu attrapes tes cheveux du bout des doigts pour les replacer derrière ton oreille.

— J'ai l'impression d'avoir été passée au crible ! s'écria-t-elle en lâchant la mèche qu'elle triturait.

— Sans doute. Quand une personne te plaît et t'attire, tu veux tout savoir d'elle, non ?

Elle se mordit les lèvres, touchée par ces mots.

— J'aimerais effacer les mauvais souvenirs. Tu me laisses essayer ?

— Peut-être, mais pas maintenant. Je ne suis pas prête. Pars avec Alessia et profitez de ces bons moments que vous passerez tous les deux. De mon côté, je vais me reposer, m'éloigner pour faire le point.

Il se redressa. Ce n'était pas gagné, ni perdu... Elle disait non à la Sardaigne mais pas non à tout. Dieu qu'il avait envie de l'enlacer, de l'embrasser ! Il devait garder son calme et il bouillait d'impatience comme un adolescent amoureux ! Ce serait compliqué de la quitter, ce soir...

— Un autre verre ? demanda-t-il pour la garder encore un peu.

— Sans alcool, s'il te plaît.

Il alla chercher deux autres cocktails et ils restèrent un moment sans parler. Un air de fête baignait le pont de *La Javelle.* Les guirlandes lumineuses étaient allumées, un groupe jouait de la musique et déjà quelques clients commençaient à danser. La péniche était noire de monde. La terrasse aussi. Un peu à l'écart des tables, sur le quai au-dessus de la Seine, des jeunes s'étaient assis sur les pavés et pique-niquaient.

— Concernant le scénario, comment envisages-tu notre travail à quatre mains ? demanda soudain Constance.

Stellio réfléchit un instant, surpris par sa question.

— On est complémentaires tous les deux. Il y a des domaines que tu maîtrises mieux que moi, et inversement. Dans un premier temps, je te propose de relire ce que j'ai écrit et de noter toutes tes remarques, critiques et suggestions, tout ce qui doit être changé, amélioré, approfondi ou au contraire allégé. Ça te va ?

— Ça me va. On s'y met quand ?

— Tu tiens vraiment à parler boulot ?

Il la fixa sans ciller. Plus rien n'existait autour d'eux.

Il eut l'impression que mille questions se télescopaient à travers leurs regards qui ne se quittaient plus. Il attendait avec le sentiment qu'il jouait un moment décisif de sa vie. Constance, elle, était partagée entre l'envie de fuir et celle de pencher son visage vers Stellio, de sentir ses lèvres sur les siennes. Il semblait avoir balayé sa tristesse et retrouvé confiance en lui. En eux. Mais cette fois, elle était résolue à prendre son temps.

— Oui, répondit-elle sur un ton taquin, car c'est bien par là que nous avons commencé tous les deux, n'est-ce pas ? On va donc repartir de zéro et faire connaissance. Alors, on s'y met quand ?

— Début septembre ?

— D'accord.

Il hocha la tête, réprimant une fois encore le désir de la serrer contre lui, de la respirer, de l'aimer.

— Je vais compter les jours, tu sais… chuchota-t-il.

Elle sourit. Elle aussi les compterait, ces jours, mais il était hors de question de le lui avouer. Du moins pas tout de suite. Même si elle entendait Michèle lui murmurer qu'il était temps d'aimer, même si sa tête et son cœur explosaient de bonheur…

Remerciements

Je tiens à remercier le Club France Loisirs, qui porte chacun de mes romans depuis plusieurs années.

Merci à Nathalie Féraud-Thomas et à Valérie Pillet pour la confiance qu'elles m'accordent.

Merci à leurs équipes et aux formidables libraires des boutiques France Loisirs !

Composition et mise en page
Nord Compo à Villeneuve-d'Ascq

Cet ouvrage a été imprimé par
CPI Bussière à Saint-Amand-Montrond
en février 2021

FSC
www.fsc.org
MIXTE
Papier issu de
sources responsables
FSC® C108412

Le papier entrant dans la composition de ce produit
provient de forêts certifiées FSC®
FSC® se consacre à la promotion d'une gestion
forestière responsable.

Numéro d'imprimeur : 2055997
Dépôt légal : mars 2021

Imprimé en France